Sommernacht in der Presse:

»Foley ist brillant!«
The Times

»Fesselnd und unterhaltsam – das Ende ist grandios!«
The Independent

»Fantastisch!«
Stylist

»Dieser Thriller packt den Leser und lässt ihn nicht mehr los. Ein wahres Geschenk!«
Heat

»Garantiert wieder ein Bestseller!«
The Guardian

Außerdem von Lucy Foley lieferbar:

Neuschnee. Thriller

Lucy Foley

SOMMERNACHT

Thriller

Aus dem Englischen
von Ivana Marinović

PENGUIN VERLAG

Die englische Originalausgabe erschien 2020 unter dem Titel
The Guest List bei HarperCollins, London.

FSC
www.fsc.org
MIX
Papier aus verantwortungsvollen Quellen
FSC® C014496

Penguin Random House Verlagsgruppe FSC® N001967

1. Auflage 2021

Neumarkter Straße 28, 81673 München
Umschlag und Umschlagmotiv: www.buerosued.de
Satz: Uhl + Massopust, Aalen
Druck und Bindung: GGP Media GmbH, Pößneck
Printed in Germany
ISBN 978-3-328-10616-6
www.penguin-verlag.de

Dieses Buch ist auch als E-Book erhältlich.

Für Kate und Robbie,
die liebsten und hilfreichsten Geschwister,
die man sich nur wünschen kann –
und die glücklicherweise ganz anders sind
als die in diesem Buch!

Jetzt

Die Hochzeitsnacht

Die Lichter gehen aus.

Mit einem Mal liegt alles in Dunkelheit. Die Band hört auf zu spielen. Im Inneren des Partyzelts kreischen die Gäste auf und klammern sich aneinander. Die Flammen der Kerzen auf den Tischen werfen bizarre Schatten auf die Zeltplanen und tragen nur zur weiteren Verwirrung bei. Es ist unmöglich auszumachen, wo jemand ist oder was gesagt wird, denn die Stimmen der Gäste ertrinken im wütenden Tosen des Windes.

Draußen tobt ein Sturm, jagt pfeifend um sie herum, wirft sich gegen das Zelt. Unter dem lauten Ächzen von Metall scheint sich das gesamte Gebilde bei jedem Angriff zu verbiegen und zu erzittern. Die Gäste ducken sich verängstigt. Die Zelttüren haben sich aus ihren Befestigungen gelöst und flattern umher. Die Flammen der Paraffinfackeln, die den Eingang erleuchten, zucken wild.

Er scheint es persönlich zu meinen, dieser Sturm. Man könnte meinen, er hätte all seinen Zorn für sie aufgehoben.

Der Strom ist nicht zum ersten Mal heute ausgefallen. Doch beim letzten Mal gingen die Lichter nach wenigen

Minuten wieder an. Die Gäste wandten sich erneut ihrem Tanzen zu, ihrer Trinkerei, dem Einwerfen von Pillen, dem Essen, Vögeln und Lachen … und vergaßen, dass es je passiert war.

Wie lange dauert der Stromausfall jetzt schon an? Schwer zu sagen im Dunkeln. Ein paar Minuten? Fünfzehn? Zwanzig?

Allmählich bekommen sie es mit der Angst zu tun. Die Dunkelheit fühlt sich irgendwie unheilvoll an. Als könne unter ihrem Deckmantel gerade alles Mögliche passieren.

Endlich gehen die Glühbirnen flackernd wieder an. Jubelrufe von den Gästen, denen sichtlich unangenehm ist, in welcher Stellung das elektrische Licht sie erwischt hat: zusammengekauert, wie um einen Angriff abzuwehren. Lachend tun sie es ab, und beinahe gelingt es ihnen, sich selbst davon zu überzeugen, dass sie keine Angst hatten.

Die beleuchtete Szenerie in den drei zusammenhängenden Pavillons des Partyzelts sollte die einer Feier sein, doch es sieht vielmehr nach Verwüstung aus. Auf dem Laminatboden des Hauptzelts, in dem gegessen wurde, befinden sich Weinpfützen, ein dunkelroter Fleck breitet sich auf der weißen Tischwäsche aus. Überall leere Champagnerflaschen – Zeugen eines Abends der Trinksprüche und Festlichkeiten. Ein einsames Paar silberner Sandalen lugt unter einem Tischtuch hervor.

Im Tanzpavillon beginnt die irische Band erneut zu spielen – ein schwungvolles Stück, um die Feierlaune wieder aufleben zu lassen. Ein Großteil der Gäste kommt dazu, erpicht auf etwas Ablenkung. Würde man genauer hinschauen, wo sie entlanggehen, könnte man die Spuren sehen, wo ein barfüßiger Gast in eine Glasscherbe getreten und blutige Fußabdrücke auf dem Laminat hinterlassen hat, die allmählich zu rostroten Flecken eintrocknen. Niemandem fällt es auf.

Andere Gäste versammeln sich in den Ecken des Hauptzelts und lassen sich dort treiben, wie hängen gebliebene Zigarettenschwaden. Unwillig zu bleiben, aber genauso unwillig, aus der sicheren Zuflucht des Partyzelts hinauszutreten, solange der Sturm wütet. Keiner kann die Insel verlassen. Noch nicht. Die Boote können erst kommen, wenn der Wind abgeflaut ist.

Im Zentrum von alledem thront die riesige Torte. Den Großteil des Tages hat sie sich ihnen heil und perfekt präsentiert, mit ihrem kunstvollen Schweif aus Zuckerblüten und -blättern, die in der Festbeleuchtung glänzen. Kurz bevor die Lichter ausgingen, hatten die Gäste sich versammelt, um ihrer rituellen Ausweidung beizuwohnen. Nun klafft das rote Biskuit aus dem Inneren hervor.

Da dringt ein neuer Laut von draußen herein. Beinahe könnte man ihn mit dem Wind verwechseln. Doch er schwillt in seiner Tonhöhe und Lautstärke an, bis er nicht mehr zu verkennen ist.

Die Gäste erstarren. Sie blicken einander stumm an. Plötzlich haben sie wieder Angst. Mehr noch als vorhin, während die Lichter aus waren. Sie alle wissen, was sie da hören. Es ist ein Schrei des Grauens.

Am Vortag

AOIFE

Die Hochzeitsplanerin

Fast der gesamte innere Kreis der Hochzeitsgesellschaft ist inzwischen eingetroffen. Ab sofort werden wir einen Gang zulegen müssen: Das Probedinner mit den ausgewählten Gästen steht bevor, daher beginnen die Hochzeitsfeierlichkeiten im Grunde schon heute Abend.

Ich habe den Champagner, der vorab serviert wird, auf Eis legen lassen. Erlesener Bollinger, gleich acht Flaschen. Dazu kommen der Wein für das Abendessen und zwei Kisten Guinness. Es ist nicht meine Aufgabe, das zu kommentieren, aber es erscheint mir doch ganz schön viel. Andererseits sind es allesamt erwachsene Menschen. Ich bin mir sicher, sie wissen sich zurückzuhalten. Oder auch nicht. Der Trauzeuge kommt mir in dieser Hinsicht etwas problematisch vor – das gilt ehrlich gesagt für alle Freunde des Bräutigams. Und was die Brautjungfer betrifft, die Halbschwester der Braut… Ich habe sie bei ihren einsamen Streifzügen über die Insel gesehen, vornübergebeugt und mit schnellen Schritten, als versuche sie, vor etwas davonzulaufen.

Bei dieser Art von Arbeit erfährt man alle privaten Geheimnisse. Man sieht Dinge, die niemand sonst zu sehen bekommt. Man hört den ganzen Klatsch und Tratsch, den die Leute nur zu gern erfahren würden. Als Hochzeitplanerin kann man es sich nicht leisten, etwas *nicht* zu bemerken. Man muss wachsam bleiben für jedes Detail, für die kleinen Wirbel unter der Oberfläche. Würde ich nicht darauf achtgeben, könnte eine dieser unterschwelligen Strömungen zu einer riesigen, reißenden Flut anwachsen und meine gesamte umsichtige Planung zerstören. Und hier noch eine Sache, die ich gelernt habe: Manchmal sind die unscheinbarsten Strömungen die stärksten.

Ich gehe noch einmal durch die Erdgeschosszimmer des Folly, so nennen wir unser kleines Lustschlösschen, und entzünde die Torfblöcke in den Kaminen, damit sie bis heute Abend eine ordentliche Glut entwickeln. Freddy und ich sind dazu übergegangen, im Moor unseren eigenen Torf zu stechen und zu trocknen, so wie es hier jahrhundertelang praktiziert wurde. Der rauchige, erdige Geruch der Torffeuer wird zum besonderen regionalen Ambiente beitragen. Den Gästen dürfte das gefallen. Obwohl Sommer ist, wird es nachts auf der Insel recht kühl. Die alten Steinmauern des Folly, das nach dem Vorbild einer mittelalterlichen Burg erbaut wurde, halten zwar die Wärme ab, sind aber auch nicht sonderlich gut darin, sie zu speichern.

Heute war es unerwartet warm, zumindest für hiesige Verhältnisse, doch für morgen war in der Wettervorhersage die Rede von Windböen gewesen. Hier auf der Insel kriegen wir jedes Wetter mit voller Wucht ab. Oft wüten die Stürme hier viel schlimmer als später auf dem Festland, ganz so, als hätten sie sich bei uns ausgetobt. Draußen ist es zwar immer noch sonnig, doch heute Nachmittag ist die Nadel des alten Barometers im Flur von HEITER zu WECHSELHAFT gesprungen. Ich habe es abgenommen, damit die Braut es nicht sieht. Obwohl ich nicht glaube, dass sie eine von der panischen Sorte ist. Mehr die Sorte, die wütend wird und jemanden sucht, an dem sie es auslassen kann. Und ich weiß ganz genau, wer in der Schusslinie stünde.

»Freddy!«, rufe ich in die Küche. »Legst du bald mit dem Abendessen los?«

»Ja«, ruft er zurück, »hab alles im Griff!«

Heute Abend werden die Gäste einen herzhaften Fischeintopf nach Art eines traditionellen Connemara Fisherman's Chowder serviert bekommen: mit geräuchertem Fisch und viel Sahne. Ich habe das Gericht kennengelernt, als ich zum ersten Mal diesen Ort besuchte, damals, als es hier noch Menschen gab. Heute Abend gibt es eine verfeinerte Variante des ursprünglichen Rezepts, da wir kultivierte Leute bewirten. Oder sie halten sich zumindest für kultiviert. Wir werden ja sehen, was passiert, wenn die Wirkung des Alkohols einsetzt.

»Gleich danach sollten wir mit den Vorbereitungen für die Kanapees beginnen!«, rufe ich, während ich die Liste in meinem Kopf durchgehe.

»Ich bin schon dran.«

»Und die Torte sollten wir auch rechtzeitig aufstellen.«

Die Hochzeitstorte ist ein echter Hingucker. Und das sollte sie auch sein, denn ich weiß, wie viel sie gekostet hat. Die Braut hat bei der Nennung des Preises nicht mal mit der Wimper gezuckt. Ich nehme an, sie ist es gewohnt, das

Beste vom Besten zu bekommen. Vier Stockwerke aus Red-Velvet-Biskuitboden, von makellosem weißem Fondant umhüllt und mit zarten Zuckerblüten übersät, die zum Blumenschmuck in der Kapelle und im Partyzelt passen. Das Gebilde ist extrem zerbrechlich und wurde exakt nach den Vorgaben der Braut angefertigt. Es war eine kleine Herausforderung, sie unbeschadet von dem Dubliner Konditor bis hierher auf die Insel zu schaffen. Morgen wird sie natürlich trotzdem zerstört. Aber bei einer Hochzeit geht es eben einzig und allein um den Moment. Einzig und allein um den einen Tag. Es geht nicht wirklich um die Heirat, auch wenn das immer behauptet wird.

Mein Beruf besteht darin, Glück zu organisieren und zu inszenieren. Das ist der Grund, warum ich überhaupt Hochzeitsplanerin geworden bin. Das Leben ist ein einziges unschönes Chaos, das wissen wir alle. Es passieren schreckliche Dinge, das habe ich schon als Kind erfahren müssen. Was auch geschehen mag – das Leben ist nichts als eine Abfolge von Tagen, und nur auf die wenigsten davon hat man Einfluss. Doch auf diesen einen schon. Vierundzwanzig Stunden lassen sich durchplanen und organisieren. So ein Hochzeitstag ist ein kleiner, fest bemessener Zeitabschnitt, in dem ich etwas Vollkommenes, etwas Perfektes erschaffen kann, das ein Leben lang gewürdigt und in Ehren gehalten wird – wie die Perle einer gerissenen Halskette.

Freddy kommt in seiner fleckigen Metzgerschürze aus der Küche. »Wie fühlst du dich?«

Ich zucke die Achseln. »Etwas nervös, um ehrlich zu sein.«

»Du hast das im Griff, Liebling. Denk dran, wie oft du das schon gemacht hast.«

»Aber diesmal ist es etwas anderes. Schließlich sind es ganz besondere Gäste.«

Ich war schon ein bisschen stolz darauf, dass Will Slater und Julia Keegan ihre Hochzeit hier bei uns abhalten wollten. Früher habe ich als Eventplanerin in Dublin gearbeitet. Dass wir uns hier auf der Insel niedergelassen haben, war ganz allein meine Idee, genauso wie das Vorhaben, das marode, halb verfallene Lustschlösschen zu restaurieren und in eine elegante Unterkunft mit zehn Schlafzimmern, Salon, Speiseraum und Küche zu verwandeln. Freddy und ich wohnen ständig hier, benötigen jedoch, wenn wir zu zweit sind, lediglich einen Bruchteil des Platzes.

»Schhh.« Freddy schließt mich in seine Arme.

Sofort spüre ich, wie ich mich versteife. Ich bin so fokussiert auf meine To-do-Liste, dass seine Umarmung mir wie eine Ablenkung vorkommt, für die wir keine Zeit haben. Dann jedoch gestatte ich mir, mich in seiner Umarmung zu entspannen, seine tröstende, vertraute Wärme zu genießen. Freddy ist gut im Umarmen. Er ist das, was man »verschmust« nennen könnte. Seine große Leidenschaft gilt dem Essen, das er kocht – das ist sein Job. Bevor wir hierherkamen, führte er ein Restaurant in Dublin.

»Es wird alles gut gehen«, sagt er. »Versprochen. Es wird alles perfekt.« Er drückt mir einen Kuss auf den Scheitel.

Ich habe einiges an Erfahrung in diesem Geschäft, doch noch nie habe ich mich so in ein Event reingekniet. Zudem ist die Braut sehr speziell – was, das muss man fairerweise einräumen, wahrscheinlich mit ihrem Job als Herausgeberin eines Lifestyle-Magazins einhergeht. Jemand anderen hätten ihre Ansprüche und Forderungen womöglich ins

Schwitzen gebracht, doch mir hat es Spaß gemacht. Ich mag Herausforderungen.

Allem Anschein nach sind Braut und Bräutigam noch nicht allzu lange zusammen. Da sich unser privates Schlafzimmer wie auch die Gästezimmer im Folly befinden, konnten wir sie gestern Nacht hören. »Meine Güte«, meinte Freddy, als wir im Bett lagen, »das kann ich mir echt nicht anhören.« Ich wusste, was er meinte. Schon seltsam, dass es sich nach Schmerzen anhören kann, wenn jemand von der Lust übermannt wird. Die beiden scheinen bis über beide Ohren verliebt zu sein. Jemand Spitzfindiges könnte jetzt sagen: Genau deshalb können sie ja die Finger nicht voneinander lassen. Doch »einander mit Haut und Haaren verfallen« wäre wohl die treffendere Umschreibung.

Freddy und ich sind mittlerweile seit beinahe zwei Jahrzehnten zusammen, doch bis heute gibt es Dinge, die ich vor ihm verheimliche, und ich bin mir sicher, das Gleiche gilt auch umgekehrt. Da fragt man sich schon, wie viel diese beiden übereinander wissen.

Und ob sie wirklich alle dunklen Geheimnisse des anderen kennen.

HANNAH

Die Begleitung

Vor uns erheben sich die Wellen mit ihren weißen Schaumkronen. An Land ist es ein wunderschöner Sommertag, doch hier draußen geht es ziemlich rau zu. Vor ein paar Minuten haben wir den Schutz des Hafens hinter uns gelassen, schon bald darauf schien die Farbe des Wassers sich zu verdunkeln, und die Wellen wuchsen merklich an.

Es ist der Tag vor der Hochzeit, und wir befinden uns auf dem Weg zur Insel. Als »besondere Gäste« haben wir das Privileg, heute schon dort zu übernachten. Ich freue mich darauf. Zumindest glaube ich, dass ich mich freue. In jedem Fall kann ich im Moment etwas Ablenkung gut gebrauchen.

»Achtung, festhalten!«, ruft der Kapitän aus der Steuerkabine hinter uns, der sich uns vorhin als Mattie vorgestellt hat. Bevor wir auch nur Zeit haben, einen Gedanken zu fassen, hebt das kleine Boot von einer Woge ab und rauscht in den Kamm der nächsten. Das Wasser spritzt in einem Riesenbogen über uns hinweg.

»Verdammt!«, schreit Charlie, und ich sehe, dass er auf einer Seite komplett durchnässt ist. Wunderbarerweise bin ich nur etwas feucht geworden.

»Na, sind Sie da vorn etwas nass geworden?«, ruft Mattie vergnügt.

Ich lache, muss mich allerdings dazu zwingen, da die Situation doch ziemlich beängstigend war. Die ständigen Bewegungen des Bootes – irgendwie vor und zurück und gleichzeitig von einer Seite zur anderen – machen meinem Magen zu schaffen.

»Puh«, stoße ich aus, als ich die Übelkeit in mir aufsteigen spüre. Bei der Erinnerung an den kleinen Nachmittagsimbiss aus Tee, Scones und Clotted Cream, den wir zu uns genommen haben, bevor wir an Bord gingen, möchte ich mich am liebsten übergeben.

Charlie sieht mich besorgt an, legt eine Hand auf mein Knie und drückt es sanft. »Oje. Geht's schon los?«

Ich leide an furchtbarer Reiseübelkeit, und mir wird auch sonst schnell übel. Während der Schwangerschaft war es mit der Übelkeit am schlimmsten.

»Mmhmmm. Ich habe zwei Tabletten genommen, aber die haben kaum was gebracht.«

»Weißt du was? Ich werde dir was über die Insel vorlesen, das bringt dich auf andere Gedanken.« Mein Mann sucht in seinem Handy. Er hat sich einen Reiseführer runtergeladen – typisch Lehrer. Als das Boot wieder schlingert, entgleitet das iPhone ihm beinahe. Er flucht und packt es mit beiden Händen, wir können uns wirklich kein neues leisten.

»Hier steht nicht besonders viel«, sagt er etwas entschuldigend, als er es geschafft hat, die Seite zu laden. »Haufenweise Zeug über Connemara, aber die Insel selbst… Ich schätze, sie ist zu klein…« Er fixiert das Display, als wolle er es zwingen, mehr auszuspucken. »Moment, hier, ich hab was gefunden.« Er räuspert sich, dann fängt er an mit einer Stimme zu lesen, die er wahrscheinlich auch im Unterricht einsetzt. »›Die Insel Inis an Amplóra oder, in der englischen Übersetzung, Cormorant Island misst von einem Ende zum anderen zwei Meilen und ist dabei länger, als sie breit ist. Sie besteht aus einem gewaltigen Granitbrocken, der sich einige Meilen vor Connemaras Küste majestätisch aus dem Atlantik erhebt. Ein großes Torfmoor bedeckt den Großteil der Oberfläche. Die beste und zugleich einzige Art und Weise, die Insel zu betrachten, ist von einem Privatboot aus. Im Fahrwasser zwischen Festland und Insel kann die See allerdings besonders rau werden …‹«

»Da haben sie wohl recht«, murmle ich und klammere mich an die Reling, als wir schaukelnd über die nächste Welle hinwegsetzen und erneut hinabkrachen. Mein Magen dreht sich gleich noch mal um.

»Ich kann Ihnen mehr dazu erzählen!«, ruft Mattie aus seiner Kabine. Mir war nicht klar, dass er uns von da drüben hören kann. »Aus einem Reiseführer werden Sie nicht viel über Inis an Amplóra rausbekommen.«

Charlie und ich rutschen näher zur Steuerkabine rüber, damit wir besser hören können. Der Kapitän hat einen charmanten, breiten Akzent.

»Die ersten Menschen, die diesen Ort besiedelten«, erzählt er uns, »gehörten, soweit man weiß, zu einer religiösen Sekte, die von den Leuten auf dem Festland verfolgt wurde.«

»Oh ja«, sagt Charlie und blickt in seinen Reiseführer, »ich glaube, darüber habe ich etwas …«

»Sie können nicht alles aus dem Ding da rauskriegen«, sagt Mattie stirnrunzelnd und sichtlich ungehalten ob der Unterbrechung. »Wissen Sie, ich leb schon mein ganzes Leben in der Gegend… meine Leute sind schon seit Jahrhunderten hier. Ich kann Ihnen mehr erzählen als Ihr Kerl da im Internet.«

»Entschuldigung«, sagt Charlie errötend.

»Jedenfalls«, fährt Mattie fort, »haben die Archäologen sie vor zwanzig Jahren gefunden. Lagen allesamt im Moor, Seite an Seite, eng zusammengepackt.« Irgendwas sagt mir, dass er die Situation genießt. »Sehr gut erhalten, so hieß es, weil es da unten keine Luft gibt. Es war ein Massaker. Sie wurden allesamt niedergemetzelt.«

»Oh«, sagt Charlie mit einem besorgten Blick zu mir, »ich bin nicht sicher, ob…«

Es ist zu spät. Die Vorstellung ist schon in meinem Kopf: vor Urzeiten vergrabene Leichen, die aus dem schwarzen, nassen Moor emporsteigen. Ich versuche, nicht daran zu denken, aber das Bild bleibt beharrlich vor meinem inneren Auge stehen, wie bei einem stockenden Video. Der Schwall von Übelkeit, der mich überkommt, als wir über die nächste Welle hinwegreiten, ist beinahe eine Erleichterung, da er meine gesamte Aufmerksamkeit in Anspruch nimmt.

»Und heute lebt da niemand mehr?«, erkundigt sich Charlie lächelnd in dem Versuch, die Gesprächsrichtung zu ändern. »Abgesehen von den Besitzern?«

»Nein«, sagt Mattie. »Nur Geister.«

Charlie tippt aufs Display. »Hier steht, dass die Insel bis in die Neunziger bewohnt war, als die letzten paar Leute beschlossen, zugunsten von fließend Wasser, Elektrizität und den Annehmlichkeiten eines modernen Lebensstils aufs Festland zurückzukehren.«

»Oh, das steht da also, ja?« Mattie klingt belustigt.

»Wieso?«, frage ich, als ich meine Stimme wiederfinde. »Gab es einen anderen Grund, warum sie fortgegangen sind?«

Mattie scheint etwas sagen zu wollen, doch da wechselt seine Miene schlagartig. »Aufgepasst!«, brüllt er. Charlie und ich schaffen es gerade noch, die Reling zu packen. Sekunden später scheint der Boden unter uns wegzubrechen, und wir fallen an einer Wellenwand hinab, nur um gleich wieder gegen eine andere zu krachen.

Man soll bei Seekrankheit einen festen Punkt fixieren. Ich richte meinen Blick auf die Insel. Sie war schon die ganze Fahrt über in Sicht, ein bläulicher Fleck am Horizont in der Form eines abgeflachten Ambosses. Natürlich würde Jules niemals einen Ort auswählen, der nicht atemberaubend schön ist, doch auf mich wirkt die dunkle Silhouette wie eine finstere Gestalt, die sich vor dem strahlend hellen Tag zusammenkauert.

»Ziemlich spektakulär, was?«, sagt Charlie.

»Mhm«, erwidere ich unverbindlich. »Hoffentlich gibt es inzwischen fließend Wasser und Elektrizität auf der Insel. Ich glaube, ich brauche nach der Reise ein heißes Bad.«

Charlie grinst. »So wie ich Jules kenne, haben sie mittlerweile ganz sicher Rohre und Leitungen verlegt, falls es noch keine gegeben haben sollte. Du weißt ja, wie sie ist. Immer total effizient.«

Ich bin sicher, dass Charlie es nicht so gemeint hat, aber für mich klingt es wie ein Vergleich. Ich bin nämlich ganz eindeutig nicht der effizienteste Mensch der Welt. Irgendwie kann ich keinen Raum betreten, ohne ein totales Durcheinander zu produzieren, und seitdem die Kinder da sind, ist unser Haus praktisch eine ständige Müllhalde. Wenn wir ganz selten mal Gäste zu Besuch haben, stopfe ich den ganzen Kram in sämtliche Schränke und Schubladen, bis es sich anfühlt, als würde die gesamte Wohnung den Atem anhalten, um nicht zu explodieren. Als wir das erste Mal zum Abendessen in Jules' elegantem viktorianischen Haus in Islington eingeladen waren, fand ich, dass es aussah, als stammte es aus einer Zeitschrift – ihrem eigenen Online-Magazin mit dem Titel *The Download*. Ich hatte schon Angst, dass sie mich gleich verräumen würde, da mir bewusst war, dass ich mit meinem herausgewachsenen dunklen Haaransatz und den Klamotten von der Stange völlig aus dem Rahmen fiel. Ich ertappte mich dabei, wie ich versuchte, meinen Akzent zu glätten, meine plumpen Manchester-Vokale abzumildern.

Wir könnten unterschiedlicher nicht sein, Jules und ich. Die zwei wichtigsten Frauen im Leben meines Ehemanns. Ich beuge mich über die Reling, sauge tief die Meeresluft ein.

»Ich habe den Großteil von dem Artikel über die Insel gelesen«, sagt Charlie. »Anscheinend verfügt sie über weiße Sandstrände, die in diesem Teil von Irland wohl sehr bekannt sind. Der helle Sand bedeutet auch, dass das Wasser in den Buchten eine wunderschöne türkisblaue Färbung annimmt.«

»Na, das klingt schon verlockender als ein Torfmoor.«

»Vielleicht finden wir ja sogar die Gelegenheit, eine

Runde schwimmen zu gehen.« Charlie schenkt mir ein Lächeln.

Ich schaue auf das kalte Meerwasser, das hier eher schiefergrün als türkisblau ist, und erschauere. Dabei schwimme ich sogar in Brighton, und zwar im Ärmelkanal. Trotzdem. Das Wasser dort kommt mir so viel zahmer vor als diese wilde, brutale See.

»Dieses Wochenende wird bestimmt eine gute Ablenkung, oder?«, sagt Charlie.

»Ja, das hoffe ich wirklich.« Wir haben schon ewig keinen Urlaub gehabt. Und im Moment kann ich einen solchen Kurztrip dringend gebrauchen. »Ich kapiere nur nicht ganz, warum Jules irgendeine unbekannte Insel vor der irischen Küste für ihre Hochzeitsfeier ausgesucht hat«, schiebe ich hinterher. Auch wenn es ihr sehr ähnlich sieht, eine derart exklusive Örtlichkeit zu wählen, dass ihre Gäste auf dem Weg dorthin ernsthaft Gefahr laufen zu ertrinken. »Ist ja nicht so, als könne sie es sich nicht leisten, die Feier woanders abzuhalten.«

Charlie runzelt die Stirn. Er redet nicht gern über Geld, es ist ihm unangenehm. Das ist einer der Gründe, warum ich ihn liebe. Bis auf manchmal, wenn ich nicht umhinkomme, mich zu fragen, wie es wohl wäre, ein kleines bisschen mehr davon zu haben. Wir haben uns wegen des Hochzeitsgeschenks den Kopf zermartert und einen ziemlichen Streit deswegen gehabt. Normalerweise sind fünfzig Pfund unser absolutes Maximum, aber Charlie bestand darauf, dass es mehr sein müsste, da er und Jules so eng befreundet sind. Doch da sämtliche Geschenke aus dem exklusiven Londoner Liberty-Kaufhaus stammten, bekamen wir für die hundertfünfzig Pfund, auf die wir uns schließlich einigten, lediglich eine recht gewöhnlich ausschauende Keramikschüssel. Auf der Liste gab es sogar eine Duftkerze für zweihundert Pfund.

»Du kennst doch Jules«, sagt Charlie, bevor das Boot ein weiteres Mal abwärtsrauscht, dann gegen etwas prallt, das sich viel härter als Wasser anfühlt, und zu allem Überfluss mit ein paar seitlichen Schlenkern wieder hochhüpft. »Sie macht die Dinge eben gerne anders. Außerdem könnte es etwas damit zu tun haben, dass ihr Dad Ire ist.«

»Ich dachte, sie versteht sich nicht mit ihrem Dad.«

»Es ist ein bisschen kompliziert. Er war zwar nie wirklich für sie da und scheint auch sonst eher ein Arsch zu sein, aber ich glaube, sie hat ihn irgendwie trotzdem vergöttert. Deswegen wollte sie damals auch, dass ich ihr Segelstunden gebe. Er hatte da anscheinend diese Jacht, und sie wollte unbedingt, dass er stolz auf sie ist.«

Es fällt schwer, sich Jules in der unterlegenen Position eines Menschen vorzustellen, der jemand anders stolz machen will. Ich weiß, dass ihr Dad ein erfolgreicher Bauunternehmer ist, ein echter Machertyp, der es aus eigener Kraft nach oben geschafft hat. Als Tochter eines Lokführers und einer Krankenschwester bin ich mit ständigen Geldsorgen aufgewachsen. Leute, die einen Haufen Kohle zusammengescheffelt haben, beeindrucken mich zwar, wecken aber zugleich mein Misstrauen. Für mich gehören sie allesamt einer anderen Spezies an, einer ganz eigenen Art von aalglatten, gefährlichen Raubkatzen.

»Vielleicht hat ja Will den Ort ausgesucht«, überlege ich. »Klingt ganz nach ihm, der ist doch so naturverbunden.«

Ich verspüre einen Anflug von Aufregung bei dem Gedanken, jemand so Berühmtes kennenzulernen. Es ist schwer, sich Jules' Verlobten als realen Menschen vorzustellen.

Ich habe mir heimlich seine Sendung angeschaut. Sie ist ziemlich gut, obwohl ich sicher nicht ganz objektiv bin. Mich fasziniert die Vorstellung, dass Jules mit diesem Mann zusammen ist … ihn berührt, ihn küsst, mit ihm schläft. Und ihn demnächst heiratet.

Das Konzept der TV-Show *Survive the Night* besteht darin, dass Will in tiefster Nacht gefesselt und mit verbundenen Augen irgendwo ausgesetzt wird – in einem Wald oder inmitten der arktischen Tundra beispielsweise –, mit nichts als den Klamotten, die er am Leib trägt, und einem Messer in seinem Gürtel. Dann muss er sich befreien und es bis zu einem verabredeten Treffpunkt schaffen, wobei er lediglich seinen Grips und sein Orientierungsvermögen einsetzen darf. Das Ganze ist extrem spannend und dramatisch: In einer Folge musste er im Dunkeln einen Wasserfall überqueren, in einer anderen wurde er von Wölfen aufgespürt und verfolgt. Zwischendurch fällt einem wieder ein, dass da ein Kamerateam im Hintergrund ist, das ihn filmt und begleitet. Wenn es richtig gefährlich wäre, würden sie doch bestimmt eingreifen und ihm helfen, oder? Jedenfalls schaffen sie es, dass man die Gefahr so intensiv spürt, als wäre man selbst mit dabei.

Bei der Erwähnung von Will hat sich Charlies Miene verfinstert. »Ich kapiere immer noch nicht, warum sie ihn nach so kurzer Zeit schon heiraten muss«, murrt er. »Aber ich schätze, so ist Jules einfach. Wenn sie sich etwas in den Kopf gesetzt hat, macht sie Nägel mit Köpfen. Lass dir eins gesagt sein, Hannah: Der Kerl verbirgt irgendwas. Ich glaube nicht, dass er der ist, der er vorgibt zu sein.«

Und genau deswegen habe ich mir die Sendung nur heimlich angeschaut. Ich wusste, dass es Charlie nicht recht wäre. Manchmal kommt mir unwillkürlich der Gedanke, dass seine Abneigung gegenüber Will ein bisschen wie Eifersucht wirkt. Ich hoffe wirklich, dass es keine Eifersucht ist. Denn was würde das für uns bedeuten?

Es könnte aber auch etwas mit Wills Junggesellenabschied zu tun haben. Charlie ist hingegangen, obwohl er doch eigentlich Jules' bester Freund ist. Als er vom Wochenendtrip nach Schweden zurückkam, wirkte er irgendwie verstört. Jedes Mal, wenn ich das Thema ansprach, wurde er ganz komisch und blockte ab. Also ließ ich es dabei bewenden. Schließlich ist er heil vom Junggesellenabschied zurückgekommen.

Der Wind scheint die See in der kurzen Zeit weiter aufgeraut zu haben. Das alte Fischerboot schlägt wie eine Rodeo-Maschine in alle Richtungen aus, gerade so, als würde es versuchen, uns über Bord zu werfen.

»Ist es denn wirklich sicher, wenn wir jetzt weiterfahren?«, frage ich den Kapitän.

»Jepp!«, ruft Mattie über das Krachen der Gischt und das Pfeifen des Windes hinweg. »Eigentlich ist es ein guter Tag. Ist auch nicht mehr weit bis zur Inis an Amplóra.«

Ich spüre ein paar nasse Strähnen an meiner Stirn kleben, während sich meine restlichen Haare gefühlt zu einer riesigen, wirren Wolke um meinen Kopf aufgebauscht haben. Ich kann mir nur zu gut vorstellen, was für ein Bild ich vor Jules, Will und den anderen abgeben werde, wenn wir endlich ankommen.

»Ein Kormoran!«, schreit Charlie und deutet mit dem Finger aufs Meer. Ich weiß, er versucht, mich von meiner Übelkeit abzulenken. Dabei komme ich mir vor wie ein Kind, das beim Arzt eine Spritze bekommen soll. Doch ich folge seinem Fingerzeig und erblicke ein glattes, geschmeidiges schwarzes Köpfchen, das aus den Wellen auftaucht wie das Sehrohr eines Mini-U-Boots. Dann stößt es unter die Oberfläche hinab, ein pfeilartiger schwarzer Streifen. Unglaublich, dass ein Lebewesen sich unter so feindseligen Bedingungen heimisch fühlen kann.

»In dem Artikel gab es einen eigenen Abschnitt über Kormorane«, erklärt Charlie und zückt wieder sein Handy. »Ah, hier. Anscheinend sind sie auf dieser Höhe der Küste besonders häufig anzutreffen.« In seinem typischen Lehrerton liest er vor: »Der Kormoran gilt in den örtlichen Mythen und Legenden als Unheilbringer.« Ach herrje. »In vergangenen Zeiten stand der Vogel symbolisch für Gier, Unglück und das Böse.«

Wir schauen beide zu, als der Vogel wieder aus dem Wasser auftaucht. Ein winziger Fisch zappelt in seinem scharfen Schnabel, ein kurzes Aufblitzen von Silber, bevor der Vogel seinen Schlund aufsperrt und ihn am Stück verschlingt.

In diesem Moment dreht sich mir der Magen um. Ich habe das Gefühl, als hätte ich den zappelnden und glitschigen Fisch verschluckt, der nun in meinem Magen herumschwimmt. Als das Boot krängt, stürze ich an die Reling und würge meinen Nachmittagsimbiss hoch.

JULES

Die Braut

Ich stehe vor dem Spiegel in unserem Schlafzimmer, natürlich dem größten und elegantesten der zehn Gästezimmer. Von hier aus muss ich den Kopf nur ein Stückchen drehen, um durch das Fenster auf das Meer hinauszublicken. Das Wetter heute ist perfekt, die Sonne glitzert so gleißend auf den Wellen, dass man kaum hinsehen kann. Und so soll es verdammt noch mal bis morgen bleiben.

Unser Zimmer liegt auf der Westseite des Gebäudes, und da wir uns auf der westlichsten Insel an diesem Teil der Küste befinden, gibt es zwischen mir und Amerika nichts und niemanden. Mir gefällt die Dramatik, die in dieser Vorstellung mitschwingt. Das Folly selbst ist ein wunderschön renoviertes Lustschloss aus dem fünfzehnten Jahrhundert. Das Interieur schafft die Gratwanderung zwischen Luxus und Zeitlosigkeit, Grandezza und Behaglichkeit: antike Teppiche auf Natursteinplatten, frei stehende Klauenfußbadewannen, gemauerte Kamine mit gemütlich glimmenden Torffeuern. Es ist geräumig genug, um all unsere besonderen Gäste zu beherbergen, und doch so klein, dass es intim und persönlich wirkt. Es ist einfach perfekt. Alles wird perfekt werden.

Denk nicht an den Zettel, Jules.

Nein, ich werde nicht an den Zettel mit der Nachricht denken.

Scheiße. *Scheiße.* Keine Ahnung, warum sie mir so zusetzt. Ich habe nie zu diesen Menschen gehört, die morgens um drei aufwachen und sich wegen irgendwas verrückt machen. Zumindest nicht bis vor drei Wochen.

Denn da lag der Zettel in unserem Briefkasten. Darauf stand, ich solle die Hochzeit abblasen.

Irgendwie hat der Zettel seine dunkle Macht in mir entfaltet. Wann immer ich daran denke, bekomme ich ein säuerliches Gefühl in der Magengrube. Als hätte ich Angst.

Was lächerlich ist. Normalerweise würde ich keinen zweiten Gedanken an solche Dinge verschwenden.

Ich schaue wieder in den Spiegel. Ich habe das Kleid an. *Das* Kleid. Ich fand es wichtig, es am Tag vor meiner Hochzeit ein letztes Mal anzuprobieren. Zwar hatte ich letzte Woche noch eine Anprobe, aber ich überlasse nie etwas dem Zufall. Es sitzt perfekt, wie erwartet. Schwere cremefarbene Seide, die aussieht, als sei sie über meinen Körper gegossen worden. Das eng anliegende Mieder sorgt für die absolut essenzielle Sanduhrsilhouette. Keine Spitze oder anderer Firlefanz, der nicht zu mir passt. Das Gewebe ist so fein, dass die Seide nur mit speziellen weißen Handschuhen angelegt werden darf, die ich selbstverständlich gerade trage. Das Kleid hat ein Heidengeld gekostet. Und das war es wert. Ich habe kein Interesse an Mode als Selbstzweck, aber ich respektiere die Macht von Kleidung, die für das richtige Erscheinungsbild sorgt. Ich wusste sofort, dass dieses Kleid seine Trägerin zur Königin macht.

Am Ende des morgigen Abends wird das Kleid wahrscheinlich dreckig sein – nicht einmal ich kann das verhindern –, aber ich habe ohnehin vor, es bis unters Knie kürzen und dunkler färben zu lassen. Wenn ich eines bin, dann pragmatisch veranlagt. Ich habe immer einen Plan, immer. Das war schon in meiner Kindheit so.

Ich gehe zur Wand hinüber, an der ich die Tischordnung befestigt habe. Will meint, ich sei wie ein General, der seine Schlachtpläne aufhängt. Aber so etwas ist doch wichtig, oder etwa nicht? Die Tischordnung kann die Feierlaune der Hochzeitsgäste befeuern oder die Stimmung verderben, je nachdem. Ich weiß, dass sie noch heute Abend stehen wird. Es ist alles eine Frage der Planung. Genau so habe ich *The Download* innerhalb von zwei Jahren von einem simplen Lifestyle-Blog zu einem richtigen Online-Magazin mit dreißig Mitarbeitern gemacht.

Die meisten Gäste werden erst morgen zur Trauung auf der Insel eintreffen und nach der Feier in ihre Hotels auf dem Festland zurückkehren. Wie sehr habe ich es genossen, »Boote um Mitternacht« anstelle der üblichen »Kutschen« auf die Einladung zu schreiben. Nur unsere engsten Freunde und Familienangehörigen werden heute und morgen mit uns im Folly übernachten. Die Gästeliste ist ziemlich exklusiv. Will durfte neben seinem Trauzeugen nur seine wichtigsten Freunde als Gefolge aussuchen, da er so viele hat. Für mich war das weniger schwierig, da ich lediglich eine Brautjungfer habe: meine Halbschwester Olivia. Ich habe kaum Freundinnen, denn ich habe keine Zeit für Klatsch und Tratsch. Außerdem erinnern mich reine Frauengrüppchen zu sehr an die zickigen Mädchencliquen an meiner

Schule, die mich nie als ihresgleichen akzeptierten. Es war etwas unerwartet für mich, dass so viele Frauen bei meinem Junggesellinnenabschied auftauchten, doch zum Großteil handelte es sich dabei um die Partnerinnen von Wills Kumpels und um Angestellte von *The Download*, die das Ganze als Überraschung für mich organisiert hatten. Mein bester und engster Freund ist ein Mann: Charlie. Tatsächlich wird er dieses Wochenende auch mein Trauzeuge sein.

Charlie und Hannah befinden sich gerade auf dem Weg hierher. Sie sind die letzten Gäste, die heute noch eintreffen. Es wird guttun, Charlie wiederzusehen. Es kommt mir ewig lang her vor, dass wir das letzte Mal Zeit miteinander verbracht haben – ohne seine Kinder. Früher haben wir uns ständig gesehen, selbst nachdem er mit Hannah zusammengekommen war. Er hatte immer Zeit für mich. Doch als die Kinder kamen, hatte ich den Eindruck, als wäre er in eine völlig andere Welt umgezogen, in der spätabends dreiundzwanzig Uhr bedeutet und in der jede Unternehmung ohne Kinder sorgfältig im Voraus geplant werden muss. Erst da begann ich zu vermissen, ihn ganz für mich zu haben.

»Du siehst umwerfend aus.«

»Oh!« Ich zucke zusammen, dann entdecke ich ihn im Spiegel: Will. Er lehnt im Türrahmen und betrachtet mich. »Will! Ich habe mein Kleid an! Raus! Du darfst es nicht sehen, bevor …«

Er rührt sich nicht. »Habe ich nicht das Recht auf einen kleinen Vorgeschmack? Außerdem habe ich es jetzt doch sowieso schon gesehen.« Er richtet sich auf und geht auf mich zu. »Du bist … Mein Gott, ich kann es kaum erwarten, dich darin vor den Altar treten zu sehen.« Er stellt sich hinter mich, umfasst meine nackten Schultern mit seinen Händen.

Ich sollte außer mir sein. Das bin ich auch. Und doch spüre ich, wie meine Entrüstung verpufft. Weil seine Hände nun auf mir sind, an meinen Armen hinabgleiten und ich jenen ersten Schauer von Begehren verspüre. Ich rufe mir in Erinnerung, dass ich jetzt ganz gewiss nicht abergläubisch werde, nur weil der Bräutigam das Kleid angeblich nicht vorab sehen darf – an so etwas habe ich noch nie geglaubt.

»Du solltest nicht hier sein«, tadle ich ihn verärgert. Doch es klingt etwas halbherzig.

»Schau uns nur an«, sagt er, als unsere Blicke sich im Spiegel begegnen und er mit einem Finger über meine Wange fährt. »Sehen wir zusammen nicht gut aus?«

Er hat recht. Ich, dunkelhaarig und blass, er, blond und sonnengebräunt. Wir geben das attraktivste Paar in jedem Raum ab. Ich werde gar nicht erst so tun, als würde das nicht auch einen Teil des Reizes ausmachen: mir vorzustellen, wie wir auf die Außenwelt wirken könnten … und auf unsere morgigen Gäste. Mir fallen die Mädchen aus der Schule ein, die mich damals als pummelige Streberin gehänselt haben (ich war eher eine Spätzünderin), und denke: Jetzt schaut nur, wer zuletzt lacht.

Will beißt sanft in die entblößte Haut meiner Schulter. Ich verspüre ein heftiges Ziehen im Unterleib, wie ein gespanntes Gummiband, das reißt. Mit ihm verschwindet auch der letzte Rest meines Widerstands.

»Bist du denn bald fertig damit?« Er blickt über meine Schulter hinweg auf die Tischordnung.

»Bei einigen Gästen bin ich mir immer noch nicht im Klaren, wo ich sie hinsetzen soll«, sage ich.

Es ist still, während Will den Plan inspiziert. Sein warmer Atem streift über mein Schlüsselbein, und ich kann sein Aftershave riechen: Zeder und Moos.

»Haben wir etwa Piers eingeladen?«, fragt er sanft. »Ich kann mich gar nicht erinnern, dass er auf der Liste stand.«

Es gelingt mir, die Augen nicht zu verdrehen. *Ich* habe alle Einladungen aufgesetzt. *Ich* habe die Liste angelegt, das Papier und die Umschläge ausgesucht, sämtliche Adressen zusammengetragen, die Briefmarken gekauft, jedes Kuvert frankiert und versendet. Will war viel unterwegs, bei den Dreharbeiten für die neue Staffel. Hin und wieder hat er einen Namen genannt, irgendwen, den er bisher vergessen hatte. Ich hatte angenommen, dass er die Liste am Ende sorgfältig durchgegangen sei, da er sichergehen wollte, dass wir niemanden vergessen hätten. Piers kam erst später dazu.

»Er stand nicht auf der Liste«, gebe ich zu. »Aber ich habe seine Frau bei diesem Cocktailempfang im Groucho getroffen, und ich hätte es völlig abwegig gefunden, die beiden nicht einzuladen. Ich meine, warum auch nicht?« Piers ist schließlich der Produzent von Wills Show. Er ist ein netter Kerl, und er und Will schienen immer gut miteinander klarzukommen. Daher musste ich nicht lange darüber nachdenken, ob ich ihn einladen sollte.

»Klar«, sagt Will. »Ja, natürlich.« Aber da ist ein Unterton in seiner Stimme. Aus irgendeinem Grund hat die Einladung ihn verstimmt.

»Hör zu, Schatz«, sage ich und lege den Arm um seinen Hals, »ich dachte, du würdest dich freuen, die beiden dabeizuhaben. Sie wirkten auf jeden Fall sehr erfreut, als ich sie gefragt habe.«

»Es stört mich ja auch nicht«, erwidert er behutsam. »Ich war kurz überrascht, das ist alles.« Er lässt seine Hände zu meiner Taille hinabgleiten. »Es stört mich nicht im Geringsten. Eine schöne Überraschung. Es wird nett sein, sie dabeizuhaben.«

»Na gut, dann werde ich also die Ehepartner nebeneinander platzieren. Geht das?«

»Das ewige Dilemma«, sagt er mit gespieltem Ernst.

»Ich weiß schon, aber den Leuten sind solche Sachen wirklich wichtig.«

»Nun ja«, sagt er, »wenn du und ich woanders eingeladen wären, wüsste ich, wo ich am liebsten sitzen würde.«

»Ach ja?«

»Direkt gegenüber, damit ich das hier tun kann.« Seine Hand rafft den Stoff meines Seidenrocks nach oben und verschwindet darunter.

»Will«, protestiere ich, »die Seide …«

Seine Finger haben den Spitzensaum meines Höschens gefunden.

»Will«, sage ich halb verärgert, »was um Himmels willen denkst du dir eigentlich …?« Schon sind seine Finger in mein Höschen geschlüpft, gleiten an mir auf und ab, und die Seide kümmert mich nicht mehr sonderlich. Mein Kopf sinkt gegen seine Brust.

Das alles sieht mir überhaupt nicht ähnlich. Eigentlich bin ich kein Mensch, der sich nach wenigen Monaten mit jemandem verlobt und ihn bald darauf heiratet. Ich könnte dagegenhalten, dass es weder überstürzt noch unüberlegt ist, wie manche womöglich meinen. Wenn überhaupt, ist es das Gegenteil: Es ist ein Beweis dafür, dass man sich selbst kennt und weiß, was man will, und dementsprechend handelt.

»Wir könnten es hier und jetzt tun«, murmelt Will, und ich spüre seinen warmen Atem in meinem Nacken. »Wir haben doch Zeit, oder nicht?« Ich versuche zu antworten, doch da seine Finger weitermachen, verwandelt sich das Nein in ein gedehntes Stöhnen.

Mit allen anderen bisherigen Partnern habe ich mich schon nach wenigen Wochen gelangweilt, und der Sex wurde zur lästigen Routine. Mit Will habe ich das Gefühl, nie ganz gesättigt zu sein, auch wenn ich satter bin, als ich es je mit einem Liebhaber war. Es liegt nicht nur daran, dass er ein wahnsinnig schöner Mann ist, nein, diese Unersättlichkeit reicht viel weiter. Mir ist bewusst, dass jeder sexuelle Akt einen Versuch darstellt, ihn voll und ganz zu besitzen. Doch es gelingt mir nie, da sich ein essenzieller Teil von ihm meinem Zugriff entzieht und unter der Oberfläche verschwindet.

Liegt es an seiner Berühmtheit? An der Tatsache, dass man ab einem bestimmten Grad von Prominenz gewissermaßen zu Gemeingut wird? Oder liegt es an etwas anderem, das ihn in seinem Wesen ausmacht? Etwas Heimliches und Unbegreifliches, vor allen Blicken verborgen?

Bei diesem Gedanken muss ich unweigerlich an den Zettel mit der Nachricht denken. Nein, ich will nicht daran denken.

Seine Finger machen weiter. »Will«, protestiere ich schwach, »es kann jederzeit jemand reinkommen.«

»Ist das nicht das Aufregende daran?«, murmelt er. Da hat er zweifelsohne recht. Will hat definitiv meinen sexuellen Horizont erweitert. Er hat mich an Sex in der Öffentlichkeit herangeführt: Wir haben es in einem nächtlichen Park getan, in der letzten Reihe eines beinahe leeren Kinos. Bei der Erinnerung daran bin ich über mich selbst erstaunt. Ich kann nicht glauben, dass ich diese Dinge getan habe. Julia Keegan bricht doch keine Gesetze.

Er ist auch der einzige Mann, dem ich je erlaubt habe, mich nackt zu filmen, einmal sogar beim Sex. Natürlich habe ich erst zugestimmt, nachdem wir verlobt waren. Ich bin doch nicht blöd. Aber Will steht nun mal darauf, und auch wenn ich es nicht unbedingt mag – es bedeutet nämlich Kontrollverlust, und in jeder anderen Beziehung war ich es, die die Kontrolle hatte –, so ist dieser Verlust doch gleichzeitig berauschend. Ich höre, wie er seine Gürtelschnalle löst, und allein bei dem Geräusch durchfährt mich ein elektrischer Stoß. Etwas unsanft schiebt er mich auf die Frisierkommode zu. Ich greife nach der Tischkante und spüre die Spitze seines Schwanzes, der bereit ist, in mich einzudringen.

»Hallihallo? Ist da jemand?« Knarrend geht die Tür auf.

Scheiße.

Will weicht zurück. Ich höre, wie er an seiner Jeans und seinem Gürtel herumfummelt, und spüre, wie mein Rock heruntergleitet. Ich ertrage es kaum, mich umzudrehen.

Da steht er und drückt sich in der Tür herum: Johnno, Wills Trauzeuge. Was hat er gesehen? Alles? Ich spüre die Hitze in meine Wangen schießen und bin wütend auf mich selbst. Ich bin wütend auf ihn. Normalerweise werde ich nie rot.

»Sorry, Leute«, sagt Johnno. »Hab ich euch unterbrochen?« Ist das ein Grinsen? Plötzlich sieht er, was ich anhabe. »Oh, ist das …? Bringt das nicht Unglück?«

Am liebsten würde ich mir einen schweren Gegenstand schnappen und nach ihm werfen und ihn anbrüllen, dass er gefälligst abhauen soll. Aber natürlich weiß ich, was sich gehört. »Also bitte!«, sage ich stattdessen und meine damit: *Sehe ich etwa aus, als würde ich an so etwas glauben?* Ich hebe eine Augenbraue und verschränke die Arme. Ich bin Expertin im Heben von Augenbrauen, was ich bei meiner Arbeit mit großem Erfolg einsetze. Ich warne ihn, ja kein Wort mehr zu sagen. Trotz seiner großspurigen Art glaube ich, dass Johnno ein bisschen Angst vor mir hat. Die Leute haben generell Angst vor mir.

»Wir sind gerade dabei, die Tischordnung durchzugehen«, erkläre ich. »Insofern hast du uns schon unterbrochen.«

»Na ja«, beginnt er, »ich bin echt ein Depp …« Ich kann ihm ansehen, dass er leicht eingeschüchtert ist. Gut. »Mir ist nur grad eingefallen, dass ich was ziemlich Wichtiges vergessen habe.«

Ich spüre, wie mein Herzschlag sich beschleunigt. Nicht die Ringe. Ich habe Will extra eingebläut, ihm die Ringe erst in letzter Minute anzuvertrauen. Falls er die Ringe vergessen hat, kann ich nicht für meine Handlungen garantieren.

»Mein Anzug«, sagt Johnno. »Ich hatte ihn schon eingepackt, in der Kleiderhülle … und dann, in der letzten Minute … ehrlich gesagt hab ich keine Ahnung, wie das passiert ist. Alles, was ich sagen kann, ist, dass er noch an meiner Zimmertür in Blighty hängen muss.«

Ich wende den Blick von den beiden ab, während sie den

Raum verlassen, und konzentriere mich darauf, nichts zu sagen, was ich bereuen könnte. An diesem Wochenende muss ich mein Temperament im Griff behalten. Es ist durchaus bekannt dafür, hin und wieder mit mir durchzugehen. Ich bin nicht stolz darauf, aber es ist mir nie ganz gelungen, es vollständig zu zügeln, auch wenn ich allmählich besser darin werde. Wut steht einer Braut überhaupt nicht gut zu Gesicht.

Ich kapiere nicht, warum Will überhaupt mit Johnno befreundet ist, warum er ihn nicht längst aus seinem Leben verbannt hat. An den geistreichen Konversationen kann es schließlich nicht liegen. Der Typ ist zwar harmlos – zumindest gehe ich davon aus –, aber die beiden sind grundverschieden. Will ist so ambitioniert, so erfolgreich, so clever in der Art und Weise, wie er sich präsentiert. Johnno ist ein Chaot, ein Loser. Einer der am Leben Gescheiterten. Als wir ihn vom Bahnhof drüben auf dem Festland abholten, stank er nach Gras und sah aus, als hätte er die Nacht durchgemacht. Ich hätte erwartet, dass er sich vor der Herfahrt wenigstens rasieren und zum Friseur gehen würde. Es ist doch wohl nicht zu viel verlangt, dass dein Trauzeuge nicht wie ein Höhlenmensch aussieht, oder? Ich werde Will nachher mit einem Rasierer zu ihm aufs Zimmer schicken.

Will ist viel zu gut zu ihm. Er hat Johnno sogar mal ein Vorsprechen für *Survive the Night* organisiert, was natürlich in die Hose ging. Als ich Will mal fragte, warum er sich weiterhin mit Johnno abgeben würde, meinte er lapidar, es läge an ihrer »gemeinsamen Vergangenheit«, und erklärte: »Wir haben zwar nicht mehr so viel gemeinsam, aber wir sind nun mal seit Ewigkeiten befreundet.«

Dabei kann Will sonst ziemlich skrupellos sein. Ehrlicherweise hat mich diese Seite von ihm gleich bei unserem Kennenlernen fasziniert, denn wir haben sie beide, das erkannte ich sofort. Neben seinem fantastischen Aussehen und seinem gewinnenden Lächeln zog mich der Ehrgeiz an, den er unter seinem Charme verströmte.

Warum hält Will allein wegen ihrer gemeinsamen Vergangenheit an der Freundschaft zu Johnno fest? Ich mache mir Sorgen, denn das heißt doch, dass diese Vergangenheit irgendeine Form von Macht über ihn haben muss.

JOHNNO

Der Trauzeuge

Will klettert mit einem Sixpack Guinness durch die Falltür nach draußen. Jetzt befinden wir uns auf der Festungsmauer des Folly und blicken durch die Lücken zwischen den Zinnen. Die Erde liegt tief unter uns, und einige Steine im Mauerwerk sind ziemlich lose. Wenn man nicht schwindelfrei ist, dürfte der Anblick ganz schön heftig sein. Von hier aus kann man bis aufs Festland sehen. Hier oben, mit der Sonne im Gesicht, fühle ich mich wie ein König.

Will zieht eine Dose aus dem Sixpack. »Da, nimm.«

»Danke. Und sorry noch mal, dass ich vorhin so bei euch reingeplatzt bin.« Ich zwinkere ihm zu. »Obwohl du es dir eigentlich bis nach der Hochzeit aufsparen solltest.«

Will hebt eine Augenbraue und sieht aus wie die Unschuld in Person. »Ich weiß nicht, wovon du redest. Jules und ich sind nur die Tischordnung durchgegangen.«

»Ach ja? So nennt man das also heutzutage? Aber jetzt im Ernst, es tut mir leid wegen dem Anzug. Ich fühle mich grad wie der letzte Trottel, weil ich ihn vergessen habe.« Ich will ihm vermitteln, dass es mir wirklich unangenehm ist und dass ich meine Aufgabe als Trauzeuge sehr ernst nehme.

»Kein Ding«, sagt Will. »Bin mir zwar nicht sicher, ob mein Ersatzanzug dir passen wird, aber du kannst ihn gerne haben.«

»Sicher, dass es für Jules in Ordnung geht? Sie sah nicht gerade glücklich aus.«

»Kein Thema.« Will winkt ab. »Sie kriegt sich schon wieder ein.«

»Na gut, danke, Will.«

Er nimmt einen Schluck von seinem Guinness und lehnt sich gegen die Steinmauer hinter uns. Dann scheint ihm etwas einzufallen. »Sag mal, du hast nicht zufällig Olivia gesehen, oder? Jules' Halbschwester? Sie verschwindet ständig. Sie ist ein bisschen … sensibel«, sagt er, tippt sich dabei aber mit dem Zeigefinger an die Stirn, was eindeutig »plemplem« heißt.

Ich habe Olivia vorhin kennengelernt. Sie ist groß, schlank und dunkelhaarig, mit einem Schmollmund und Beinen bis zum Hals. »Schade eigentlich, weil … na ja … Sag bloß nicht, dass es dir nicht aufgefallen ist.«

»Herrgott, Johnno, sie ist erst neunzehn«, erwidert Will. »Und zufälligerweise die Schwester meiner Verlobten.«

»Neunzehn, dann ist es ja legal«, erwidere ich, um ihn aufzuziehen. »Das ist doch Tradition, oder? Der Trauzeuge darf sich eine von den Brautjungfern schnappen. Und da es nur eine gibt, habe ich nicht viel Auswahl …«

Will verzieht den Mund, als hätte er gerade was Ekliges probiert. »Ich glaube nicht, dass die Regel gilt, wenn die Mädels fünfzehn Jahre jünger als du sind, du Spinner«, sagt er. Jetzt macht er auf superkorrekt, dabei hatte er selbst immer eine Schwäche für die Damenwelt. Und die Damenwelt im Gegenzug für ihn. Was für ein verdammter Glückspilz. »Sie ist tabu, okay? Krieg das in deinen dämlichen Schädel rein.« Er klopft mir mit dem Knöchel gegen den Kopf.

Das mit dem »dämlichen Schädel« hätte er sich sparen können. Ich bin zwar nicht die hellste Kerze auf der Torte, aber ich mag es auch nicht, wenn man mich wie einen Trottel behandelt. Will weiß das. Es war eine der Sachen, die mich schon in der Schulzeit unheimlich sauer gemacht haben. Dennoch tue ich es mit einem Lachen ab. Ich weiß, dass er es nicht so gemeint hat.

»Hör zu«, sagt er jetzt. »Ich kann es nur grad nicht gebrauchen, dass du rumrennst und meine Teenieschwägerin anbaggerst. Jules würde mich umbringen. Und dich ebenfalls.«

»Schon gut, schon gut«, beschwichtige ich ihn.

»Abgesehen davon«, sagt er und senkt die Stimme, »ist da auch das Problem, dass sie, na, du weißt schon …« Er tippt sich wieder an die Stirn. »Das muss sie von Jules' Mutter haben. Gott sei Dank hat Jules keins von diesen Genen abbekommen. Aber wie auch immer, Pfoten weg, okay?«

»Alles klar.« Ich nehme einen Schluck von meinem Guinness und gebe einen satten Rülpser von mir.

»Und? Bist du in letzter Zeit viel zum Klettern gekommen?«, erkundigt sich Will. Offensichtlich versucht er, das Thema zu wechseln.

»Nee«, sage ich. »Nicht wirklich. Deswegen hab ich auch das hier gekriegt.« Ich tätschle mein Bäuchlein. »Ist gar nicht so leicht, das zeitlich unterzubringen, wenn man nicht dafür bezahlt wird, so wie du.«

Das Komische daran ist, dass ich eigentlich immer der von uns beiden war, der sich für dieses ganze Outdoor-Zeug interessiert hat. Bis vor Kurzem habe ich das sogar hauptberuflich gemacht, bei meinem Job in einem Sport- und Erlebniszentrum im Lake District.

»Kann ich mir vorstellen«, sagt Will. »Allerdings ist mein Job nicht halb so spaßig, wie er aussieht.«

»Das bezweifle ich«, entgegne ich. »Du darfst die geilsten Sachen überhaupt machen und kriegst auch noch Geld dafür.«

»Na ja, schon, aber es ist nicht gerade authentisch – dahinter steckt viel Illusion und Schwindel …«

Ich wette, er hat einen Stuntman, der die harte Action für ihn erledigt. Will hat sich noch nie gern die Hände dreckig gemacht. Er behauptet zwar, er hätte viel für die Sendung trainiert, aber trotzdem.

»Dann ist da noch die ganze Sache mit der Frisur und dem Make-up«, fährt er fort, »was schon albern wirkt, wenn man eine Sendung über Survivaltechniken dreht.«

»Wette, du stehst drauf«, sage ich mit einem Zwinkern. »Mir kannst du nichts vormachen.«

Will war schon immer etwas eitel. Ich sage es natürlich nett, ganz klar, aber es macht mir auch Spaß, ihn zu ärgern. Er ist ein gut aussehender Kerl, und das weiß er auch. Man erkennt sofort, dass die Klamotten, die er heute trägt, qualitativ hochwertig sind, richtig teuer. Vielleicht ist das Jules' Einfluss – sie hat selbst ziemlich stylishe Sachen an, und man kann sich richtig vorstellen, wie sie ihn durch die Läden schleift. Aber es könnte auch sein, dass es ihn nicht sonderlich stört.

»Also«, sage ich und klopfe ihm auf die Schuler, »bist du bereit, ein Ehemann zu werden?«

Er grinst und nickt. »Was soll ich sagen? Ich bin bis über beide Ohren verknallt.«

Ich war ziemlich überrascht, als Will mir erzählte, dass er heiraten wolle. Ich hatte ihn immer für einen ziemlichen Frauenhelden gehalten. Kein weibliches Wesen kann dem Charme dieses Goldjungen widerstehen. Beim Junggesellenabschied hat er mir von ein paar seiner Dates vor Jules erzählt. »Ich meine, irgendwie war es echt geil. Als ich mich bei diesen Dating-Apps anmeldete, hatte ich so viel mit so vielen verschiedenen Frauen am Laufen wie noch nie, nicht mal damals an der Uni. Ich musste mich quasi alle zwei Wochen testen lassen. Aber da draußen waren auch ein paar Irre unterwegs, ein paar Kletten, du weißt schon. Ich habe keine Zeit mehr für so ein Zeug. Da kam Jules. Und sie war… perfekt. Sie ist so selbstbewusst und so überzeugt von dem, was sie im Leben will. Wir sind uns total ähnlich.«

Das Haus in Islington und der steinreiche Vater haben dich bestimmt auch nicht gestört, denke ich, sage es aber natürlich nicht laut. Ich traue mich nicht, ihn damit aufzuziehen – die meisten Leute werden komisch, wenn die Sprache aufs Geld kommt. Aber wenn es eine Sache gibt, die Will immer schon geliebt hat – vielleicht sogar mehr als die Frauen –, dann ist es Geld. Vielleicht ist das ein Kindheitstrauma, nie so viel gehabt zu haben wie alle anderen an unserer edlen Privatschule. Das kann ich verstehen. Er war nur dort, weil sein Vater Rektor war, während ich über ein Sportstipendium reinkam. Meine Familie ist kein bisschen edel. Ich wurde mit elf Jahren in Croydon auf einem Schulturnier beim Rugbyspielen entdeckt, und sie sind an meinen Dad herangetreten. Der Trevs war es nämlich wichtig, eine gute Mannschaft aufs Feld zu schicken.

Eine Stimme ertönt unter uns. »Hey, hey, hey! Was geht da oben ab?«

»Hallo, Jungs!«, ruft Will. »Kommt doch rauf! Je mehr, desto besser!«

Verdammt. Ich hab es eigentlich genossen, mal mit Will allein zu sein, nur er und ich.

Die vier Gefolgsmänner des Bräutigams kommen durch die Falltür geklettert. Ich mache Platz und bedenke jeden mit einem Nicken, während sie nacheinander auftauchen: erst Femi, dann Angus, schließlich Duncan und Peter.

»Leck mich, ist das hoch hier«, sagt Femi und späht über die Kante.

Duncan packt Angus' Schultern und tut so, als würde er ihn schubsen. »Oha, gerade noch erwischt!«

Angus stößt ein hohes Quieken aus, und wir prusten los.

»Lass das!«, sagt er wütend. »Das ist scheißgefährlich.« Er klammert sich an der Mauer fest, als hinge sein Leben davon ab, und schiebt sich vorsichtig daran entlang, um sich neben uns zu setzen. Angus war immer schon ein bisschen zu weich für unsere Truppe, aber er hat uns beeindruckt, als er damals am ersten Schultag mit dem Chopper seines Dads angefahren kam.

Im Nu hat Will die Guinness-Dosen verteilt, auf die ich eigentlich spekuliert hatte.

»Danke«, sagt Femi und betrachtet die Dose. »Andere Länder, anderes Bier, was?«

Pete nickt zum Abgrund neben uns. »Ich glaub, du brauchst gleich ein paar von denen, um das zu vergessen, Angus.«

»Ja, aber du willst bestimmt auch nicht zu viel trinken«, sagt Duncan. »Nicht dass du übermütig wirst.«

»Ach, halt die Klappe«, erwidert Angus eingeschnappt und läuft rot an. Er ist noch ziemlich blass, und ich habe den Eindruck, dass er sich große Mühe gibt, nicht über den Rand zu blicken.

»Ich habe übrigens was fürs Wochenende dabei«, sagt Pete vielsagend. »Damit hast du das Gefühl, du kannst runterspringen und fliegen.«

»Manche können einfach nicht aus ihrer Haut, Pete, was?«, sagt Femi. »Hast du mal wieder den Pillenschrank deiner Mum geplündert? Ich erinnere mich noch genau, wie dein Ranzen gerasselt hat, als du nach dem Schulverweis zurückgekommen bist.«

»Ja«, sagt Angus. »Wir schulden ihr alle ein großes Dankeschön.«

»Also, ich würde mich liebend gern bei ihr bedanken«, sagt Duncan. »Ich hatte deine Mum immer ein bisschen als MILF in Erinnerung, Pete.«

»Deine Liebe hebst du dir besser für morgen auf, Alter«, sagt Femi.

Pete zwinkert ihm zu. »Du kennst mich doch. Ich sorge mich immer um das Wohlergehen meiner Jungs.«

»Wie wär's denn jetzt mit einer kleinen Pille?«, schlage ich vor. Ich habe plötzlich das Gefühl, mich abschießen zu müssen. Die Wirkung vom Gras vorhin hat sich schon verflüchtigt.

»Mir gefällt ja deine Einstellung«, sagt Pete. »Aber du musst auf die Bremse treten.«

»Ihr solltet euch morgen ordentlich benehmen«, sagt Will mit gespielter Strenge. »Ich will nicht, dass mein Trauzeuge und meine Kumpels mich blamieren.«

»Wir werden uns schon benehmen«, sagt Pete und legt den Arm um seine Schulter. »Möchte nur sichergehen, dass die Hochzeit von unserem kleinen Will auch ein denkwürdiges Ereignis wird.«

Will war immer der Mittelpunkt des Geschehens, um den wir alle kreisten. Gut in Sport, passable Noten – mit etwas zusätzlicher Hilfe hier und da. Alle mochten ihn. Und es wirkte nach außen alles so mühelos, als müsste er sich nie den Arsch für irgendwas aufreißen. Zumindest, wenn man ihn nicht kannte, so wie ich es tat.

Eine Weile sitzen wir in der Sonne und trinken schweigend.

»Das ist ja fast so, als wären wir zurück an der Trevs«, bemerkt Angus irgendwann. »Wisst ihr noch, wie wir damals das Bier in die Schule geschmuggelt haben? Und aufs Dach der Sporthalle geklettert sind, um es zu trinken?«

»Ja«, sagt Duncan. »Ich meine mich zu erinnern, dass du dir damals schon in die Hose gemacht hast.«

Angus blickt ihn finster an. »Leck mich.«

»Eigentlich hat ja Johnno es besorgt«, meint Femi, »aus diesem Schnapsladen im Dorf.«

»Ja, klar«, sagt Duncan, »weil er schon mit fünfzehn ein großer, hässlicher, behaarter Bastard war, stimmt's, Alter?« Er beugt sich rüber und boxt mir gegen die Schulter.

»Und wir haben das Bier warm aus der Dose getrunken«, erinnert sich Angus, »weil wir keine Möglichkeit zum Kühlstellen hatten. Wahrscheinlich das beste Zeug, was ich je in meinem Leben getrunken habe… selbst jetzt, wo wir jeden beschissenen Tag eisgekühlten Champagner saufen könnten, wenn wir wollten.«

»Du meinst wie neulich«, sagt Duncan. »Bei der RAC-Rallye.«

»Wann war denn das?«, frage ich.

»Ach, vor ein paar Monaten«, sagt Will. »Sorry, Johnno. Ich wusste, dass die Anfahrt für dich zu lang gewesen wäre, weil du doch in Cumbria wohnst und so.«

»Stimmt«, sage ich. »Klar, logisch.« Ich stelle mir vor, wie sie bei einem guten alten Champagnerlunch im Royal Automobile Club beisammensitzen, einem dieser noblen Members-only-Läden. Dann nehme ich einen ausgiebigen Schluck von meinem Guinness. Ich könnte echt noch etwas Gras gebrauchen.

»Das war ja der Kick an der Sache«, sagt Femi, »damals in der Schule, an der Trevs. Das Wissen, dass wir jederzeit erwischt werden könnten.«

»Herrje«, seufzt Will, »müssen wir ernsthaft über die Trevs reden? Ist schon schlimm genug, dass mein Vater ständig von dem Laden quasselt.« Er sagt es mit einem Grinsen, aber ich kann seinen leicht verkniffenen Gesichtsausdruck sehen, als hätte er sich am Guinness verschluckt. Will hat mir immer leidgetan, weil er mit so einem Vater gestraft ist. Kein Wunder, dass er permanent das Gefühl hatte, sich beweisen zu müssen. Ich weiß, dass er seine Schulzeit am liebsten vergessen würde. Geht mir genauso.

»Die Schulzeit kam einem damals so schlimm vor«, sagt

Angus. »Keine Ahnung, was das über mich aussagt, aber rückblickend denke ich, dass diese Jahre die wichtigsten in meinem Leben waren. Ich meine, ich würde meine Kinder ganz bestimmt nicht an die Trevs schicken – nichts gegen deinen Dad, Will –, aber es war nicht alles schlecht. Oder?«

»Also, ich weiß nicht«, meint Femi zweifelnd, »die Lehrer haben mich schon ziemlich oft rausgepickt im Unterricht. Scheißrassisten.« Er sagt es zwar lässig, aber ich weiß, dass es für ihn als einem der wenigen schwarzen Schüler nicht immer einfach war.

»Also, ich hab's geliebt«, sagt Duncan, und als wir ihn anschauen, fügt er hinzu: »Ehrlich! Wenn ich heute auf diese Zeit zurückblicke, wird mir erst klar, wie wichtig sie war. Ich hätte es nicht anders haben wollen. Die Schulzeit hat uns zusammengeschweißt.«

»Wie auch immer«, sagt Will, »zurück in die Gegenwart. Ich würde mal behaupten, dass es heute für uns alle eigentlich ganz gut läuft, ihr nicht?«

Für ihn läuft es definitiv gut, aber auch die anderen Jungs haben es ganz gut erwischt. Femi ist Chirurg, Angus arbeitet im Bauunternehmen seines Vaters, Duncan ist Risikokapitalanleger – was auch immer das heißt –, und Pete ist in der Werbebranche tätig, was seinem kleinen Koksproblem sicher nicht zuträglich ist.

»Und was treibst du, Johnno?«, erkundigt sich Pete und dreht sich zu mir um. »Bist du nicht Klettertrainer oder so was?«

Ich nicke. »In einem Adventure-Camp«, sage ich. »Aber nicht nur klettern, auch Survivaltraining, Lager aufbauen …«

»Weißt du«, unterbricht Duncan mich, »ich denke gerade

über einen Teambuildingworkshop nach und wollte mit dir darüber reden. Machst du mir einen Freundschaftspreis?«

»Würde ich ja gerne«, erwidere ich und denke bei mir, dass ein stinkreicher Typ wie Duncan ganz sicher keinen Freundschaftspreis braucht. »Aber ich arbeite nicht mehr dort.«

»Oh?«

»Kein Problem. Ich bin gerade dabei, eine neue Whiskeymarke aufzubauen. Die kommt ziemlich bald raus, vielleicht schon innerhalb der nächsten sechs Monate.«

»Und du hast schon Abnehmer?«, will Angus wissen. Er klingt richtiggehend verblüfft. Ich schätze, das passt nicht zu seinem Bild vom großen, dummen Johnno, dass ich es irgendwie geschafft habe, die öden Bürojobs zu überspringen und gleich oben anzufangen.

»Klar.« Ich nicke. »Hab schon welche am Start.«

»Auch größere Supermarktketten wie Waitrose?«, fragt Duncan. »Und Sainsbury's?«

»Die und alle anderen großen Läden.«

»Es gibt ziemlich viel Konkurrenz da draußen«, bemerkt Angus.

»Ja«, erwidere ich. »Viele alte Namen und Promimarken … Sogar Conor MacGregor, dieser Boxer, hat jetzt eine eigene Whiskeymarke. Aber wir setzen mehr auf die Hausbrenner-Schiene. So wie diese ganzen neuen Gins.«

»Und wir haben das Glück, ihn morgen ausschenken zu dürfen«, erzählt Will. »Johnno hat eine Kiste mitgebracht. Wir sollten ihn heute Abend schon mal probieren. Wie lautet der Name noch mal? Ich weiß noch, dass er ziemlich cool klingt.«

»Hellraiser«, sage ich. Tatsächlich bin ich ziemlich stolz auf den Namen, ist mal was ganz anderes als bei diesen verstaubten Uraltmarken. Und ehrlich gesagt bin ich auch ein bisschen genervt, dass Will ihn schon wieder vergessen hat – immerhin steht der Name auf den Etiketten der Flaschen, die ich ihm gestern gegeben habe. Aber der Typ heiratet morgen, er hat wohl anderes im Kopf.

»Wer hätte das gedacht?«, sagt Femi. »Aus uns allen sind seriöse Erwachsene geworden. Und das, obwohl wir auf dieser Schule waren. Noch mal, nichts gegen deinen Dad, Will, aber der Laden war wie ein Überbleibsel aus einem früheren Jahrhundert. Wir können froh sein, dass wir es lebend rausgeschafft haben. Wenn ich mich nicht irre, haben jedes Jahr vier Jungs die Schule geschmissen.«

Ich hätte niemals von der Trevs abgehen können. Meine Familie war dermaßen aus dem Häuschen, als ich das Rugbystipendium bekam und auf eine Privatschule gehen durfte. Sie dachten wohl an die ganzen Chancen, die sich mir dadurch bieten würden.

»Stimmt«, sagt Pete. »Erinnert ihr euch noch an den Jungen, der als Mutprobe Ethanol aus dem Chemielabor getrunken hat und den sie ins Krankenhaus fahren mussten? Und an die Kiddies mit ihren ständigen Nervenzusammenbrüchen?«

»Scheiße, ja«, sagt Duncan aufgeregt. »Und könnt ihr euch noch an diesen schmächtigen Jungen erinnern, der irgendwann abgenibbelt ist? Nur die Starken haben überlebt!« Er grinst in die Runde. »Die Jungs, die die Hölle entfesseln, stimmt's? An diesem Wochenende sind wir alle wieder vereint!«

»Ja«, meint Femi, »aber schaut euch das an.« Er beugt den Kopf vor und deutet auf die kahle Stelle, wo ihm das Haar ausgeht. »Wir werden allmählich alt und langweilig, oder?«

»Du vielleicht!«, sagt Duncan. »Ich wette, wir können immer noch ordentlich einen draufmachen.«

»Nicht auf meiner Hochzeit, untersteht euch«, sagt Will, lächelt jedoch dabei.

»Ganz *besonders* auf deiner Hochzeit«, erwidert Duncan.

»Ich hab mir schon immer gedacht, dass du als Erster heiraten würdest, Will«, sagt Femi. »Du hast ja schon immer ein Händchen für Frauen gehabt.«

»Und ich habe gedacht, du würdest nie heiraten«, sagt Angus, der Schleimer. »Warum sollte man sich festlegen, wenn man bei Frauen so gut ankommt?«

»Erinnerst du dich noch an die Tussi, die du damals gevögelt hast?«, fragt Pete. »Die von der Gesamtschule? Und an das Oben-ohne-Polaroid, das du von ihr hattest? Wow!«

»Die perfekte Wichsvorlage«, schwärmt Angus. »Ich denk manchmal immer noch an das Foto.«

»Ja, weil du selber nie zum Zug gekommen bist«, spottet Duncan.

Will zwinkert ihnen zu. »Wie auch immer. Jedenfalls finde ich, dass wir darauf anstoßen sollten, dass wir alle hier versammelt sind – auch wenn wir alt und langweilig sind, wie du es so schön ausgedrückt hast, Femi.«

»Auf unser Wiedersehen!«, sagt Duncan und hebt seine Dose hoch.

»Auf uns«, schließt sich Pete an.

»Auf die Überlebenden«, sagt Will.

»Auf die Überlebenden!«, wiederholen wir.

Als ich die anderen anschaue, kommen sie mir für einen kurzen Moment anders vor als sonst, jünger, als hätte die Sonne sie vergoldet. Aus meinem Blickwinkel ist weder Femis Kahlkopf zu sehen noch Angus' Wampe, und Pete wirkt nicht ganz so, als würde er sich nur nachts aus dem Haus trauen. Und Will erscheint, falls das überhaupt möglich ist, noch strahlender. Und plötzlich habe ich das Gefühl, als würden wir wieder auf dem Dach der Turnhalle sitzen, und es wäre noch nichts Schlimmes passiert. Ich würde einiges darum geben, in diese Zeit zurückkehren zu können.

»Also gut«, sagt Will und leert sein Guinness. »Ich sollte langsam runtergehen. Charlie und Hannah müssten bald eintreffen. Jules will ein Empfangskomitee auf dem Steg.«

Ich schätze mal, wenn alle da sind, geht das Wochenende so richtig los. Für einen Moment wünschte ich, dass nur Will und ich da wären und belangloses Zeug reden würden, so wie vorhin, bevor die anderen dazukamen. Ich habe Will in letzter Zeit nicht besonders oft gesehen. Trotzdem ist er der Mensch, der mehr über mich weiß als irgendwer sonst auf der Welt. Und ich weiß fast alles über ihn.

OLIVIA

Die Brautjungfer

Anscheinend war mein Zimmer früher mal eine Dienstmädchenunterkunft. Mir ist ziemlich schnell klar geworden, dass ich praktisch direkt unter Jules' und Wills Schlafzimmer untergebracht bin. Letzte Nacht konnte ich *alles* mit anhören. Natürlich habe ich versucht, es zu ignorieren. Doch je mehr ich mich bemühte, desto deutlicher habe ich jeden noch so winzigen Laut gehört, jedes Stöhnen und Keuchen. Beinahe so, als *wollten* sie gehört werden.

Heute Morgen haben sie es gleich wieder getan, aber da konnte ich wenigstens raus und dem Folly entfliehen. Wir haben alle die dringende Anweisung bekommen, nach Einbruch der Dunkelheit nicht auf der Insel herumzuspazieren. Aber wenn es heute Nacht wieder passiert, werde ich den Teufel tun und hierbleiben. Da nehme ich lieber das Risiko des Moors und der Klippen auf mich.

Ich aktiviere den Flugmodus und schalte ihn dann wieder aus, um zu sehen, ob sich etwas geändert hat, aber ich habe noch immer keinen Empfang. Ich bezweifle ohnehin, dass ich irgendwelche neuen Nachrichten bekommen habe. Ich habe den Kontakt zu praktisch allen meinen Freunden verloren. Dabei haben wir uns gar nicht zerstritten. Es ist mehr so, dass ich aus ihrer Welt raus bin, seit ich die Uni geschmissen habe. Anfangs haben sie noch Nachrichten geschickt:

Hoffe, dir geht's gut, Süße.

Hey, Olivia, ruf an, wenn du reden
willst.

Wir sehen uns bald, oder?

Wir vermissen dich! 💔

Alles in Ordnung???

Plötzlich habe ich das Gefühl, keine Luft mehr zu bekommen. Ich greife nach dem Nachttischchen. Da liegt die Rasierklinge, so klein und doch so scharf. Ich schiebe meine Jeans runter und drücke die Rasierklinge an die Innenseite meines Oberschenkels, ziehe sie über meine Haut, bis das Blut hervorquillt. Ein dunkles sattes Rot vor dem bläulich-weißen Untergrund. Es ist kein besonders langer Schnitt – ich habe mich schon schlimmer geritzt –, doch durch das Brennen der Wunde konzentriert sich meine Wahrnehmung auf einen einzigen Punkt, auf das Metall, das in mein Fleisch dringt, sodass einen Moment lang nichts anderes existiert.

Ich atme gleich etwas leichter. Vielleicht sollte ich noch einen Schnitt …

Es klopft an der Tür. Ich lasse die Rasierklinge fallen, schließe hektisch meine Jeans und rufe: »Wer ist da?«

»Ich«, antwortet Jules und schiebt die Tür auf, noch bevor ich sage, dass sie reinkommen kann. Typisch. Gott sei Dank habe ich schnell genug reagiert. »Ich wollte dich in deinem Brautjungfernkleid sehen«, verkündet sie. »Wir haben noch etwas Zeit, bevor Hannah und Charlie eintreffen. Johnno hat seinen beschissenen Anzug vergessen, daher möchte ich sichergehen, dass wenigstens ein Mitglied der Hochzeitsgesellschaft ordentlich aussieht.«

»Ich hab's schon anprobiert«, behaupte ich. »Es passt perfekt.« Das ist gelogen. Ich habe keine Ahnung, ob es passt oder nicht. Eigentlich hätte ich in den Brautladen kommen sollen, um es anzuprobieren, aber immer wenn Jules versuchte, mich hinzuschleifen, ist mir eine Ausrede eingefallen. Irgendwann hat sie aufgegeben und das Kleid einfach gekauft, unter der Bedingung, dass ich es zu Hause gleich anprobiere. Ich habe ihr erzählt, es würde passen, dabei konnte ich mich nicht überwinden, es anzuziehen. Seitdem es bei mir angeliefert wurde, liegt es unberührt in einer großen, steifen Pappschachtel.

»Mag sein, dass du es anprobiert hast«, sagt Jules, »aber ich will es *sehen.*« Plötzlich knipst sie ihr Lächeln an, als wäre ihr gerade eingefallen, dass es in dieser Situation passen könnte. »Du kannst es gern in unserem Schlafzimmer anziehen, wenn du magst«, fügt sie in einem Tonfall hinzu, als wäre das ein ganz tolles Privileg.

»Nein, danke. Ich bleibe lieber hier.«

»Komm schon«, beharrt sie. »Wir haben dort einen riesigen Spiegel.« Mir wird klar, dass ihr Vorschlag nicht verhandelbar ist. Ich gehe zum Kleiderschrank und hole die große blaue Schachtel heraus. Jules sieht verkniffen aus. Ich weiß, dass sie angepisst ist, weil ich das Kleid noch nicht ausgepackt und ordentlich aufgehängt habe.

Mit Jules aufzuwachsen hat sich manchmal angefühlt, als hätte ich eine zweite Mutter oder zumindest eine, die wie andere Mütter ist – rechthaberisch, streng, das volle Programm. Mum war eigentlich nie so, aber Jules schon.

Ich folge ihr nach oben in ihr Schlafzimmer. Obwohl Jules superhygienisch ist und obwohl sie ein Fenster geöffnet hat, um frische Luft hereinzulassen, riecht es im Zimmer nach Mann, nach Aftershave und, ich glaube, nach Sex (dabei will ich gar nicht daran denken). Es fühlt sich verkehrt an, hier in ihrem Privatbereich zu sein.

Jules schließt die Tür und dreht sich mit verschränkten Armen zu mir um. »Na los, mach schon«, sagt sie.

Ich habe nicht das Gefühl, eine Wahl zu haben. Und Jules ist gut darin, einem dieses Gefühl zu vermitteln. Ich ziehe mich bis auf meine Unterwäsche aus, wobei ich darauf achte, meine Beine zusammengepresst zu lassen, für den Fall, dass mein Schenkel immer noch blutet. Falls Jules es doch sieht, werde ich ihr erzählen müssen, dass ich meine Tage habe. Mein gesamter Körper wird in der leichten Brise, die durch das Fenster hereinweht, von einer kribbelnden Gänsehaut überzogen. Ich spüre, wie sie mich beobachtet, und wünschte, sie würde mir etwas Privatsphäre gönnen.

»Du hast abgenommen«, bemerkt sie kritisch. Ihr Tonfall klingt besorgt, aber ich nehme ihr das nicht ab. Vielmehr vermute ich, sie ist neidisch. Einmal, als sie betrunken war, hat sie sich darüber ausgelassen, wie die anderen Mädchen an der Schule sie wegen ihrer »Pummeligkeit« gehänselt hätten. Ständig kommentiert sie mein Gewicht, als wüsste sie nicht, dass ich seit meiner Kindheit ziemlich dünn bin. Aber auch wenn man schlank ist, kann man seinen Körper hassen. Wenn du das Gefühl hast, als hätte er dir was verheimlicht. Als hätte er dich betrogen.

Trotzdem hat Jules recht. Ich habe abgenommen. Derzeit kann ich nur noch meine kleinste Jeans tragen, und selbst die rutscht mir über die Hüften. Dabei habe ich keineswegs versucht abzunehmen oder so. Aber dieses Gefühl von Leere, wenn ich nicht so viel esse, passt ganz gut zu meiner Stimmung und meinen Gefühlen.

Jules hebt das Kleid aus der Schachtel. »Olivia!«, ruft sie ungehalten. »Hat das etwa die ganze Zeit da drin gesteckt? Schau dir nur die Falten an! Dabei ist die Seide so empfindlich ... Ich hatte gehofft, du würdest besser darauf aufpassen.« Sie klingt, als würde sie mit einem Kleinkind reden. Und ich schätze, genau das denkt sie. Doch ich bin kein Kind mehr.

»Entschuldige«, sage ich. »Hab's vergessen.« Wieder eine Lüge.

»Tja. Gott sei Dank habe ich einen Dampfglätter eingepackt. Trotzdem wird es ewig dauern, bis die Falten alle draußen sind. Das wirst du später machen müssen. Fürs Erste probier es einfach an.«

Sie bedeutet mir, meine Hände über den Kopf zu strecken, und stülpt mir das Kleid über wie einem Kind. Dabei fällt mir eine etwa zweieinhalb Zentimeter lange rosa Wunde an der Innenseite ihres Handgelenks auf. Das ist eine Verbrennung, denke ich. Sie sieht frisch aus, und ich frage mich, wie sie sich die wohl zugezogen hat. Jules ist immer so umsichtig, dass sie sich bestimmt nicht aus Unachtsamkeit verbrennen würde. Doch bevor ich mir die Stelle genauer ansehen kann, hat sie meine Oberarme gepackt und schiebt mich zum Spiegel, damit wir beide einen Blick auf mich und das Kleid werfen können. Es hat eine zartrosa Farbe, die ich selbst nie anziehen würde, da sie mich noch blasser macht. Fast die gleiche Farbe wie mein Nagellack, der mir letzte Woche in London bei der Maniküre verpasst wurde, zu der mich Jules genötigt hat. Jules war nicht glücklich mit dem Zustand meiner Nägel und hat die Nagelstylistin angewiesen, »ihr Bestes zu tun«. Wenn ich jetzt auf meine Hände schaue, möchte ich am liebsten laut lachen: dieser rosa Lack mit Prinzessinnenschimmer neben meiner angeknabberten, blutenden Nagelhaut.

Jules tritt zurück, die Arme verschränkt, die Augen zusammengekniffen. »Es sitzt ziemlich locker. Meine Güte, dabei bin ich mir sicher, dass es die kleinste Größe war, die sie dahatten. Herrgott noch mal, Olivia, ich wünschte, du hättest mir gesagt, dass es nicht richtig passt – ich hätte es enger machen lassen. Aber…« Sie legt die Stirn in Falten und bewegt sich in einem langsamen Kreis um mich herum. Ich spüre erneut den Luftzug durch das Fenster und fröstele. »Ich weiß nicht, vielleicht funktioniert es auch, wenn es so locker sitzt. Ich schätze mal, es geht irgendwie als besonderer Look durch.«

Ich mustere mich im Spiegel. Die Form des Kleides ist keineswegs anzüglich. Ein schlichtes Trägerkleid im Schrägschnitt, ziemlich Neunzigerjahre. In einer anderen Farbe hätte ich es sogar getragen. Jules hat recht – es sieht gar nicht so schlecht aus. Aber man kann durch den Stoff meine schwarze Unterhose und meine Nippel sehen.

»Keine Sorge«, sagt Jules, als hätte sie meine Gedanken gelesen. »Ich habe einen selbstklebenden BH für dich dabei. Und ich habe dir einen hautfarbenen Tanga gekauft … ich wusste, dass du keinen einpacken würdest.«

Wahnsinn. Da werde ich mich bestimmt gleich weniger nackt fühlen.

Es ist irgendwie schräg, wie wir zusammen dastehen und mein Spiegelbild betrachten. Es gibt offensichtliche Unterschiede zwischen uns. Unser Körperbau ist völlig verschieden, außerdem habe ich die schmalere Nase – von Mum geerbt –, wohingegen Jules das schönere Haar hat, dick und glänzend. Doch wenn wir so dastehen, stelle ich fest, dass wir uns ähnlicher sehen, als die Leute meinen. Unsere Gesichtsform ist die gleiche, wir haben sie von unserer Mutter. Man kann erkennen, dass wir Schwestern sind, oder zumindest fast.

Ich frage mich, ob auch Jules die Ähnlichkeiten zwischen uns sieht. Ihr Ausdruck ist irgendwie seltsam verkniffen.

»Ach, Olivia«, entfährt es ihr. Und dann – ich sehe es im Spiegel kommen, bevor ich es tatsächlich spüre – streckt sie den Arm aus und nimmt meine Hand in ihre. Ich erstarre. Es sieht ihr so gar nicht ähnlich, sie ist nicht besonders gut in Sachen Körperkontakt oder Zuneigung. »Hör zu«, sagt sie, »ich weiß, dass wir uns nicht immer vertragen haben. Aber ich bin wirklich stolz, dich als meine Brautjungfer zu haben. Das weißt du, oder?«

»Ja«, antworte ich. Es kommt etwas krächzend heraus.

Jules drückt meine Hand, was für ihre Verhältnisse

einer Ganzkörperumarmung gleichkommt. »Mum meinte, du hättest mit deinem Typen Schluss gemacht? Weißt du, Olivia, in deinem Alter kann sich so was wie das Ende der Welt anfühlen. Aber eines Tages wirst du jemanden treffen, bei dem es *wirklich* passt, und du wirst den Unterschied verstehen. Es ist wie bei Will und mir …«

»Mir geht's gut«, sage ich. »Alles ist gut.« Die nächste Lüge. Ich will mit *niemandem* über irgendwas davon reden. Und am allerwenigsten mit Jules. Sie würde es nicht begreifen, wenn ich ihr sagte, dass ich nicht mehr weiß, warum ich mir je die Mühe gemacht habe, mich zu schminken, hübsche Unterwäsche anzuziehen, neue Klamotten zu kaufen oder die Haare schneiden zu lassen. Es kommt mir vor, als hätte jemand anders all diese Dinge getan.

Plötzlich fühle ich mich ganz komisch. Irgendwie schwach und flau im Magen. Ich schwanke leicht, doch Jules fängt mich auf, und ihre Hände packen meine Oberarme ein bisschen fester.

»Alles in Ordnung«, sage ich, bevor sie überhaupt fragen kann, was los ist. Ich bücke mich und löse die Riemen der viel zu schicken grauen Satinpumps mit den kristallbesetzten Schnallen, die Jules für mich ausgesucht hat. Es dauert ewig, da meine Hände gerade so ungeschickt sind. Dann richte ich mich auf und ziehe das Kleid so abrupt über den Kopf, dass Jules leise nach Luft schnappt, als würde es gleich reißen.

»Olivia!«, stößt sie aus. »Was um alles in der Welt ist in dich gefahren?«

»Tut mir leid«, sage ich. Aber ich forme die Worte nur mit meinen Lippen, es kommt kein Laut aus meinem Mund.

»Hör zu«, sagt sie. »Ich hätte gerne, dass du dir wenigstens diese zwei Tage Mühe gibst. Okay? Das ist meine Hochzeit, Livvy. Ich habe so hart dafür gearbeitet, damit sie perfekt wird. Ich habe dieses Kleid für dich gekauft – und ich möchte, dass du es trägst, weil ich dich dabeihaben will, als meine Brautjungfer. Das ist mir wichtig. Und dir sollte es auch wichtig sein. Bedeutet es dir denn gar nichts?«

Ich nicke. »Doch. Doch, tut es.« Und da sie zu warten scheint, dass ich weiterrede, füge ich hinzu: »Mir geht's gut. Ich weiß nicht, was … was das vorhin war. Jetzt geht's mir wieder gut.«

Noch eine Lüge.

JULES

Die Braut

Ich öffne die Tür zum Zimmer meiner Mutter und trete ein in eine Wolke aus Shalimar-Parfüm und womöglich Zigarettenrauch. Wehe, sie hat hier drin geraucht. Mum sitzt in ihrem Seidenkimono vor dem Frisierspiegel und ist ganz und gar damit beschäftigt, den karminroten Lippenstift aufzutragen, den sie immer schon gehabt hat. »Meine Güte, was für ein Mörderblick. Was willst du, Liebling?«

Liebling.

Die seltsame Grausamkeit dieses Wortes.

Ich bemühe mich, meinen ruhigen, vernünftigen Tonfall beizubehalten. Heute zeige ich mich von meiner besten Seite. »Olivia wird sich morgen doch benehmen, oder?«

Meine Mutter stößt ein müdes Seufzen aus. Nimmt einen Schluck von dem Drink, den sie neben sich stehen hat. Sieht verdächtig nach Martini aus. Großartig, dann ist sie ja schon beim harten Zeug angelangt.

»Ich habe sie zu meiner Brautjungfer ernannt«, fahre ich fort. »Ich hätte aus zwanzig anderen wählen können.« Stimmt nicht ganz. »Aber sie benimmt sich, als wäre das der totale Horror. Dabei habe ich kaum was von ihr verlangt.

Sie ist nicht mal zum Junggesellinnenabschied gekommen, obwohl in der Villa ein Zimmer für sie reserviert war. Das kam schon etwas schräg rüber …«

»Ich hätte doch stattdessen kommen können, Liebling.«

Ich blicke sie schweigend an. Nie im Leben wäre mir in den Sinn gekommen, dass sie hätte dabei sein wollen. Abgesehen davon hätte ich meine Mutter, Araminta Jones, ums Verrecken nicht zu meinem Junggesellinnenabschied eingeladen. Der Abend hätte sich unweigerlich in eine ihrer divenhaften Shows verwandelt.

»Na ja«, sage ich, »ist ja auch egal. Aber meinst du, sie wird sich wenigstens Mühe geben und so tun, als würde sie sich für mich freuen?«

»Sie hat eine schwierige Zeit hinter sich«, erklärt Mum.

»Du meinst, weil ihr Freund mit ihr Schluss gemacht hat? Soweit ich das auf Instagram gesehen habe, waren sie doch nur ein paar Monate zusammen. Ganz klar eine Romanze von epischer Dimension!« Trotz meiner guten Vorsätze hat sich ein schnippischer Unterton in meine Stimme geschlichen.

Meine Mutter konzentriert sich darauf, ihren Amorbogen zu akzentuieren. »Aber, Liebling«, sagt sie, als sie damit fertig ist, »wenn du es dir recht überlegst, bist du mit deinem hinreißenden Will auch noch nicht *so* lang zusammen, oder?«

»Das ist doch wohl was anderes«, entgegne ich verärgert. »Olivia ist neunzehn. Wenn Teenies glauben, dass sie sich in jemanden verliebt haben, liegt das doch nur an den Hormonen, die mit ihnen durchgehen. Auch ich habe in ihrem Alter geglaubt, ich wäre verliebt.«

Ich muss an Charlie mit achtzehn denken, an seine sonnengebräunte Haut und den weißen Streifen, der manchmal unter seinen Badeshorts hervorlugte. Mir kommt der Gedanke, dass meine Mutter nie über meine jugendlichen Herzensangelegenheiten Bescheid wusste – und dass es sie auch gar nicht interessiert hat. Sie war zu sehr mit ihrem eigenen Liebesleben beschäftigt. Gott sei Dank, denn ich glaube nicht, dass irgendein Teenager sich diese Form von Einmischung wünscht. Und doch wird mir mal wieder bewusst, dass Olivia unserer Mutter viel nähersteht als ich.

»Weißt du«, beginnt Mum, »als dein Vater mich verließ, war ich etwa im selben Alter wie Olivia jetzt. Ich hatte ein kleines Baby …«

»Ich weiß, Mum«, sage ich so geduldig wie möglich. Oft genug habe ich mir anhören müssen, wie meine Geburt die berufliche Laufbahn meiner Mutter durchkreuzt hat, denn ohne mich wäre sie ganz sicher … wahrscheinlich … vielleicht richtig erfolgreich gewesen.

»Weißt du, wie hart das für mich war?« Ah, jetzt kommt wieder die alte Leier. »Ich habe mich bemüht, als Mutter eines kleinen Babys Karriere zu machen. Ich habe versucht, über die Runden zu kommen und beruflich erfolgreich zu sein, damit wir jeden Tag etwas zu essen auf dem Tisch hatten.«

Und warum hast du dann immer weiter probiert, irgendwelche Schauspieljobs an Land zu ziehen?, denke ich. Wenn es dir wirklich darum gegangen wäre, etwas zu essen auf den Tisch zu bringen, war das wahrscheinlich nicht der klügste Weg. Wir hätten dein winziges Einkommen nicht für ein Apartment im Zentrum von London ausgeben müssen, sondern hätten uns stattdessen etwas zu essen besorgen können. Es ist nicht meine Schuld, dass du als junge Erwachsene ein paar miese Entscheidungen getroffen und dich hast schwängern lassen.

Aber wie immer sage ich nichts davon laut. »Wir waren gerade bei Olivia«, versuche ich sie wieder zum Thema zurückzubringen.

»Nun«, sagt Mum, »vielleicht könnte man sagen, dass Olivia nicht nur eine unschöne Trennung hinter sich hat.« Sie mustert ihren glänzenden Nagellack – ebenfalls karminrot, als hätte sie ihre Finger in Blut getunkt.

Aber natürlich, denke ich. Hier geht es ja um Olivia, also muss es irgendwie besonders und anders gewesen sein. *Vorsicht, Jules. Nicht bitter werden. Benimm dich.* »Was dann?«, frage ich. »Was war da noch?«

»Es steht mir nicht zu, dir das zu sagen.« Aus dem Mund meiner Mutter ist das überraschend diskret. »Und überhaupt«, fährt sie fort, »was das angeht, ist Olivia, genau wie ich... sehr sensibel. Wir können nicht einfach unsere Gefühle ersticken und uns nichts anmerken lassen, so wie manch andere Leute.«

Ich weiß, dass das stimmt. Ich weiß, dass Olivia tatsächlich sehr empfindsam ist, viel zu empfindsam. Dass sie sich die Dinge zu Herzen nimmt. Sie ist eine Träumerin. Sie kam immer mit Kratzern vom Spielplatz und von der Schule nach Hause, mit blauen Flecken, weil sie wieder gegen irgendetwas gerannt war. Sie kaut Nägel, spielt an ihren Haaren herum und ist total verkopft. Sie ist »fragil«. Aber sie ist auch verwöhnt.

Außerdem meine ich, aus Mums Seitenhieb auf »manch

andere Leute« eine gewisse Kritik herauszuhören. Nur weil wir anderen unser Herz nicht auf der Zunge tragen, nur weil wir eine Methode gefunden haben, unsere Gefühle zu beherrschen, heißt das noch lange nicht, dass sie nicht existieren würden.

Tief durchatmen, Jules.

Mir fällt ein, wie seltsam Olivia mich angeschaut hat, als ich vorhin zu ihr sagte, dass ich mich freue, sie als meine Brautjungfer zu haben. Und es versetzte mir einen kleinen Stich, als sie beim Anprobieren des Kleides aus ihren Klamotten schlüpfte und ihren gertenschlanken, dehnungsstreifenfreien Körper entblößte. Ich weiß, dass sie meinen Blick gespürt hat. Ja, sie ist definitiv zu dünn und zu blass. Und doch sah sie zweifellos schön aus. Wie eines dieser Heroin-Chic-Models der Neunziger – Kate Moss, die in einem Apartment herumlungert mit einer Lichterkette hinter sich an der Wand. Während ich Olivia betrachtete, war ich zwischen zwei Gefühlen hin- und hergerissen: einer tiefen, beinahe schmerzhaften Zärtlichkeit und einem beschämenden, heimlichen Neid.

Ich nehme an, ich war im Umgang mit ihr nie so liebevoll, wie ich es hätte sein können. Heute ist sie älter, sie weiß ein bisschen mehr übers Leben Bescheid – und seit Neuestem, besonders seit der Verlobungsparty, ist sie merklich cooler. Früher folgte sie mir überallhin wie ein anhänglicher Welpe. Ich gewöhnte mich an ihre unerwiderten Liebesbekundungen, auch wenn ich neidisch auf sie war.

Jetzt dreht sich Mum auf ihrem Stuhl herum. Ihr Gesicht ist plötzlich sehr düster, was gar nicht ihre Art ist. »Hör zu, Jules. Sie hatte eine schwierige Zeit. Du hast nicht ansatzweise eine Ahnung, wie schwierig. Das arme Kind hat einiges durchgemacht.«

Das arme Kind. Da spüre ich es. Ich dachte, ich wäre mittlerweile immun dagegen. Ich schäme mich, als ich feststellen muss, dass ich es nicht bin – da ist noch immer dieser kleine Stachel der Eifersucht.

Ich atme tief durch. Rufe mir in Erinnerung, dass ich es bin, die hier heiratet. Falls Will und ich Kinder haben sollten, wird ihre Kindheit ganz anders sein als meine. Keine Mutter mit einer endlosen Reihe von Lovern und Lebensgefährten – allesamt Schauspieler, immer »kurz vor dem großen Durchbruch«. Keine Nächte auf den obligatorischen Soho-Afterpartys, wo man mir einen Schlafplatz auf den Mänteln und Jacken suchen musste, weil ich erst sechs Jahre alt war. Alle meine Klassenkameraden lagen längst zugedeckt in ihren Bettchen.

Mum wendet sich wieder dem Spiegel zu. Sie blinzelt sich an, schiebt ihr Haar auf die eine Seite, dann auf die andere, zwirbelt es am Hinterkopf hoch. »Ich muss doch gut aussehen für die Neuankömmlinge«, sagt sie. »Wills Freunde – das sind doch alles ganz hübsche Burschen, oder?«

Oh, mein Gott.

Olivia hat ja keine Ahnung, wie gut es ihr gegangen ist und was für ein Glück sie gehabt hat. Für sie war das alles normal. Als ihr Dad noch da war, verwandelte Mum sich in eine richtige Mutter: Sie kochte anständige Mahlzeiten und beharrte auf acht Uhr als Bettgehzeit. Es gab ein ganzes Zimmer voller Spielzeug. Mum wurde es irgendwann langweilig, auf glückliche Familie zu machen. Aber erst, nachdem Olivia eine zufriedene Kindheit gehabt hatte. Erst als ich schon halb begonnen hatte, meine kleine Schwester und all das zu hassen, was sie für völlig selbstverständlich hinnahm.

Es juckt mir in den Fingern, etwas kaputt zu machen. Ich greife nach der gläsernen Cire-Trudon-Duftkerze auf dem Frisiertisch, wiege sie in meiner Hand, stelle mir vor, wie es wäre, sie in tausend Stücke zersplittern zu sehen. Ich tue das nicht mehr – ich habe mich im Griff. Ich will auf gar keinen Fall, dass Will diese Seite von mir sieht. Aber in Gegenwart meiner Familie erwische ich mich dabei, wie ich in alte Muster verfalle, wie meine längst vergangene Kleinlichkeit, mein Neid und mein Schmerz zurückkehren und mich überrollen, bis ich wieder Jules bin, die Jugendliche, die Pläne schmiedet, um so schnell wie möglich von zu Hause wegzukommen. Ich muss stark sein. Ich habe meinen eigenen Weg gefunden. Ich habe mir das alles selbst aufgebaut, etwas Stabiles, etwas Machtvolles. Und dieses Wochenende ist eine Demonstration von alledem. Mein persönlicher Siegeszug.

Durch das Fenster höre ich das Tuckern eines Bootsmotors. Das muss Charlie sein. Er wird dafür sorgen, dass ich mich besser fühle.

Ich stelle die Kerze wieder ab.

HANNAH

Die Begleitung

Als wir endlich die stilleren Gewässer vor der Insel erreichen, habe ich mich dreimal übergeben, bin pitschnass und durchgefroren bis auf die Knochen. Ich komme mir so ausgewrungen und schlapp vor wie ein altes Geschirrtuch und klammere mich an Charlie wie an eine menschliche Rettungsinsel. Ich habe keine Ahnung, wie ich es vom Boot runterschaffen soll, da meine Beine sich anfühlen, als hätten sie keine Knochen mehr. Ich frage mich, ob es Charlie wohl peinlich ist, mit mir hier aufzutauchen, wenn ich in diesem Zustand bin. In Gegenwart von Jules wird er immer ein bisschen komisch. Meine Mutter würde sein Verhalten als »vornehmes Getue« bezeichnen.

»Schau mal«, sagt Charlie. »Siehst du die Strände da drüben? Der Sand ist wirklich weiß.«

Im seichten Gewässer nimmt das Meer eine ganz eigene aquamarinblaue Färbung an, und die Wellen reflektieren das glitzernde Licht. Das eine Ende der Insel ist von steilen Klippen und riesigen Felspfeilern geprägt, die durch die Kraft des Meeres vom übrigen Land getrennt wurden. Mitten auf einer Landspitze am anderen Ende der Insel thront eine Art Miniaturburg, oberhalb von ein paar Felswänden und der krachenden See.

»Schau dir die Burg an«, staune ich.

»Ich glaube, das ist das Folly«, sagt Charlie. »So hat Jules es zumindest genannt.«

»War ja klar, dass solche feinen Leute einen speziellen Namen dafür haben.«

Charlie übergeht meinen Kommentar. »Wir werden darin übernachten. Das wird sicher witzig. Außerdem könnte es eine nette Ablenkung sein, meinst du nicht? Ich weiß, dass dieser Monat immer besonders hart für dich ist.«

»Ja.« Ich nicke.

Charlie drückt meine Hand. Wir schweigen beide einen Moment lang.

»Und es ist doch zur Abwechslung auch mal ganz schön, ohne die Kinder unterwegs zu sein«, sagt er plötzlich. »Einfach mal wieder zwei Erwachsene zu sein.«

Ist da ein Anflug von Wehmut in seiner Stimme? Es stimmt, dass wir in letzter Zeit nicht viel mehr getan haben, als zwei kleine Menschen am Leben zu erhalten. Manchmal meine ich sogar zu spüren, dass Charlie ein bisschen eifersüchtig ist, mit wie viel Liebe und Aufmerksamkeit ich die Kinder überschütte.

»Erinnerst du dich noch an ganz früher«, hat Charlie vor ein paar Stunden gesagt, als wir durch die wunderschöne Landschaft von Connemara fuhren und die rote Heide und die dunklen Berggipfel bewunderten, »als wir einfach mit dem Zelt in den Zug gestiegen sind und übers Wochenende irgendwo wild gecampt haben? Es kommt mir vor, als wäre das Ewigkeiten her.«

Wir verbrachten damals ganze Wochenenden zusammen im Bett und krochen nur hervor, um etwas zu essen oder spazieren zu gehen. Wir hatten immer genug Geld. Heute ist unser Leben in anderer Hinsicht reicher, aber ich weiß, worauf Charlie hinauswill. Wir waren die Ersten in unserem Freundeskreis, die Kinder bekamen – ich wurde noch vor unserer Heirat mit Ben schwanger. Auch wenn ich nichts davon bereue, habe ich mich doch gefragt, ob wir dadurch nicht ein oder zwei sorglose und lustige Jahre verpasst haben. Es gibt nämlich noch ein anderes Ich, das ich offenbar unterwegs verloren habe. Das Mädchen, das immer noch auf einen Drink blieb und für ihr Leben gern tanzte. Sie fehlt mir manchmal.

Charlie hat recht. Wir können ein Wochenende zu zweit, ohne die Kinder, gut gebrauchen. Ich wünschte bloß, dass unser erster richtiger Ausflug seit ewigen Zeiten nicht ausgerechnet die glamouröse Hochzeit von Charlies etwas einschüchternder Freundin wäre.

Ich will lieber nicht darüber nachdenken, wann wir das letzte Mal Sex hatten, denn ich weiß, dass die Antwort ziemlich deprimierend wäre. Zu Ehren dieses Wochenendes habe ich mir meine erste Bikinizonen-Epilation seit … na ja … seit Langem gegönnt – zumindest, wenn man die kleinen Schachteln mit Wachsstreifen nicht mitzählt, die zum Großteil unbenutzt im Badschrank vor sich hin gammeln. Seit die Kinder da sind, kommt es mir manchmal so vor, als wären wir Kollegen oder Partner in einem kleinen, etwas wackligen Start-up-Unternehmen, dem wir all unsere Aufmerksamkeit widmen müssten, und kein Liebespaar. Wann haben wir uns das letzte Mal als Liebende gesehen?

»Hey, schau dir das Partyzelt an!«, sage ich, um auf andere Gedanken zu kommen. »Das ist ja riesig!« Es ist so groß, dass es eher wie eine Zeltstadt aussieht als wie ein einziges Gebilde. Aber wenn sich jemand ein richtig luxuriöses Partyzelt gönnt, dann ja wohl Jules.

Der Rest der Insel sieht, falls das überhaupt möglich ist, aus der Nähe noch feindseliger aus als von Weitem. Unglaublich, dass dieser unwirtliche Ort uns die nächsten Tage beherbergen soll. Als wir näher kommen, erkenne ich eine Ansammlung kleiner schwarzer Behausungen hinter dem Folly, und auf dem Gipfel eines Hügels, der sich hinter dem Partyzelt erhebt, ragen dunkle Umrisse auf. Erst halte ich sie für Menschen – ein Trupp schwarz gekleideter Gestalten, die unsere Ankunft erwarten. Nur dass sie merkwürdig starr und reglos dastehen. Dann wird mir klar, dass es sich bei den seltsamen Gebilden um Grabsteine handeln muss. Und das, was wie große knollige Köpfe aussah, sind Kreuze: keltische Kreuze, deren steinerne Ringe die rechtwinkligen Balken in der Mitte umschließen.

»Da sind sie ja!«, ruft Charlie und winkt.

Jetzt erst sehe ich eine Gruppe von Leuten auf dem Anlegesteg stehen und winken. Ich fahre mir mit den Fingern durchs Haar, obwohl ich aus leidiger Erfahrung weiß, dass ich es damit wahrscheinlich nur schlimmer mache. Ich wünschte, ich hätte eine Flasche Wasser dabei, um mir den säuerlichen Geschmack aus dem Mund zu spülen.

Als wir näher kommen, erkenne ich auch Jules. Selbst auf diese Entfernung stelle ich fest, dass sie wie immer tadellos aussieht: der einzige Mensch, der an einem Ort wie diesem ganz in Weiß gekleidet sein kann und sich nicht sofort die

Klamotten dreckig macht. Neben den beiden stehen zwei Frauen, die zu Jules' Familie gehören müssen – das seidige dunkle Haar verrät sie.

»Das da ist Jules' Mutter«, sagt Charlie und zeigt auf die ältere Frau.

»Wow«, sage ich. Sie ist ganz anders, als ich erwartet habe. Jules' Mutter trägt schwarze Skinny-Jeans und hat sich eine elegante schwarze Cat-Eye-Sonnenbrille in den glänzenden schwarzen Bob geschoben. Sie sieht nicht alt genug aus, um eine Tochter von Anfang dreißig zu haben.

»Sie war ziemlich jung, als sie Jules bekommen hat«, erklärt Charlie, als könne er meine Gedanken lesen. »Und das da muss… meine Güte! Das muss dann wohl Olivia sein, Jules' kleine Halbschwester.«

»Sie sieht aber gar nicht mehr so klein aus«, bemerke ich. Olivia ist größer als Jules und ihre Mum und vom Körperbau ganz anders als ihre ältere Schwester, die nur aus Kurven besteht. Ihr Äußeres ist bemerkenswert, sie ist von einer ebenmäßigen Schönheit. Die Haut ist unfassbar blass – und zwar auf die Art, die nur mit so tiefschwarzem Haar wie ihrem gut aussieht. Die schlanken Beine in den Jeans sehen aus, als wären sie mit zwei langen Kohlestrichen gezeichnet worden. Was würde ich für solche Beine geben.

»Ich kann nicht glauben, wie viel älter sie geworden ist«, sagt Charlie. Er flüstert jetzt beinahe, da wir so nah sind, dass sie uns hören könnten. Er klingt ziemlich verblüfft.

»War sie es, die damals in dich verknallt war?«, frage ich, denn ich erinnere mich dunkel an eine Anekdote aus einem Gespräch mit Jules.

»Ja«, sagt er mit einem reumütigen Grinsen. »Mein Gott,

hat Jules mich deswegen aufgezogen. Es war ganz schön peinlich. Witzig, aber eben auch peinlich. Olivia hat ständig neue Ausreden erfunden, um mit mir zu sprechen und auf diese verstörend provokative Art bei mir herumzulungern, wie es nur Dreizehnjährige können.«

Ich betrachte das wunderschöne Wesen auf dem Steg und denke: Ich wette, heute wäre es ihm nicht so peinlich.

Plötzlich wuselt Mattie um uns herum, hängt auf einer Seite Fender aus und legt ein Seil bereit.

Charlie macht einen Vorwärtsschritt. »Ich kann Ihnen doch …«

Mattie winkt ungehalten ab, was Charlie vermutlich etwas kränkt.

»Werfen Sie's hier rüber!« Will schreitet über den Steg auf uns zu. Schon im Fernsehen ist er attraktiv, aber leibhaftig ist er … na ja … ziemlich atemberaubend. »Ich helfe Ihnen!«, ruft er dem Kapitän zu.

Mattie wirft ihm ein Seil zu, und Will fängt es gekonnt in der Luft, wobei unter dem Strickpullover ein Streifen von seinem muskulösen Bauch zum Vorschein kommt. Ich frage mich, ob ich es mir nur einbilde oder ob Charlie neben mir tatsächlich kurz erstarrt. Boote sind sein Ding – er war in seiner Jugend Segellehrer. Doch Will scheint einfach ein Händchen für alles zu haben, was irgendwie outdoormäßig ist.

»Willkommen, ihr beiden!« Er lächelt strahlend und streckt mir eine Hand entgegen. »Brauchst du Hilfe?«

Nicht wirklich, aber ich nehme sie trotzdem an. Er packt mich unter den Achseln und hebt mich über den Rand des Bootes, als wäre ich leicht wie ein Kind. Ich schnappe den Hauch eines subtilen maskulinen Dufts auf – Moos und Pinie – und begreife im gleichen Moment, wie ich im Gegenzug für ihn riechen muss – nach Kotze und Seetang.

So viel kann ich bereits sagen: Auch im wirklichen Leben hat er diesen Charme, diese Anziehungskraft. In einem Artikel, den ich gelesen habe, während ich seine Sendung schaute – weil ich natürlich alles googeln musste, was ich über ihn finden konnte –, witzelte die Journalistin herum, dass sie sich die Show im Grunde nur angeschaut habe, weil sie ihre Augen nicht von Will losreißen konnte. Viele Leser hatten sich fürchterlich aufgeregt und behauptet, die Journalistin habe Will zum Sexobjekt gemacht, und wenn derselbe Artikel von einem Mann über eine Frau geschrieben worden wäre, hätte man ihn bei lebendigem Leib verbrannt. Aber ich wette, das PR-Team seines Senders hat die Korken knallen lassen.

Ehrlich gesagt kann ich durchaus nachvollziehen, was sie gemeint hat. Es gibt haufenweise Aufnahmen von Will, bei denen er bis zur Taille entblößt ist oder sich keuchend und stöhnend eine Felswand hochmüht, und immer ist er unglaublich attraktiv dabei. Aber es ist nicht nur das. Er hat eine besondere Art, mit der Kamera zu reden, er schafft eine Intimität, die einem das Gefühl gibt, als würde man neben ihm in dem provisorischen Unterschlupf liegen, den er aus Zweigen und Baumrinden gebaut hat. Es ist das Gefühl einer geteilten Einsamkeit, in der es nur dich und ihn gibt, allein in der Wildnis. Es ist eine Form der Verführung.

Charlie streckt Will die Hand hin. »Ach, was soll denn das?«, sagt Will und ignoriert sie, um Charlie in eine herzliche Umarmung zu schließen. Ich kann die Anspannung in Charlies Rücken selbst von hier aus sehen.

»Will«, sagt Charlie mit einem knappen Nicken und tritt sofort zurück. Es ist beinahe unhöflich, wo Will doch so nett ist.

»Charlie!« Jetzt tritt Jules vor und streckt die Arme aus. »Es ist so lange her. Mein Gott, was hab ich dich vermisst.«

Jules, die andere Frau in Charlies Leben. Die wichtigste Frau in seinem Leben… bis ich kam. Sie umarmen sich lang und innig.

Schließlich folgen wir Jules und Will den Hang zum Folly hinauf. Will erzählt uns, dass das Gebäude ursprünglich zur Verteidigung der Küste erbaut wurde, dann jedoch vor einem Jahrhundert von einem wohlhabenden Iren in ein Feriendomizil verwandelt wurde – ein idyllisches Fleckchen, um sich für ein paar Tage zurückzuziehen und Freunde zu empfangen. Wenn man es nicht besser wüsste, könnte man es beinahe für ein mittelalterliches Bauwerk halten. Es verfügt über einen kleinen Erkerturm, und zwischen den größeren Glasfenstern sieht man winzige Maueröffnungen – »falsche Schießscharten«, bemerkt Charlie, der ein ziemliches Faible für Burgen hat.

Auf unserem Weg dorthin sehen wir, versteckt hinter dem Folly, eine Kapelle oder besser gesagt das, was von der Kapelle übrig geblieben ist. Das Dach ist komplett weg, sodass nur noch die Mauern in den Himmel aufragen und fünf hohe Säulen, wo einst der Kirchturm gewesen sein mag. Die Fenster sind leere Öffnungen im Gemäuer, und schon vor Längerem muss die gesamte vordere Fassade eingestürzt sein.

»Dort wird die Trauung morgen stattfinden«, erklärt Jules.

»Es ist wunderschön«, sage ich. »Und so romantisch.« Lauter nette Dinge. Ich finde es wirklich wunderschön, auf eine karge, herbe Art. Charlie und ich haben im örtlichen Standesamt geheiratet. Definitiv nicht wunderschön: eine piefige Amtsstube, etwas heruntergekommen und beengt. Jules war natürlich auch dort und sah ziemlich fehl am Platz aus in ihrem schicken Designer-Outfit. Das ganze Prozedere war in gefühlt zwanzig Minuten vorbei. Auf unserem Weg nach draußen begegneten wir dem Pärchen, das nach uns dran war.

Dennoch hätte ich nicht an einem Ort wie diesem heiraten wollen. Die Ruine der Kapelle ist schön, aber ihrer Schönheit haftet etwas Tragisches, sogar leicht Makabres an. Sie erhebt sich vor dem Himmel wie eine knorrige, langfingrige Hand, die sich aus der Erde reckt, und hat etwas Verwunschenes, beinahe schon Gespenstisches an sich.

Ich betrachte Will und Jules, während wir ihnen folgen. Ich hätte Jules nie für eine Frau gehalten, die besonders viel Wert auf Körperkontakt legt, aber sie hat ihre Hände ständig an Will dran, so als wäre es ihr unmöglich, ihn nicht zu berühren. Man merkt ihnen an, dass sie Sex haben. Viel Sex. Es fällt mir schwer, mit anzusehen, wie ihre Hand in die Gesäßtasche seiner Jeans und dann unter den Stoff seines T-Shirts gleitet. Ich wette, auch Charles ist es nicht entgangen. Ich werde es trotzdem nicht erwähnen. Das würde die Aufmerksamkeit nur auf den Mangel an Sex zwischen uns lenken. Wir hatten früher richtig guten, abenteuerlichen Sex. Aber heutzutage sind wir ständig so kaputt und erschöpft.

Ich erwische mich immer wieder bei der Frage, ob ich seit der Geburt der Kinder irgendwie anders auf Charlie wirke oder ob er noch genauso auf mich steht, nun, da meine Brüste nicht mehr die gleichen sind wie vor dem Stillen, nun, da ich überall an meinem Bauch diese seltsam schlaffe Haut habe. Ich weiß, dass ich mir diese Fragen nicht stellen sollte, weil mein Körper ein Wunder vollbracht hat – zwei, um genau zu sein. Und doch ist es wichtig für ein Paar, dass man sich gegenseitig begehrt, oder nicht?

In all den Jahren, die Charlie und ich zusammen sind, hatte Jules nie eine länger andauernde Beziehung. Ich hatte immer den Eindruck, dass sie keine Zeit für etwas Ernstes hatte, so fokussiert wie sie auf *The Download* war. Charlie stellte gern Prognosen an, wie lange ihre Beziehungen dauern würden: »Drei Monate, maximal.« Oder: »Die hier hat schon ihr Verfallsdatum überschritten, wenn du mich fragst.« Und immer war er derjenige, den sie anrief, wenn sie mit einem Typen Schluss gemacht hatte. Ein Teil von mir fragt sich, wie er sich nun fühlt, wo er sie endlich in festen Händen weiß. Ich schätze mal, nicht ganz glücklich. Mein Argwohn, was das Verhältnis zwischen den beiden angeht, droht an die Oberfläche zu drängen, doch ich drücke ihn wieder nach unten.

Als wir uns dem Gebäude nähern, ertönt von irgendwo über uns ein gackerndes Lachen. Ich blicke hoch und sehe hinter den Zinnen des Folly eine Gruppe von Männern stehen, die zu uns herunterschauen. Ein spöttischer Tonfall schwingt in ihrem Gelächter mit, und plötzlich wird mir der Zustand meiner Klamotten und Haare bewusst. Ich bin überzeugt, dass wir die Zielscheibe ihres Spottes sind.

OLIVIA

Die Brautjungfer

Das Wiedersehen mit Charlie erinnert mich daran, wie ich früher für ihn geschwärmt habe. Im Grunde ist es nur ein paar Jahre her, aber ich war damals noch ein Kind. Es ist mir peinlich, wenn ich an das Mädchen zurückdenke, das ich damals war. Aber es stimmt mich auch irgendwie traurig.

Ich suche nach einem Ort, wo ich mich vor den anderen verstecken kann. Ich nehme den Pfad an den verfallenen Häusern vorbei, Überreste aus jenen Zeiten, als noch Menschen auf dieser Insel wohnten. Jules hat mir erzählt, dass die Inselbewohner Haus und Hof verließen, weil sie das Leben auf dem Festland komfortabler fanden, wo es Elektrizität und andere Vorzüge gab. Das kann ich nachvollziehen. Mein Leben lang hier festzusitzen, würde mich in den Wahnsinn treiben. Und selbst wenn man mit dem Boot zum Festland fährt, ist man immer noch eine Million Meilen von allem anderen entfernt. Allein der nächste H & M oder so wäre Hunderte Kilometer entfernt. Ich dachte ja immer, dass Mum und ich am Arsch der Welt wohnen, aber gerade jetzt bin ich einfach nur glücklich, dass wir nicht auf einer

Insel mitten im Atlantik gelandet sind. Insofern kann ich durchaus nachvollziehen, warum man hier wegwill, aber wie ich mir die verlassenen und verfallenen Häuser mit ihren leeren Fenstern anschaue, fällt es mir schwer zu glauben, dass hier nicht schlimmere Dinge passiert sind.

Gestern am Strand bin ich auf etwas Schreckliches gestoßen: Es war größer als die umliegenden Steine, grau, aber glatter und wirkte irgendwie weicher. Ich ging hin, um es mir aus der Nähe anzuschauen. Es war eine tote Robbe, vermutlich ein Baby, denn es war noch ziemlich klein. Als ich mich noch ein Stückchen näher wagte, bekam ich einen Schreck. Erst jetzt sah ich die andere Seite der Robbe. Dort war der Körper komplett offen, und etwas Dunkles, Rotes quoll hervor. Ich kriege das Bild nicht aus mehr aus dem Kopf. Seitdem ist dieser Ort für mich immer mit dem Tod verknüpft.

Ich brauche nur paar Minuten, um zu der Höhle zu gelangen, die auf dem Übersichtsplan vermerkt ist, der im Folly hängt. Die »Flüsternde Höhle« wird sie genannt. Sie ist wie eine lange Wunde unter der Erde und an beiden Enden offen. Man könnte unvermutet hineinfallen, da der Zugang unter hohem Gras verborgen ist. Tatsächlich bin ich gestern, als ich daran vorbeikam, fast hineingestürzt. Ich hätte mir den Hals brechen können. Das hätte Jules' perfekte Hochzeit ziemlich ruiniert, nicht wahr? Bei dem Gedanken muss ich beinahe lächeln.

Ich klettere über die treppenartigen Steinvorsprünge in die Höhle hinab. Sofort wird der Lärm in meinem Kopf etwas gedämpft, und ich kann leichter atmen, auch wenn es hier echt komisch riecht – nach Schwefel und vielleicht auch nach irgendetwas Fauligem. Es könnte von dem Seetang kommen, der hier in dicken, dunklen Strängen herumliegt. Oder der Gestank geht von den mit gelben Flechten übersäten Wänden aus.

Vor mir liegt ein kleiner Kiesstrand mit dem Meer dahinter. Ich setze mich auf einen Felsbrocken. Er ist etwas feucht, aber das ist hier überall so. Ich konnte die Feuchtigkeit heute Morgen an meiner Kleidung spüren, als ich mich anzog, so als wäre sie gewaschen worden und nicht ganz getrocknet. Wenn ich mir über die Lippen lecke, schmecken sie salzig.

Ich spiele mit dem Gedanken, länger hier zu bleiben, vielleicht sogar über Nacht. Ich könnte mich hier verstecken, bis das ganze Hochzeitsding vorbei ist, bis alles unter Dach und Fach ist. Jules wäre natürlich außer sich. Obwohl… vielleicht würde sie nur so tun, als wäre sie sauer, und wäre insgeheim erleichtert. Ich glaube nicht, dass sie mich wirklich auf ihrer Hochzeit dabeihaben will. Ich glaube, sie nimmt es mir übel, dass ich mich besser mit Mum verstehe und dass ich einen Vater habe, der mich wenigstens ab und zu sehen möchte. Ich bin fies, ich weiß. Jules macht manchmal echt nette Sachen für mich, so wie letzten Sommer, als ich eine Weile allein in ihrem Haus in London wohnen durfte. Als ich daran denke, fühle ich mich schlecht, als hätte ich einen ekligen Geschmack im Mund.

Ich hole mein Handy hervor. Wegen dem miesen Empfang hier auf der Insel lädt mein Instagram-Feed nicht. Ganz oben hängt immer noch dieses Foto. Und natürlich ist es ausgerechnet Ellies letzter Post. Es kommt mir so vor, als würden mich die Kommentare darunter verhöhnen:

Echt jetzt, LEUTE! 😍😍😍

OMG sooooo süß. 😍

mama + papa

#mood 💓

Also können wir davon ausgehen,
dass es jetzt offiziell ist? *zwinker*

Es tut immer noch weh. Ein brennender Schmerz in der Brust. Ich betrachte ihre selbstgefällig lächelnden Gesichter, und ein Teil von mir möchte mein Handy mit aller Kraft gegen die Höhlenwand schmettern. Nur würde das meine Probleme nicht lösen. Denn sie sind alle hier, bei mir.

Da höre ich Schritte in der Höhle und lasse vor Schreck beinahe mein Handy fallen. »Wer ist da?«, frage ich. Meine Stimme klingt leise und verängstigt. Ich hoffe bloß, dass es nicht der Trauzeuge ist, dieser Johnno. Ich habe ihn vorhin schon dabei erwischt, wie er mich angeglotzt hat.

Ich stehe auf und mache mich dran, aus der Höhle zu kraxeln, wobei ich mich dicht an der Wand halte, die mit Tausenden winzigen rauen Seepocken bedeckt ist. Endlich schiebe ich meinen Kopf an der Felswand vorbei.

»Oh Gott!« Die Gestalt stolpert erschrocken rückwärts und legt sich eine Hand auf die Brust. Es ist Charlies Frau. »Du hast mir vielleicht einen Schreck eingejagt. Ich dachte nicht, dass da unten jemand ist.« Sie hat einen netten Akzent, nordenglisch. »Du bist Olivia, stimmt's? Ich bin Hannah, die Frau von Charlie.«

»Ja«, sage ich. »Hab ich mitbekommen. Hi.«

»Was tust du denn da unten?« Sie wirft einen kurzen Blick über die Schulter, als wolle sie sicherstellen, dass niemand mithört. »Auf der Suche nach einem Versteck? Ich auch.«

Ich beschließe, dass ich sie dafür ein kleines bisschen mag.

»Oh«, fällt ihr ein, »das klang jetzt bestimmt nicht besonders nett, oder? Ich habe nur … Ich denke mal, dass Charlie und Jules sich einiges zu erzählen haben, und das geht sicher besser, wenn ich nicht dabei bin. Die beiden sind ja schon ewig befreundet, aber ich gehöre irgendwie nicht dazu.«

Sie klingt ein wenig genervt. Befreundet, von wegen. Ich bin mir zu neunzig Prozent sicher, dass Charlie und Jules irgendwann mal zusammen im Bett waren. Fragt sich, ob Hannah der Gedanke je gekommen ist.

Sie nimmt auf einem Felsvorsprung Platz. Ich setze mich ebenfalls, weil ich als Erste hier war. Ich wünschte, sie würde den Hinweis kapieren und mich allein lassen. Ich hole meine Zigarettenpackung aus der Hosentasche und klopfe eine Kippe raus. Ich warte ab, ob Hannah was sagen wird. Tut sie nicht. Also gehe ich einen Schritt weiter – um sie zu testen, schätze ich – und biete ihr die Zigaretten und mein Feuerzeug an.

Sie verzieht das Gesicht. »Ich sollte nicht rauchen«, sagt sie. Dann seufzt sie. »Aber warum eigentlich nicht? Wir haben so eine irre Bootsfahrt hinter uns – ich zittere immer noch am ganzen Leib.« Sie hält eine Hand hoch, um es mir zu beweisen.

Dann zündet sie sich eine Zigarette an, nimmt einen tiefen Zug und seufzt noch einmal schwer. Ich kann ihr ansehen, dass ihr ein bisschen schwummrig ist.

»Wow. Das steigt mir sofort zu Kopf. Hab schon ewig nicht geraucht. Ich hab's aufgegeben, als ich schwanger wurde. Aber früher in meinen Ausgehjahren habe ich viel geraucht.« Sie bedenkt mich mit einem Blick. »Ja, ich weiß … Du denkst bestimmt, das ist eine Million Jahre her. Und so fühlt es sich ja auch an.«

Ich habe ein bisschen ein schlechtes Gewissen, weil ich das tatsächlich gedacht habe. Doch als ich sie mir genauer anschaue, entdecke ich vier Piercings in dem einen Ohr und ein Tattoo auf der Innenseite ihres Handgelenks, das unter dem Ärmel hervorlugt. Vielleicht hat sie wirklich noch eine ganz andere Seite.

Sie nimmt einen weiteren tiefen Zug. »Gott, tut das gut. Ich dachte, wenn ich damit aufhöre, schmeckt es mir irgendwann nicht mehr, oder ich vermisse es einfach gar nicht.« Sie stößt ein lautes, kehliges Lachen aus. »Tja. Ist aber nicht so.« Sie bläst vier perfekte Ringe in die Luft.

Ich bin wider Willen beeindruckt. Callum hat das immer versucht, aber nie richtig hingekriegt.

»Du bist an der Uni, richtig?«, fragt sie.

»Ja«, antworte ich.

»Wo denn?«

»Exeter.«

»Das ist eine gute Uni, oder?«

»Ja«, sage ich, »schätze schon.«

»Ich habe nicht studiert«, sagt Hannah. »Keiner aus meiner Familie war an der Uni«, sie hustet, »bis auf meine Schwester Alice.«

Ich weiß nicht, was ich darauf sagen soll. Ich kenne eigentlich niemanden, der nicht studiert hat. Selbst Mum war auf einer Schauspielschule.

»Alice war immer die Klügere von uns beiden«, fährt Hannah fort. »Und ich war die Wilde, auch wenn du das sicher nicht glaubst. Wir waren beide an derselben schlechten Schule, aber Alice hat sie mit hammermäßigen Noten verlassen.« Sie tippt die Asche von ihrer Zigarette. »Sorry, ich weiß, ich quassle dich hier voll. Ich muss nur viel an sie denken im Moment.«

Ihre Miene hat sich verändert, fällt mir auf. Aber da wir praktisch Wildfremde sind, habe ich nicht das Gefühl, nachfragen zu dürfen.

»Ist ja auch egal«, sagt Hannah. »Gefällt's dir denn in Exeter?«

»Ich bin nicht mehr dort«, sage ich. »Ich hab das Studium geschmissen.« Ich weiß nicht, was mich dazu gebracht hat, es auszusprechen. Es wäre so viel einfacher gewesen mitzuspielen, so zu tun, als wäre ich immer noch dort. Aber ich habe plötzlich das Gefühl, dass ich sie nicht anlügen möchte.

Hannah runzelt die Stirn. »Ach ja? Dir hat das Studium also keinen Spaß gemacht?«

»Nein«, erwidere ich. »Außerdem hatte ich diesen Freund an der Uni. Und er hat mit mir Schluss gemacht.« Wow, das klingt echt erbärmlich.

»Er muss ein echter Mistkerl gewesen sein«, sagt Hannah, »wenn du wegen ihm die Uni geschmissen hast.«

Wenn ich an all das denke, was letztes Jahr passiert ist, läuft mein Kopf heiß, alles verschwimmt, und ich krieg keinen klaren Gedanken mehr auf die Reihe. Im Grunde kann ich es nicht erklären, ohne alles zu erzählen. Also zucke ich nur die Achseln und sage: »Tja, er war wohl so was wie mein erster richtiger Freund.« Und zwar »richtig« im Sinne von mehr als nur jemand, mit dem man auf WG-Partys rummachen kann. Aber das sage ich nicht laut.

»Und du hast ihn geliebt«, stellt sie fest.

Sie formuliert es nicht als Frage, daher habe ich auch nicht das Gefühl, antworten zu müssen. Trotzdem nicke ich. »Ja.« Meine Stimme klingt ganz leise und brüchig.

Ich habe nicht an Liebe auf den ersten Blick geglaubt, bis ich in der Erstsemesterwoche Callum in der Bar erblickte, diesen Jungen mit den schwarzen Locken und den schönen blauen Augen. Er bedachte mich mit diesem wissenden Lächeln, und mir war, als würde ich ihn schon ewig kennen. Als wären wir dafür bestimmt zusammenzukommen, einander zu finden.

Callum sagte als Erster, dass er mich liebte. Ich hatte zu viel Schiss, mich zum Trottel zu machen. Doch irgendwann hatte ich das Gefühl, es ebenfalls sagen zu *müssen*, als wolle es aus mir herausplatzen. Als er mit mir Schluss machte, meinte er, dass er mich immer lieben werde. Aber das ist totaler Schwachsinn. Wenn man jemanden liebt, wirklich liebt, dann tut man nichts, um ihn oder sie zu verletzen.

»Ich bin nicht nur weg, weil er Schluss gemacht hat«, sage ich rasch. »Es ist nur …« Ich nehme einen tiefen Zug von meiner Zigarette. Meine Hand zittert. »Ich glaube, wenn Callum sich nicht von mir getrennt hätte, dann wäre der ganze Rest nicht passiert.«

»Der ganze Rest?«, wiederholt Hannah. Sie richtet sich gespannt auf.

Ich überlege, wie ich fortfahren kann, aber ich finde nicht die richtigen Worte. Sie drängt mich nicht. Also entsteht eine lange Pause, während wir beide schweigend dasitzen und rauchen.

»Mist!«, sagt Hannah auf einmal. »Kommt es nur mir so vor, oder ist es dunkler geworden, seit wir hier sitzen?«

»Ich glaube, die Sonne geht langsam unter«, erwidere ich. Wir können sie von hier aus nicht sehen, aber man kann den rosa Schimmer am Himmel erahnen.

»Ach herrje«, seufzt Hannah. »Wahrscheinlich sollten wir zum Folly zurückgehen. Charlie hasst es, zu spät zu kommen. Er ist echt der geborene Lehrer. Ich schätze mal, ich kann mich noch zehn Minuten verstecken, aber dann …« Sie drückt ihre Zigarette aus.

»Geh ruhig«, sage ich. »Ist schon in Ordnung. War nichts Wichtiges.«

»Klang aber so.«

»Nein«, erwidere ich. »Ehrlich.«

Ich kann nicht glauben, wie knapp ich davor war, ihr alles zu erzählen. Dabei habe ich diese andere Sache keiner Menschenseele verraten. Nicht einmal einer Freundin. Ich bin maßlos erleichtert. Hätte ich es ihr erzählt, hätte ich es nicht mehr zurücknehmen können. Es wäre draußen gewesen, für alle Welt sichtbar – das, was ich getan habe.

AOIFE

Die Hochzeitsplanerin

Neunzehn Uhr. Die Tafel für das Dinner im Speiseraum ist gedeckt. Freddy hat die Küche voll im Griff, was mir eine freie halbe Stunde beschert. Ich beschließe, dem Friedhof einen kurzen Besuch abzustatten. Die welken Blumen müssen ausgetauscht werden, und morgen werden wir alle Hände voll zu tun haben.

Die Sonne geht gerade unter und ergießt ihr Feuer über das Wasser. Der Dunst, der sich über dem Moor sammelt und sich schützend über seine Geheimnisse legt, bekommt eine rosa Färbung. Das ist für mich die schönste Zeit des Tages.

Die Kumpel des Bräutigams sitzen oben auf den Zinnen. Als ich das Folly verlasse, höre ich ihre Stimmen herabschweben, lauter und etwas verwaschener als vorhin, vermutlich eine Folge des Guinness.

»Wir müssen sie mit einem Knall verabschieden.«

»Ja, irgendwas sollten wir machen. Ist doch Tradition ...«

Halb bin ich versucht, stehen zu bleiben und zu lauschen, um sicherzugehen, dass sie keinen Unfug anstellen. Aber es klingt harmlos. Und ich habe nur dieses kleine Zeitfenster für mich allein.

Die Insel präsentiert sich heute Abend in all ihrer kargen Schönheit, erleuchtet vom Glühen der ersterbenden Sonne. Womöglich wird sie mir nie wieder so schön vorkommen, wie ich sie von den Familienurlauben meiner Kindheit in Erinnerung habe. Wir haben hier zu viert die Sommerferien verbracht. Kein anderer Urlaubsort könnte es je mit jenen glücklichen Tagen aufnehmen. Für jeden anderen klingt das nach Nostalgie, nach der Tyrannei jener Kindheitserinnerungen, die einem im Rückblick so golden, so perfekt erscheinen.

Ein Wispern geht über den Friedhof, als ich ihn betrete – das Auffrischen einer Brise zwischen den Grabsteinen. Ein Vorbote des morgigen Wetterumschwungs vielleicht. Manchmal, wenn der Wind auffrischt, scheint er das Echo der Frauen mitzubringen, die vor Jahrhunderten hier den *caoineadh* vollzogen, die Totenklage.

Da es auf der Insel kaum trockene Erde gibt, liegen die Gräber hier ungewöhnlich eng beieinander. Doch selbst hier beginnt das Moor an den Rändern zu nagen. Es hat mehrere Gräber verschluckt, von denen nur noch eine Handbreit zu sehen ist. Einige Grabsteine sind so noch näher zusammengerückt, lehnen sich vertraulich zueinander, als würden sie ein Geheimnis teilen. Die noch lesbaren Namen sind typisch für diese Gegend: Joyce, Foley, Kelly, Conneely.

Es ist schon merkwürdig, wenn man bedenkt, dass die Anzahl der Toten auf dieser Insel die der Lebenden weit übertrifft – selbst heute, da einige Gäste angekommen sind. Der morgige Tag wird das Gleichgewicht wiederherstellen.

Es kursieren hier viele Mythen über diesen Ort. Als Freddy und ich vor etwas über einem Jahr das Folly kauften, gab es keine anderen Bieter. Die Bewohner von Inis an Amplóra wurden hier immer schon mit Argwohn beäugt, eine Spezies für sich.

Ich weiß, dass die Leute vom Festland Freddy und mich als Außenseiter, als Zugezogene betrachten. Ich, die Städterin aus Dublin, und Freddy, der Engländer – ein Paar, das es wohl einfach nicht besser weiß und sich wahrscheinlich maßlos übernommen hat. Das keine Ahnung hat von der dunklen Geschichte der Insel und ihren Geistern. Tatsächlich kenne ich diesen Ort besser, als sie meinen. In gewisser Weise ist er mir vertrauter als jeder andere Ort, den ich in meinem Leben kennengelernt habe. Außerdem mache ich mir keine Sorgen, dass es hier spukt. Ich habe meine eigenen Gespenster. Ich trage sie mit mir, wohin auch immer ich gehe.

»Du fehlst mir«, sage ich, als ich in die Hocke gehe. Der Grabstein blickt mich ausdruckslos und stumm an. Ich berühre ihn mit meinen Fingerspitzen. Er ist so rau, kalt, starr – so weit entfernt von der Wärme einer Wange oder dem weichen, wippenden Haar, an das ich mich so lebhaft erinnere. »Aber ich hoffe, du wärst stolz auf mich.« Ich spüre sie wie jedes Mal, wenn ich mich hier hinhocke: die ohnmächtige Wut, die in mir aufsteigt und ihren bitteren Geschmack in meinem Mund hinterlässt.

Da vernehme ich ein gackerndes Lachen irgendwo über mir, das so klingt, als würde es meine Worte verspotten. Ich kann es noch so oft hören, bei dem Geräusch wird mir immer das Blut in den Adern gefrieren. Ich blicke auf und sehe ihn: den großen Kormoran, der ganz oben auf der zerfallenen Ruine kauert, die gekrümmten schwarzen Flügel zum Trocknen aufgespannt wie einen kaputten Regenschirm. Ein Kormoran auf einem Kirchturm – das ist ein schlechtes Omen. Den Teufelsvogel nennen sie ihn in dieser Gegend. Den *cailleach dhubh*, den schwarzen Dämon, den Todesboten. Ich kann nur hoffen, dass die Braut und der Bräutigam nichts davon wissen oder dass sie nicht abergläubisch sind.

Ich klatsche in die Hände, doch der Vogel rührt sich nicht. Stattdessen dreht er den Kopf so, dass ich das scharfe Profil sehen kann, die grausige Form seines Schnabels. Und mir wird bewusst, dass er mich seitlich aus seinem schwarz glänzenden Perlenauge ansieht, als wüsste er etwas, was ich nicht weiß.

Später trage ich ein Tablett mit Champagnerflöten für den abendlichen Aperitif in den Salon. Als ich die Tür öffne, sehe ich ein Paar auf dem Sofa sitzen. Ich brauche einen Moment, um zu realisieren, dass es die Braut mit einem anderen Mann ist – der von dem Ehepaar, das Mattie vorhin mit dem Boot rübergebracht hat. Die beiden sitzen sehr dicht beieinander, ihre Köpfe berühren sich, während sie sich mit leiser Stimme unterhalten. Sie fahren zwar nicht auseinander, als sie mein Eintreten bemerken, doch sie rücken ein paar Zentimeter auseinander. Und sie nimmt rasch ihre Hand von seinem Knie.

»Aoife!«, ruft die Braut. »Das ist Charlie.«

Ich erinnere mich an seinen Namen von der Liste. »Unser morgiger Zeremonienmeister, wenn ich mich recht entsinne?«, sage ich.

Er hustet. »Ja, der bin ich.«

»Sehr schön. Und Ihre Frau heißt Hannah, nicht wahr?«

»Ja«, sagt er. »Sie haben ja ein gutes Gedächtnis!«

»Wir waren gerade dabei, Charlies Aufgaben für morgen zu besprechen«, erklärt mir die Braut.

»Natürlich«, sage ich. »Prima.« Ich frage mich, warum sie das Bedürfnis verspürt, sich mir zu erklären. Die beiden wirken recht vertraut und entspannt miteinander, aber ich bin nicht hier, um mir ein moralisches Urteil über meine Kunden zu erlauben, nicht einmal, um Sympathien oder Antipathien zu pflegen oder mir Meinungen über irgendwas zu bilden. So läuft es in dem Geschäft nun mal nicht. Idealerweise sollten Freddy und ich komplett in den Hintergrund rücken. Wir werden lediglich in Erscheinung treten, falls irgendwas schieflaufen sollte, doch ich werde tunlichst dafür sorgen, dass das auf keinen Fall passiert. Die Braut und der Bräutigam, ihre Angehörigen und Freunde sollten das Gefühl haben, dass dieser Ort ihnen gehört, dass eigentlich sie die Gastgeber sind. Wir sind lediglich hier, um alles zu organisieren und sicherzustellen, dass das Wochenende reibungslos verläuft. Doch um das zu gewährleisten, kann ich nicht vollkommen passiv bleiben. Darin besteht die seltsame Spannung meiner Rolle. Ich muss ein Auge auf jeden Einzelnen von ihnen haben und nach eventuellen bedrohlichen Entwicklungen Ausschau halten. Ich werde versuchen müssen, immer einen Schritt voraus zu sein.

Jetzt

Die Hochzeitsnacht

Selbst als er vorbei ist, klingt der Schrei in der Luft nach wie das Klirren eines Kristallglases. Die Gäste sind in seinem Nachhall erstarrt. Sie alle blicken aus dem Festzelt in die tosende Finsternis hinaus, aus der er gekommen ist. Die Glühbirnen flackern und drohen mit einem erneuten Lichtausfall.

Dann kommt ein Mädchen ins Zelt gestolpert. Ihr weißes Hemd weist sie als Kellnerin aus, doch ihr Gesicht ist das eines wilden Tieres, ihre Augen riesig und dunkel, das Haar wirr. Sie bleibt vor ihnen stehen und starrt sie unverwandt an.

Endlich geht eine Frau auf sie zu, niemand von den Gästen. Es ist die Hochzeitsplanerin. »Was ist los?«, fragt sie behutsam. »Was ist passiert?«

Das Mädchen antwortet nicht. Die Gäste meinen, nichts als ihren Atem zu hören, und selbst der hat etwas Animalisches an sich: rau und heiser.

Die Hochzeitsplanerin tritt näher, legt zögerlich eine Hand auf ihre Schulter. Das Mädchen reagiert nicht. Die Gäste sind wie gelähmt. Ein paar von ihnen erinnern sich an das Mädchen. Sie war eine der vielen Kellnerinnen, die ihnen lächelnd ihre Vorspeisen, Hauptgänge und Desserts gereicht haben. Sie hat ihre Teller abgeräumt und ihre Weingläser gekonnt aufgefüllt, mit makelloser weißer Bluse und adrett wippendem rotem Pferdeschwanz. Manche von ihnen erinnern sich an ihren weichen, singenden Akzent: Ob sie ihnen nachschenken dürfe, ob sie ihnen sonst etwas bringen könne? Abgesehen davon war sie – in Ermangelung eines besseren Ausdrucks – Teil des Mobiliars. Teil der gut geölten Maschinerie dieses Tages. Im Grunde weniger Aufmerksamkeit wert als die eleganten Blumenarrangements oder die flackernden Flämmchen über den silbernen Kerzenständern.

»Was ist passiert?«, fragt die Hochzeitsplanerin erneut. Ihr Tonfall ist nach wie vor mitfühlend, doch dieses Mal liegt mehr Bestimmtheit darin, eine Spur von Autorität. Die Kellnerin hat angefangen zu zittern, so heftig, dass es aussieht, als würde sie gleich eine Art Anfall erleiden. Die Hochzeitsplanerin legt abermals eine Hand auf ihre Schulter, wie um sie zu beruhigen. Das Mädchen hält sich die Hand vor den Mund, und für einen Moment sieht es aus, als würde sie sich übergeben. Dann, endlich, spricht sie.

»Draußen …« Es ist ein raues Krächzen, kaum noch menschlich.

Die Gäste recken die Hälse, um besser zu hören.

Sie stößt ein gepresstes Stöhnen aus.

»Komm schon«, sagt die Hochzeitsplanerin, ruhig, leise. Sie schüttelt das Mädchen ganz sanft. »Komm schon. Ich bin doch da, ich möchte dir helfen … das wollen wir alle. Es ist okay, du bist hier drin in Sicherheit. Erzähl mir, was passiert ist.«

Schließlich spricht das Mädchen weiter, mit dieser schrecklichen krächzenden Stimme. »Da draußen … *So viel Blut.*« Und dann, direkt bevor sie zusammenbricht: »Eine Leiche.«

Am Vortag

HANNAH

Die Begleitung

Ich presse die Lippen auf ein Taschentuch, um meinen Lippenstift zu fixieren. Dieser Ort scheint eines Lippenstifts würdig. Unser Zimmer hier ist riesig, doppelt so groß wie unser Schlafzimmer zu Hause. Jedes Detail stimmt: der Eiskübel mit einer teuren Flasche gekühltem Weißwein, dazu zwei Gläser, der antike Kronleuchter an der hohen Decke, das große Fenster mit Blick aufs Meer. Ich kann nicht zu nah ans Fenster gehen, sonst wird mir schwindlig, denn wenn man direkt nach unten schaut, kann man die Wellen sehen, die gegen die Felsen darunter krachen, und einen winzigen schmalen Streifen Strand.

An diesem Abend taucht der Sonnenuntergang das gesamte Zimmer in Roségold. Ich habe mir ein großes Glas Weißwein genehmigt – der im Übrigen köstlich ist –, während ich mich fertig machte. Auf leeren Magen und nach der Zigarette, die ich mit Olivia geraucht habe, fühle ich mich schon leicht beschwipst.

Es war witzig, in der Höhle zu rauchen – hat sich angefühlt wie ein Funken aus der Vergangenheit. Tatsächlich hat es mich zu dem Entschluss inspiriert, es dieses Wochenende krachen zu lassen. Ich war den ganzen Monat über schon so traurig und durch den Wind, und jetzt habe ich die Chance, mich ein bisschen locker zu machen. Also habe ich mich in ein schwarzes Satinkleid von & Other Stories aus Vorschwangerschaftszeiten geworfen, in dem ich mich immer wohlfühle. Ich habe mein Haar glatt geföhnt. Die Mühe hat sich gelohnt, auch wenn es sich beim ersten Kontakt mit der feuchten Luft da draußen wieder zu einer riesigen Haarwolke aufkräuseln wird, die an Aschenputtels Kürbiskutsche erinnert. Ich hatte gedacht, Charlie würde schon entnervt auf mich warten, aber er ist selbst erst vor zwei Minuten aufs Zimmer zurückgekehrt, daher hatte ich Zeit, mir die Zähne zu putzen, um jeglichen Zigarettengeruch loszuwerden, wobei ich mir wie ein unartiger Teenager vorkam. Halb hatte ich gehofft, er wäre hier. Wir hätten zusammen ein Bad in der opulenten Klauenfußbadewanne nehmen können.

Tatsächlich habe ich Charlie kaum zu Gesicht bekommen, seit wir das Boot verlassen haben. Er und Jules haben den gesamten Spätnachmittag damit verbracht, gemütlich beieinanderzusitzen und seine morgigen Pflichten als Zeremonienmeister durchzugehen. »Sorry, Hannah«, sagte er, als er zurückkam. »Jules wollte noch den ganzen Kram für morgen besprechen. Hoffe, du warst nicht allzu einsam?«

Als ich nun aus dem Bad komme, taxiert er mich mit anerkennendem Blick von Kopf bis Fuß. »Du siehst echt …«, er hebt eine Augenbraue, »… heiß aus.«

»Danke«, erwidere ich kokett und gebe ein paar spielerische Shimmy-Moves zum Besten. Ich fühle mich tatsächlich heiß. Es ist ewig her, seit ich mich in Schale geworfen habe. Und ich weiß, es sollte mich nicht wurmen, aber ich habe wirklich keine Ahnung, wann er das letzte Mal so etwas zu mir gesagt hat.

Wir gesellen uns zu den anderen in den Salon, um vor dem Abendessen etwas zu trinken. Er ist genauso sorgfältig eingerichtet wie unser Zimmer: ein uralter Backsteinboden, ein mit Kerzen bestückter Armleuchter, Glaskästen an den Wänden mit riesigen glänzenden Fischen, die höchstwahrscheinlich echt sind. Wie um alles in der Welt stopft man eigentlich Fische aus?, frage ich mich. Durch die kleinen Fenster sieht man blaues Dämmerlicht, und die gesamte Welt draußen hat mit einem Mal etwas Nebelhaftes, leicht Verwunschenes an sich.

Umringt von ein paar Gästen stehen Jules und Will im schwachen Kerzenschein. Will scheint eine Anekdote zum Besten zu geben, die anderen lauschen gebannt seinen Worten, kleben an seinen Lippen. Mir fällt auf, dass er und Jules sich an den Händen halten, so als könnten sie es nicht ertragen, sich nicht zu berühren. Sie sehen so unglaublich gut aus zusammen, groß, schlank und elegant – sie in einem maßgeschneiderten cremefarbenen Jumpsuit, er in einer dunklen Stoffhose und einem weißen Hemd, das seine Sonnenbräune um einiges dunkler wirken lässt. Gerade noch hatte ich mich in meiner Haut wohlgefühlt, doch im direkten Vergleich kommt mir mein Outfit unzureichend vor. Während für mich & Other Stories schon eine krasse Extravaganz darstellt, bin ich sicher, dass Jules ihren Fuß nie in solche Modeketten setzen würde.

Ich bleibe in unmittelbarer Nähe zu Will stehen, was kein Zufall ist – ich scheine irgendwie von ihm angezogen zu werden. Es ist eine geradezu berauschende Erfahrung, so nahe bei jemandem zu sein, den man aus dem Fernsehen kennt. Eine seltsame Mischung aus Vertrautheit und Fremdheit. Ich spüre, wie meine Haut kribbelt. Schon als ich zu ihm hinüberschlenderte, war ich mir durchaus seines Blickes bewusst, der über mein Gesicht und rasch von oben bis unten über meinen Körper wanderte, bevor Will seine Anekdote beendete. Also sehe ich tatsächlich gut aus. Schuldbewusst stelle ich fest, dass mich eine plötzliche Erregung durchfährt. Seit ich Kinder habe – und wahrscheinlich, weil ich ständig nur mit Kindern unterwegs bin –, scheine ich für Männer unsichtbar geworden zu sein. Erst als ich aufhörte, die Blicke der Männer auf mir zu spüren, wurde mir bewusst, dass ich sie immer für selbstverständlich genommen hatte. Dass ich sie genossen hatte.

»Hannah«, sagt Will und dreht sich mit diesem berühmten überschwänglichen Lächeln zu mir um. »Du siehst umwerfend aus.«

»Danke schön.« Ich nehme einen großen Schluck von meinem Champagner, wobei ich mich sexy fühle, ein bisschen verwegen sogar.

»Ich wollte dich vorhin schon auf dem Steg fragen… aber haben wir uns auf der Verlobungsfeier getroffen?«

»Nein«, erwidere ich entschuldigend. »Wir haben es damals aus Brighton nicht dorthin geschafft, leider.«

»Dann habe ich dich vielleicht auf einem von Jules' Fotos gesehen. Du kommst mir bekannt vor.«

»Vielleicht«, sage ich, doch ich glaube, eher nicht. Ich kann mir nicht vorstellen, dass Jules Fotos aufhängt, auf denen ich zu sehen bin – dafür hat sie haufenweise Bilder von sich und Charlie. Aber ich weiß, was Will hier tut: Er hilft mir dabei, mich willkommen zu fühlen, als Teil der Clique. Ich weiß seine Freundlichkeit zu schätzen. »Aber weißt du«, sage ich, »langsam geht es mir bei dir genauso. Kann es sein, dass ich *dich* irgendwo schon mal gesehen habe? Du weißt schon … in meinem Fernseher vielleicht?«

Der Witz war platt, aber Will lacht trotzdem – mit voller, tiefer Stimme –, und mir kommt es vor, als hätte ich gerade einen Preis gewonnen. »Erwischt!«, sagt er und hebt kapitulierend die Hände. Als er das tut, kriege ich erneut einen Schwall seines Rasierwasserdufts ab: Moos und Pinie, der Geruch von Waldboden, vermittelt durch eine exklusive Kaufhaus-Parfümabteilung. Er erkundigt sich nach unseren Kindern, nach Brighton. Er scheint fasziniert von dem, was ich sage. Er ist einer der Menschen, die einem das Gefühl geben, witziger und attraktiver zu sein als sonst. Mir wird bewusst, dass ich mich amüsiere, während ich den köstlichen kühlen Champagner genieße.

»Nun«, sagt Will und legt die Hand auf meinen Rücken, während er mich sanft nach vorne schiebt und ich seine Wärme durch mein Kleid spüren kann. »Ich werde dir ein paar Leute vorstellen. Das ist Georgina …«

Georgina, dünn und extrem chic in einem knöchellangen Kleid aus fuchsiafarbener Seide, schenkt mir ein freudloses Lächeln. Sie verzieht kaum eine Miene, und ich muss mir große Mühe geben, nicht hinzustarren. Ich glaube nicht, dass ich im echten Leben schon jemanden gesehen habe, der eine Botoxbehandlung hinter sich hat. »Warst du auf dem Junggesellinnenabschied?«, fragt sie. »Ich kann mich nicht erinnern.«

»Musste ich leider ausfallen lassen«, sage ich. »Die Kinder …« Das stimmt nur zum Teil. Da war auch das Problem, dass es ein Yoga-Retreat auf Ibiza war und ich es mir ums Verrecken nicht hätte leisten können.

»Du hast nicht viel verpasst.« Ein Mann – schlank, rotbraunes Haar – schaltet sich in das Gespräch ein. »Nur lauter Weiber, die ihre Möpse in der Sonne brutzeln lassen und bei ein paar Pullen Rosé den neuesten Klatsch austauschen … Meine Güte«, sagt er dann und taxiert mich von Kopf bis Fuß, bevor er sich vorbeugt, um mich auf die Wange zu küssen. »Du hast dich aber herausgeputzt!«

»Äh … danke.« Sein Lächeln lässt vermuten, dass er es nett gemeint hat, aber ich bin mir nicht ganz sicher, dass es ein Kompliment war.

Der Mann stellt sich als Duncan vor, er ist mit Georgina verheiratet und einer der vier Gefolgsmänner des Bräutigams. Die übrigen heißen Peter (zurückgegeltes Haar, ganz der Partyboy), Oluwafemi, oder kurz Femi (groß, schwarz, überaus gut aussehend), und Angus (blond wie Boris Johnson und mit einem ähnlichen Bäuchlein). Auf eine komische Art und Weise sehen sie alle ziemlich ähnlich aus. Sie tragen die gleiche gestreifte Krawatte zu blütenweißen Hemden, polierte Lederschnürschuhe mit Lochmuster und maßgeschneiderte Sakkos, die definitiv nicht von Next stammen wie Charlies. Mein Mann hat sein Jackett extra für dieses Wochenende gekauft, und ich hoffe, er fühlt sich im direkten Vergleich nicht zu sehr außen vor. Immerhin sieht er ziemlich gepflegt und adrett aus neben dem Trauzeugen, diesem Johnno, der mich trotz seiner Größe irgendwie an ein Kind erinnert, das seine Klamotten aus der Fundkiste der Schule zusammengewürfelt hat.

Vordergründig sind sie ausgesprochen charmant, diese Männer. Aber ich erinnere mich noch an das Gelächter vom Turm, als wir zum Folly hochspaziert sind. Und selbst jetzt höre ich unter dem ganzen Charme einen gewissen Unterton. Feixendes Grinsen, hochgezogene Augenbrauen … als würden sie sich heimlich auf Kosten von jemand anders amüsieren. Womöglich auf meine.

Ich schlendere zu Olivia rüber, die in ihrem grauen Kleid geradezu ätherisch wirkt. Ich hatte gedacht, dass wir uns vorhin in der Höhle etwas angenähert hätten, doch nun antwortet sie nur einsilbig auf meine Fragen, während ihre Augen ständig woanders hinhuschen.

Ein-, zweimal treffen sich die Blicke von mir und Will. Ich glaube nicht, dass es meine Schuld ist, und manchmal habe ich den Eindruck, dass seine Augen schon eine Weile auf mir geruht haben. Ich weiß, es gehört sich nicht, aber ich finde es erregend. Und auch wenn meine Empfindung komplett unangemessen ist, erinnert es mich doch an dieses Gefühl, wenn man vermutet, dass jemand, den man heiß findet, ebenfalls auf einen steht.

Ich ertappe mich selbst bei dem Gedanken. Realität an Hannah: Du bist eine verheiratete Mutter von zwei Kindern, und dein Ehemann befindet sich im selben Raum. Du redest von einem Mann, der im Begriff steht, die beste Freundin deines Mannes zu heiraten, die ebenfalls anwesend ist und aussieht wie Monica Bellucci höchstpersönlich, nur besser gekleidet. Wahrscheinlich sollte ich mich etwas mit dem Champagner zurückhalten. Ich habe ihn bisher praktisch runtergekippt. Zum Teil ist es der Nervosität geschuldet, unter diesen ganzen Leuten. Aber es ist auch dieses Gefühl von Freiheit: kein Babysitter, vor dem wir uns nachher zusammenreißen müssen, keine Kinder, für die wir morgen früh aufstehen müssen. Es hat beinahe etwas Exotisches, so fein herausgeputzt zu sein, nur in der Gesellschaft von Erwachsenen, mit einem Haufen Alkohol und keinerlei Verantwortung.

»Das Essen riecht unglaublich gut«, sage ich. »Wer kocht denn hier?«

»Aoife und Freddy«, antwortet Jules. »Ihnen gehört das Anwesen. Aoife ist auch unsere Hochzeitsplanerin. Ich werde euch alle nachher beim Abendessen bekannt machen. Und Freddy macht morgen das Catering.«

»Ich sehe schon, das wird köstlich«, sage ich. »Gott, bin ich hungrig.«

»Na, dein Magen ist ja auch ganz leer«, bemerkt Charlie. »Bestimmt hast du auf dem Boot alles von dir gegeben, oder?«

»Ach, du hast ein Bäuerchen gemacht?«, fragt Duncan entzückt. »Die Fische gefüttert?«

Ich werfe Charlie einen eisigen Blick zu. Mir kommt es so vor, als hätte er gerade einen Teil meiner Bemühungen für den heutigen Abend zunichte gemacht. Ich kann mich des Eindrucks nicht erwehren, dass er auf Lacher spekuliert, indem er auf meine Kosten Witze reißt. Ich schwöre, er hat jetzt einen anderen Tonfall – vornehmer irgendwie –, aber wenn ich ihn deswegen zur Rede stellen würde, würde er so tun, als hätte er keine Ahnung, wovon ich da spreche, wetten?

»Wie auch immer«, sage ich, »das wird eine nette Abwechslung zu den Chicken Nuggets, die ich mit den Kindern gefühlt jeden zweiten Abend essen muss.«

»Habt ihr denn mittlerweile ein paar gute Restaurants in Brighton?«, erkundigt sich Jules. Sie tut immer so, als ob Brighton irgendwo in der Pampa läge.

»Oh ja«, sage ich, »da gibt es …«

»Nur dass wir nie hingehen«, mischt sich Charlie ein.

»Das stimmt nicht«, entgegne ich. »Wir waren doch bei diesem neuen Italiener.«

»Den kann man wohl kaum noch neu nennen«, widerspricht Charlie. »Das war vor ungefähr einem Jahr.«

Er hat recht. Mir fällt sonst keine andere Gelegenheit ein, zu der wir essen gegangen sind. Das Geld ist etwas knapp, außerdem muss man zum Essen immer noch die Kosten für den Babysitter draufschlagen. Trotzdem wünschte ich, er hätte es nicht explizit gesagt.

Johnno versucht, Charlie Champagner nachzuschenken, doch Charlie legt schnell eine Hand über sein Glas. »Nein, danke.«

»Ach komm schon, Kumpel«, meint Johnno. »Der Abend vor der Hochzeit. Da muss man sich ein bisschen locker machen.«

»Ja, komm schon!«, drängt Duncan. »Ist doch nur Blubberwasser, kein Crack. Oder willst du uns gleich verkünden, dass du schwanger bist?«

Die anderen Typen lachen albern.

»Nein«, wiederholt Charlie angespannt. »Ich möchte

heute Abend nur langsam machen.« Ich kann ihm anhören, dass es ihm peinlich ist. Aber ich bin froh, dass er sich zumindest an dieser Front nicht verraten hat.

»Also, Charlie-Boy«, sagt Johnno, »jetzt erzähl mal. Wie habt ihr beide euch eigentlich kennengelernt?«

Ich denke erst, er meint Charlie und mich. Dann erst merke ich, dass er zwischen Charlie und Jules hin und her schaut. War ja klar.

»Ach, das ist ewig her«, sagt Jules. Sie und Charlie heben in perfekter Eintracht eine Augenbraue.

»Ich habe ihr das Segeln beigebracht«, erklärt Charlie. »Damals habe ich noch in Cornwall gelebt, und das war mein Sommerferienjob.«

»Mein Dad hatte ein Haus dort«, fügt Jules hinzu. »Ich hatte gehofft, wenn ich Segeln lerne, nimmt er mich mal mit auf einen Segeltörn. Aber offensichtlich war ein Segeltörn mit der sechzehnjährigen Tochter an der englischen Südküste nicht halb so toll wie ein Trip nach Saint Tropez, wo sich seine neueste Eroberung an Deck in der Sonne räkeln konnte.« Es klingt bitterer, als sie es wahrscheinlich beabsichtigt hat. »Jedenfalls«, fährt sie fort, »war Charlie mein Segellehrer.« Sie schaut zu ihm. »Ich war ja so was von verknallt in ihn.«

Charlie erwidert ihr Grinsen. Ich stimme in das Lachen der anderen mit ein, finde es aber nicht wirklich witzig. Es ist beileibe nicht das erste Mal, dass ich mir diese Story anhören muss. Es ist wie ein altgedientes Schauspielduo beim gemeinsamen Auftritt: der Junge aus dem Dorf und das reiche Mädchen. Trotzdem verkrampft sich mein Magen, als Jules fortfährt.

»Und du warst vor allem darauf aus, möglichst viele gleichaltrige Mädels flachzulegen, bevor du an die Uni musstest«, sagt Jules zu Charlie. Auf einmal klingt es, als würde sie nur zu ihm sprechen. »Schien aber gut zu klappen. Die ständige Sonnenbräune und der Body, den du damals hattest, waren wahrscheinlich hilfreich …«

»Bestimmt«, sagt Charlie. »So eine Figur wie damals hatte ich nie wieder. Der Job war wie eine Mitgliedschaft im Fitnessclub, bei dem täglichen Training auf See. Leider wird der Körper nicht halb so straff, wenn man Fünfzehnjährigen Erdkunde beibringt.«

»Dann lass uns mal einen Blick auf deinen Sixpack heute werfen«, sagt Duncan, beugt sich blitzschnell vor und greift nach Charlies Hemd. Er zieht es hoch, und ein paar Zentimeter blasser, weicher Bauch kommen zum Vorschein. Charlie macht einen Schritt zurück und stopft das Hemd errötend wieder in die Hose.

»Er kam mir wahnsinnig erwachsen vor«, fährt Jules ungeachtet der Unterbrechung fort. Sie berührt besitzergreifend Charlies Arm. »Wenn man sechzehn ist, kommt einem achtzehn so viel älter vor. Außerdem war ich schüchtern.«

»Kaum zu glauben«, murmelt Johnno.

Jules ignoriert ihn. »Aber ich weiß, dass du mich am Anfang für eine eingebildete Prinzessin gehalten hast.«

»Was ja auch stimmte«, erwidert Charlie und hebt eine Augenbraue.

Jules schnippt ein paar Tropfen Champagner aus ihrem Glas in seine Richtung. »He!«

Oh doch, sie flirten. Es gibt kein anderes Wort dafür.

»Nein, natürlich nicht, am Ende wurde mir klar, dass du

in Wahrheit ziemlich cool warst«, sagt er. »Außerdem habe ich deinen fiesen Sinn für Humor entdeckt.«

»Tja, und dann sind wir einfach in Kontakt geblieben«, fasst Jules zusammen.

»Damals kamen Handys gerade in Mode«, sagt Charlie.

»Und im Jahr drauf warst *du* der Schüchterne von uns beiden«, neckt ihn Jules. »Ich hatte endlich einen Busen bekommen. Ich weiß noch ganz genau, wie du gleich zweimal hingucken musstest, als ich den Steg entlangkam.«

Ich nehme einen großen Schluck von meinem Champagner. Ich rufe mir in Erinnerung, dass sie Teenager waren. Dass ich auf eine Siebzehnjährige eifersüchtig bin, die es nicht mehr gibt.

»Ja, und außerdem hattest du damals diesen Freund«, sagt Charlie. »Er war nicht unbedingt mein größter Fan.«

»Stimmt«, meint Jules mit einem geheimnisvollen Lächeln. »Das ging aber nicht lang mit ihm. Er war extrem eifersüchtig.«

»Ja, und? Habt ihr auch mal gevögelt?«, fragt Johnno. Da ist sie. Die Frage, die ich nie gewagt habe, direkt zu stellen.

Seine Kumpel sind aus dem Häuschen. »Er hat's echt gebracht!«, johlen sie. »Meine Fresse!« Entzückt und schadenfroh drängen sie sich zusammen, der Kreis wird enger. Vielleicht fällt mir das Atmen deshalb plötzlich schwerer.

»Johnno!«, empört sich Jules. »Würdest du dich bitte zusammenreißen? Das ist meine *Hochzeit*!«

Aber sie hat nicht gesagt, dass sie es nicht getan haben.

Ich kann gerade nicht zu Charlie schauen. Ich will es nicht wissen.

Glücklicherweise werden wir in dem Moment von einem

lauten Knall unterbrochen. Duncan hat die Champagnerflasche entkorkt, die er in der Hand hielt.

»Mensch, Duncan«, sagt Femi. »Du hättest mir beinahe das Auge rausgeschossen!«

»Woher kennt ihr Jungs euch eigentlich?«, erkundige ich mich bei Johnno, um das Thema zu wechseln.

»Ach«, sagt Johnno, »wir kennen uns schon seit Ewigkeiten.« Er legt eine Hand auf Wills Schulter, und irgendwie hebt die Geste ihn und Will von den anderen ab. Neben ihm sieht Will noch attraktiver aus. Die beiden sind verschieden wie Tag und Nacht. Außerdem ist irgendwas an Johnnos Augen seltsam. Ich verbringe eine Weile damit dahinterzukommen, was mit ihnen nicht stimmt. Stehen sie zu nah beieinander? Sind sie zu klein?

»Stimmt«, sagt Will. »Wir waren zusammen auf der Schule.« Ich bin überrascht. Die anderen Männer haben diesen schnöseligen Umgangston, ganz typisch für Privatschüler, wohingegen Johnno ungehobelter wirkt und auch keinen vornehmen Akzent zu bieten hat.

»An der Trevellyan's School«, ergänzt Femi. »Ein Internat. Es war ein bisschen wie in diesem Buch mit all den Jungs auf der verlassenen Insel, die sich gegenseitig abmurksen. Ach, verdammt, wie hieß es doch gleich …?«

»*Herr der Fliegen*«, wirft Charlie mit einer Spur von Überlegenheit ein. Ich mag auf eine staatliche Schule gegangen sein, sagt seine Stimme, aber ich bin belesener als du.

»So schlimm war es doch gar nicht«, sagt Will rasch. »Das war eher … ein Haufen wild gewordener Jungs.«

»Jungs bleiben eben Jungs!«, klinkt Duncan sich ein. »Hab ich recht, Johnno?«

ICH BIN
#HEALTHY.

»Klar, Mann. Jungs bleiben Jungs«, echot Johnno.

»Und seitdem sind wir befreundet«, erklärt Will und klopft Johnno auf den Rücken. »Und du bist später sogar in deiner Klapperkiste nach Edinburgh hochgefahren, um mich zu besuchen, als ich dort studiert habe, weißt du noch, Johnno?«

»Ja«, sagt Johnno. »Ich bin mit ihm zum Klettern und Zelten in die Berge gefahren, um sicherzustellen, dass er nicht komplett verweichlicht. Oder seine Zeit mit Rumvögeln verplempert.« Er tut so, als würde er zerknirscht dreinschauen. »Sorry, Jules.«

Doch Jules tut es mit einem Kopfschütteln ab.

»Kennen wir nicht auch jemanden, der in Edinburgh studiert hat, Hannah?«, fragt Charlie.

Ich erstarre. Wie bitte kann er vergessen haben, wer das war? Da sehe ich, wie seine Miene sich zu einem Ausdruck des Entsetzens wandelt, als er seinen Fehler bemerkt.

»Ihr kennt jemanden?«, fragt Will. »Wen denn?«

»Ach, sie war nicht lange dort«, erwidere ich rasch. »Aber weißt du, Will, was ich mich immer gefragt habe: Diese Folge von *Survive the Night* in der arktischen Tundra … Wie kalt war es da? Sind dir wirklich fast die Finger abgefroren?«

»Allerdings«, sagt Will. »Hab komplett das Gefühl in den Fingerkuppen verloren.« Er hält die eine Hand vor mir hoch. »Bei zweien sind sogar die Fingerabdrücke weg.« Ich blinzle konzentriert – eigentlich sehen sie für mich nicht so viel anders aus, und doch höre ich mich sagen: »Oh ja, ich glaub, ich seh's. Wow.« Ich klinge wie ein Fangirl.

Charlie dreht sich zu mir um. »Mir war gar nicht klar,

dass du die Sendung gesehen hast«, sagt er. »Wann hast du sie denn geschaut? Jedenfalls nicht zusammen mit mir.«

Ups. Ich denke an die Nachmittage, an denen ich die Kleinen vor dem Kinderkanal geparkt und mir Wills Sendung in der Küche auf meinem iPad angeschaut habe, während ich das Abendessen warm machte. Charlie schaut zu Will. »Nichts für ungut, Kumpel… Ich habe natürlich vor, auch irgendwann mal reinzuschauen.« Stimmt nicht. Und man hört ihm an, dass es nicht stimmt. Er hat sich auch keinerlei Mühe gegeben, überzeugend zu klingen.

»Schon gut«, sagt Will milde.

»Ach, ich habe gar nicht die ganzen Folgen gesehen«, erkläre ich schnell. »Ich hab mir nur… die Highlights reingezogen, du weißt schon.«

»Die Dame, wie mich dünkt, gelobt zu viel«, wirft Peter spöttisch ein und packt grinsend Wills Schulter. »Will, du hast eine Verehrerin!«

Will tut es mit einem Lachen ab. Doch ich kann die brennende Hitze spüren, die über meinen Nacken bis auf meine Wangen kriecht. Ich hoffe, es ist dunkel genug hier im Kerzenlicht, dass niemand mein Erröten sieht.

Scheiß drauf. Ich brauche mehr Champagner. Ich strecke mein Glas aus, damit es aufgefüllt wird.

»Wenigstens deine Frau weiß, wie man Party macht, Kumpel«, sagt Duncan zu Charlie. Femi schenkt mir nach, füllt die Flöte fast bis zum Rand. »Huch«, sage ich, als es beinahe überläuft, »das ist zu viel.«

Plötzlich höre ich ein klirrendes »Pling« und spüre einen kleinen Spritzer auf meinem Handgelenk. Ich schaue überrascht hin und sehe, dass etwas in mein Glas gefallen ist.

»Was war denn das?«, frage ich verwirrt.

»Schau hin«, sagt Duncan grinsend. »Hab einen Penny versenkt. Jetzt musst du es auf ex trinken.« Ich schaue ihn an, dann mein Glas. Und ja, auf dem Grund meines sehr vollen Glases liegt die kleine Kupfermünze mit dem strengen Profil der Queen.

»Duncan!«, rügt Georgina ihn kichernd. »Du bist wirklich schlimm!«

Ich glaube, dieses alberne Trinkspiel habe ich seit meinem achtzehnten Lebensjahr nie wieder gespielt. Plötzlich ruhen alle Blicke auf mir. Ich sehe Hilfe suchend zu Charlie, doch seine Miene wirkt beinahe flehend. Es ist die Art von Blick, mit dem mich auch Ben manchmal anschaut: *Bitte blamier mich nicht vor meinen Freunden, Mum.*

Das ist doch verrückt, denke ich. Ich muss das nicht trinken. Ich bin eine Frau von vierunddreißig Jahren. Ich kenne diese Leute nicht einmal, sie haben keinerlei Macht über mich. Ich werde mich nicht dazu drängen lassen, das zu tun …

»Auf ex!«

»Auf ex!«

Himmel, sie haben schon angefangen, mich anzufeuern.

»Rette die Queen!«

»Bevor sie ertrinkt!«

»Los jetzt! Trink schon!«

Um ihre Blicke von mir abzuwenden und ihren Singsang zu stoppen, hebe ich das Glas und kippe alles in einem Zug runter. Vorhin fand ich den Champagner noch köstlich, aber so ist er schrecklich sauer und brennt höllisch, als ich mittendrin husten muss und mir das Getränk in Rachen und Nase dringt. Einiges läuft mir sogar aus dem Mund, und ich spüre, wie mir die Tränen in die Augen schießen. Was für eine Demütigung. Es kommt mir so vor, als hätten alle anderen die Regeln von dem kapiert, was hier gerade vonstattengeht. Alle außer mir.

Danach jubeln sie. Aber ich glaube nicht, dass der Jubel mir gilt. Sie beglückwünschen sich selbst. Ich fühle mich wie ein Kind, das von einer Gruppe Spielplatz-Rowdys umzingelt ist. Als ich in Charlies Richtung blicke, zuckt er entschuldigend mit den Schultern. Plötzlich fühle ich mich sehr einsam. Ich wende mich ab, um mein Gesicht vor den anderen zu verbergen.

Als ich das tue, sehe ich etwas, und mir gefriert das Blut in den Adern.

Da ist jemand am Fenster und blickt aus der schwarzen Finsternis zu uns herein, beobachtet uns stumm. Das Gesicht ist gegen die Scheibe gepresst, die Züge zu einer Fratze verzerrt, die Zähne zu einem grausigen Grinsen entblößt. Während ich hinstarre, ohne die Augen davon lösen zu können, formt der Mund ein einziges Wort:

BUH.

Ich merke gar nicht, wie das Champagnerglas aus meiner Hand gleitet, bis es zu meinen Füßen zerschellt.

Jetzt

Die Hochzeitsnacht

Es dauert eine Weile, bis die Kellnerin wieder bei Bewusstsein ist. Sie scheint unverletzt zu sein, aber was auch immer sie da draußen gesehen haben mag, hat ihr die Sprache verschlagen. Man bekommt nichts als tiefes Stöhnen und wortloses Gebrabbel aus ihr heraus.

»Ich habe sie zum Folly rübergeschickt, um noch ein paar Champagnerflaschen zu holen«, erklärt die Oberkellnerin hilflos, die selbst kaum älter als zwanzig ist.

Es herrscht ein kompaktes Schweigen im Partyzelt. Die Gäste sehen sich in der Menschenmenge nach ihren Lieben um, um sich zu vergewissern, dass sie in Sicherheit sind. Doch es ist nicht ganz leicht, im Gedränge irgendwen auszumachen, denn alle sind etwas mitgenommen von der Zecherei des heutigen Tages. Auch der Aufbau der hochmodernen Zeltkonstruktion erschwert es, sich einen Überblick zu verschaffen: Die Tanzfläche befindet sich in einem der Pavillons, die Bar in einem anderen, der Speisebereich ist im Hauptzelt in der Mitte untergebracht.

»Sie hat sich vielleicht nur erschreckt«, meint ein Mann. »Sie ist ja noch so jung, und draußen ist es stockfinster.«

»Aber es klingt, als würde jemand Hilfe benötigen«, wendet ein anderer Mann ein. »Ich finde, wir sollten losgehen und …«

»Wir können hier auf keinen Fall alle über die Insel irren lassen«, erklärt die Hochzeitplanerin. Sie verfügt über eine natürliche Autorität, auch wenn ihr Gesicht bleich und angespannt ist und sie genauso schockiert wirkt wie alle anderen. »Draußen tobt ein heftiger Sturm, es ist dunkel, und dann sind da noch das Moor und die Klippen. Ich will nicht, dass noch jemand … dass irgendwer sich verletzt.«

»Die macht sich bestimmt in die Hose wegen der Versicherung«, murmelt ein Mann.

»Wir sollten trotzdem nachschauen«, sagt einer der Gefolgsmänner des Bräutigams. »Und zwar zu mehreren, dann ist es sicherer.«

Am Vortag

JULES

Die Braut

»Hör mal zu, Dad!«, sage ich. »Du hast der armen Hannah eine Heidenangst eingejagt!« Ich meine, es war definitiv etwas übertrieben von ihr, das Glas fallen zu lassen. Musste sie wirklich so eine Szene machen? Ich unterdrücke meinen Ärger, während Aoife die Scherben diskret mit einem Besen zusammenkehrt.

»Entschuldigung.« Dad grinst in die Runde, als er den Raum betritt. »Ich dachte, ich erschreck euch nur ein bisschen.« Sein Akzent tritt deutlicher hervor, wahrscheinlich, weil er sich nun auf heimischem Terrain befindet, oder zumindest fast. Er ist in der Gaeltacht aufgewachsen, dem irischsprachigen Teil von Galway, nicht weit von hier. Dad ist kein großer Mann, doch mit den stämmigen Schultern und seiner gebrochenen Nase verfügt er über eine durchaus imposante Statur. Es fällt mir schwer, ihn objektiv zu beurteilen, aber ich schätze, ein Außenstehender würde ihn eher für einen ehemaligen Boxer halten als für einen äußerst erfolgreichen Bauunternehmer.

Séverine, Dads neueste Ehefrau – Französin, nicht viel älter als ich, halb Dekolleté, halb flüssiger Eyeliner –, schlüpft hinter ihm herein und schwingt ihre rote Mähne über die Schulter.

»Nun«, sage ich zu Dad, wobei ich Séverine geflissentlich ignoriere (ich kann es mir nicht leisten, zu viel Zeit auf sie zu verschwenden, bevor sie nicht die Fünfjahresmarke geknackt hat – Dads bisherigen Rekord). »Du hast es geschafft ... endlich.«

Natürlich wusste ich, dass sie planmäßig etwa um diese Zeit ankommen sollten, da ich Aoife bitten musste, das Boot zu organisieren. Aber selbst da habe ich mich gefragt, ob eine Ausrede kommen würde, irgendein Hemmnis, weshalb sie es heute Abend leider nicht schaffen könnten. Es wäre nicht das erste Mal gewesen.

Ich bemerke, wie Will und Dad einander verstohlen taxieren. In Dads Gegenwart wirkt Will seltsamerweise etwas geschrumpft, ein Stück weniger er selbst. Ich habe Sorge, dass er mit seinem gestärkten Hemd und der Chino in Dads Augen privilegiert und geschniegelt wirken könnte, ganz der ehemalige Privatschüler.

»Ich kann nicht glauben, dass ihr euch heute das erste Mal trefft«, sage ich. Nicht, dass wir es nicht gewollt oder versucht hätten. Will und ich sind vor ein paar Monaten eigens nach New York geflogen. In letzter Minute haben wir erfahren, dass Dad eine Geschäftsreise nach Europa machen musste. Ich stellte mir vor, wie die Bahnen unserer Flugzeuge sich irgendwo über dem Atlantik kreuzten. Dad ist ein sehr beschäftigter Mann. Zu beschäftigt, um den Verlobten seiner Tochter vor dem Vorabend ihrer Hochzeit kennenzulernen. Das ist die uralte Leier meines verdammten Lebens.

»Es ist mir ein Vergnügen, dich endlich kennenzulernen, Ronan«, sagt Will und streckt eine Hand aus.

Dad ignoriert die Geste und klopft ihm stattdessen auf die Schulter. »Der berühmte Will also«, sagt er. »Endlich lernen wir uns kennen.«

»Noch nicht ganz so berühmt«, sagt Will und schenkt Dad ein gewinnendes Lächeln. Ich zucke innerlich zusammen. Das klang nach falscher Bescheidenheit, und ich bin mir ziemlich sicher, dass sich Dads Aussage nicht auf den Fernsehkram bezog. Dad ist kein Fan von Promis oder generell von Leuten, die ihr Vermögen mit etwas anderem als echter, harter Plackerei verdient haben. Er ist stolz darauf, alles aus eigener Kraft geschafft zu haben.

»Und das muss Séverine sein.« Will beugt sich vor und gibt ihr galant ein Küsschen auf beide Wangen. »Jules hat mir so viel über dich erzählt … und die Zwillinge.«

Nein, habe ich nicht. Die Zwillinge, Dads neuester Nachwuchs, wurden auch nicht eingeladen.

Séverine lächelt affektiert und schmilzt unter Wills Charme förmlich dahin. Das wird sicherlich nicht dazu beitragen, Will bei Dad beliebter zu machen. Ich wünschte, es wäre mir egal, was mein Vater denkt. Und doch stehe ich wie paralysiert da und schaue zu, während die beiden einander beschnüffeln. Es ist unerträglich. Und es ist eine echte Erleichterung, als Aoife wieder reinkommt, um uns mitzuteilen, dass das Abendessen demnächst serviert wird.

Aoife ist eine Frau ganz nach meinem Geschmack: organisiert, kompetent, diskret. Sie hat etwas Kühles an sich, eine Distanziertheit, die manchen Leuten vermutlich nicht zusagt. Mir ist es lieber. Ich will niemanden, der vorgibt, meine beste Freundin zu sein, wo ich sie doch dafür bezahle, etwas für mich zu tun. Ich mochte Aoife bei unserem ersten Telefonat auf Anhieb, und ich bin schon halb versucht, sie zu fragen, ob sie in Betracht ziehen würde, all das hinter sich zu lassen, um für *The Download* zu arbeiten. Sie mag etwas hausbacken aussehen, doch sie hat definitiv eine härtere Seite an sich.

Wir durchqueren den Salon, der zum Speiseraum führt. Mum und Dad nehmen wie geplant an entgegengesetzten Tischenden Platz, physisch so weit voneinander entfernt wie nur möglich. Ich glaube nicht, dass meine Eltern seit den Neunzigern mehr als ein paar Worte gewechselt haben, und für den harmonischen Ablauf des Wochenendes ist es wohl besser, wenn das so bleibt. Séverine wiederum klebt so an Dad dran, dass sie sich gleich auf seinen Schoß setzen könnte. Dabei ist sie immerhin eine Frau von Mitte dreißig.

Heute Abend scheinen sich alle von ihrer besten Seite zu zeigen. Der 1999er-Bollinger, von dem wir etliche Flaschen geleert haben, ist dabei bestimmt behilflich. Selbst Mum gibt sich recht liebenswürdig und spielt die Rolle der Brautmutter mit großer Souveränität. Ihre schauspielerischen Fähigkeiten haben im echten Leben schon immer mehr geglänzt als auf der Bühne.

Jetzt kommen Aoife und ihr Ehemann mit der Vorspeise herein: ein cremiger Fischeintopf mit Petersiliengarnitur. »Das sind Aoife und Freddy«, stelle ich sie der Runde vor.

Ich sage nicht, dass sie unsere Gastgeber sind, da ich die eigentliche Gastgeberin bin und für dieses Privileg zahle. Also verlege ich mich auf: »Ihnen gehört das Folly.«

Aoife nickt höflich. »Falls Sie irgendetwas benötigen sollten, wenden Sie sich bitte jederzeit an uns«, sagt sie. »Ich hoffe, Sie werden Ihren Aufenthalt hier genießen. Die morgige Hochzeit ist die erste auf unserer Insel, daher wird sie was ganz Besonderes sein.«

»Es ist wunderschön hier«, bemerkt Hannah freundlich. »Und das Essen sieht ganz fantastisch aus.«

»Vielen Dank«, erwidert Freddy, der nun auch seinen Mund aufmacht. Mir fällt auf, dass er Engländer ist – ich hätte gedacht, er wäre Ire, wie Aoife.

Aoife nickt. »Die Miesmuscheln haben wir erst heute früh gesammelt.«

Sobald wir etwas zu essen bekommen haben, setzen wir das Tischgespräch fort, mit Ausnahme von Olivia, die stumm dasitzt und ihren Teller anstarrt.

»An Brighton habe ich so schöne Erinnerungen«, sagt Mum an Hannah gewandt. »Ich hatte dort unten zwei Auftritte, weißt du.« Oh Gott. Wenn das so weitergeht, erzählt sie schon bald von dem einen Mal, als sie für einen Arthouse-Film Sex vor der Kamera hatte (wurde nie veröffentlicht, heute wahrscheinlich auf PornHub zu finden).

»Oh«, erwidert Hannah, »wir haben schon ein schlechtes Gewissen, weil wir es nicht mehr so oft ins Theater schaffen. Wo bist du denn aufgetreten? Im Theatre Royal?«

»Nein«, erwidert Mum in dem leicht hochmütigen Tonfall, der sich immer in ihre Stimme schleicht, wenn sie entlarvt wurde. »Es ist etwas kleiner und intimer.« Ein schwungvolles Kopfschütteln. »Es heißt The Magic Lantern. In den Lanes. Kennst du es?«

»Ähm … nein«, sagt Hannah und fügt dann rasch hinzu: »Aber wie gesagt, wir sind so aus der Übung, dass wir gar keine Läden mehr kennen, selbst wenn sie gerade total angesagt sind.«

Hannah ist wirklich lieb. Ihre Nettigkeit quillt einfach so aus ihr heraus. Ich erinnere mich noch, wie ich Hannah das erste Mal traf und dachte: Aha, so jemanden will Charlie also. Eine nette Frau. Weich und warm. Ich bin ihm zu viel. Zu wütend, zu ehrgeizig. Mich hätte er nie geheiratet.

Ich bin nicht mehr eifersüchtig auf Hannah, rufe ich mir in Erinnerung. Charlie war zwar damals der coolste Typ im Segelclub, aber mittlerweile ist sein Körper schlaffer geworden, und an der Stelle, wo die flachen braun gebrannten Bauchmuskeln waren, befindet sich jetzt eine kleine Wampe. Außerdem hat er es sich in seinem Lehrerberuf bequem gemacht. Wenn ich etwas zu sagen hätte, würde er wenigstens die Stelle des Direktors anstreben. Es gibt schließlich nichts, was so unsexy ist wie mangelnder Ehrgeiz, oder?

Ich betrachte Charlie, bis sein Blick an mir hängen bleibt – und stelle sicher, dass ich als Erste wegschaue. Ist er heute der Eifersüchtige? Mir ist sein Argwohn gegenüber Will keineswegs entgangen. Es kam mir so vor, als würde er versuchen, einen Makel an ihm zu finden. Ich habe ihn vorhin dabei erwischt, wie er uns über den Champagner hinweg beobachtet hat. Und mit seinen Augen habe ich wieder gespürt, wie gut Will und ich zusammen aussehen.

»Wie süß«, sagt Mum zu Hannah. »Fünf ist ja so ein

schönes Alter bei Kindern.« Interessiert tun, das kann sie wirklich gut. »Und was machen deine beiden Kleinen, Ronan?«, ruft sie Dad über den Tisch hinweg zu. Ich frage mich, ob es ein absichtlicher Seitenhieb gegen Séverine war, sie nicht in ihre Frage einzuschließen. Obwohl … ich korrigiere mich: Ich muss mich nicht fragen. Obwohl sie gern den Eindruck von künstlerischer Lockerheit versprüht, ist nur sehr wenig von dem, was meine Mutter tut, unbeabsichtigt.

»Es geht ihnen gut«, antwortet er. »Danke der Nachfrage, Araminta. Sie kommen bald schon in die Krippe, nicht wahr?«, sagt er, an Séverine gewandt.

»*Oui*«, sagt sie. »Wir suchen nach einer französischsprachigen Krippe für die beiden. Es ist ja so wichtig, dass sie … ah … zwiesprachig aufwachsen, so wie isch.«

»Oh, du bist *zwei*sprachig?«, frage ich. Ich kann mir den kleinen Seitenhieb nicht verkneifen.

Falls es Séverine auffallen sollte, reagiert sie zumindest nicht darauf. »*Oui*«, sagt sie mit einem Schulterzucken. »Isch bin als Kind auf ein Mädscheninternat in England gegangen. Und meine Brüder haben dort auch eine Schule für die Jungen besucht.«

»Meine Güte«, sagt Mum, die immer noch ausschließlich mit Dad spricht. »Das muss so *anstrengend* sein in deinem Alter, Ronan.« Bevor er die Gelegenheit hat, etwas zu erwidern, klatscht sie in die Hände. »Während wir gerade auf den nächsten Gang warten«, sagt sie und erhebt sich, »würde ich gerne ein paar Worte sagen.«

»Das musst du echt nicht, Mum!«, rufe ich. Alle lachen. Aber das war kein Witz. Ist sie betrunken? Schwer abzuschätzen, da wir alle ein bisschen was intus haben. Abgesehen davon bin ich mir nicht sicher, ob das bei Mum einen großen Unterschied macht. Sie hatte noch nie Hemmungen, die sie verlieren muss.

»Auf meine Julia«, sagt sie und erhebt ihr Weinglas. »Seit du ein kleines Mädchen warst, wusstest du ganz genau, was du wolltest. Und wehe dem, der sich dir in den Weg gestellt hat! Ich war nie so wie du. Was ich will, wechselt von einer Woche zur anderen, was wahrscheinlich auch der Grund ist, warum ich immer so furchtbar unglücklich war... Wie auch immer: Du hast es schon immer gewusst. Und was du willst, das setzt du auch durch.« Oh Gott. Sie zieht das hier nur ab, weil ich ihr verboten habe, morgen auf der eigentlichen Hochzeit eine Rede zu halten. Da bin ich mir sicher. »Von dem Moment an, als du mir von Will erzählt hast, wusste ich, dass du ihn wolltest.«

Nicht so hellsichtig, wie es klingt, zumal ich ihr im selben Gespräch erzählt habe, dass wir bereits verlobt waren. Doch Mum hat sich durch unbequeme Fakten noch nie von einer guten Story abbringen lassen.

»Sehen die beiden nicht wundervoll aus?«, fragt Mum. Beifälliges Gemurmel von den anderen. Mir gefällt die Betonung auf »aussehen« nicht.

»Mir war immer klar, dass Jules jemanden finden muss, der genauso ehrgeizig ist wie sie«, fährt Mum fort. War da nicht ein kritischer Unterton? Schwer zu sagen. Über den Tisch hinweg fange ich Charlies Blick auf – er weiß schon lange, wie peinlich Mum sein kann. Er zwinkert mir zu, und ich verspüre ein warmes Kribbeln im Bauch. »Meine Tochter hat wirklich Klasse und Stil, das wissen wir alle, nicht wahr? Ihr Online-Magazin, ihr wunderschönes Haus in Islington und nun dieser hinreißende Mann hier.« Sie legt eine rot lackierte Hand auf Wills Schulter. »Du hattest immer schon ein gutes Auge, Jules.« Als hätte ich ihn ausgesucht, damit er zu meinen Schuhen passt. Als würde ich ihn nur heiraten, weil er perfekt in mein Leben passt…

»Allen anderen mag es ja ein bisschen verrückt vorkommen«, fährt Mum fort, »seine Gäste auf diese eiskalte, gottverlassene Insel irgendwo im Nirgendwo zu schleifen. Aber Jules ist es wichtig, und das ist das Einzige, was zählt.«

Auch der Klang dieses Kommentars gefällt mir nicht. Ich lache mit den anderen. Aber innerlich wappne ich mich. Ich will aufstehen und meine eigene Meinung vorbringen, als wäre sie die Staatsanwaltschaft und ich die Verteidigung. So sollte man sich nicht fühlen, wenn man der Rede seiner geliebten Mutter lauscht, oder?

Hier ist die Wahrheit, die meine Mutter nicht aussprechen will: Wenn ich nicht gewusst hätte, was ich will, und wenn ich nicht herausgefunden hätte, wie ich es erreiche, hätte ich es nirgendwohin geschafft. Ich musste lernen, meinen Willen durchzusetzen. Denn meine Mutter wäre mir keine Hilfe gewesen. Ich betrachte sie in ihrem aufgebauschten Chiffonkleid und mit den glitzernden Ohrringen, wie sie das Glas mit dem perlenden Champagner hält, und denke: Das hier kriegst du nicht. Das ist nicht dein Moment. Du hast ihn nicht geschaffen. Ich habe ihn geschaffen, und zwar ohne deine Hilfe.

Ich umklammere die Tischkante mit einer Hand, halte mich daran fest. Mit der anderen greife ich nach meinem Champagnerglas und nehme einen ausgiebigen Schluck.

Sag, dass du stolz auf mich bist, denke ich. Dann könntest du es gerade noch wiedergutmachen. Sag es, und ich werde dir vergeben.

»Das mag womöglich etwas unbescheiden klingen«, sagt Mum und legt sich die Fingerspitzen ans Brustbein, »aber ich muss sagen, dass ich stolz auf mich bin, so eine willensstarke, unabhängige Tochter großgezogen zu haben.«

Und dann vollführt sie tatsächlich eine kleine Verbeugung wie vor einem bewundernden Publikum. Alle klatschen pflichtgemäß, während sie sich wieder setzt.

Ich zittere vor Wut und starre die Champagnerflöte in meiner Hand an. Für einen wahnwitzigen Moment stelle ich mir vor, damit auszuholen und sie auf dem Tisch zu zerschmettern, um alles anzuhalten. Ich hole tief Luft. Doch dann erhebe ich mich, um meinen eigenen Toast auszusprechen. Ich werde anmutig, dankbar, liebevoll sein.

»Vielen, vielen Dank, dass ihr gekommen seid«, sage ich und bemühe mich dabei um einen warmen, herzlichen Tonfall. So sehr bin ich es gewohnt, zu meinen Angestellten zu sprechen, dass es mich Anstrengung kostet, die Autorität aus meiner Stimme zu tilgen. Manche Frauen beschweren sich, weil es ihnen nicht gelingt, dass andere Leute sie ernst nehmen. Ich habe eher das gegenteilige Problem. Auf unserer letzten Weihnachtsfeier hat Eliza, eine meiner Angestellten, im beschwipsten Zustand zu mir gesagt, dass ich selbst entspannt immer total streng dreinschauen würde. Ich hab's auf sich beruhen lassen, da sie betrunken war und sich am nächsten Tag ohnehin nicht daran erinnert hätte. Aber *ich* habe es definitiv nicht vergessen.

»Wir freuen uns so, euch alle hier zu haben«, sage ich

lächelnd. Mein Lippenstift fühlt sich wachsig und starr an. »Ich weiß, dass es eine lange Anreise war und dass es für manche nicht leicht war, sich die Zeit dafür freizunehmen. Doch von dem Augenblick an, als ich auf diesen Ort aufmerksam wurde, wusste ich, dass er perfekt ist. Für Will, der so naturverbunden ist. Und als kleine Hommage an meine irischen Wurzeln.« Ich sehe zu Dad, der mich anstrahlt. »Und euch alle hier versammelt zu sehen – unsere Familie, unsere Freunde –, das bedeutet mir so viel. Uns beiden.« Ich erhebe mein Glas in Wills Richtung, und er erhebt seins.

Er ist so viel besser in solchen Dingen als ich. Er verströmt Charme und Wärme, ohne sich auch nur im Geringsten anzustrengen. Ja, klar, ich kann Menschen dazu bringen, zu tun, was ich will. Aber ich war nicht immer in der Lage, sie dazu zu bringen, mich zu mögen. Nicht auf die Art, wie Will es kann. Er schenkt mir ein Grinsen, ein kleines Zwinkern, und ich ertappe mich bei der Vorstellung, wie wir mit dem weitermachen, womit wir vorhin im Schlafzimmer begonnen haben …

»Ich hatte nicht geglaubt, dass dieser Tag je kommen würde«, sage ich, während ich mich selbst daran zurückerinnere. »Ich hatte die letzten Jahre so viel mit *The Download* zu tun, dass ich dachte, ich würde nie die Zeit finden, jemanden kennenzulernen.«

»Ja, und vergiss nicht«, wirft Will ein, »dass ich mich ziemlich ins Zeug legen musste, um dich zu einem Date zu überreden.«

Er hat recht. Die ganze Sache erschien mir irgendwie zu gut, um wahr zu sein. Später hat er mir erzählt, dass er selbst auch erst kurz davor eine toxische Beziehung beendet hatte und ebenfalls nicht auf der Suche gewesen war. Aber auf dieser Party hat es wirklich zwischen uns gefunkt.

»Ich bin so froh, dass du dich so ins Zeug gelegt hast.« Ich lächle zu ihm hinab. Es fühlt sich immer noch wie ein Wunder an, wie schnell und leicht das alles passiert ist. »Wenn ich an Schicksal glauben würde«, sage ich, »dann würde ich womöglich behaupten, dass es uns zusammengeführt hat.«

Will strahlt mich an. Unsere Blicke verhaken sich ineinander. Für einen Moment kommt es mir vor, als wäre niemand außer uns hier. Doch dann, wie aus dem Nichts, kommt mir dieser verdammte Zettel in den Sinn. Und ich spüre, wie das Lächeln auf meinen Lippen erstarrt.

JOHNNO

Der Trauzeuge

Draußen ist es mittlerweile stockfinster. Der Rauch des Kaminfeuers wabert durch den Raum, sodass alle irgendwie verändert aussehen, nebelhaft verschwommen.

Wir sind beim letzten Gang angelangt, einer fummeligen Schokoladentarte. Ich versuche, ein Stück abzuschneiden, doch das Ding fliegt halb vom Teller, und die Krümel verteilen sich auf dem Tisch.

»Na, brauchst du jemanden, der dir das Essen klein schneidet, großer Junge?«, stichelt Duncan vom anderen Ende des Tisches. Ich höre die anderen Jungs lachen. Irgendwie scheint sich nichts geändert zu haben. Ich ignoriere sie.

Hannah dreht sich zu mir. »Lebst du eigentlich auch in London, Johnno?«

Ich mag Hannah, habe ich beschlossen. Sie scheint nett zu sein. Und ich mag ihren nordenglischen Akzent und die Piercings an den Ohren, die sie wie ein Partygirl ausschauen lassen, obwohl sie offenbar zweifache Mutter ist. Ich wette, sie kann es ziemlich krachen lassen, wenn sie will.

»Nein«, antworte ich. »Ich hasse die Großstadt. Und liebe das Landleben. Weißt du, ich brauche Platz zum Herumstreunen.«

»Also bist du mehr so der Outdoor-Typ?«, fragt Hannah.

»Ja, schon«, sage ich. »Kann man so sagen. Ich habe bis vor Kurzem in einem Sport- und Erlebniszentrum im Lake District gearbeitet. Da hab ich Klettern, Überlebenstraining und das ganze Zeug unterrichtet.«

»Oh wow. Klar, logisch, du hast ja auch den Junggesellenabschied organisiert, oder?« Sie lächelt mich an, und ich frage mich, wie viel sie darüber weiß.

»Ja, stimmt.«

»Charlie hat nicht viel davon erzählt. Aber ich habe gehört, dass ihr Kajak fahren und klettern wolltet.«

Also hat er ihr nicht gesteckt, was passiert ist. Wundert mich nicht. Wenn ich es mir recht überlege, hätte ich es an seiner Stelle auch nicht getan. Je weniger Worte darüber verloren werden, desto besser. Wir können nur hoffen, dass er beschlossen hat, die Sache unter dem Deckel zu halten. Armer Kerl. Die Idee ist allerdings nicht auf meinem Mist gewachsen.

»Ja, das haben wir auch«, antworte ich vage. »Ich stand schon immer auf solche Sachen.«

»Ja«, wirft Femi ein. »Es war auch Johnno, der damals herausgefunden hat, wie man an der Sporthalle hochklettern kann, um aufs Dach zu gelangen. Und du hast auch diesen riesigen Baum vor der Schulmensa bestiegen, stimmt's?«

»Oh nein«, sagt Will zu Hannah, »hoffentlich legen die Jungs jetzt nicht mit Geschichten aus unserer Schulzeit los. Das nimmt dann nämlich kein Ende mehr.«

Hannah lächelt mich an. »Klingt so, als könnte man aus deinen Erlebnissen eine ganze Fernsehserie drehen, Johnno.«

»Na ja«, erwidere ich, »ist ja witzig, dass du das sagst. Ich hab mich nämlich damals auch für die Show beworben.«

»Wirklich?«, fragt Hannah. »Für *Survive the Night*?«

»Genau.« Ach, verdammt. Warum habe ich das bloß erwähnt? Dummer Johnno, denke ich, immer musst du das Maul aufreißen. Ist das demütigend. »Na ja, sie haben Probeaufnahmen von uns beiden gemacht, und…«

»… und Johnno hat beschlossen, dass er keinen Bock auf den ganzen Mist hat, stimmt's?«, sagt Will.

Es ist nett von ihm, dass er mir die Blamage ersparen will, aber es bringt nichts, jetzt noch zu lügen. Ich kann genauso gut die Wahrheit sagen.

»Er will nur nett sein«, berichtige ich ihn. »Ich war einfach nicht gut genug. Sie haben mir mehr oder weniger zu verstehen gegeben, dass ich vor der Kamera nicht so gut rüberkomme. Nicht so wie unser Goldjunge hier…« Ich lehne mich zur Seite und wuschle Will durchs Haar, woraufhin er sich lachend wegduckt. »Er hat ja recht. Es war ohnehin nichts für mich. Ich konnte nichts mit dem Make-up anfangen, das sie einem ins Gesicht klatschen wollten, und auch nicht mit den Klamotten, die man dabei tragen sollte. Nichts gegen deine Show, Kumpel.«

»Kein Problem«, sagt Will und hebt seine Handflächen.

Er ist ein Naturtalent vor der Kamera. Er hat die Fähigkeit, der zu sein, den die Menschen in ihm sehen wollen. Wenn er auf Sendung ist, verändert er sogar seine Art zu sprechen, um mehr wie »einer aus dem Volk« zu klingen. Aber wenn er mit vornehmen Schnöseln zu tun hat – also Typen, die auf noch exklusiveren Privatschulen waren als wir –, wird er einer von ihnen, und zwar zu hundert Prozent.

»Ist ja eigentlich logisch«, sage ich zu Hannah. »Wer möchte schon diese hässliche Visage auf dem Bildschirm sehen, hm?« Ich ziehe eine Grimasse und bemerke, dass Jules sich abwendet, als würde sie sich für mich fremdschämen. Eingebildete Schnepfe.

»Woher kam eigentlich die Idee für die Sendung, Will?«, erkundigt sich Hannah. Ich weiß es zu schätzen, dass sie versucht, das Gespräch in eine andere Richtung zu lenken, um mir weitere Demütigungen zu ersparen.

»Ja, genau«, klinkt sich Femi ein. »Das habe ich mich auch schon gefragt. War es von Survival inspiriert?«

»Survival?« Hannah dreht sich zu ihm um.

»Das ist so ein Spiel, was wir damals an der Schule gespielt haben«, erklärt Femi.

Jetzt meldet sich Duncans Frau Georgina zu Wort. »Ach herrje. Duncan hat mir schon schlimme Geschichten darüber erzählt. Von Jungs, die mitten in der Nacht aus ihren Betten geholt und irgendwo im Nirgendwo ausgesetzt wurden …«

»Ja, genau so lief es ab«, entgegnet Femi. »Es wurde immer einer von den jüngeren Schülern aus seinem Bett entführt und irgendwo am anderen Ende der Anlage wieder abgesetzt, möglichst weit weg von den Schulgebäuden.«

»Und wir reden hier von einem riesigen Gelände«, schaltet sich Angus ein. »Mitten in der Pampa. Stockfinster. Keine Lichtquelle weit und breit.«

»Klingt ja barbarisch«, bemerkt Hannah mit großen Augen.

»Es ist eben eine uralte Tradition«, sagt Duncan. »Das wird schon seit Jahrhunderten so gemacht, seit den Anfängen der Schule.«

»Aber Will wurde nie entführt, oder?« Femi dreht sich zu ihm um.

Will hebt die Hände. »Mich ist nie jemand holen gekommen.«

»Ja«, sagt Angus, »weil sie alle Riesenschiss vor deinem Vater hatten.«

»Auf jeden Fall hatte der Kandidat immer die Augen verbunden«, erklärt Angus, »damit er nicht wusste, wo er war. Manchmal wurde er sogar an einen Baum oder an einen Zaun gefesselt und musste sich befreien. Ich weiß noch genau, als ich dran war …«

»… hast du dir in die Hosen gepisst«, beendet Duncan den Satz.

»Nein, habe ich nicht«, entgegnet Angus.

»Doch, hast du«, beharrt Duncan. »Glaub nicht, wir hätten das vergessen, Hosenpisser.«

Angus nimmt einen Schluck Wein. »Na schön, aber das haben viele getan. Es war echt gruselig.«

Ich erinnere mich noch gut an meinen Survival. Obwohl man wusste, dass es irgendwann passieren würde, bereitete einen nichts auf den Moment vor, wenn sie einen tatsächlich holen kamen.

»Das Allerverrückteste daran ist«, meint Georgina, »dass Duncan dieses Ritual anscheinend gar nicht so schlimm fand.« Sie wendet sich ihm zu. »Oder, Darling?«

»Es hat mich zu dem gemacht, der ich heute bin«, erklärt Duncan, der mit den Händen in den Hosentaschen und geschwellter Brust dasitzt, als wäre er der König, dem dieser Ort gehört. Und ich frage mich, zu was genau es ihn gemacht hat.

Und wozu es mich gemacht hat.

»Na ja, es muss ja harmlos gewesen sein«, sagt Georgina, »ist ja keiner dabei umgekommen, oder?« Sie stößt ein kleines Lachen aus.

Ich erinnere mich sehr gut an den Moment, als ich aufwachte, an das Geflüster in der Dunkelheit um mich herum. »Halt seine Beine fest … nimm du den Kopf.« Dann ihr Lachen, als sie mich nach unten drückten und mir die Augen verbanden. Und ihre Stimmen. Wahrscheinlich waren es Jubel- und Triumphrufe – doch wegen der Augenbinde, die auch meine Ohren bedeckte, hörten sie sich für mich wie Tiere an, heulend und jaulend. Dann raus in die Nacht, meine nackten Füße eiskalt. Geruckel über unebenem Boden – mit einer Schubkarre, vermute ich –, so lange, dass ich schon dachte, wir hätten das Schulgrundstück verlassen. Schließlich ließen sie mich draußen im Wald zurück. Ganz allein. Mit nichts als dem Schlagen meines Herzens und den unheimlichen Geräuschen des Waldes. Ich erinnere mich daran, wie ich die Augenbinde endlich runterbekam, nur um herauszufinden, dass es ohne genauso dunkel war, kein Mond weit und breit. Die Zweige, die über meine Wangen kratzten, Bäume, die so dicht beieinanderstanden, dass es sich anfühlte, als gäbe es kein Durchkommen. Dann diese Kälte und ein metallischer Geschmack nach Blut in meiner Kehle. Das Knacken von Ästen unter meinen nackten Sohlen. Kilometerlanges Herumirren, wahrscheinlich immer im Kreis. Die ganze Nacht hindurch, quer durch den Wald, bis der Morgen dämmerte.

Als ich endlich zum Schulgebäude zurückkam, fühlte ich mich wie wiedergeboren. Scheiß auf die Lehrer, die mir ständig sagten, dass ich es nie zu was bringen würde. Als ob die je eine Nacht wie diese überlebt hätten. Ich fühlte mich unbesiegbar. Als könnte ich alles tun.

»Johnno«, sagt Will, »ich meinte gerade, ob es nicht an der Zeit wäre, deinen Whiskey auszupacken. Für eine kleine Verkostung.« Er springt auf, um eine der Flaschen zu holen.

»Oh«, sagt Hannah. »Darf ich mal?« Sie nimmt sie von Will entgegen, um das Etikett zu inspizieren. »Das ist ein echt cooles Design, Johnno. Hast du mit jemandem zusammengearbeitet?«

»Ja, ein Kumpel von mir in London ist Grafikdesigner. Das hat er super gemacht, oder?«

»Das hat er wirklich«, sagt sie nickend und fährt mit den Fingerspitzen den Schriftzug nach. »Eigentlich mache ich so was auch«, erklärt sie. »Ich bin ausgebildete Illustratorin. Aber das ist eine gefühlte Ewigkeit her. Ich bin gerade in Dauerelternzeit.«

»Kann ich auch mal sehen?«, fragt Charlie. Er nimmt ihr die Flasche ab und liest stirnrunzelnd das Etikett. »Du musst auch mit einer Brennerei zusammengearbeitet haben, oder? Hier steht nämlich, dass der Whiskey zwölf Jahre gereift ist.«

Ich komme mir vor, als würde ich ein Bewerbungsgespräch führen oder geprüft werden. Als würde Charlie versuchen, mir auf die Schliche zu kommen. Vielleicht ist das so eine Lehrerkrankheit. »Ja, das habe ich.«

Will öffnet schwungvoll die Flasche. »Na, dann auf zur Verkostung!« Er ruft Richtung Küche: »Aoife? Freddy? Könnten wir bitte ein paar Gläser für den Whiskey bekommen?«

Aoife bringt sie umgehend auf einem Tablett herein.

»Holen Sie sich auch eins«, sagt Will, als wäre er hier der Herr im Haus. »Und für Freddy ebenfalls. Wir werden ihn alle probieren!« Als Aoife Anstalten macht, den Kopf zu schütteln, fährt er fort: »Ich bestehe darauf!«

Freddy kommt hereingeschlurft und stellt sich neben seine Frau. Er hält den Blick gesenkt und fummelt an der Kordel seiner Schürze herum, während sie beide betreten dastehen. Schräger Vogel, formt Duncan unhörbar mit den Lippen. Nur gut, dass der arme Kerl auf den Boden schaut.

Ich taxiere Aoife. Sie ist nicht so alt, wie ich auf den ersten Blick dachte … höchstens vierzig. Sie zieht sich nur irgendwie altmodisch an. Eigentlich sieht sie gut aus, auf diese kultivierte Art und Weise. Ich frage mich, wie sie an diesen Waschlappen von Ehemann geraten ist.

Will schenkt den Rest des Whiskeys ein.

Jules möchte nur noch ein Schlückchen. »Ich war nie eine große Whiskeytrinkerin«, erklärt sie. Dann nippt sie daran, und ich sehe, wie sie das Gesicht verzieht, bevor sie die Hand über den Mund legt, um ihre Grimasse zu verbergen. Doch die Hand zieht nur die Aufmerksamkeit darauf. Was sie, wenn ich es mir recht überlege, womöglich absichtlich getan hat. Es ist ziemlich klar, dass sie nicht mein größter Fan ist.

»Der ist gut, Alter«, sagt Duncan. »Er erinnert mich irgendwie an einen Laphroaig, weißt du?«

»Ja«, sage ich. »Das kommt hin.« Auf Duncan und seine Whiskeykenntnisse ist Verlass.

Aoife und Freddy leeren ihre Gläser so schnell wie möglich und verziehen sich schnurstracks wieder in die Küche. Verstehe ich. Meine Mum hat früher in einem piekfeinen Country Club gearbeitet – die Art Klub, bei der Angus' und Duncans Eltern wahrscheinlich Mitglied waren. Sie meinte, dass die Golfspieler immer mal wieder versuchten, ihr einen Drink auszugeben, und sich dabei wahrscheinlich großzügig vorkamen, sie damit aber nur in Verlegenheit brachten.

»Ich finde ihn unfassbar lecker, Johnno«, sagt Hannah. »Was mich wundert. Ich muss nämlich gestehen, dass ich normalerweise nicht so der Whiskey-Fan bin.« Sie nimmt einen weiteren Schluck.

»Tja«, sagt Jules. »Unsere Gäste haben wirklich Glück.« Sie lächelt mir zu, doch ihre Augen lächeln nicht mit.

Ich grinse in die Runde, fühle mich aber irgendwie neben der Kappe. Ich glaube, das liegt an dem ganzen Gerede über Survival. Ich muss mich mühsam daran erinnern, dass es für sie – eigentlich für so gut wie alle Exschüler der Trevellyan's – nur ein Spiel war.

Ich schaue zu Will rüber. Er hat seine Hand auf Jules' Hinterkopf gelegt und lächelt fröhlich in die Runde. Er sieht aus wie ein Mann, der alles hat im Leben. Was vermutlich auch so ist. Und ich denke: Setzt es ihm denn gar nicht zu, das ganze Gerede über früher? Nicht ein klitzekleines bisschen?

Ich muss diese schräge Stimmung loswerden. Ich beuge mich abrupt vor und greife nach der Whiskeyflasche. »Ich glaube, es ist Zeit für ein Trinkspiel«, sage ich.

»Ach …«, meldet sich Jules, wahrscheinlich, um zu intervenieren, doch sie wird von den Jubelrufen der Jungs übertönt.

»Ja!«, grölt Angus. »Irish Snap?«

»Oh ja!«, ruft Femi. »So wie wir's an der Schule gespielt haben! Wisst ihr noch, wie wir Mundwasser aus Schnapsgläsern gekippt haben? Weil wir herausgefunden hatten, dass das Zeug fünfzig Prozent Alk enthält?«

»Oder der Wodka, den du reingeschmuggelt hast, Dunc«, sagt Angus.

»Genau!« Ich springe vom Tisch auf. »Ich hole uns ein Kartendeck.« Jetzt, da ich Ablenkung habe, fühle ich mich gleich besser.

Ich gehe in die Küche, wo Aoife mit dem Rücken zu mir steht und irgendeine Liste auf dem Klemmbrett durchgeht. Als ich mich räuspere, zuckt sie zusammen.

»Aoife«, sage ich, »hätten Sie ein Kartendeck für uns?«

»Ja«, erwidert sie und tritt einen Schritt zurück, als hätte sie Angst vor mir. »Natürlich. Ich glaube, da ist eins im Salon.« Sie hat einen süßen Akzent, der mir ein Lächeln entlockt. Ich hatte immer schon was für irische Mädels übrig.

Ihr Ehemann ist auch da und werkelt am Herd herum.

»Bereiten Sie schon das Zeug für morgen vor?«, erkundige ich mich, während ich auf Aoife warte.

»Mmhm«, macht er, ohne Blickkontakt aufzunehmen. Ich bin froh, als Aoife eine Minute später mit den Karten wiederkommt.

Zurück am Tisch verteile ich die Karten in der Runde.

»Ich gehe mal lieber hoch und halte meinen Schönheitsschlaf«, sagt Jules' Mum. »Ich hatte noch nie was für hartes Zeug übrig.« Dass das nicht stimmt, sehe ich an Jules' angespanntem Mund. Ihr Vater und die heiße französische Stiefmutter entschuldigen sich ebenfalls.

»Ich auch nicht«, sagt Hannah. Sie schaut zu Charlie rüber. »Wir haben einen langen Tag hinter uns, nicht wahr, Schatz?«

»Ich weiß nicht …«, sagt Charlie.

»Komm schon, Charlie-Boy!«, rufe ich. »Das wird witzig! Leb mal ein bisschen!«

Er wirkt nicht sonderlich überzeugt.

Die Sache auf dem Junggesellenabschied ist ein bisschen aus dem Ruder gelaufen. Charlie, der arme Kerl, ist eben nicht an eine Schule wie unsere gegangen, also war er nicht wirklich vorbereitet. Eben ein typischer Erdkundelehrer. Mir kam es so vor, als wäre jener Abend für ihn eine Begegnung mit der Finsternis gewesen. Den Rest des Wochenendes hat er kaum ein Wort mit uns geredet.

Ich schätze, es war einfach das Zusammensein mit den Jungs. Die meisten von ihren waren an der Trevellyan's. Wir alle sind durch diesen Ort verbunden. Vielleicht nicht auf dieselbe Art, wie Will und ich es sind … das ist nur etwas zwischen uns beiden. Aber wir sind durch andere Sachen vereint. Die Rituale, die Männerfreundschaft. Wenn wir zusammenkommen, ist da diese Rudelmentalität.

Es geht einfach mit uns durch.

HANNAH

Die Begleitung

Seit dem Vorfall mit dem Penny in meinem Champagnerglas bin ich vorsichtig, was die Freunde des Bräutigams angeht. Je mehr sie trinken, desto stärker kommt es zum Vorschein: etwas Dunkles, Grausames, das sich hinter den perfekten Privatschulmanieren verbirgt. Außerdem stößt es mir gewaltig auf, dass mein Ehemann sich gerade wie ein pubertärer Teenie benimmt, der bei der Clique mitmischen will.

»Also gut«, sagt Johnno. »Alle bereit?« Er blickt in die Tischrunde.

Jetzt weiß ich auch, was so komisch an seinen Augen ist. Sie sind so dunkel, dass man nicht erkennen kann, wo die Iris endet und die Pupille beginnt. Es verleiht ihm einen seltsam leeren, starren Blick, als würden seine Augen, selbst wenn er lacht, nicht ganz mitmachen. Der Rest seines Gesichts wirkt im Vergleich dazu viel zu expressiv, verändert sich alle paar Sekunden, der große Mund ist ständig in Bewegung. Er hat etwas Manisches an sich. Ich hoffe, es ist harmlos. Wie ein zu groß geratener, furchterregender Hund, der an einem hochspringt, aber im Grunde nur will, dass man einen Ball wirft … und nicht dein Gesicht zerfleischen möchte.

»Charlie«, drängt Johnno. »Du bist doch dabei, oder?«

»Charlie«, flüstere ich und versuche, den Blick meines Ehemanns aufzufangen. Er hat den ganzen Abend kaum in meine Richtung geschaut – weil er zu sehr mit Jules beschäftigt war oder damit, bei den Jungs mitzuziehen. Aber ich will zu ihm durchdringen.

Charlie ist ein sanftmütiger Mann: Nur selten erhebt er die Stimme und wird so gut wie nie wütend auf die Kinder. Wenn sie mal geschimpft werden, dann von mir. Daher ist es auch nicht so, dass er unter Alkoholeinfluss in eine extremere Version seiner selbst verwandelt würde oder dass der Alkohol seine schlechten Eigenschaften verstärken würde. In nüchternem Zustand hat er nämlich kaum schlechte Eigenschaften. Ja, gut, vielleicht ist die Wut ja da, irgendwo unter der Oberfläche. Aber ich könnte schwören, bei den wenigen Gelegenheiten, die ich ihn betrunken gesehen habe, kommt es einem so vor, als würde jemand anders von meinem Mann Besitz ergreifen. Das ist es auch, was es so beängstigend macht. Über die Jahre habe ich gelernt, die kleinsten Anzeichen zu erkennen: das leichte Herabsacken seiner Mundwinkel, das Erschlaffen der Augenlider. Ich habe es gezwungenermaßen lernen müssen, da ich weiß, dass die nächste Phase nicht schön wird. Es ist, als würde plötzlich eine Art Feuerwerk in seinem Kopf explodieren.

Endlich schaut Charlie in meine Richtung. Ich schüttle den Kopf – langsam, bestimmt –, damit er meine Botschaft nicht missverstehen kann: Tu's nicht.

»Was geht denn da ab?«, trumpft Duncan höhnisch auf.

Oh nein, er hat mich dabei erwischt. Er dreht sich zu Charlie um. »Hält sie dich etwa an der Leine, Charlie-Boy?«

Charlies Ohren sind knallrot angelaufen. »Nein«, erwidert er. »Natürlich nicht. Also schön. Ich bin dabei.«

Scheiße. Ich bin hin- und hergerissen. Ich will bleiben, um ihn im Zweifelsfall davon abzuhalten, eine Dummheit zu begehen, und denke gleichzeitig, ich sollte gehen und es ihn selbst ausbaden lassen, egal, wie die Konsequenzen aussehen. Vor allem nach seiner wenig subtilen Flirterei mit Jules.

»Ich teile aus«, erklärt Johnno.

»Warte«, sagt Duncan, springt auf und klatscht in die Hände. »Wir sollten erst das Schulmotto aufsagen.«

»Ja«, pflichtet Femi ihm bei und tut es ihm gleich. Angus steht ebenfalls auf. »Kommt schon, Will und Johnno. Um der alten Zeiten willen und so.«

Johnno und Will erheben sich.

Ich mustere sie. Alle bis auf Johnno sind überaus elegant in ihren weißen Hemden, dunklen Hosen und mit den teuren Uhren am Handgelenk. Ich frage mich, warum um alles in der Welt diese Männer, die es im Leben offenbar zu was gebracht haben, immer noch so besessen von ihrer Schulzeit sind. Ich persönlich kann mir nicht vorstellen, ständig über die miese alte Dunraven High zu reden. Ich hege zwar keinen Groll gegen meine Schule, aber sie ist auch nichts, worüber ich besonders viel nachdenke. Wie alle anderen auch, habe ich sie in einem mit Unterschriften übersäten T-Shirt verlassen und nie mehr zurückgeblickt. Andererseits gab es für diese Jungs kein Schulende um 15:30 Uhr und kein Zuhause, wo sie sich im Fernsehen *Hollyoaks* hätten reinziehen können – sie müssen einen Großteil ihrer Kindheit und Jugend im Internat eingesperrt verbracht haben.

Duncan beginnt langsam die Faust auf den Tisch zu hämmern. Er blickt in die Runde, ermuntert die anderen, sich ihm anzuschließen. Nach und nach wird das Getrommel lauter, schneller, ekstatischer.

»*Fac fortia et patere*«, skandiert Duncan auf Latein.

»*Fac fortia et patere*«, echoen die anderen.

Und dann, mit einem leisen, nachdrücklichen Raunen:

»*Flectere si nequeo superos,*
Acheronta movebo.
Flectere si nequeo superos,
Acheronta movebo!«

Ich beobachte die Männer, ihre Augen, die im flackernden Kerzenlicht zu glühen scheinen. Ihre Gesichter sind gerötet … sie sind erregt, betrunken. Ein Schauer läuft mir über den Rücken. Mit den Kerzen und der nächtlichen Dunkelheit, die durch die Fenster dringt, dem seltsamen Rhythmus des Gesangs, dem Getrommel habe ich plötzlich das Gefühl, einem satanischen Ritual beizuwohnen. Es hat etwas Bedrohliches, geradezu Barbarisches an sich. Ich lege eine Hand auf meine Brust und spüre mein Herz, das schneller schlägt, wie das eines verängstigten Tieres.

Das Trommeln wird intensiver, steigert sich zu einem Höhepunkt, bis es so wild und reißend wird, dass Geschirr und Besteck über den Tisch springen. Ein Weinglas rollt über die Kante und zerschellt auf dem Boden. Niemand außer mir achtet darauf.

»Fac fortia et patere!
Flectere si nequeo superos,
Acheronta movebo!«

Und dann, endlich, als ich schon denke, dass ich es nicht länger ertrage, stoßen sie alle ein Gebrüll aus und hören abrupt auf. Ihre Blicke treffen sich, ihre Stirnen glänzen vor Schweiß, und ihre Pupillen erscheinen größer, als hätten sie was eingeworfen. Es folgt Hyänengelächter. Mit entblößten Zähnen klopfen sie sich gegenseitig auf den Rücken, boxen einander so fest in die Oberarme, dass es schmerzen muss. Mir fällt auf, dass Johnno nicht so inbrünstig lacht wie die anderen. Sein Grinsen überzeugt nicht so ganz.

»Und was bedeutet das?«, fragt Georgina.

»Angus«, lallt Femi, »du bist hier der Lateinstreber.«

»Der erste Teil«, erklärt Angus, »bedeutet in etwa: ›Handle mutig und erdulde‹, was der Leitspruch unserer Schule war. Den zweiten Teil haben wir Jungs hinzugefügt: ›Wenn ich den Himmel nicht bezwingen kann, werde ich die Hölle entfesseln.‹ Der Spruch wurde vor den Rugbyspielen skandiert.«

»Und auch sonst«, sagt Duncan mit einem verschlagenen Lächeln.

»Es wirkt so bedrohlich«, sagt Georgina. Aber sie schaut zu ihrem rotgesichtigen, verschwitzten, irre dreinblickenden Mann auf, als habe sie ihn nie attraktiver gefunden.

»Das war Sinn der Sache.«

»Also schön, Ladys!«, ruft Johnno. »Schluss mit dem Gelaber, wir müssen heute schließlich noch was trinken!«

Erneut beifälliges Gebrüll von den anderen. Femi und

Duncan mischen den Whiskey mit Wein, dann mit übrig gebliebener Soße vom Abendessen sowie Salz und Pfeffer, bis das Ganze eine widerliche braune Brühe bildet. Erst dann beginnt das Spiel, während alle mit den Handflächen auf die Tischplatte schlagen und aus vollem Hals brüllen.

Angus ist der Erste, der verliert. Als er trinkt, schwappt die Mischung auf das makellose Weiß seines Hemdes und hinterlässt einen braunen Fleck. Die anderen johlen höhnisch.

»Du Depp!«, ruft Duncan. »Du hast ja die Hälfte danebengekippt.«

Angus schluckt den letzten Rest und würgt. Seine Augen quellen hervor.

Will ist der Nächste. Er bringt es profimäßig hinter sich. Ich betrachte das Spiel seiner Halsmuskeln. Er kippt das leere Glas über seinem Kopf aus und grinst.

Der Nächste, der alle Karten abbekommt, ist Charlie. Er blickt sein Glas an, nimmt einen tiefen Atemzug.

»Komm schon, du Muschi!«, brüllt Duncan.

Ich kann mir das nicht ansehen. Ich muss mir das nicht ansehen. Scheiß auf Charlie, denke ich. Das hier sollte unser Urlaubswochenende werden. Wenn er meint, sich abschießen zu müssen, ist das seine Sache. Ich bin seine Frau, nicht seine Mutter. Also stehe ich auf.

»Ich gehe ins Bett«, sage ich. »Gute Nacht.«

Doch niemand antwortet oder schaut auch nur in meine Richtung.

Ich stoße die Tür zum Salon auf, doch als ich ihn durchqueren will, bleibe ich vor Schreck wie angewurzelt stehen.

Eine Gestalt sitzt im Dunkeln auf dem Sofa. Im nächsten Moment erkenne ich Olivia. »Oh, du bist das«, sage ich.

Sie hebt den Kopf. Ihre langen Beine hat sie barfuß vor sich ausgestreckt. »Hey.«

»Hast wohl genug gehabt da drinnen?«

»Ja.«

»Ich auch«, sage ich. »Bleibst du noch eine Weile wach?«, frage ich.

Sie zuckt die Schultern. »Hat ja keinen Sinn, ins Bett zu gehen. Mein Zimmer liegt direkt neben denen da.«

Wie aufs Stichwort explodiert Hohngelächter. Jemand brüllt: »Trinken! Runter damit, und zwar alles!«

Und nun Anfeuerungsrufe – »*Trinken, trinken, trinken, trinken*!« –, die plötzlich umschwenken zu: »*Hölle, Hölle, Hölle, Hölle!*« Gehämmer von Fäusten auf dem Tisch. Dann ein Klirren – noch ein kaputtes Glas? Eine lallende Stimme: »Johnno, du abartiger Idiot!«

Olivia tut mir leid, sie hat keinerlei Rückzugsmöglichkeit. Ich bleibe unschlüssig an der Tür stehen.

»Schon gut«, sagt Olivia. »Ich brauche niemanden, der mir Gesellschaft leistet.«

Mein Gefühl sagt mir was anderes. Und ich merke, dass ich bleiben *will*. Tatsächlich hat es mir vorhin gefallen, mit ihr in der Höhle zu sitzen und zu rauchen. Es hatte etwas Aufregendes, einen seltsamen Nervenkitzel. Wie wir so redeten, den Geschmack von Tabak auf der Zunge, konnte ich mir beinahe vorstellen, wieder neunzehn zu sein und über die Jungs zu quatschen, mit denen ich geschlafen hatte – keine Mutter von zwei Kindern, die bis zum Hals in Hypothekenschulden steckt. Außerdem erinnert mich Olivia an jemanden. Mir fällt nur nicht ein, an wen. Es lässt mir keine Ruhe … wie wenn man nach einem Wort sucht, das einem auf der Zunge liegt, ohne dass man es zu fassen kriegt.

»Eigentlich«, sage ich, »bin ich gar nicht so müde. Und ich muss morgen auch nicht früh raus, um mich mit zwei aufgedrehten Kindern rumzuschlagen. Wir haben noch Wein auf dem Zimmer … ich könnte ihn holen gehen.«

Bei diesen Worten meine ich trotz Dunkelheit ein Lächeln auf ihrem Gesicht zu sehen, das erste überhaupt. Und da greift sie auch schon hinter das Sofakissen und zieht eine Flasche Wodka hervor. »Hab ich vorhin aus der Küche stibitzt«, verkündet sie.

»Oh«, sage ich. »Das ist ja noch besser.« Ich fühle mich wirklich, als wäre ich wieder neunzehn.

Sie reicht mir die Flasche. Ich schraube den Deckel ab, nehme einen Schluck. In einem eisigen Strom fließt er meine Kehle hinab, und ich keuche auf. »Wow! Kann mich nicht erinnern, wann ich das zuletzt getan habe.« Ich gebe ihr die Flasche zurück und wische mir über den Mund. »Wir wurden vorhin unterbrochen, oder? Du wolltest mir von diesem Typen erzählen … Callum? Von der Trennung.«

Olivia schließt die Augen, holt tief Luft. »Die Trennung war nur der Anfang.«

Abermals brüllendes Gelächter aus dem Nebenraum. Abermals Hände, die auf den Tisch donnern. Abermals betrunkene Männerstimmen, die sich gegenseitig niederbrüllen. Ein Krachen an der Tür, dann kommt Angus zu uns hereingetorkelt. Die Hose schlackert ihm um die Knöchel, der Schwanz baumelt obszön aus den Boxershorts.

»Entschuldigung, die Damen«, sagt er mit einem anzüglichen Lallen. »Lasst euch von mir nicht stören.«

»Herrgott noch mal«, brülle ich, »verpiss dich einfach und lass uns gefälligst allein!«

Olivia schaut mich beeindruckt an, als hätte sie mir nicht zugetraut, dass ich so explodieren kann. Habe ich ja selbst nicht. Ich weiß auch nicht, wo das gerade herkam. Vielleicht ist es der Wodka.

»Weißt du was?«, sage ich. »Das hier ist wahrscheinlich nicht der beste Ort, um zu reden, oder?«

Sie schüttelt den Kopf. »Wir könnten zur Höhle gehen?«

»Ähm…« Eigentlich hatte ich keinen nächtlichen Streifzug über die Insel geplant. Und ich bin nicht sicher, ob es nicht gefährlich ist, im Dunkeln draußen herumzuspazieren, mit dem Moor und allem.

»Vergiss es«, sagt Olivia rasch. »Schon kapiert. Es… es ist nur so komisch… Ich hatte einfach das Gefühl, dass es da drin einfacher war zu reden.«

Plötzlich überkommt mich das gleiche Gefühl wie vorhin. Ein seltsamer Nervenkitzel, das Bedürfnis, Regeln zu brechen. »Nein«, sage ich. »Lass uns zur Höhle gehen. Und nimm die Flasche mit.«

Wir schleichen uns durch den Hintereingang aus dem Folly. Dieser Ort ist bei Nacht wirklich gruselig. Es ist still bis auf die nahe Brandung an den Felsen. Gelegentlich ertönt ein seltsam kehliges Gackern, bei dem sich mir sämtliche Härchen an den Armen aufstellen. Irgendwann wird mir klar, dass das Geräusch von einem Vogel stammen muss. Dem Klang nach ist es ein ziemlich großer Vogel.

Während wir weitergehen, tauchen im Strahl meiner

Taschenlampen-App die Häuserruinen neben uns auf. Die dunklen Fenster erinnern an leere Augenhöhlen. Sie wirken unheimlich, so als könnte jemand da drin sein und uns beobachten, während wir vorbeigehen. Ich kann auch Geräusche aus dem Inneren vernehmen: ein Rascheln, Knarren und Kratzen. Wahrscheinlich sind es nur Ratten … aber auch das ist kein sonderlich beruhigender Gedanke.

Ich registriere hastige Bewegungen um uns herum. Sie sind zu schnell, als dass ich sie zuordnen könnte. Für Sekundenbruchteile tauchen sie im schwachen Mondschein auf. Etwas fliegt so nah an meinem Gesicht vorbei, dass es meine Wange streift. Ich mache einen Satz zurück, hebe eine Hand, um es abzuwehren. Eine Fledermaus? Für ein Insekt war es definitiv zu groß …

Als wir in die Höhle hinunterklettern, taucht eine dunkle Silhouette an der Felswand vor uns auf, eine Menschengestalt. Es dauert einen Moment, bevor mir schlagartig klar wird, dass es mein eigener Schatten ist.

Dieser Ort bringt einen wirklich dazu, an Geister zu glauben.

Jetzt

Die Hochzeitsnacht

Die vier Gefolgsmänner des Bräutigams haben einen Suchtrupp gebildet. Sie packen ein Erste-Hilfe-Set ein und nehmen zur Beleuchtung die großen Paraffinfackeln aus den Halterungen am Eingang mit.

»Also gut, Jungs«, sagt Femi. »Alle bereit?«

Ihre Vorbereitungen sind von einer seltsam übereifrigen Energie geprägt, die fast schon an Euphorie grenzt. Es könnte sich auch um Pfadfinder handeln, die sich auf eine Mission vorbereiten, oder um eine mitternächtliche Mutprobe der Schuljungen von damals.

Die anderen Gäste versammeln sich drumherum und verfolgen schweigend die Vorbereitungen, erleichtert, dass ihnen die Angelegenheit aus der Hand genommen wurde, dass sie hier im Licht und in der Wärme bleiben dürfen.

Für diejenigen, die im Inneren des Zeltes verharren und ihnen nachblicken, sehen sie mit den Fackeln und ihrer grimmigen Entschlossenheit aus wie mittelalterliche Dorfbewohner auf Hexenjagd. Der stürmische Wind und der Stromausfall haben zu der unwirklichen Atmosphäre beigetragen. Die makabre Entdeckung, die angeblich da draußen liegt und auf sie wartet, hat eine geradezu surreale Dimension angenommen. Außerdem ist es wirklich schwer zu beurteilen, ob man den Worten einer hysterischen Teenagerin trauen sollte. Manche hoffen immer noch, dass das alles einfach nur ein schreckliches Missverständnis war.

Schweigend blicken sie der Truppe hinterher, die durch die flatternden Planen des Zelteingangs marschiert. Hinaus in die laute, zerfetzte Nacht, hinaus in den tosenden Sturm, die Fackeln hoch erhoben.

Am Vortag

OLIVIA

Die Brautjungfer

In die Höhle ist mittlerweile das Meer hereingeströmt, daher schwappt das tintenschwarze Wasser praktisch schon bis zu unseren Füßen. Es lässt den Raum kleiner erscheinen, klaustrophobischer. Hannah und ich müssen näher beieinandersitzen als heute Nachmittag, unsere Knie berühren sich. Eine brennende Stumpenkerze, die wir aus dem Salon haben mitgehen lassen, steht in ihrer Glaslaterne auf dem Felsbrocken vor uns.

Jetzt verstehe ich auch, warum sie die Flüsternde Höhle genannt wird. Das Wasser hat die Akustik verändert, und alles, was wir sagen, kommt zu uns zurückgeflüstert, als würde dort jemand in den Schatten stehen und jedes Wort wiederholen. Es fällt schwer zu glauben, dass dort wirklich niemand ist. Ich ertappe mich dabei, wie ich mich immer wieder umdrehe, um sicherzugehen, dass wir allein sind.

Ich kann Hannah im schwachen Licht der Kerze kaum erkennen, aber ich kann ihren Atem hören, ihr Parfüm riechen.

Wir lassen die Wodkaflasche zwischen uns hin- und

hergehen. Ich bin schon ein bisschen angetrunken, glaube ich, vom Abendessen. Ich habe nicht viel runtergekriegt, daher ist mir der Alkohol sofort zu Kopf gestiegen. Doch ich muss noch betrunkener sein, um es ihr zu erzählen, so betrunken, dass mein Hirn meine Worte nicht aufhalten kann. Was irgendwie albern ist, da ich in letzter Zeit ein so dringendes Bedürfnis hatte, irgendwem davon zu erzählen, dass ich manchmal fürchtete, es könne jeden Moment ohne Vorwarnung aus mir herausbrechen. Doch jetzt, da es so weit ist, kriege ich keinen Ton heraus.

Hannah ergreift als Erste das Wort. »Olivia.«

Die Höhle antwortet mit einem Flüstern: *Olivia, Olivia, Olivia.*

»Meine Güte«, sagt Hannah, »dieses Echo. Hat dein Ex… hat er dir etwas angetan? Jemand, den ich kenne…« Sie bricht ab, beginnt von Neuem. »Meine Schwester Alice hatte einen Freund an der Uni. Und er hat wirklich schlimm auf die Trennung reagiert. Ich meine so *richtig* schlimm…«

Ich warte darauf, dass Hannah weiterspricht, aber sie tut es nicht. Stattdessen greift sie nach der Flasche und nimmt einen ziemlich langen Schluck, bestimmt vier Shots.

»Nein, nicht so was«, sage ich. »Na ja, Callum war schon ein bisschen arschig. Ich meine, es war nicht gerade nett, dass er gleich im Anschluss was mit Ellie angefangen hat. Aber er hat ja Schluss gemacht, insofern hat mich das nicht gewundert.« Nun greife ich nach der Flasche und nehme einen großen Schluck. Ich schmecke ihren Lippenstift am Glasrand. »Es war in den Ferien nach dem Sommersemester. Ich habe eine Weile in Jules' Bude in London gepennt, während sie geschäftlich unterwegs war.«

Ich spreche in die Dunkelheit, während die Höhle mir meine eigenen Worte zurückflüstert. Ich ertappe mich dabei, wie ich Hannah davon erzähle, wie einsam ich mich fühlte. Wie ich in dieser tollen großen Stadt wohnte, die ich immer so aufregend gefunden hatte, mir aber klar wurde, dass ich niemanden hatte, um dieses Gefühl zu teilen. Wie es Freitagabend wurde und ich zum Supermarkt ging, um Chips, Milch und Müsli für den nächsten Morgen zu holen, und wie mein Heimweg mich an all diesen Menschen vorbeiführte, die vor den Pubs standen, tranken und in der Abendsonne lachten. Wie scheißlangweilig ich mir vorkam mit meiner orangefarbenen Einkaufstasche und der Netflix-Nacht, die vor mir lag. Wie ich in solchen Momenten immer an Callum denken musste und was wir gemeinsam hätten unternehmen können, woraufhin ich mich nur noch einsamer fühlte.

Ich kann immer noch nicht ganz glauben, dass ich ihr all das erzähle, wo ich sie doch kaum kenne. Aber vielleicht liegt es ja genau daran. Vielleicht ist sie von all den Leuten hier der einzige Mensch, dem ich es erzählen kann, gerade weil sie im Grunde eine Wildfremde ist. Auch der Wodka hilft, genauso wie die Tatsache, dass es hier so dunkel ist, dass ich kaum ihr Gesicht sehen kann. Trotzdem glaube ich nicht, dass ich ihr alles erzählen kann. Bei der Vorstellung packt mich die Panik. Aber vielleicht kann ich ganz am Anfang beginnen und dann sehen, ob ich mutig genug bin, ihr wirklich die komplette Geschichte zu erzählen.

»Ich hab mein Smartphone gecheckt«, fahre ich fort, »und hab dabei gesehen, dass Callum gerade mit Ellie unterwegs war. Sie hatte einen Haufen Fotos auf Snapchat geteilt.

Da war eins, wo sie auf seinem Schoß saß. Und dann ein anderes, auf dem sie ihn küsste, wobei sie den Mittelfinger in die Kamera streckte, als würde sie nicht wollen, dass sie fotografiert wird … nur dass sie das Foto anschließend mit der ganzen verfickten Welt teilen musste, damit es auch ja jeder sieht.«

Hannah trinkt noch einen Schluck. »Du musst dich schrecklich gefühlt haben«, sagt sie. »Die sozialen Medien richten ziemlich viel Elend an.«

»Stimmt.« Ich zucke die Achseln. »Ich hab mich echt scheiße gefühlt.« Damit ich nicht wie die totale Stalkerin rüberkomme, verschweige ich ihr, wie oft ich mir diese Fotos angeschaut habe, während ich heulend dasaß und meine Einkaufstasche umklammerte. »Meine Freundinnen haben mir die ganze Zeit gesagt, ich soll mir doch ruhig ein bisschen Spaß gönnen. Du weißt schon, Callum zeigen, was ihm entgeht. Sie haben mir in den Ohren gelegen, dass ich mich mal bei diesen Dating-Apps umschaue, aber ich wollte das nicht im Uniumfeld machen, wo es sowieso so inzestuös zuging.«

»So Apps wie Tinder?«

Ich glaube, sie will zeigen, dass sie Ahnung von Jugendlichen hat. »Ja, so in der Art. Aber heutzutage nutzt kein Mensch mehr Tinder.«

»Entschuldige«, seufzt sie, »ich bin eben uralt. Was weiß ich schon?« Sie klingt ein bisschen wehmütig.

»Du bist doch gar nicht so alt«, sage ich.

»Na ja … danke.« Ihr Knie stupst gegen meines.

Ich nehme einen weiteren Schluck Wodka. Und erinnere mich daran, wie ich damals in Jules' Haus von ihrem Wein trank und dabei feststellte, dass der ganze Fusel, den wir so in Exeter für drei Pfund das Glas in irgendwelchen Studentenkneipen getrunken hatten, nach übler Pisse schmeckte. Ich erinnere mich, wie chic und kultiviert ich mir vorkam, als ich nur in Slip und BH mit einem ihrer großen Weingläser durchs Haus spazierte. Ich stellte mir vor, dass es mir gehörte, dass ich heute Abend ausgehen, einen Mann aufgabeln, ihn hierher mitnehmen und dass wir vögeln würden. Und *damit* würde ich es Callum schon zeigen.

Natürlich hatte ich nicht wirklich vor, das zu tun. Ich hatte bis dahin nur mit einem Menschen Sex gehabt, nämlich mit Callum. Und selbst das war ziemlich brav gewesen.

»Ich habe ein Profil in einer dieser Dating-Apps angelegt«, erzähle ich weiter. »Ich war der Überzeugung, dass es in London etwas anderes wäre. Da könnte ich mich verabreden, ohne dass am nächsten Morgen der gesamte Campus Bescheid wüsste.«

»Irgendwie bin ich beeindruckt«, sagt Hannah. »Ich hätte nie den Mumm gehabt, so etwas zu tun. Aber hattest du nicht, na ja … hattest du keine Bedenken, wegen deiner Sicherheit und so?«

»Nein«, erwidere ich. »Ich bin ja nicht dumm. Ich habe natürlich nicht meinen echten Namen benutzt. Und auch nicht mein echtes Alter angegeben.«

»Ah.« Hannah nickt. »Klar.« Ich habe den Eindruck, dass sie nicht ganz überzeugt ist und sich sehr zusammenreißt, um nichts weiter zu sagen.

Tatsächlich hatte ich als Alter sechsundzwanzig angegeben. Das Profilfoto, das ich hochlud, hatte kaum Ähnlichkeit mit mir. Dafür hatte ich Jules' Kleiderschrank geplündert und ein perfektes Make-up aufgelegt. Aber es war ja auch Sinn der Sache, nicht wie ich auszusehen.

»Ich habe mich Bella genannt. Du weißt schon, wie Bella Hadid.« Ich erzähle Hannah, wie ich auf dem Bett saß und die Fotos dieser Typen durchscrollte, bis meine Augen wehtaten. »Die meisten Bilder waren echt übel. Aus dem Fitnessstudio, wo sie dann ihre Shirts so affig hochziehen, oder mit so Sonnenbrillen auf, von denen sie wohl meinten, dass sie damit cool aussehen.« Beinahe hätte ich aufgegeben. »Aber dann hatte ich ein Match mit diesem einen Typen«, erzähle ich Hannah. »Er fiel mir sofort ins Auge. Er war … anders.«

Ich machte den ersten Schritt. Was mir echt nicht ähnlich sieht, aber ich war ganz schön beschwipst von Jules' Wein.

Zeit für ein Treffen?, schrieb ich.

Bald darauf kam seine Antwort: *Ja, das würde mir gefallen. Wann passt es dir, Bella?*

Wie wäre es mit heute Abend?

Es folgte eine längere Pause. Dann: *Du lässt wirklich nichts anbrennen.*

Das ist mein einziger freier Abend in den nächsten Wochen. Mir gefiel, wie das klang. Als hätte ich tausend bessere Orte, an denen ich sein könnte.

Also gut, schrieb er zurück. *Wir haben ein Date.*

»Wie war er denn?«, fragt Hannah und betrachtet mich aufmerksam, das Kinn auf die Hand gestützt. Sie wirkt fasziniert von der Geschichte.

»Heißer als auf dem Foto. Und etwas älter als ich.«

»Wie viel älter?«

»Ähm … vielleicht fünfzehn Jahre?«

»Okay.« Versucht sie gerade, nicht schockiert zu klingen? »Und wie war er so? Als ihr euch getroffen habt, meine ich?«

Ich denke zurück. Es fällt mir schwer, ihn so zu sehen, wie er am Anfang auf mich wirkte. »Ich glaube, ich fand ihn heiß. Er kam mehr wie ein richtiger Mann rüber, ganz anders als Callum.« Er hatte breite Schultern, als würde er viel Sport machen, und war sonnengebräunt. Daneben wirkte Callum wie ein schlaksiger Junge. Echte Männer waren mein neues Ding, beschloss ich. »Aber …«, ich zucke die Achseln, obwohl Hannah mich nicht sehen kann. »Ach, ich weiß auch nicht. Obwohl der Typ so heiß war, hätte ein Teil von mir lieber Callum zurückgehabt, glaube ich.«

Hannah nickt. »Ja«, sagt sie mitfühlend. »Das kann ich verstehen. Wenn man sein Herz an jemanden gehängt hat, könnte auch Brad Pitt vorbeispaziert kommen, und er wäre nicht genug …«

»Brad Pitt ist aber auch abartig alt«, unterbreche ich sie.

»Ähm, dann … Harry Styles?«

Da muss ich beinahe lächeln. »Ja. Vielleicht. Oder Timothée Chalamet.« Ich fand immer, dass Callum eine gewisse Ähnlichkeit mit ihm hatte. Nur dass Callum wahrscheinlich keinen Moment an mich gedacht hat, vor allem nicht, während er gerade Ellies blöde Riesenmöpse im Gesicht kleben hatte. Ich nehme mir wieder mal vor, wirklich nicht mehr an ihn zu denken.

»Und hat dieser Kerl … wie war sein Name?«

»Steven.«

»Hat er irgendwas gesagt? Ich meine, bei eurem Date. Weil du doch so viel jünger warst?«

Ich bedenke sie mit einem stummen Blick. Das klang jetzt etwas vorwurfsvoll.

»Sorry«, sagt sie und lacht leise. »Aber im Ernst, hat er?«

»Ja, hat er. Er hat mich gefragt, ob ich wirklich sechsundzwanzig sei. Aber nicht misstrauisch, sondern mehr so, als wäre es, weiß auch nicht … ein Witz zwischen uns beiden. Es schien ihn nicht wirklich zu jucken, zumindest da nicht. Und er war nett«, sage ich, obwohl es mir heute schwerfällt, daran zurückzudenken. »Wir hatten einen netten Abend. Er hat über meine Witze gelacht. Und er hat mir jede Menge Fragen über mich gestellt.«

Meine Gedanken kehren zu jener Nacht zurück, als ich in dieser Bar saß, während die Cocktails mir zu Kopf stiegen. Ich trank Negronis, weil ich glaubte, dass ich so älter rüberkommen würde.

»Mein ursprünglicher Plan war es, ein Foto zu schießen«, sage ich zu Hannah, »und es auf Instagram zu posten.« Damit Callum sehen konnte, was er verpasste.

»Ich rate jetzt mal …« Hannah sieht mich an. »Es ist ein bisschen mehr passiert, oder?«

»Ja.« Ich nehme einen Schluck Wodka.

Es gab diesen Moment, als ich dachte, dass er sich vielleicht einfach verabschieden würde. Doch er öffnete die Tür des wartenden Taxis, drehte sich zu mir um und sagte: »Und? Steigst du auch ein?« Im Taxi meldete sich diese Stimme in meinem Kopf: Was tust du da? Du kennst ihn doch kaum! Aber der betrunkene Teil von mir, der Teil, der scharf auf eine Fortsetzung war, erwiderte nur, die Stimme solle gefälligst Ruhe geben.

Wir fuhren zu Jules' nach Hause, weil Steven gerade erst umgezogen war und noch keine richtigen Möbel hatte. Ich hatte ein bisschen ein schlechtes Gewissen, aber ich sagte mir, dass ich die Bettwäsche ja ohnehin waschen würde.

»Wow«, sagte er. »Das ist aber beeindruckend. Und das alles gehört dir?«

»Ja«, sagte ich und hatte das Gefühl, in seinen Augen viel mondäner geworden zu sein.

»Und dann hatten wir Sex«, fahre ich fort. »Ich glaube, ich wollte es tun, bevor der Alkohol verpuffte.«

»War es gut?«, fragt Hannah. Sie klingt gespannt. Dann fügt sie hinzu: »Ich hatte seit Ewigkeiten keinen Sex mehr. Sorry. Ich weiß, dass das zu viel Info ist.«

Ich gebe mir Mühe, nicht an sie und Charlie beim Sex zu denken. »Ja«, sage ich. »Es war ein bisschen ... du weißt schon. Etwas grob? Er stieß mich gegen die Wand, er zerrte meinen Rock bis zur Taille hoch, riss mein Höschen runter. Und dann ... Kann ich noch was von dem Zeug haben?« Hannah reicht mir die Flasche, und ich nehme einen schnellen Zug. »Er hat's mir mit dem Mund gemacht, obwohl ich nicht geduscht hatte. Er meinte, er hätte es so lieber.«

»Alles klar«, sagt Hannah. »Okay. Wow.«

Callum und ich hatten nie was besonders Abenteuerliches gemacht. Ich schätze mal, der Sex, den ich mit Steven hatte, war besser als alles, was ich mit Callum gehabt hatte, auch wenn mir, nachdem er mich bei diesem ersten Mal mit seiner Zunge zum Höhepunkt gebracht hatte, schrägerweise nach Heulen zumute war.

»Ich habe mich danach noch mehrmals mit ihm getroffen«, erzähle ich.

Hannah nickt. Ihr Kopf ist so nah an meinem, dass ich die Luftbewegung spüre. Ich ertappe mich dabei, wie ich ihr erzähle, dass es mir gefallen habe, mich so zu sehen, wie er mich offenbar sah: als eine sexy Frau, eine Abenteurerin. Auch wenn ich manchmal etwas überfordert war und mich nicht immer ganz wohl mit den Dingen fühlte, die er im Bett von mir verlangte.

»Ich meine«, sage ich, »es war kein bisschen wie mit Callum, als ich das Gefühl hatte, wir wären …«

»Seelenverwandte?«, fragt Hannah.

»Ja«, erwidere ich. Es ist ein ziemlich peinliches Wort, aber es trifft den Nagel auf den Kopf. »Ich denke mal, das war einfach was anderes. Mit Steven hatte ich immer das Gefühl, als würde er mir nur einen winzig kleinen Teil von sich selbst zeigen, weswegen …«

»Du mehr von ihm sehen wolltest?«

»Ja. Ich war irgendwie besessen von ihm, glaube ich. Außerdem war er so erwachsen und so weltgewandt, aber er wollte trotzdem mich. Und dann …« Ich zucke mit den Achseln. »Dann hab ich's verkackt.«

»Wie meinst du das?«

»Ich weiß auch nicht. Ich schätze, ich wollte ihm beweisen, dass ich schon erwachsen war. Außerdem machten wir eigentlich nie etwas anderes, als uns zu treffen und, na ja, Sex zu haben. Ich hatte das Gefühl, dass er womöglich nur deswegen an mir interessiert war.«

Hannah nickt.

»Am Ende des Sommers schmiss Jules mit ihrer Zeitschrift diese Party im Victoria and Albert-Museum, und ich dachte, es wäre cool, ihn dorthin mitzubringen. Ein richtiges Date. Um ihn ein bisschen zu beeindrucken. Damit er mich für erwachsen und reif hielt.«

Ich erzähle Hannah, wie ich die Stufen des Museums raufstieg und all diese supererwachsenen, glamourösen Menschen sah, die herumschlenderten und miteinander plauderten. Und wie der Typ, der unsere Namen auf der Gästeliste überprüfte, mich taxierte, als würde er nicht glauben, dass ich auf der Liste stehen sollte, während Steven sich so perfekt einzufügen schien.

»Ich wurde etwas nervös«, gestehe ich. »Vor allem, weil ich ihn Jules vorstellen musste. Und dann gab es diese Gratisdrinks. Ich hatte viel zu viel getrunken in dem Versuch, mich selbstbewusster zu fühlen. Ich habe mich total zum Affen gemacht. Ich musste sogar aufs Klo und kotzen… Jedenfalls war ich ziemlich durch den Wind. Also hat Steven mich in ein Taxi gesetzt, und ich konnte ihn nicht mal fragen, ob er mitkommt, weil Jules ja später auch nach Hause kommen würde. Ich erinnere mich, wie er die Scheine für den Taxifahrer abzählte und ihn dann bat, dafür zu sorgen, dass ich auch ja heil ankäme. Als wäre ich ein kleines Kind.«

»Er hätte dich begleiten sollen«, sagt Hannah. »Er hätte dafür sorgen müssen, dass es dir gut geht. Und das nicht irgendeinem Taxifahrer überlassen, oder?«

Ich zucke die Achseln. »Vielleicht. Aber ich hatte mich so abartig peinlich aufgeführt. Es wundert mich nicht, dass er mich loswerden wollte.«

Ich weiß noch, wie ich ihn durch das Wagenfenster anschaute und dachte: Ich hab's vermasselt. Wie ich dachte, dass ich an seiner Stelle wohl einfach wieder reingehen und mich mit Leuten in meinem Alter unterhalten würde, die ihren Alkohol bei sich behalten können.

»Danach hat er mich komplett geghostet.« Für den Fall, dass sie nicht weiß, was das bedeutet, füge ich hinzu: »Du weißt schon, er hat einfach nicht mehr geantwortet. Obwohl ich die zwei kleinen blauen Häkchen sehen konnte.«

Sie nickt.

»Ich bin an die Uni zurückgekehrt. Eines Nachts war ich nach dem Ausgehen etwas betrunken und traurig und habe ihm gleich zehn Botschaften geschickt. Ich versuchte, ihn um zwei Uhr morgens auf dem Weg zum Wohnheim anzurufen. Er ist aber nicht rangegangen und hat auch nicht auf meine Nachrichten geantwortet. Da wusste ich, dass ich ihn nie wiedersehen würde.«

»Scheiße«, meint Hannah.

»Ja.«

»Und das war's?«, fragt sie, als ich nichts mehr sage. »Hast du ihn denn wiedergesehen?« Und dann, als ich nicht antworte: »Olivia?«

Aber ich kann nicht sprechen. Auf einmal fühlt es sich so an, als würden die Worte in meiner Kehle feststecken.

Da ist dieses Bild in meinem Kopf. Rot auf Weiß. Jede Menge Blut.

Als wir zum Folly zurückkehren, meint Hannah, sie sei fix und alle. »Für mich geht's direkt ins Bett«, sagt sie.

Ich kapiere schon. In der Höhle war es anders. Dort im Dunkeln, mit dem Wodka und dem Kerzenlicht, kam es mir so vor, als könnten wir einander alles sagen. Jetzt fühlt es sich beinahe so an, als hätten wir zu viel erzählt. Als hätten wir eine Grenze überschritten.

Ich weiß, dass ich nicht werde schlafen können – vor allem nicht, während die Typen ihr dämliches Saufspiel direkt vor meiner Zimmertür spielen. Also bleibe ich eine Weile draußen stehen und versuche, die rasenden Gedanken in meinem Kopf zu beruhigen.

»Hey, du.«

Mir bleibt fast das Herz stehen. »Was zur Hölle …?«

Es ist der Trauzeuge, Johnno. Ich mag ihn nicht. Ich habe gesehen, wie er mich vorhin angeglotzt hat. Außerdem ist er besoffen … und mir ist klar, dass ich ebenfalls ziemlich betrunken bin. Im Licht, das aus dem Esszimmerfenster nach draußen fällt, sehe ich ihn breit lächeln, oder vielmehr anzüglich grinsen.

»Na, willst du auch mal?« Er hält einen dicken Joint hoch, der widerlich nach Gras stinkt. Ich kann sehen, dass er an dem Ende, das er im Mund hatte, ganz durchweicht ist.

»Nein, danke«, erwidere ich.

»Wie wohlerzogen.«

Ich wende mich zum Gehen, doch als ich nach dem Türknauf greifen will, packt er meinen Arm und hält ihn fest. »Weißt du was? Wir sollten morgen ein Tänzchen wagen, du und ich. Brautjungfer und Trauzeuge.«

Ich schüttle den Kopf.

Er tritt näher, zieht mich zu sich ran. Er ist viel größer als ich. Aber er wird mir doch nichts antun, oder? Nicht jetzt, wenn alle oben in ihren Zimmern liegen?

»Du solltest es dir überlegen«, sagt er. »So ein älterer Mann könnte dich überraschen.«

»Nimm deine Scheißgriffel von mir«, zische ich. Mir fällt die Rasierklinge in meinem Zimmer ein. Ich wünschte, ich hätte sie bei mir, nur um zu wissen, dass sie da ist.

Mit einem Ruck befreie ich meinen Arm aus seinem Griff, während ich mit der anderen Hand am Türknauf rummache. Meine Finger wollen mir nicht gehorchen. Die ganze Zeit über spüre ich, wie er mich beobachtet.

JOHNNO

Der Trauzeuge

Nachdem ich den Joint aufgeraucht habe, bin ich direkt auf mein Zimmer. Das Gras habe ich mir auf die Schnelle in Dublin besorgt, während ich mit all den anderen Touris in der Temple Bar abhing. Bin mir nicht sicher, ob es so stark ist wie das Zeug, das ich von meinem normalen Dealer kaufe, aber ich hoffe, es hilft mir beim Einschlafen. Heute Nacht kann ich etwas Hilfe gebrauchen.

Hier auf der Insel kommt es mir so vor, als wären wir zurück an der Trevellyan's. Vielleicht liegt es an der Landschaft. Die Klippen, das Meer. Das Einzige, was ich hören kann, ist das Geräusch der Wellen draußen vor den Fenstern, wo sie in einem fort gegen die Felsen krachen. Ich muss an den Schlafsaal denken mit den Bettenreihen und den Gitterstäben vor den Fenstern. Sie waren zu unserer Sicherheit angebracht worden oder um uns im Inneren festzuhalten – vielleicht ein bisschen von beidem. Und ich denke an das ständige Wellenrauschen am Strand zurück, das mich stets daran erinnerte, das Geheimnis nicht preiszugeben.

Ich habe seit Jahren nicht daran gedacht, zumindest nicht

so richtig. Ich kann nicht. Manche Dinge muss man hinter sich lassen. Doch unser Aufenthalt hier auf der Insel scheint mich dazu zwingen, meinen Blick direkt darauf zu richten. Und sobald ich das tue, kann ich verdammt noch mal nicht mehr richtig atmen.

Ich liege im Bett. Ich habe genug getrunken, um in einen traumlosen Schlaf zu fallen, und dann noch gekifft. Doch ich habe das Gefühl, als würde etwas über meine Haut krabbeln – eine Million Kakerlaken, die mit mir im Bett liegen. Sie sind hier, um mich vom Schlafen abzuhalten. Ich möchte mich kratzen, meine Haut aufreißen, wenn es sein muss, nur damit es aufhört. Und ich habe Angst, dass ich, sollte ich doch einschlafen, solche Träume haben werde wie letzte Nacht. Ich hatte sie seit Ewigkeiten nicht mehr … seit Jahren. Es liegt an der Gegenwart der anderen. Es liegt an diesem Ort.

Es ist so dunkel hier drin. Zu dunkel. Ich habe das Gefühl, als würde die Finsternis mich erdrücken. Als würde ich darin ertrinken. Ich setze mich im Bett auf, erinnere mich selbst daran, dass es mir gut geht. Da ist nichts, was mich ersticken will, da sind keine Kakerlaken. Es könnte vom Gras kommen … Vielleicht ist es ein anderer Stoff, der mich paranoider macht. Ich werde duschen, genau das werde ich tun. Das Wasser schön heiß aufdrehen und mich ordentlich abschrubben.

Auf einmal habe ich das Gefühl, dass ich dieses Ding in der Zimmerecke sehe. Es wächst, türmt sich in der Dunkelheit auf.

Ach was. Das bilde ich mir nur ein. Ich glaube nicht an Geister.

Das muss am Gras liegen, am Whiskey. Mein Hirn spielt mir einen Streich. Ich bin mir sicher, dass da was ist. Ich kann es aus dem Augenwinkel sehen, doch sobald ich direkt hinschaue, scheint es zu verschwinden. Ich schließe die Augen wie ein kleines Kind, das Angst vor Monstern unter dem Bett hat, drücke mit den Fingerspitzen auf meine Augenlider, bis ich silberne Punkte sehe. Es hilft nichts. Ich kann es selbst mit geschlossenen Augen sehen. Es hat ein Gesicht. Und es ist auch kein Es, es ist ein Jemand. Ich weiß, wer es ist.

»Verpiss dich, hau ab«, flüstere ich. Dann versuche ich es auf die andere Art: »Es tut mir leid. Es war nicht meine Schuld. Ich dachte nicht …«

Mein Magen krampft sich zusammen. Ich schaffe es gerade noch ins Bad, bevor ich mich über der Kloschüssel übergebe. Mein Körper zittert vor Angst.

JULES

Die Braut

Charlie und ich stehen oben auf den Zinnen und blicken auf die Reihe von glitzernden Lichtern am Festland hinüber. Wir haben die anderen ihrem widerlichen Trinkspiel überlassen. Es hat etwas Verbotenes an sich, nur wir zwei hier oben. Etwas Verwegenes. Vielleicht ist es die Tatsache, dass wir auf dem Gipfel der Welt stehen, mit dem steil abfallenden Abgrund unter uns – unsichtbar, aber durchaus sehr gegenwärtig –, die der ganzen Sache einen zusätzlichen Kitzel, einen Anstrich von Gefahr verleiht. Oder dass die Finsternis uns einhüllt. Dass hier oben alles Mögliche passieren könnte und keiner es je erfahren würde.

»Es ist so gut, dich hier zu haben«, sage ich zu ihm. »Du weißt schon, dass du mein allerbester Freund bist, oder?«

»Danke«, sagt er. »Und ja, es ist gut, hier zu sein. Warum hast du eigentlich genau diesen Ort ausgesucht?«

»Ach, du weißt schon. Meine irischen Wurzeln. Und es ist so exklusiv. Mir gefällt die Vorstellung, die Erste zu sein, die hier heiratet. Abgesehen davon ist es schön abgelegen – das hält mögliche Paparazzi fern.«

»Du meinst, die würden ernsthaft versuchen, Fotos von

seiner Hochzeit zu schießen?« Er klingt ungläubig, als könnte er sich nicht vorstellen, dass Will tatsächlich so berühmt ist.

»Vielleicht, ja. Außerdem passt es super zu Wills Marke, die Hochzeit an so einem wilden, ursprünglichen Ort zu feiern.«

Alles, was ich ihm gerade aufgezählt habe, stimmt. Aber es ist nicht die ganze Wahrheit.

Ich lehne meinen Kopf an seine Schulter und spüre, wie er sich versteift. Vielleicht fühlt sich die körperliche Nähe nicht mehr ganz so unbefangen an wie früher. Doch wenn ich recht überlege – hat sie sich jemals völlig harmlos angefühlt?

Charlie räuspert sich. »Darf ich dich was fragen?«

Er klingt ernst. Ich höre eine Spur von Vorsicht in seinen Worten.

»Klar, leg los.«

»Er macht dich doch glücklich, oder?«

Ich hebe meinen Kopf ein winziges Stück von seiner Schulter. »Wie meinst du das?«

Ich fühle, wie er die Achseln zuckt. »Genau so. Du weißt, wie wichtig du mir bist, Jules.«

»Ja«, sage ich. »Er macht mich glücklich. Ich könnte dich dasselbe fragen, was Hannah betrifft.«

»Das ist etwas ganz anderes …«

»Ach ja? Inwiefern?« Ich will seine Antwort nicht hören, ich brauche nicht noch jemanden, der mir sagt, dass das zwischen Will und mir ja ganz schön schnell gegangen ist. Und weil ich heute Abend mehr getrunken habe, als ich vorhatte, und weil ich vielleicht nie wieder die Gelegenheit dazu haben werde, frage ich: »Willst du damit sagen, dass du mich glücklicher gemacht hättest?«

»Jules …« Es klingt wie ein Stöhnen. »Tu das nicht.«

»Tu was nicht?«, erwidere ich unschuldig.

»Das mit uns hätte nicht geklappt. Wir sind Freunde, gute Freunde. Das weißt du.« Bei diesen Worten spüre ich, wie er sich zurückzieht, vom Klippenrand zurücktritt.

Weiß ich das, ja? Und ist er wirklich so überzeugt davon? Ich weiß, dass er mich früher wollte. Noch immer denke ich an jene Nacht zurück, beispielsweise wenn ich etwas Anregung im Bad brauche. Wir haben seitdem nie darüber gesprochen. Und weil wir es nie getan haben, hat es seine Macht behalten. Ich bin mir sicher, dass er ebenfalls noch daran denkt.

»Wir waren damals andere Menschen«, sagt er, als hätte er meine Gedanken gelesen. Ich frage mich, ob er so überzeugt von seinen Worten ist, wie er vorgibt. »Ich habe dich nicht aus Eifersucht oder so gefragt.«

»Ach, wirklich? Denn für mich klingt es so, als wärst du ein bisschen eifersüchtig.«

»Bin ich aber nicht. Ich …«

»Hab ich dir schon erzählt, wie gut er im Bett ist? Das sind doch so Dinge, die Freunde einander erzählen, oder etwa nicht?« Ich weiß, dass ich es zu weit treibe, aber ich kann nicht anders.

»Hör mal«, sagt Charlie, »ich will einfach nur, dass du glücklich bist.«

Wie anmaßend. Ich nehme meinen Kopf ganz von seiner Schulter und spüre, wie eine Kluft zwischen uns entsteht, rein körperlich, aber auch metaphorisch. »Ich weiß selbst, was mich glücklich macht und was nicht«, erwidere ich. »Nur für den Fall, dass du es nicht bemerkt haben solltest, aber ich bin vierunddreißig. Keine sechzehnjährige Jungfrau, die dich total bewundert.«

Charlie verzieht das Gesicht. »Tut mir leid, so habe ich das nicht gemeint. Es ist mir nur nicht egal, das ist alles.«

Plötzlich kommt mir ein Gedanke. »Charlie?«, frage ich. »Hast du mir einen Zettel mit einer Nachricht geschrieben?«

»Was denn für einen Zettel?«

Seine Verwirrung ist mir Antwort genug. Er war es nicht.

»Ach, nichts«, winke ich ab. »Vergiss es. Weißt du was? Ich glaub, ich hau mich aufs Ohr. Wenn ich jetzt ins Bett gehe, kriege ich noch meine acht Stunden Schlaf für morgen.«

»Okay«, sagt er. Ich spüre seine Erleichterung, und das ärgert mich.

»Kriege ich eine Umarmung?«, frage ich.

»Klar.«

Ich lehne mich an ihn. Sein Körper ist weicher als Wills und um einiges weniger straff als früher. Aber sein Geruch ist der gleiche geblieben. Irgendwie so vertraut … was seltsam ist, wenn man bedenkt, wie lange es her ist.

Es ist immer noch da, denke ich. Er muss es ebenfalls spüren. Aber andererseits verschwindet so eine Anziehung ja nie wirklich, oder? Ich bin mir ganz sicher: Er ist eifersüchtig.

Als ich ins Zimmer zurückkomme, ist Will gerade dabei, sich auszuziehen. Er grinst mich an, und ich gehe auf ihn zu.

»Sollen wir dort weitermachen, wo wir vorhin aufgehört haben?«, murmelt er.

Auch eine Art, denke ich, die Demütigung durch das Gespräch mit Charlie auszulöschen.

Ich zerre die verbliebenen Knöpfe an seinem Hemd auf, und er zerreißt einen Träger meines Jumpsuits, als er versucht, ihn mir abzustreifen. Mit Will ist es immer wie beim ersten Mal – immer diese Hast –, nur noch besser, jetzt, da wir genau wissen, was der andere will. Wir stemmen uns beim Ficken gegen das Bett, während er von hinten in mich eindringt. Ich komme heftig. Und bin kein bisschen leise dabei. Auf seltsame Weise fühlt es sich an, als sei ein Großteil des Abends, seit wir vorhin unterbrochen wurden, so etwas wie ein Vorspiel gewesen. Die neidischen und bewundernden Blicke der anderen. Ihre Reaktionen auf uns, die zeigen, wie gut wir zusammen ausschauen. Und auch die Kränkung, bei Charlie eine Grenze überschritten zu haben und zurückgewiesen worden zu sein. Vielleicht hört er uns ja sogar.

Danach geht Will duschen. Er pflegt sich tadellos – seine tägliche Routine lässt selbst meine nachlässig erscheinen. Ich weiß noch, dass ich ein wenig verdutzt war, als ich herausfand, dass sein gebräunter Teint nicht dem ständigen Kontakt mit den Elementen geschuldet war, sondern dem gleichen Selbstbräuner von Sisley, den auch ich benutze.

Erst jetzt, als ich in meinen Bademantel gehüllt im Sessel sitze, fällt mir ein merkwürdiger Geruch auf, intensiver als die dahinschwindenden Ausdünstungen von Sex. Er ist kräftiger, mit einer fischig-brackigen penetranten Ammoniaknote. Und während ich dasitze, scheint er sich aus den dunklen Ecken des Zimmers zusammenzuballen, an Konsistenz und Tiefe zuzunehmen.

Ich gehe zum Fenster und öffne es. Inzwischen ist die Luft draußen geradezu eisig. Ich kann das Brechen der Wellen an den Felsen unter mir hören. Weiter draußen liegt das Wasser silbrig da wie geschmolzenes Metall im Mondschein, so gleißend, dass ich es kaum ansehen kann. Man kann die Wogen selbst von hier ausmachen, die Bewegungen unter der Oberfläche, voller Kraft und Entschlossenheit. Ich kann ein Vogelkrächzen über mir vernehmen, vom Dach vielleicht. Es klingt wie ein schadenfrohes Gackern.

Eigentlich, so überlege ich, müsste der Meeresgeruch draußen intensiver sein als drin, oder? Dennoch weht die Brise vergleichsweise frisch und geruchlos herein. Etwas verwirrt gehe ich zum Frisiertisch und zünde die Duftkerze an. Dann lasse ich mich wieder im Sessel nieder. Trotzdem höre ich förmlich mein eigenes Herz schlagen, zu schnell, wie ein Flattern in meiner Brust. Ist es mehr als nur eine Nachwirkung unserer körperlichen Eskapaden?

Ich sollte mit Will über den Zettel mit der Nachricht sprechen. Falls ich es je tun möchte, dann wäre jetzt der passende Moment. Aber ich hatte heute Abend bereits eine unschöne Auseinandersetzung – nämlich mit Charlie –, daher kann ich mich nicht recht dazu überwinden, die Sache anzusprechen. Außerdem steckt wahrscheinlich gar nichts dahinter. Jedenfalls bin ich mir zu neunundneunzig Prozent sicher. Oder vielleicht achtundneunzig.

Die Badtür geht auf. Will tritt ins Schlafzimmer, das

Handtuch um die Hüfte geschlungen. Auch wenn ich ihn gerade erst hatte, bin ich einen Moment lang vom Anblick seines Körpers abgelenkt: den glatten Ebenen und Wölbungen, den Muskelsträngen an Bauch, Armen und Beinen.

»Du bist ja noch auf?«, wundert er sich. »Wir sollten uns etwas ausruhen. Morgen ist ein großer Tag.«

Ich wende ihm den Rücken zu und lasse, während ich seinen Blick auf mir spüre, den Bademantel zu Boden gleiten. Ich genieße die Macht meiner Handlung. Dann hebe ich die Decke an und schlüpfe ins Bett, doch in diesem Moment stoßen meine nackten Beine gegen etwas Festes und Kaltes, mit der Konsistenz von totem Fleisch. Es gibt nach, als ich mit den Füßen unwillkürlich dagegentrete, und scheint sich doch gleichzeitig um meine Beine zu schlingen.

»Oh Gott! Was ist das?«

Ich springe aus dem Bett, stolpere, falle beinahe der Länge nach hin.

Will starrt mich an. »Jules? Was ist los?«

Erst bringe ich keine Antwort heraus, ich bin viel zu verängstigt und angewidert von dem, was ich gerade gespürt habe. Die Panik schnürt mir die Kehle zu. Der Schock hallt pulsierend in mir nach, tief, instinktiv und animalisch. Das ist der Stoff eines Albtraums – dass man so etwas im Bett vorfindet, nur um schweißgebadet aufzuwachen und festzustellen, dass alles nur Einbildung war. Mit dem Unterschied, dass das hier real war. Ich kann immer noch die kalte Berührung an meinen Beinen spüren.

»Will«, keuche ich, als ich endlich meine Stimme wiederfinde. »Da ist etwas … im Bett. Unter der Decke.«

Er macht zwei große Sätze nach vorne, schnappt die

Daunendecke mit beiden Händen und reißt sie weg. Ich kann mir einen Schrei nicht verkneifen. Dort, mitten auf der Matratze, liegt der dunkle, tote Körper einer Meereskreatur, sie hat die schlaffen Tentakel in alle Richtungen von sich gestreckt.

Will weicht zurück. »Was zur Hölle?« Er klingt eher wütend als verängstigt. Er wiederholt seine Frage, als könne das Ding auf dem Bett antworten. »Was zur Hölle …?«

Der Meeresgestank, der von der schwarzen Masse auf dem Bett ausgeht, ist nun überwältigend.

Rasch tritt Will, der sich viel schneller vom Schreck erholt als ich, wieder darauf zu. Als er eine Hand ausstreckt, schreie ich: »Fass es nicht an!« Doch da hat er die Tentakel schon gepackt und sie hochgezerrt. Sie lösen sich, das Ding scheint förmlich zu zerfallen … grauenhaft, ekelerregend. Und es war da, während wir gefickt haben, hat auf uns gewartet unter der Decke …

Will stößt ein kurzes, harsches, wenn auch völlig humorloses Lachen aus. »Das ist nur Seetang! Nichts als ein Haufen verfluchter Seetang!«

Ich beuge mich vor. Er hat recht. Es sieht aus wie das Zeug, das hier überall auf den Stränden herumliegt: große dicke, dunkle Batzen, die von den Wellen angeschwemmt werden. Will schleudert es zu Boden.

Nach und nach verliert das ganze Spektakel seinen makabren, monströsen Anstrich und verblasst zu einer widerlichen Sauerei. Ich werde mir meiner würdelosen Position bewusst – auf allen vieren, nackt auf dem Boden kniend. Ich spüre, wie mein Herzschlag sich verlangsamt. Mein Atem geht ruhiger.

Nur wie ist dieses Zeug überhaupt hier reingekommen? Was soll es hier?

Jemand muss es hereingeschmuggelt und unter der Decke versteckt haben, wohl wissend, dass wir es erst beim Zubettgehen finden würden.

Ich wende mich an Will. »Wer könnte das gewesen sein?«

Er zuckt die Achseln. »Tja, ich habe da so meine Vermutung.«

»Wie bitte? Wer?«

»Es war einer dieser Streiche, die wir den kleineren Jungs an der Schule gespielt haben. Wir sind die Klippen runtergeklettert und haben Seetang an den Stränden gesammelt, so viel wir tragen konnten. Dann haben wir es in ihren Betten versteckt. Ich tippe also auf Johnno oder auf Duncan… womöglich waren sie es alle zusammen. Sie dachten wahrscheinlich, das wäre witzig.«

»Das nennst du einen Streich? Wir sind hier nicht an der Schule, Will, es ist die Nacht vor unserer Hochzeit! Was zum Henker soll das?« Auf gewisse Art ist meine Wut eine Erleichterung.

Will zuckt die Achseln. »Der Streich ist nicht gegen dich gerichtet, er gilt mir. Du weißt schon, der guten alten Zeiten wegen und so. Sie wollten bestimmt nicht, dass du dich aufregst…«

»Ich werde sie jetzt aus ihren Betten schmeißen und herausfinden, wer von ihnen es war. Sie werden schon sehen, wie witzig ich das finde.«

»Jules.« Will legt seine Hände auf meine Schultern und fährt beschwichtigend fort: »Hör zu, wenn du das machst… Na ja, du würdest womöglich Dinge sagen, die dir hinterher leidtun. Es könnte uns den morgigen Tag verderben, oder? Es könnte die gesamte Dynamik stören.«

Mir ist klar, was er meint. Er ist immer so vernünftig. Manchmal so sehr, dass es mich wütend macht. Ich betrachte den schwarzen Haufen, der nun auf dem Boden liegt. Es fällt mir schwer zu glauben, dass keine dunklere Botschaft dahintersteckt.

»Hör mal«, sagt Will sanft, »wir sind beide müde. Es war ein langer Tag. Jetzt sollten wir uns nicht damit belasten. Wir können frische Laken aus dem freien Zimmer holen.«

Das freie Zimmer war für Wills Eltern gedacht. Sie sträubten sich gegen die angeblich absurde Vorstellung, auf der Insel zu übernachten. Will war wenig überrascht gewesen. »Mein Vater war noch nie sonderlich beeindruckt von dem, was ich getan habe – und meine Heirat bildet da offenbar keine Ausnahme.« Das klang bitter. Er redet nicht viel über seinen Vater – was mir paradoxerweise den Eindruck vermittelt, dass er einen größeren Einfluss auf meinen Verlobten hat, als er zugeben möchte.

»Hol bitte auch gleich eine neue Decke«, sage ich zu Will. Ich bin halb versucht vorzuschlagen, das Zimmer zu tauschen. Doch das wäre furchtbar irrational, und ich rühme mich gerne damit, das Gegenteil zu sein.

»Klar.« Will deutet auf den Seetang. »Und darum werde ich mich auch kümmern … Ich hatte schon mit Schlimmerem zu tun, glaub mir.«

In seiner Sendung wurde Will schon von Wölfen verfolgt und ist in einen Schwarm Vampirfledermäuse geraten, daher muss ihm das Ganze etwas albern erscheinen. Ein bisschen Seetang auf dem Laken ist natürlich vergleichsweise harmlos.

»Ich werde mir die Jungs morgen früh vorknöpfen«, verspricht er, »und ihnen verklickern, was für Riesenidioten sie sind.«

»Okay«, sage ich. Er ist so gut darin, Trost zu spenden. Er ist so … Es gibt eigentlich nur ein Wort dafür: perfekt.

Doch ausgerechnet in diesem Moment, einem besonders unschönen Zeitpunkt, tauchen die Worte von jenem schrecklichen kleinen Zettel wieder in mir auf.

… nicht der Mann, für den du ihn
hältst … Betrüger … Lügner …
Heirate ihn nicht.

»Eine ordentliche Mütze Schlaf«, sagt Will beruhigend, »genau das brauchen wir jetzt.«

Ich nicke.

Aber ich glaube nicht, dass ich auch nur ein Auge zutun werde.

AOIFE

Die Hochzeitsplanerin

Da draußen ist ein Geräusch. Ein seltsames Geräusch, ein Klagelaut. Er klingt eher menschlich als tierisch … aber doch nicht ganz wie ein Mensch. Freddy und ich liegen in unserem Schlafzimmer und sehen uns an. Vor einer halben Stunde sind auch die letzten Gäste zu Bett gegangen. Ich dachte schon, sie würden nie müde werden. Wir mussten bis zum bitteren Ende ausharren für den Fall, dass sie noch etwas von uns brauchten. Wir lauschten dem Getrommel aus dem Speiseraum, dem Gesang. Freddy, der auf etwas Schullatein zurückgreifen kann, konnte das Zeug, das sie da grölten, übersetzen: »Wenn ich den Himmel nicht beugen kann, werde ich die Hölle entfesseln.« Ich spürte, wie mich bei den Worten eine Gänsehaut überlief.

Die Freunde des Bräutigams sind wie ein Haufen zu groß geratener Schuljungen. Allerdings würde ich sagen, dass es ihnen an jungenhafter Unschuld mangelt – wobei manche Jungen nie wirklich unschuldig sind. Was ich damit meine, ist, dass sie es als ausgewachsene Männer besser wissen sollten. Außerdem haben sie dieses Rudelgebaren an sich, wie Hunde, die sich allein womöglich gut benehmen könnten, aber zusammen über keinen eigenen Willen verfügen. Ich werde morgen ein Auge auf sie haben und sicherstellen müssen, dass es nicht mit ihnen durchgeht. Bislang musste ich die Erfahrung machen, dass gerade ein paar der vornehmsten Veranstaltungen, besucht von den wohlhabendsten und feinsten Gästen, am schlimmsten außer Kontrolle geraten sind. Ich habe mal eine Hochzeit in Dublin organisiert, zu der die Hälfte der irischen Politelite geladen war – selbst der Premierminister war anwesend –, und noch vor dem ersten Tanz kam es zu einer handfesten Auseinandersetzung zwischen Bräutigam und Schwiegervater.

Hier stellt die Insel an sich eine zusätzliche Gefahr dar. Die Wildnis dieses Ortes lässt einen nicht unberührt. Diese Gäste werden sich fern aller normalen moralischen Verhaltensregeln der Gesellschaft fühlen, sicher vor den neugierigen Augen anderer Menschen. Diese Männer sind ehemalige Privatschüler. Bis zu ihrem Schulabschluss haben sie ein strenges Regelwerk befolgen müssen, und das war mit ihrem Schulabschluss wahrscheinlich nicht vorbei, sondern hat auch die Entscheidungen geprägt, an welche Uni man geht, welchen Job man ergreift, in was für ein Haus man zieht. Meiner Erfahrung nach haben diejenigen, die den größten Respekt vor diesen Regeln haben, auch den größten Genuss daran, sie zu brechen.

»Ich sehe nach«, sage ich.

»Nein, ich komme mit«, meint Freddy.

Ich versichere ihm, dass ich allein klarkomme. Um ihn zu beruhigen, verspreche ich, dass ich auf dem Weg nach draußen den Schürhaken neben dem Kamin mitnehmen werde. Ich bin die Mutigere von uns beiden, das weiß ich. Ich sage das nicht, weil ich stolz darauf wäre. Es ist nur so, dass man im Grunde die Angst vor allem anderen verliert, wenn das Schlimmste schon passiert ist.

Ich trete in die Nacht hinaus, genieße die Tiefe der Finsternis, das samtene Schwarz, das mich in sich aufnimmt. Die schwache Beleuchtung vom Folly ändert daran nichts, auch wenn in der Küche noch Licht brennt, genauso wie in einem der oberen Fenster, dem Zimmer des Brautpaars. Nun, ich weiß ja, was sie wachhält. Wir durften uns schließlich das rhythmische Beben des Bettes auf den Bodendielen mit anhören.

Die Taschenlampe will ich noch nicht benutzen. Das Licht würde mich in der Dunkelheit nur unachtsam machen. Ich stehe da, lausche aufmerksam. Alles, was ich anfangs ausmachen kann, ist die rauschende Brandung und ein ungewohntes wisperndes Geräusch, das ich schließlich als das Partyzelt identifiziere, dessen Planen knapp fünfzig Meter entfernt in der Brise rascheln.

Doch dann setzt das andere Geräusch wieder ein. Nun kann ich es besser erkennen. Da schluchzt jemand. Ob Mann oder Frau, lässt sich nicht sagen. Gerade als ich mich zum Geräusch hindrehe, meine ich an einem der Nebengebäude des Folly eine Bewegung wahrzunehmen. Ich weiß auch nicht, wie ich sie in dieser Finsternis bemerken konnte. Aber es ist uns wohl angeboren, in unserem animalischen, ursprünglichen Selbst eingeprägt. Unsere wachsamen Augen sind empfänglich für jede Störung, jegliche Veränderung im Muster der Dunkelheit.

Es könnte eine Fledermaus gewesen sein. Manchmal sieht man sie am frühen Abend in der Dämmerung herumflattern, so schnell, dass man sich fragt, ob man sie wirklich gesehen hat. Doch ich glaube, es war etwas Größeres. Ja, ich bin mir sicher, dass es ein Mensch war, und zwar dieselbe Person, die heulend im Schutz der Dunkelheit dasitzt. Als ich zum ersten Mal herkam, war die Insel noch bewohnt, trotzdem kursierten schon Geistergeschichten. Von klagenden Frauen, die den Tod ihrer brutal abgeschlachteten Männer beweinten. Von gepeinigten Stimmen aus dem Moor, denen ein würdiges Begräbnis verwehrt worden war. Als Kinder jagten wir einander damit Angst ein. Und gegen meinen Willen verspüre ich es auch jetzt, jenes Gefühl, als würde meine Haut sich über meinen Knochen zusammenziehen.

»Hallo?«, rufe ich. Der Laut verstummt abrupt. Als keine Antwort kommt, knipse ich meine Taschenlampe an. Ich schwenke den Lichtkegel erst in eine Richtung, dann in die andere.

Als ich einen langsamen Bogen damit vollführe, bleibt der Strahl an etwas hängen. Ich richte ihn auf die Stelle und führe ihn an der Gestalt hoch, die mir entgegenstarrt. Der Strahl enthüllt das dunkle, wilde Haar, die glänzenden Augen. Wie ein Wesen aus den Volksmärchen – ein Púca, der geisterhafte Kobold, Vorbote nahenden Unheils.

Unwillkürlich mache ich einen Schritt zurück, der Schein der Taschenlampe gerät ins Schwanken. Doch dann dämmert es mir. Es ist nur der Trauzeuge, der zusammengesunken an einem der Nebengebäude lehnt.

»Wer ist da?« Seine Stimme klingt lallend und heiser.

»Ich bin's. Aoife.«

»Aha, Aoife. Sind Sie hergekommen, um mich zu ermahnen, das Licht auszumachen? Soll ich ins Bett gehen wie ein braver Junge?« Er schenkt mir ein schiefes Lächeln. Aber es ist nur ein halbherziger Versuch, und ich glaube, das, was da im Licht aufblitzt, sind Tränenspuren.

»Es ist gefährlich, zwischen den Außengebäuden herumzuspazieren«, erwidere ich ganz pragmatisch. Hier liegen alte landwirtschaftliche Gerätschaften herum, die einen Menschen problemlos entzweischneiden könnten. »Vor allem ohne Taschenlampe«, füge ich hinzu. Und vor allem, wenn man so sternhagelvoll ist wie Sie gerade, denke ich. Obwohl ich seltsamerweise eher das Gefühl habe, die Insel vor ihm beschützen zu müssen, als andersherum.

Er steht auf, geht auf mich zu. Er ist ziemlich groß und ziemlich betrunken, wenn nicht mehr – ich erhasche einen ekelhaft-süßlichen Geruch von Gras. Ich mache noch einen Schritt weg von ihm und merke, wie ich den Schürhaken fester packe.

Da grinst er und entblößt dabei seine schiefen Zähne. »Ja«, sagt er. »Zeit für Johnny-Boy, in die Heia zu gehen. Glaub, ich hab ein bisschen viel intus. Sie wissen schon.« Er tut, als würde er aus einer Flasche trinken und dann an einem Joint ziehen. »Macht mich immer ganz schön verspult, wenn ich beides auf einmal nehme. Hab schon gedacht, ich würd so komische Dinge sehen.«

Ich nicke, auch wenn er mich nicht sehen kann. Das habe ich auch gedacht.

Ich beobachte ihn, als er auf dem Absatz kehrtmacht und Richtung Folly davontorkelt. Die aufgesetzte gute Laune hat mich keine Sekunde überzeugt. Trotz des Grinsens schien er irgendwo zwischen Elend und Angst gefangen. Er sah aus wie ein Mann, der einen Geist gesehen hat.

Der Tag der Hochzeit

HANNAH

Die Begleitung

Als ich aufwache, schmerzt mein Kopf. Mir fällt der viele Champagner ein und dann der Wodka. Ich schaue auf den Wecker: 7:00 Uhr. Charlie schläft tief und fest, ausgestreckt auf dem Rücken. Ich habe ihn letzte Nacht reinkommen und seine Klamotten ausziehen hören. Ich hatte auf das verräterische Stolpern, das Fluchen gewartet, aber er wirkte überraschend koordiniert.

»Hannah«, flüsterte er, als er ins Bett kam. »Ich hab das Trinkspiel sein lassen. Ich habe nur den einen Shot getrunken.«

Das dämpfte meine feindseligen Gefühle etwas. Doch im nächsten Moment fragte ich mich, wo er dann die ganze Zeit gesteckt hatte. Und vor allem, mit wem. Unwillkürlich musste ich an sein Geschäker mit Jules denken. Ich erinnerte mich an Johnnos unverschämte Frage, ob sie miteinander geschlafen hätten – und dass sie nicht darauf geantwortet hatten.

Also erwiderte ich nichts. Ich tat so, als würde ich schlafen.

Dennoch bin ich beim Aufwachen irgendwie angetörnt. Ich hatte ein paar ziemlich abgefahrene Träume. Was wohl teilweise dem Wodka zuzuschreiben ist. Aber auch der Erinnerung an Wills Blicke am Anfang des gestrigen Abends. Dann das Gespräch mit Olivia am Ende, als wir im Dunkeln dicht nebeneinandersaßen, das plätschernde Wasser zu unseren Füßen, die Kerze als einziger Lichtquell, während wir die Flasche zwischen uns hin- und hergehen ließen. Heimlich, irgendwie sinnlich. Ich ertappte mich dabei, wie ich gebannt jedes ihrer Worte aufsog, die Bilder, die sie in der Dunkelheit so lebendig für mich malte. Als wäre ich diejenige, die gegen die Wand gedrängt wurde, mein Rock, der über die Hüften geschoben wurde, ein fremder Mund auf meinem. Der Typ mag ein Arschloch gewesen sein, aber der Sex klang ziemlich heiß. Ich fühlte mich an den tendenziell gefährlichen Kitzel erinnert, mit einem Unbekannten zu schlafen, bei dem man nicht jede Bewegung vorausahnt.

Ich drehe mich zu Charlie um. Vielleicht ist jetzt der Moment gekommen, um unsere sexuelle Dürreperiode zu durchbrechen, die verlorene Intimität wiederzuerlangen. Ich lasse eine Hand unter die Decke schlüpfen, streife das krause Haar auf seiner Brust, schiebe meine Hand weiter nach unten …

Charlie gibt einen etwas benommenen, überraschten Laut von sich, dann murmelt er: »Nicht jetzt, Hannah. Zu müde.«

Ich ziehe getroffen die Hand zurück. *Nicht jetzt* – als wäre ich ein lästiges Ärgernis. Er ist müde, weil er gestern Nacht bis in die Puppen wach war und weiß Gott was getrieben hat, wo er doch noch auf dem Boot von einem Wochenende zu zweit gesprochen hatte. Wo er doch weiß, wie verwundbar ich mich zurzeit fühle. Auf einmal verspüre ich den beängstigenden Drang, das dicke Buch vom Nachttisch zu nehmen und ihm über den Schädel zu ziehen. Diese plötzliche Wut ist beunruhigend. Es fühlt sich an, als hätte ich sie eine ganze Weile zurückgehalten.

Dann ein verstohlener Gedanke: Ich gestatte mir die Frage, wie es wohl für Jules sein muss, neben Will aufzuwachen. Ich habe die beiden letzte Nacht gehört – alle im Folly müssen sie gehört haben. Ich muss erneut an Wills kraftvolle Arme denken, als er mich gestern so mühelos aus dem Boot hob. Ich denke auch daran, wie ich ihn gestern Abend dabei erwischte, als er mich mit diesem seltsam fragenden Blick anschaute. Dieses Gefühl von Macht, als ich seine Augen auf mir spürte.

Charlie brummt etwas im Schlaf, und ich bekomme einen Schwall von säuerlichem Mundgeruch ab. Ich kann mir nicht vorstellen, dass Will schlechten Atem hat. Plötzlich habe ich das dringende Gefühl, mich aus diesem Schlafzimmer verziehen zu müssen, fort von diesen Gedanken.

Im Inneren des Folly rührt sich nichts, daher vermute ich, dass ich die Erste bin, die auf ist.

Draußen muss ein ziemlicher Wind gehen. Ich höre ihn um die alten Mauern pfeifen, als ich die Treppe runterschleiche. Immer wieder klappern die Fensterscheiben in ihren Rahmen, als würde jemand mit der Handfläche dagegenschlagen. Ich frage mich, ob das gute Wetter von gestern vorbei ist. Das wird Jules aber gar nicht gefallen. Ich gehe auf Zehenspitzen in die Küche.

Aoife steht in makelloser weißer Bluse, dunkler Stoffhose

und mit Klemmbrett in der Hand da und sieht aus, als sei sie schon seit Stunden wach. »Guten Morgen«, begrüßt sie mich, und ich spüre, wie sie mein Gesicht mustert. »Wie geht es Ihnen heute?«

Ich bekomme den Eindruck, dass Aoife mit diesen hellen, aufmerksam blickenden Augen nicht viel entgeht. Außerdem ist sie schön, aber auf eine zurückhaltende Art. Anmutig geschwungene dunkle Brauen, graugrüne Augen. Was würde ich geben für diese Art von natürlicher Audrey-Hepburn-Eleganz, für diese Wangenknochen.

»Mir geht's gut«, sage ich. »Bitte entschuldigen Sie. Mir war nicht klar, dass Sie schon auf sind.«

»Da heute der große Tag ansteht, haben wir in aller Herrgottsfrühe losgelegt«, erklärt sie.

Die Hochzeit an sich hatte ich beinahe schon vergessen. Ich frage mich, wie Jules sich heute Morgen fühlt. Nervös? Eigentlich kann ich mir nicht vorstellen, dass sie wegen irgendwas nervös sein könnte.

»Ja, natürlich. Ich wollte davor noch einen Spaziergang machen. Hab einen leichten Brummschädel.«

»Nun«, sagt sie mit einem Lächeln, »wenn Sie zum Gipfel der Insel gehen wollen, nehmen Sie den Pfad an der Kapelle vorbei und lassen Sie das Partyzelt links liegen. So umgehen Sie das Moor. Ziehen Sie ein Paar von den Gummistiefeln an, die neben der Tür stehen, und achten Sie unbedingt darauf, dass Sie nur auf die trockeneren Stellen treten, sonst bleiben Sie noch im Torf stecken. Da oben haben Sie auch etwas Handyempfang, falls Sie telefonieren müssen.«

Telefonieren. Oh Gott – die Kinder! In einem Anfall von schlechtem Gewissen wird mir bewusst, dass ich sie völlig vergessen hatte. Meine eigenen Kinder! Ich bin schockiert, wie sehr ich an diesem Ort mich selbst vergessen habe.

Ich gehe nach draußen und finde tatsächlich den Pfad… oder das, was davon übrig ist. Es ist nicht ganz so einfach, wie Aoife es geschildert hat: Man kann gerade noch erkennen, wo die Spur in die Erde getrampelt wurde und das Gras nicht ganz so gut nachgewachsen ist wie drumherum. Während ich voranschreite, hasten die Wolken über meinem Kopf hinweg, sausen auf das offene Meer hinaus. Es ist heute definitiv böiger und bedeckter, auch wenn die Sonne immer wieder gleißend durch die Wolkendecke bricht. Das große Partyzelt links von mir raschelt im Wind, als ich daran vorbeikomme. Ich könnte mich hineinschleichen und einen Blick wagen. Doch viel mehr werde ich vom Friedhof angezogen, der rechts von mir hinter der Kapelle liegt. Vielleicht spiegelt das meinen Geisteszustand in dieser Zeit des Jahres wider, die morbide Stimmung, die mich jeden Juni befällt.

Während ich zwischen den Grabsteinen umherschlendere, sehe ich mehrere sehr charakteristische Keltenkreuze, aber ich kann auch die schwachen Reliefs von Ankern und Blumen ausmachen. Die meisten Kreuze sind so uralt, dass man die Schrift auf ihnen kaum noch entziffern kann. Und selbst wenn man es könnte, ist es kein Englisch, sondern Gälisch. Manche sind zerbrochen oder so abgeschliffen, dass sie überhaupt keine richtige Form mehr haben. Ohne nachzudenken, was ich da tue, berühre ich mit der Hand das Grabmal neben mir und spüre nach, wo der raue Stein über die Jahrhunderte von Wind und Wasser geglättet wurde. Es gibt ein paar, die etwas neuer wirken, vielleicht aus der Zeit, kurz bevor die letzten Inselbewohner für immer fortzogen. Doch die meisten sind von Gras überwuchert, als seien sie seit geraumer Zeit von niemandem mehr gepflegt worden.

Da komme ich an einem Grabstein vorbei, der heraussticht, weil er nicht zugewachsen ist. Tatsächlich ist er in sehr gutem Zustand, mit einem kleinen Marmeladenglas voller frischer Wildblumen davor. Von den Datumsangaben her – ich überschlage es rasch im Kopf – muss es sich um ein Kind gehandelt haben, ein kleines Mädchen, nehme ich an: *Darcey Malone*, steht auf dem Stein. *An das Meer verloren*. Ich blicke aufs Wasser hinaus. Schon viele seien bei der Überfahrt ertrunken, hat Mattie uns erzählt. Allerdings hat er nicht gesagt, wann das war. Aus irgendeinem Grund war ich davon ausgegangen, dass es Hunderte von Jahren zurückliegt. Aber vielleicht ist es noch gar nicht so lange her. Diese Vorstellung, dass jemand sein Kind verloren hat …

Ich beuge mich runter und berühre den Stein. Ich spüre einen schmerzhaften Druck in meiner Kehle.

»Hannah!« Ich drehe mich zum Folly um. Dort steht Aoife und schaut zu mir herüber. »Das ist nicht der Weg«, sagt sie und deutet zur Stelle, wo der Pfad weitergeht und von der Kapelle wegführt. »Dort drüben!«

»Danke!«, rufe ich zurück. »Entschuldigung!« Ich habe das Gefühl, bei etwas Unerlaubtem erwischt worden zu sein.

Während ich mich vom Folly entferne, scheinen sämtliche Spuren des Pfades zu verschwinden. Stellen in der Erde, die sicher und grasbewachsen aussehen, geben unvermutet unter meinen Füßen nach und versinken in schwarzem Schlamm. Kaltes Moorwasser ist bereits in meinen rechten

Gummistiefel geschwappt, mein Fuß schmatzt in der durchnässten Socke. Beim Gedanken an die Leichen irgendwo unter mir muss ich schaudern. Ich frage mich, ob irgendeiner der Gäste ahnt, wie nah sie heute Abend an einer Totengrube tanzen.

Ich halte mein Handy hoch. Hier ist Empfang, genau wie Aoife versprochen hat. Ich rufe zu Hause an. Durch das Rauschen des Windes höre ich das Tuten am anderen Ende der Leitung, dann die Stimme meiner Mutter, die sich meldet: »Hallo?«

»Es ist doch nicht zu früh, oder?«, frage ich.

»Um Gottes willen, Liebes, nein. Wir sind schon seit … na ja … gefühlt seit Stunden wach.«

Als sie mich an Ben weiterreicht, verstehe ich kaum, was er sagt, seine Stimme ist so hoch und dünn.

»Was meintest du, mein Schatz?« Ich presse das Handy gegen mein Ohr.

»Ich habe ›Hallo, Mum‹ gesagt.«

Beim Klang seiner Stimme spüre ich sie tief in meinem Inneren, die kraftvolle Verbindung zwischen uns. Wenn ich nach etwas suchen müsste, mit dem ich meine Liebe zu den Kindern vergleichen könnte, wäre es tatsächlich nicht meine Liebe zu Charlie. Nein, es ist anders, mächtig, dick wie Blut. Die Liebe innerhalb einer Familie. Sie erinnert am ehesten an meine Liebe zu Alice, meiner Schwester.

»Wo bist du, Mum?«, fragt Ben. »Das klingt wie das Meer. Sind da auch Boote?« Er ist besessen von Booten.

»Ja, wir sind sogar auf einem hierhergefahren.«

»Einem großen?«

»Ziemlich groß, ja.«

»Lottie war gestern ganz schlecht, Mum.«

»Was ist denn mit ihr?«, frage ich besorgt.

Was mir in meinem Leben die meiste Angst bereitet, ist die Vorstellung, dass meinen Liebsten etwas zustoßen könnte. Wenn ich früher als Kind nachts aufwachte, schlich ich mich manchmal zum Bett meiner Schwester, nur um sicherzugehen, dass sie atmete, denn das Schlimmste, was ich mir vorstellen konnte, war, dass sie mir genommen werden könnte. »Mir geht's gut, Hannah«, flüsterte Alice dann mit einem Lächeln in der Stimme. »Aber du kannst zu mir kommen, wenn du magst.« Dann lag ich da, an ihren Rücken geschmiegt, und spürte die beruhigende Bewegung ihrer Rippen beim Atmen.

Mum kommt ans Telefon. »Nichts, weswegen du dir Sorgen machen musst, Hannah. Sie hat sich gestern Nachmittag etwas übernommen. Dein Trottel von Vater hat sie mit dem Biskuitkuchen allein gelassen, während ich einkaufen war. Heut geht's ihr schon wieder gut, Liebes, sie schaut CBeebies auf dem Sofa und freut sich aufs Frühstück. Also«, sagt sie munter, »amüsier dich gefälligst bei deinem glamourösen Wochenende.«

Ich fühle mich gerade nicht besonders glamourös, mit meinen pitschnassen Socken und dem Wind, der mir die Tränen in die Augen treibt. »Alles klar, Mum. Ich versuche, morgen auf der Rückfahrt anzurufen. Und sie treiben dich auch nicht allzu sehr in den Wahnsinn?«

»Nein«, sagt Mum. »Um ehrlich zu sein …« Das kleine Stocken in ihrer Stimme ist unüberhörbar.

»Was?«

»Na ja, es ist eine schöne Ablenkung, sich um die nächste

Generation zu kümmern.« Sie hält inne, und ich höre, wie sie tief Luft holt. »Du weißt… gerade in dieser Zeit des Jahres.«

»Ja«, sage ich. »Das verstehe ich, Mum. Mir geht es genauso.«

»Tschüs, mein Schatz. Und pass auf dich auf.«

Als ich auflege, trifft es mich wie ein Blitz: Erinnert Olivia mich etwa an Alice? Es ist alles da: die schlanke Gestalt, die Zerbrechlichkeit, der Blick eines Rehs im Scheinwerferlicht. Ich weiß noch, wie ich meine Schwester sah, als sie in den Sommerferien das erste Mal von der Uni heimkam. Sie hatte ungefähr ein Drittel ihres Körpergewichts verloren und sah aus, als hätte sie eine furchtbare Krankheit – als würde etwas sie von innen auffressen. Und das Schlimmste daran war, dass sie glaubte, sie könne mit niemandem über das reden, was ihr zugestoßen war. Nicht einmal mit mir.

Ich laufe los, bleibe jedoch gleich wieder stehen, schaue mich um. Ich bin mir nicht sicher, ob ich den richtigen Weg gehe, aber es ist auch kein bisschen ersichtlich, welcher Weg der richtige ist. Ich kann von hier aus weder das Folly noch das Partyzelt sehen, da sie von der Anhöhe verborgen werden. Ich hatte geglaubt, der Rückweg würde sich einfacher gestalten, da ich die Strecke nun kannte. Aber im Moment bin ich vollkommen desorientiert – ich war mit meinen Gedanken ganz woanders. Ich muss einen anderen Weg eingeschlagen haben… hier scheint es noch morastiger zu sein. Ich muss zwischen den trockeneren Grasbüscheln hin- und herhüpfen, um den weichen, nassen schwarzen

Torfflecken auszuweichen. Ich stapfe weiter voran. Dann bleibe ich ein bisschen im Schlamm stecken und wage einen größeren Sprung. Aber ich habe mich verschätzt: Mein Fuß rutscht ab, und mein linker Gummistiefel landet nicht auf dem grasbedeckten Hügelchen, sondern auf der sumpfigen Oberfläche des Torfs.

Ich sinke ein ... und sinke weiter. Es geht so schnell. Die Erde öffnet sich und verschluckt meinen Fuß. Ich verliere das Gleichgewicht, torkle rückwärts, und mein anderer Fuß folgt mit einem schrecklich schmatzenden Sauggeräusch – wie der Fisch, der im schwarzen Rachen des Kormorans verschwand. Innerhalb von Sekunden scheint das Moor über den Rand meiner Stiefel gestiegen zu sein, und ich versinke immer tiefer. Die ersten Sekunden bin ich wie gelähmt. Dann wird mir klar, dass ich handeln muss, um mich zu retten. Ich strecke mich nach dem trockenen Stück Erde vor mir aus, packe zwei dicke Grasbüschel.

Ich ziehe. Nichts passiert. Ich scheine komplett festzustecken. Wie peinlich das wird, denke ich, wenn ich über und über mit Schlamm bedeckt zum Folly zurückkehre und erklären muss, was passiert ist. Dann erst bemerke ich, dass ich weiter sinke. Die schwarze Masse steigt Zentimeter für Zentimeter über meine Knie und meine Oberschenkel hoch. Stück für Stück saugt sie mich auf.

Plötzlich ist mir jegliche Blamage egal. Ich habe schreckliche Angst. »Hilfe!«, schreie ich. Aber meine Worte werden vom Wind verschluckt. Es ist ausgeschlossen, dass meine Stimme es auch nur ein paar Meter weit schafft, geschweige denn bis zum Folly. Dennoch versuche ich es noch mal. »Helft mir doch!«

Ich muss an die Leichen im Moor denken. Ich stelle mir Skeletthände vor, die aus den Tiefen des Sumpfes nach mir greifen, bereit, mich zu sich herabzuziehen. Ich beginne damit, auf die kleine Böschung zuzukrabbeln, mobilisiere all meine Kraft, um mich hochzuwuchten, keuche und knurre vor Anstrengung wie ein Tier. Es scheint sich nichts zu tun, aber ich beiße die Zähne zusammen und strenge mich noch heftiger an.

Plötzlich habe ich das Gefühl, beobachtet zu werden. Ein Schauer läuft mir über den Rücken.

»Na, brauchst du eine helfende Hand oder zwei?«

Ich erschrecke. Ich kann mich nicht einmal umdrehen, um zu sehen, wer da gesprochen hat. Langsam kommen sie herüber und stellen sich vor mich hin. Es sind zwei von Wills Kumpels: Duncan und Pete.

»Wir waren auf einer kleinen Erkundungstour«, erklärt Duncan. »Wir wollten uns ein Bild von der Insel machen.«

»Wir hätten nicht gedacht, dass wir in den Genuss kommen, ein Fräulein in Nöten zu retten«, sagt Pete.

Ihre Mienen sind beinahe neutral. Aber da ist ein Zucken in Duncans Mundwinkel, und mich überkommt das Gefühl, dass sie über mich gelacht haben. Dass sie mich womöglich eine ganze Weile beobachtet haben, während ich mich abgemüht habe. Ich will nicht auf ihre Hilfe angewiesen sein müssen. Aber ich bin auch nicht wirklich in der Position, wählerisch zu sein.

Die beiden packen je eine meiner Hände. Als sie ziehen, gelingt es mir endlich, einen Fuß aus dem Morast zu befreien. Ich verliere dabei den Gummistiefel, und schon schließt sich die schwarze Erde so schnell über ihm, wie sie sich geöffnet hat. Ich zerre meinen anderen Fuß heraus und krabble auf die Böschung hoch, bringe mich in Sicherheit. Einen Moment liege ich ausgestreckt auf dem Boden, zittere vor Anstrengung, bin ganz und gar unfähig, die Energie aufzubringen, um mich zu erheben. Ich kann nicht ganz glauben, was gerade passiert ist. Dann fallen mir die beiden Männer ein, die auf mich herabschauen und mich noch immer an den Händen halten. Ich rapple mich auf, bedanke mich und lasse ihre Hände so schnell fallen, wie es mir höflich erscheint – der Griff unserer Finger fühlt sich auf einmal seltsam intim an. Nun, da das Adrenalin abebbt, wird mir bewusst, was für ein Bild ich für sie abgegeben haben muss, als sie mich aus dem Moor zogen: das Oberteil verrutscht, mein alter grauer BH entblößt, die Wangen gerötet und verschwitzt. Ich bin mir auch bewusst, wie einsam wir hier sind. Die Jungs zu zweit, ich allein.

»Danke, Leute«, sage ich und hasse das Zittern in meiner Stimme. »Ich glaube, ich kehre jetzt besser zum Folly zurück.«

»Stimmt«, meint Duncan gedehnt. »Du solltest dir für nachher den Dreck abwaschen.« Und ich komme nicht ganz dahinter, ob ich zu viel hineinlese oder ob da was Zweideutiges mitschwingt in der Art, wie er es sagt.

Ich mache mich auf in Richtung Folly. Ich gehe so schnell, wie es mir in Socken möglich ist, und achte darauf, nur die sichersten Pfade zu nehmen. Plötzlich wünsche ich mir nichts sehnlicher, als wieder in mein Zimmer zurückzukehren, und ja, zurück zu Charlie. So viel Entfernung wie möglich zwischen mich und das Moor zu bringen. Und, um ehrlich zu sein, auch zwischen mich und meine Retter.

AOIFE

Die Hochzeitsplanerin

Ich sitze an meinem Schreibtisch und gehe noch einmal den Zeitplan für heute durch. Ich mag diesen Schreibtisch. Seine Schubladen sind voller Erinnerungen: Fotos, Postkarten, Briefe, deren Papier mit der Zeit vergilbt ist, kindliche Krakelschrift.

Ich suche im Radio den Wetterbericht. Wir bekommen hier ein paar Galway-Sender rein.

»Heute wird es mit großer Wahrscheinlichkeit ziemlich windig«, verkündet der Wettermann. »Wir haben unterschiedliche Hinweise, was die Windstärke angeht, aber schon jetzt können wir sagen, dass der Großteil von Connemara und West-Galway betroffen sein wird, insbesondere die Inseln und die Küstenregion.«

»Klingt nicht gut«, meint Freddy, der neben mir stehen bleibt.

In der Wettervorhersage heißt es weiter, dass der Wind wahrscheinlich erst nach siebzehn Uhr auffrischen wird.

»Zu dem Zeitpunkt werden die Gäste alle sicher im Partyzelt sitzen«, sage ich. »Und das sollte selbst bei kräftigeren Böen halten. Es besteht also kein Grund zur Sorge.«

»Was ist mit den Stromleitungen?«, fragt Freddy.

»Die sind doch ziemlich stabil, oder? Außer wir bekommen es mit einem richtigen Sturm zu tun. Und davon war ja nicht die Rede.«

Wir sind seit dem Morgengrauen wach. Freddy hat sogar schon einen Ausflug mit Mattie ans Festland gemacht, um die letzten frischen Nahrungsmittel zu holen, während ich noch einmal überprüfe, ob hier alles in Ordnung ist. Die Floristin wird in Kürze eintreffen, um in der Kapelle und im Partyzelt die Gestecke und Bouquets aus regionalen Wildblumen zu arrangieren: Ehrenpreis, Geflecktes Knabenkraut und Grasschwertel.

Freddy kehrt in die Küche zurück, um den Speisen, die im Voraus angerichtet werden können, den letzten Schliff zu verpassen: den Kanapees und Horsd'œuvres und den kalten Fischvorspeisen aus dem Connemara Smokehouse. Mein Mann ist voller Leidenschaft, was Essen angeht. Er spricht so über die Gerichte, die er kreiert hat, wie ein großer Musiker womöglich von einer Komposition schwärmt. Das liegt in seiner Kindheit begründet – er behauptet immer, dass er als kleiner Junge keinerlei kulinarische Abwechslung hatte.

Ich gehe zum Zelt, das sich auf derselben Anhöhe wie die Kapelle und der Friedhof befindet, knapp fünfzig Meter von der Ostseite des Folly entfernt, auf einem trockeneren Stück Erde, das links und rechts vom feuchten Moorboden begrenzt wird. Hastiges Getrippel ist zu hören, dann sehe ich sie auch: die Hasen, die aus ihren Mulden im Heidekraut aufgeschreckt worden sind. Ein paar Sekunden flitzen sie mit ihren hüpfenden weißen Schwänzchen vor mir her, bevor sie in das hohe Gras zu beiden Seiten ausscheren und aus meinem Sichtfeld verschwinden. Hasen sind im gälischen Volksglauben Gestaltwandler – und manchmal, wenn ich sie hier sehe, stelle ich mir die auf Inis an Amplóra dahingeschiedenen Seelen vor, die sich noch einmal materialisieren, um durch das Heidekraut zu laufen.

Im Zelt lege ich mit meinen Aufgaben los, befülle die mobilen Heizungen und kümmere mich um die letzten Details der Tischdekoration: die in Aquarelltechnik von Hand gemalten Menükarten, die Leinenservietten in ihren massiven Silberringen, von denen jeder den eingravierten Namen des Gastes trägt, der ihn mit nach Hause nehmen wird. Die Finesse dieser wunderschön gedeckten Tische und die Wildnis draußen werden einen wunderschönen Kontrast bilden. Später wird das Zelt vom Duft der Kerzen erfüllt sein, die aus der exklusiven Manufaktur Cloon Keen Atelier stammen und unter großem Kostenaufwand hierhergeschickt wurden.

Die Zeltplanen um mich herum vibrieren, während ich all das erledige. Es ist schon ziemlich faszinierend, wenn man bedenkt, dass dieser hallende, leere Raum in wenigen Stunden von Menschen bevölkert sein wird. Das Licht hier drin ist gedämpft und warm im Vergleich zu dem hellen kühlen Licht draußen, doch heute Abend wird die gesamte Konstruktion leuchten wie eine dieser Papierlaternen, die man in den Nachthimmel aufsteigen lässt. Die Leute auf dem Festland werden sehen, das auf Inis an Amplóra etwas Aufregendes stattfindet – der Insel, die sie alle nur den »toten Ort« nennen oder die »Spukinsel«, ganz so, als würde sie nur als Geschichte aus der Vergangenheit existieren. Wenn ich alles richtig mache, wird diese Hochzeit dafür sorgen, dass die Leute auf dem Festland wieder in der Gegenwart über sie reden werden.

»Klopf-klopf!«

Ich drehe mich um. Es ist der Bräutigam. Er hat eine Hand erhoben und tut so, als würde er an die Zeltplane klopfen wie an eine echte Tür.

»Mir sind zwei meiner Gefolgsmänner abhandengekommen«, sagt er. »Dabei sollten wir langsam in unsere Anzüge schlüpfen. Sie haben sie nicht zufällig gesehen?«

»Oh«, sage ich. »Guten Morgen. Nein, ich denke nicht. Wie haben Sie geschlafen?« Ich kann immer noch nicht glauben, dass Will Slater vor mir steht – wirklich und wahrhaftig. Freddy und ich haben *Survive the Night* von Anfang an geschaut. Dem Brautpaar gegenüber habe ich das allerdings nicht erwähnt – sonst befürchten sie womöglich, wir seien abgedrehte Fans, die sich selbst und das Paar gleichermaßen blamieren.

»Gut!«, sagt er. »Sehr gut.« Er sieht im echten Leben extrem attraktiv aus, besser noch als auf dem Bildschirm. Ich beuge mich vor, um eine Gabel zurechtzuschieben – nicht dass er denkt, ich würde ihn anstarren. Man merkt ihm an, dass er schon immer so gut ausgesehen hat. Manche Menschen sind als Kinder unbeholfen und ungestalt, wachsen jedoch zu attraktiven Erwachsenen heran. Doch dieser Mann trägt seine Schönheit mit Leichtigkeit und Eleganz. Ich vermute, er nutzt sie effektvoll und ist sich ihrer Macht bewusst. Jede seiner Bewegungen erinnert an eine perfekt justierte Maschine, ein Tier auf dem Gipfel seiner Kräfte und Fähigkeiten.

»Freut mich, dass Sie gut geschlafen haben«, erwidere ich.

»Ja«, sagt er, »obwohl wir beim Schlafengehen ein kleines Problem entdeckt haben.«

»Ach?«

»Ein Batzen Seetang unter der Bettdecke. Ein kleiner Streich unter Jungs.«

»Ach, herrje«, sage ich. »Das tut mir wirklich leid. Sie hätten Freddy oder mich rufen sollen. Wir hätten uns darum gekümmert und das Bett frisch bezogen.«

»Sie müssen sich nicht entschuldigen«, sagt er – und wieder dieses charmante Lächeln. »So sind Jungs nun mal.« Er zuckt die Achseln. »Auch wenn Johnno für einen Jungen etwas zu groß geraten ist.« Er kommt rüber und bleibt neben mir stehen, so dicht, dass ich den Duft seines Rasierwassers ausmachen kann. Ich trete einen winzigen Schritt zurück. »Hier drin sieht es fantastisch aus, Aoife. Sehr beeindruckend. Sie leisten wunderbare Arbeit.«

»Vielen Dank.« Mein Tonfall lädt nicht zu weiterem Small Talk ein, aber ich schätze, Will Slater ist es nicht gewohnt, dass Leute nicht mit ihm reden wollen. Als er nicht von der Stelle weicht, wird mir bewusst, dass er meine knappe Art womöglich sogar als Herausforderung betrachtet.

»Was hat Sie eigentlich hierher verschlagen, Aoife?«, erkundigt er sich, wobei er den Kopf schief legt. »Ist es Ihnen beiden nicht zu einsam hier draußen?«

Fragt er aus wirklichem Interesse, oder ist es nur geheuchelt? Warum will er über mich Bescheid wissen? Ich zucke die Achseln. »Eigentlich nicht. Ich bin ohnehin eher eine Einzelgängerin. Um ehrlich zu sein, ist es im Winter der reinste Überlebenskampf auf der Insel. Wir sind wegen der Sommer hier.«

»Aber wie sind Sie hier gelandet?« Er scheint wirklich neugierig zu sein. Will Slater gehört zu den Menschen, die dir das Gefühl geben, von jedem deiner Worte fasziniert zu sein. All das sind wohl die Dinge, die seinen Charme ausmachen.

»Ich habe hier die Sommerferien verbracht, als ich noch klein war«, sage ich. »Meine ganze Familie ist jedes Jahr hierhergekommen.« Ich rede nicht oft über jene Zeit. Dabei gibt es viel, was ich ihm erzählen könnte. Von dem billigen Erdbeereis am Stiel an den weißen Sandstränden und der roten Lebensmittelfarbe auf Lippen und Zunge. Vom Angeln in den Gezeitentümpeln, wenn wir mit eifrigen Fingern den Inhalt unserer Netze nach Shrimps und winzigen, durchsichtigen Krabben absuchten. Vom Herumplantschen im türkisfarbenen Wasser der geschützten Buchten, bis wir uns an die eisigen Temperaturen gewöhnt hatten. Natürlich werde ich ihm nichts davon erzählen – das wäre unangemessen. Ich muss die Grenze zwischen mir und den Gästen aufrechterhalten.

»Ah«, sagt er, »mir ist schon aufgefallen, dass Sie nicht mit dem hiesigen Akzent sprechen.«

»Stimmt, ich habe einen Dubliner Akzent, der aber nicht besonders ausgeprägt ist. Ich habe auch an anderen Orten gelebt. Als ich klein war, sind wir häufig umgezogen. Mein Vater war nämlich Uniprofessor. Wir haben kurz in England gelebt und eine Weile sogar in den Staaten.«

»Dann haben Sie Freddy im Ausland kennengelernt? Er ist Engländer, nicht wahr?« Immer noch so interessiert, so charmant. Irgendetwas daran erfüllt mich mit Unbehagen. Ich frage mich, was genau er wissen will.

»Freddy und ich haben uns vor langer Zeit kennengelernt«, erwidere ich.

»Also eine Sandkastenliebe?«

»So könnte man es nennen.« Obwohl das nicht ganz stimmt. Freddy ist einige Jahre jünger als ich, und wir waren jahrelang Freunde, bevor mehr daraus wurde. Vielleicht nicht einmal Freundschaft, sondern eher ein Rettungsfloß, an das wir uns beide klammerten. Kurz nachdem meine Mutter zur leeren Hülle jener Frau wurde, die sie einst gewesen war. Ein paar Jahre, bevor mein Vater seinen Herzinfarkt erlitt. Aber das alles werde ich wohl kaum dem Bräutigam erzählen. In diesem Beruf darf man sich nie gestatten, zu menschlich, zu fehlerhaft zu wirken.

»Ich verstehe«, sagt er.

»Nun«, sage ich, bevor die nächste Frage über seine Lippen kommen kann, »wenn es Ihnen nichts ausmacht, würde ich jetzt weitermachen.«

»Natürlich. Heute Abend werden übrigens ein paar echte Partytiere dabei sein, Aoife. Ich hoffe nur, dass sie kein zu großes Chaos veranstalten.« Er fährt sich mit der Hand durchs Haar und schenkt mir dann ein Lächeln, das wohl reumütig und gewinnend rüberkommen soll. Seine Zähne strahlen extrem weiß. So hell, dass ich mich frage, ob er sie bleichen lässt. Dann tritt er etwas näher und legt eine Hand auf meine Schulter. »Sie machen hier einen fantastischen Job, Aoife. Vielen Dank.« Er lässt seine Hand ein bisschen zu lang dort verweilen, sodass ich die Hitze seiner Handfläche durch meine Bluse spüren kann. Mir ist plötzlich mehr als bewusst, dass wir zwei ganz allein in diesem großen, hallenden Raum sind.

Ich lächle – mein höflichstes, professionellstes Lächeln – und trete einen Schritt zurück. Ich nehme an, ein Mann wie er ist sich seiner sexuellen Macht durchaus bewusst. Auf den ersten Blick wirkt er charmant, doch darunter verbirgt sich etwas Dunkleres, Komplizierteres. Ich glaube nicht, dass er sich ernsthaft zu mir hingezogen fühlt. Er hat seine Hand auf meine Schulter gelegt, weil er es sich erlauben kann. Vielleicht lese ich zu viel hinein. Aber es fühlt sich an wie eine Erinnerung daran, wer hier das Sagen hat. Dass ich für ihn arbeite. Dass ich nach seiner Pfeife zu tanzen habe.

Jetzt

Die Hochzeitsnacht

Der Suchtrupp marschiert in die Dunkelheit hinaus. Sofort fällt der Wind mit seiner kreischenden Wucht über sie her. Die Flammen der Paraffinfackeln blähen sich auf, zischen und drohen zu erlöschen. Die Augen der Männer tränen, ihre Ohren pfeifen. Sie müssen sich mit eingezogenen Köpfen gegen den Wind stemmen, als handle es sich um feste Masse.

Das Adrenalin rauscht durch ihre Adern, während sie mit den Elementen ringen. Ein Gefühl aus Jugendzeiten – tief, unbenennbar, ungezähmt. Vage aufflackernde Erinnerungen an Nächte, die nicht viel anders waren. Sie gegen die Dunkelheit.

Nur langsam kommen sie voran. Das längliche Stück Erde zwischen dem Folly und dem Festzelt, auf beiden Seiten von sumpfigem Moor umgeben, hier werden sie mit ihrer Suche beginnen. »Ist da jemand?«, rufen sie laut. »Ist jemand verletzt?« Und: »Können Sie uns hören?«

Es kommt keine Antwort. Der Wind scheint ihre Stimmen zu verschlucken.

»Vielleicht sollten wir uns aufteilen!«, brüllt Femi. »Und die Suche etwas beschleunigen!«

»Bist du verrückt?«, ruft Angus. »Auf allen Seiten ist Moor, und keiner von uns weiß, wo es anfängt. Und vor allem nicht im Dunkeln. Ich … ich hab keine Angst. Aber ich hab auch keinen Bock, ihr wisst schon … allein irgendeinen Scheiß zu finden.«

Also bleiben sie dicht beisammen, in Reichweite.

»Die muss ja ziemlich laut geschrien haben, die Kellnerin!«, ruft Duncan. »Sonst hätte man sie bei dem Lärm nicht gehört.«

»Sie muss in Panik gewesen sein«, entgegnet Angus.

»Hast du Schiss, Angus?«

»Nein. Aber es … es ist echt schwierig, irgendwas zu …«

Seine Worte gehen in einem besonders heftigen Windstoß unter. Mit einem Funkenschauer werden zwei der großen Paraffinfackeln ausgepustet wie Geburtstagskerzen. Ihre Träger behalten die Metallfassungen trotzdem, strecken sie vor sich aus wie Schwerter.

»Obwohl«, schreit Angus. »Vielleicht hab ich doch ein bisschen Schiss. Ist das denn so schlimm? Vielleicht finde ich es einfach nicht so geil, mitten in einem Scheißsturm hier draußen zu sein oder … oder mir vorzustellen, was wir finden könnten …«

Seine Worte werden von einem panischen Schrei unterbrochen. Sie drehen sich um, halten ihre Fackeln hoch und sehen Peter, der die Arme in die Luft reckt. Die untere Hälfte des einen Beins ist schon im Boden versunken.

»Was für ein Trottel«, ruft Duncan, »er muss vom Weg abgekommen sein.« Doch er ist erleichtert, genau wie alle anderen. Einen Moment lang haben sie gedacht, Pete hätte was gefunden.

Sie zerren ihn aus dem Moor.

»Scheiße, Mann!«, brüllt Duncan, als Pete wieder befreit ist und auf allen vieren zu ihren Füßen kauert. »Du bist schon der Zweite, den wir heute retten mussten. Femi und ich haben heute früh Charlies Frau gefunden. Sie hat im verdammten Moor festgesteckt und wie ein Schwein gequiekt.«

»Die Leichen …«, stöhnt Pete, »im Moor …«

»Ach, hör doch auf, Pete! Sei kein Idiot!« Duncan hält seine Fackel näher an Petes Gesicht und dreht sich zu den anderen um. »Schaut euch seine Augen an … der dreht doch völlig ab. Ich wusste es. Warum haben wir ihn mitgenommen? Der Typ ist echt ein Klotz am Bein.«

Sie sind allesamt erleichtert, als Pete verstummt. Keiner von ihnen erwähnt noch mal die Leichen. Das ist nur ein Ammenmärchen, das wissen sie. Sie tun es ab … wenn nicht ganz so locker wie am helllichten Tag, als alles noch vertrauter wirkte. Aber den Zweck ihrer eigenen Mission, den können sie nicht abtun. Sie können nicht außer Acht lassen, was sie finden könnten. Es gibt echte Gefahren hier draußen, die Landschaft ist fremd und trügerisch im Dunkeln. Erst jetzt wird ihnen das so richtig klar. Erst jetzt begreifen sie, wie unvorbereitet sie sind.

Früher am Tag

JULES

Die Braut

Ich öffne die Augen. Der große Tag.

Ich habe vergangene Nacht nicht gut geschlafen, und als ich endlich einschlummerte, hatte ich einen merkwürdigen Traum – von den Ruinen der Kapelle, die um mich herum zu Staub zerfiel, als ich hineinschritt. Ich wachte mit einem Gefühl des Unwohlseins auf. Fraglos eine verkaterte Paranoia, es waren wohl doch ein paar Gläschen zu viel. Abgesehen davon meine ich, immer noch einen Hauch von dem muffigen Seetang zu riechen, obwohl er schon vor Stunden entfernt wurde.

Will ist traditionsgemäß ins leere Zimmer umgezogen, doch ich ertappe mich bei dem Wunsch, er wäre hier. Aber gut. Adrenalin und Willensstärke werden mich da schon durchbringen.

Ich blicke zu dem Kleid hinüber, das an seinem gepolsterten Bügel an der Schranktür hängt. Die Flügel des schützenden Stoffes tänzeln sanft in einer mysteriösen Brise auf und ab. Mittlerweile weiß ich, dass es in diesem Gebäude ständig zieht, da die Luft, trotz geschlossener Türen und Fenster, immer irgendwie hereinfindet. Sie wirbelt umher, küsst deinen Nacken und lässt einen Schauer, so sanft wie die Berührung von Fingerspitzen, über deinen Rücken rieseln.

Unter meinem seidenen Morgenmantel trage ich die Dessous, die ich mir bei Coco de Mer eigens für den heutigen Tag ausgesucht habe. Feinste Leavers-Spitze, spinnwebzart, in einem angemessenen bräutlichen Cremeweiß. Auf den ersten Blick ganz traditionell. Doch das Höschen verfügt über eine Reihe winziger Perlmuttknöpfchen, die sich von vorne bis ganz nach hinten ziehen, sodass es vollständig geöffnet werden kann. Hübsch und doch sehr ungezogen. Ich weiß, dass Will das Ganze später mit Genuss erforschen wird.

Eine schattenhafte Bewegung vor dem Fenster erregt meine Aufmerksamkeit. Unten auf den Felsen kann ich Olivia sehen. Sie trägt den Schlabberpulli und die zerrissene Jeans von gestern, während sie vorsichtig barfuß auf den Rand der Klippen zugeht, wo sich die weiße Gischt in riesigen Explosionen gegen den Granit wirft. Warum um Himmels willen zieht sie sich noch nicht um? Ihr Kopf ist gesenkt, die Schultern zusammengesunken, das dunkle Haar weht in einem zerzausten Pferdeschwanz hinter ihr her. Einen Moment lang steht sie so nah am Rand, so nah an der brutalen Gewalt des Wassers, dass mir der Atem stockt. Sie könnte jederzeit abstürzen, und ich wäre nicht in der Lage, rechtzeitig nach unten zu eilen, um sie zu retten. Sie könnte sterben, während ich hilflos am Fenster stehe.

Ich klopfe gegen die Scheibe, doch sie ignoriert mich,

oder – was wahrscheinlicher ist – sie kann mich wegen der lauten Brandung nicht hören. Glücklicherweise tritt sie ein Stück vom Abgrund zurück.

Na schön. Ich werde mir nicht weiter den Kopf über sie zerbrechen. Jetzt ist wirklich allerhöchste Zeit, mich zurechtzumachen. Ich hätte zwar problemlos eine Visagistin vom Festland kommen lassen können, doch ich werde den Teufel tun und an solch einem wichtigen Tag die Kontrolle über meine äußere Erscheinung an jemand anders übergeben. Wenn sogar Kate Middleton das Make-up für die eigene Hochzeit selbst aufträgt, kann ich es schon lange.

Ich greife nach meinem Schminkbeutel, doch ein unerwartetes Zittern meiner Hand fegt das Täschchen zu Boden. Verdammt. Ich bin sonst nie ungeschickt. Bin ich etwa… nervös?

Ich blicke auf den Inhalt der Tasche herunter: Goldglänzende Mascara- und Lippenstifthülsen rollen in einem Ausbruchsversuch über die Holzdielen, eine umgekippte Puderdose hinterlässt eine Spur Bronzestaub.

Da, inmitten des ganzen Durcheinanders, liegt ein winziges, zusammengefaltetes, leicht rußgeschwärztes Stück Papier. Bei seinem Anblick gefriert mir das Blut in den Adern. Ich starre es an, unfähig, die Augen abzuwenden. Wie ist es nur möglich, dass in den letzten zwei Monaten so ein kleines Ding so einen riesigen Raum in meinem Kopf einnehmen konnte?

Und warum um alles in der Welt habe ich es behalten?

Ich falte es auseinander, auch wenn ich es gar nicht müsste – denn die Worte sind in meiner Erinnerung eingebrannt.

Will Slater ist nicht der Mann, für den du ihn hältst.

Er ist ein Betrüger und ein Lügner. Heirate ihn nicht.

Ich bin mir sicher, dass es irgendein dahergelaufener Spinner war. Will bekommt ständig Post von fremden Menschen, die glauben, alles über sein Leben zu wissen. Manchmal werde ich in ihren Zorn mit hineingezogen. Ich kann mich noch gut daran erinnern, wie damals Fotos von uns im Internet auftauchten, mit dem Kommentar: »*Will Slater beim Shoppen mit seiner neuesten Flamme, Julia Keegan.*« Es war wohl ein sehr ereignisloser Tag bei der *Mail Online*.

Obwohl ich wusste, dass es keine gute Idee war, scrollte ich zum Kommentarbereich runter. Und war entsetzt. Ich hatte zwar schon solche Ausbrüche von Gehässigkeit gesehen, aber wenn sie gegen einen selbst gerichtet sind, kommen sie einem besonders giftig und persönlich vor. Ich hatte das Gefühl, als würde ich in die Echokammer meiner eigenen schlimmsten Gedanken über mich selbst stolpern.

Hey, die hält sich für die Geilste, oder?

Sieht aus wie ein echtes L**er, wenn ihr mich fragt.

Herrje, Süße, hat dir noch niemand gesagt, dass du nicht mit Männern schlafen solltest, die dünnere Schenkel haben als du selbst?

> Will! Ich liebe dich! Nimm stattdessen mich! 😊😊😊 Sie verdient dich nicht!

> Ich hasse sie allein schon vom Anschauen. Eingebildete Kuh.

Fast alle Kommentare gingen in diese Richtung. Nicht zu fassen, dass es da draußen so viele wildfremde Menschen gab, die so boshafte Gefühle gegen mich hegten. Ich scrollte weiter runter, bis ich auf ein paar Gegenstimmen stieß:

> Er sieht glücklich aus. Sie wird ihm guttun!

> Übrigens ist sie die Frau hinter *The Download* – meine absolute Lieblings-Website. Sie werden sich super ergänzen.

Doch sogar diese netteren Stimmen waren beunruhigend – manche erweckten den Eindruck, als würden sie nicht nur Will kennen, sondern auch mich. Sie fühlten sich berufen, Kommentare darüber abzugeben, was gut für ihn sei. Will ist keiner von den ganz großen Namen. Doch gerade auf diesem Level der Berühmtheit bekommt man noch mehr blöde Kommentare ab, weil man sich noch nicht ganz über die Normalsterblichen erhoben hat, die meinen, Besitzansprüche erheben zu dürfen.

Die Nachricht auf dem Zettel jedoch ist etwas anderes als diese Online-Kommentare. Sie ist persönlicher. Sie lag ohne Briefmarke im Briefkasten, was bedeutet, dass jemand sie eigenhändig eingeworfen hat. Wer auch immer sie geschrieben hat, weiß, wo wir wohnen. Er oder sie ist zu unserem Haus in Islington gekommen, das bis zu Wills Einzug *mein* Haus gewesen war. Was es weniger wahrscheinlich macht, dass es sich um irgendeinen x-beliebigen Spinner handelt.

Möglicherweise war es jemand, den wir kennen. Es könnte sogar jemand sein, der heute auf die Insel kommt.

An dem Abend, als ich den Zettel mit der Nachricht fand, warf ich ihn gleich in den Kaminofen. Sekunden später zog ich ihn wieder heraus, wobei ich mich am Handgelenk verbrannte. Die Narbe habe ich immer noch – eine glänzende, leicht erhabene rosa Stelle auf der zarten Haut. Jedes Mal, wenn mein Blick darauf fiel, musste ich an den Zettel in seinem Versteck denken. An die drei kleinen Worte:

Heirate ihn nicht.

Ich reiße den Zettel entzwei. Ich reiße ihn noch mal durch, wieder und wieder … bis Papierkonfetti daraus geworden ist. Aber es reicht nicht. Ich trage die Schnipsel zur Toilette im Bad und ziehe an der Metallkette, sehe entschlossen zu, bis auch das letzte Stück wirbelnd aus der Schüssel verschwunden ist. Ich stelle mir vor, wie die Schnipsel durch die Abflussrohre gesogen werden, hinaus in den Atlantik, den großen Ozean, der uns umgibt. Die Vorstellung verstört mich mehr, als sie es wahrscheinlich sollte.

Wie auch immer, jetzt ist der Zettel aus meinem Leben

verschwunden. Er ist fort. Ich werde nicht mehr darüber nachdenken. Ich sammle meine Haarbürste, meine Wimpernzange, meine Mascara vom Boden auf – mein persönliches Waffenarsenal, mein Köcher.

Heute heirate ich, und es wird ein rauschendes Fest werden.

Jetzt

Die Hochzeitsnacht

»Meine Fresse, ist ja echt heftig, bei dem Wetter draußen zu sein.« Duncan hebt die eine Hand, um sein Gesicht vor dem beißenden Wind zu schützen, und schwenkt mit der anderen die Fackel. Ein Funkenregen stiebt auf. »Sieht einer von euch irgendwas?«

Aber was sollten sie sehen? Das ist die Frage, die ihre Gedanken beschäftigt. Sie alle haben die Worte der Kellnerin im Kopf. *Eine Leiche.* Jeder Erdklumpen, jede Grassode auf dem Boden ist ein potenzieller Quell des Grauens. Die Fackeln, die sie vor sich hertragen, helfen bloß bedingt und lassen den Rest der Nacht nur noch schwärzer erscheinen.

»Ist ja wie früher in der Schulzeit, wie wir hier im Dunkeln rumschleichen!«, brüllt Duncan den anderen zu. »Irgendwer Lust auf eine Runde Survival?«

»Sei kein Arsch, Duncan!«, ruft Femi. »Hast du schon vergessen, wonach wir Ausschau halten sollen?«

»Stimmt. Aber dann kann man es auch nicht mehr Survival nennen.«

»Das ist nicht witzig!«, brüllt Femi.

»Schon gut, Femi! Krieg dich ein. Ich wollte nur die Stimmung aufheitern.«

»Ja, aber ich glaube, auch dafür ist jetzt nicht der richtige Moment.«

Duncan dreht sich zu ihm um. »Ich bin doch hier und helfe beim Suchen, oder etwa nicht?«, fährt er ihn an. »Besser als die Memmen im Zelt.«

»An Survival war doch sowieso nichts witzig«, ruft Angus. »Das ist mir inzwischen klar geworden. Ich … ich hab genug davon, so zu tun, als wäre das alles nur ein großer Jux gewesen. Das war doch total scheiße damals. Es hätte jemand dabei draufgehen können … und es ist ja sogar einer draufgegangen. Und die Schule hat so getan, als wäre nichts gewesen …«

»Das war ein Unfall«, fällt Duncan ihm ins Wort. »Als der Kleine gestorben ist. Das hatte doch nichts mit Survival zu tun.«

»Ach ja?«, entgegnet Angus laut. »Wie kommst du darauf? Nur weil du den ganzen Scheiß toll fandest? Ich weiß doch, was es dir für einen Kick gegeben hat, die Jüngeren zu erschrecken. Aber heute kannst du nicht mehr rumrennen und andere fertigmachen, oder? So einen Nervenkitzel hast du doch nicht mehr erlebt, seit …«

»Leute«, schaltet Femi, der ewige Friedensstifter, sich ein, »dafür ist jetzt nicht der richtige Zeitpunkt.«

Eine Weile sind sie alle still, trotten mit ihren Gedanken weiter durch die Dunkelheit. Keiner von ihnen war je bei einem solchen Sturm draußen. Der Wind kommt und geht in stürmischen Böen. Manchmal flaut er so abrupt ab, dass sie sich selbst beim Denken zuhören können. Dabei sammelt er nur Kraft für die nächste Attacke, ein Summen wie von Tausenden ausschwärmenden Insekten. Auf seinem Höhepunkt schwingt er sich zu einem Heulen auf, das grausige Ähnlichkeit mit dem Kreischen eines Menschen hat, ein Echo des Schreies der Kellnerin. Ihre Haut wird vom Sturm wund gepeitscht, ihre Augen sind tränenblind. Der Wind geht ihnen durch Mark und Bein und hat sie fest im Griff.

»Das fühlt sich irgendwie surreal an, oder?«

»Was meinst du, Angus?«

»Na ja, ihr wisst schon … in der einen Minute hüpfen wir alle noch im Zelt herum und futtern Hochzeitstorte. Und jetzt sind wir hier draußen und suchen nach …« Er sammelt seinen Mut, um es laut auszusprechen: »… einer Leiche. Was meint ihr, was passiert sein könnte?«

»Wir wissen immer noch nicht, nach was wir suchen«, erwidert Duncan. »Wir verlassen uns hier auf die Aussage eines Pipimädchens.«

»Schon, aber sie schien sich ziemlich sicher …«

»Na ja«, ruft Femi, »da drin gab es jede Menge Besoffene. Und es ging ziemlich zur Sache. Da kann man sich doch gut vorstellen, dass jemand aus dem Zelt in die Dunkelheit raustorkelt und einen Unfall hat …«

»Was ist mit diesem Charlie?«, schlägt Duncan vor. »Der war vorhin total neben der Spur.«

»Ja«, ruft Femi, »er war fix und fertig. Aber nach dem, was wir auf dem Junggesellenabschied mit ihm abgezogen haben …«

»Je weniger Worte darüber verloren werden, desto besser, Femi.«

»Und habt ihr vorhin die Brautjungfer gesehen?«, fragt Duncan. »Denkt noch jemand, was ich denke?«

»Was?«, erwidert Angus. »Meinst du, sie hat versucht … ihr wisst schon …?«

»Sich umzubringen!«, ruft Duncan. »Genau das glaub ich. Sie hat sich schon seit unserer Ankunft komisch benommen, oder? Die hat definitiv einen an der Klatsche. Ich würde ihr durchaus zutrauen, so eine Dummheit …«

»Da kommt jemand hinter uns her«, unterbricht ihn Pete.

»Ach, halt doch die Klappe, du Depp«, fährt Duncan ihn an. »Hey, was geht der Typ mir auf den Sack! Wir sollten ihn zum Zelt zurückbringen. Denn sonst kann ich für nichts …«

»Nein!« Da ist ein Beben in Angus' Stimme. »Er hat recht. Da ist irgendwas …«

Nun drehen sich auch die anderen um. Sie rempeln aneinander, bilden einen unbeholfenen Kreis, kämpfen ihr Unbehagen nieder. Und verstummen, während sie hinter sich in die Nacht starren.

Ein einsames Licht kommt schwankend auf sie zu. Sie halten ihre eigenen Fackeln hoch, spähen angestrengt in die Finsternis, um auszumachen, was es ist.

»Oh!«, stößt Duncan schließlich erleichtert aus. »Das ist nur der Koch … der fette Kerl, der Mann von der Hochzeitsplanerin.«

»Aber wartet mal«, sagt Angus. »Was ist denn das? Was hält er in der Hand?«

Früher am Tag

OLIVIA

Die Brautjungfer

Durch das Fenster kann ich die Boote sehen, welche die Hochzeitsgäste zur Insel bringen. Noch sind es dunkle Umrisse draußen auf dem Wasser, aber sie kommen näher. Bald ist es so weit. Ich sollte mich langsam fertig machen, dabei bin ich weiß Gott schon ewig auf. Ich bin mit diesem Schmerz in der Brust und wummernden Kopfschmerzen aufgewacht und habe mich nach draußen geschleift, um etwas Luft zu schnappen. Doch nun sitze ich in BH und Unterhose hier in meinem Zimmer. Ich kann mich nicht dazu überwinden, das Kleid anzuziehen. Ich habe einen winzigen dunkelroten Fleck auf der blassen Seide gefunden, an der Stelle, wo der kleine Schnitt geblutet haben muss, als ich es anprobierte. Glücklicherweise hat Jules es nicht bemerkt. Sie wäre sonst komplett ausgerastet. Ich habe das Kleid im Waschbecken vorsichtig mit etwas kaltem Wasser und Seife gereinigt. Gott sei Dank ist der Fleck beinahe weg. Nur ein winziger, etwas dunklerer rosa Schatten ist als Erinnerung geblieben.

Bei seinem Anblick musste ich an das ganze Blut zurückdenken, damals, vor einigen Monaten. Mir war nicht klar gewesen, dass es so viel sein würde. Ich schließe die Augen, doch ich sehe es immer noch vor mir.

Erneut blicke ich aus dem Fenster, denke an all die Menschen, die da ankommen. Seit unserer Ankunft an diesem Ort fühle ich mich klaustrophobisch, als gäbe es keinen Ausweg, keinen Platz, wo ich mich hinflüchten könnte… doch heute wird es noch viel schlimmer werden. In weniger als einer Stunde wird Jules nach mir rufen, und dann werde ich vor ihr den Mittelgang zum Altar entlangschreiten müssen, während alle Blicke auf uns ruhen. Und dann die ganzen Leute, mit denen ich werde reden müssen. Ich glaube nicht, dass ich das packe. Plötzlich habe ich das Gefühl, nicht mehr richtig atmen zu können.

Mir wird bewusst, dass ich mich hier nur ein einziges Mal etwas besser gefühlt habe, nämlich gestern Nacht in der Höhle, als ich mich mit Hannah unterhielt. Noch nie habe ich mit jemandem so reden können wie mit ihr. Auch nicht mit meinen Freunden, mit keinem eigentlich. Ich weiß nicht, woran es liegt. Vielleicht weil sie mir wie eine Außenseiterin vorkam, als würde auch sie versuchen, sich vor dem Ganzen zu verkriechen.

Ich könnte zu Hannah gehen. Jetzt könnte ich mit ihr reden, glaube ich. Ihr den Rest der Geschichte erzählen. Bei dem Gedanken wird mir schwindlig, geradezu übel. Aber vielleicht würde ich mich danach auch irgendwie besser fühlen.

Meine Hände zittern, als ich in Jeans und Pulli schlüpfe. Wenn ich es ihr sage, gibt es kein Zurück. Aber ich glaube, ich habe meinen Entschluss gefasst. Ich glaube, ich muss es tun, bevor ich völlig durchdrehe.

Ich schlüpfe aus meinem Zimmer. Mein Herz klopft bis zum Hals, und zwar so heftig, dass ich kaum schlucken kann. Ich schleiche auf Zehenspitzen durch das Speisezimmer, dann die Treppe hoch. Ich darf niemand anders über den Weg laufen – ich weiß, wenn ich jetzt jemandem begegne, werde ich einen Rückzieher machen.

Hannahs Zimmer befindet sich ganz am Ende des langen Flurs, glaube ich. Als ich näher komme, vernehme ich ein Gemurmel von Stimmen aus dem Inneren, das lauter wird.

»Herrgott noch mal, Hannah«, höre ich. »Das ist doch völlig lächerlich …«

Die Tür steht einen Spaltbreit offen. Ich schleiche mich etwas näher. Hannah ist nicht in meinem Sichtfeld, aber ich kann Charlie sehen, der, lediglich mit Boxershorts bekleidet, die Kante der Kommode umklammert, als müsse er seinen Zorn zurückhalten.

Ich bleibe wie angewurzelt stehen. Ich habe das Gefühl, etwas gesehen zu haben, was ich nicht hätte sehen sollen, als würde ich ihnen nachspionieren. Dummerweise habe ich nicht daran gedacht, dass Charlie ebenfalls da sein könnte – Charlie, für den ich als Teenie peinlicherweise so geschwärmt habe. Ich kann das nicht tun. Ich kann nicht anklopfen und Hannah fragen, ob ich kurz mit ihr reden kann … Zumindest nicht, wenn die beiden nur halb bekleidet sind und sich offenbar gerade streiten. Mir bleibt fast das Herz stehen, als sich hinter mir eine andere Tür öffnet.

»Oh, hallo, Olivia.« Es ist Will. Er trägt eine Anzughose und ein aufgeknöpftes weißes Hemd, das seine gebräunte, muskulöse Brust entblößt. Ich wende schnell den Blick ab. »Ich dachte mir schon, ich hätte draußen was gehört«, sagt er und blickt mich stirnrunzelnd an. »Was tust du hier oben?«

»N…nichts«, erwidere ich, oder zumindest versuche ich es, denn bis auf ein heiseres Flüstern kommt kein Laut aus meinem Mund. Ich mache auf dem Absatz kehrt.

Zurück in meinem Zimmer setze ich mich aufs Bett. Ich habe versagt. Ich habe meine Chance verpasst. Ich hätte einen Weg finden müssen, es Hannah gestern Abend zu sagen.

Ich blicke aus dem Fenster und betrachte die Boote, die immer näher kommen. Es fühlt sich so an, als würden sie etwas Schlechtes auf die Insel bringen. Aber das ist albern. Denn es ist doch schon hier, oder etwa nicht? Ich bin das Schlechte. Und das, was ich getan habe.

AOIFE

Die Hochzeitsplanerin

Die Gäste treffen ein. Ich beobachte die Boote vom Steg aus und halte mich bereit, sie in Empfang zu nehmen. Ich lächle und nicke und bemühe mich um eine gewisse Etikette. Ich trage ein schlichtes dunkelblaues Kleid und Pumps mit einem kleinen Keilabsatz. Chic, aber nicht zu chic. Es wäre unangemessen, sich wie die Gäste zu kleiden. Auch wenn ich mir diesbezüglich keine Sorgen machen muss. Es ist nicht zu übersehen, dass sie sich alle mächtig ins Zeug gelegt haben mit ihren Outfits: funkelnde Ohrringe und schmerzhaft hohe Absätze, winzige Handtaschen und echte Pelzstolen (es mag zwar Juni sein, doch hier herrscht der kühle irische Sommer). Ich entdecke sogar den ein oder anderen Zylinder. Ich schätze mal, wenn es sich bei den Gastgebern um die Herausgeberin eines Lifestyle-Magazins und einen Fernsehstar handelt, muss man sich einen Tick mehr in Schale werfen.

Die Gäste gehen in Grüppchen von etwa dreißig Leuten von Bord. Ich kann sehen, wie sie die Insel in Augenschein nehmen, und verspüre dabei einen Anflug von Stolz. Es werden heute Abend hundertfünfzig Personen hier sein –

ein ganzer Haufen Leute, die Bekanntschaft mit Inis an Amplóra schließen werden.

»Wo bitte ist die nächste Toilette?«, fragt ein Mann, der ziemlich grün um die Nase ausschaut und an seinem Hemdkragen zupft, als würde er ihn erwürgen. Tatsächlich wirken mehrere der Gäste unter ihrer schicken Aufmachung etwas mitgenommen. Dabei ist die See im Moment gar nicht so rau, die Farbe des Wassers changiert zwischen Weiß und Silber – so gleißend hell in dem kalten Sonnenlicht, das man kaum hinsehen kann. Ich schirme meine Augen ab, lächle liebenswürdig und zeige ihnen den Weg. Vielleicht sollte ich für die Rückfahrt Tabletten gegen Seekrankheit anbieten, falls es so windig wird, wie die Wettervorhersage meint.

Ich erinnere mich noch an das erste Mal, als wir Kinder von Bord der alten Fähre gingen. Wir verspürten damals keine Übelkeit, zumindest kann ich mich nicht daran erinnern. Wir standen ganz vorne, hielten uns an der Reling fest und quietschten, während das Boot über die Wellen rauschte und das hochspritzende Wasser uns durchnässte. Ich weiß noch, wie wir so taten, als würden wir auf einer Riesenseeschlange reiten.

In jenem Sommer war es für diese Gegend recht warm, und die Sonne trocknete uns im Nu. Außerdem sind Kinder robust. Wir rannten über den Strand ins Wasser, als wäre es nichts. Ich hatte noch nicht gelernt, mich vor der See in Acht zu nehmen.

Ein elegantes Paar in den Sechzigern steigt vom letzten Boot. Noch bevor sie sich vorstellen, weiß ich, dass es die Eltern des Bräutigams sind. Das Aussehen muss er von seiner Mutter haben, auch wenn ihr Haar mittlerweile grau ist. Allerdings verfügt sie nicht im Geringsten über das lässige Selbstbewusstsein ihres Sohnes. Sie vermittelt vielmehr den Eindruck einer Frau, die sich am liebsten noch in ihrer eigenen Kleidung verstecken würde.

Die Züge des Bräutigamvaters sind markanter, härter. Einen Mann wie ihn würde man zwar nie als gut aussehend bezeichnen, aber man könnte sich sein Profil auf der Büste eines römischen Kaisers vorstellen: die hohen, gewölbten Augenbrauen, die Hakennase, den entschlossen und ein wenig grausam wirkenden Mund mit den schmalen Lippen. Er hat einen ausgesprochen kräftigen Händedruck, und ich spüre, wie die Knöchelchen meiner Hand zusammengequetscht werden, als er sie schüttelt. Er verströmt eine Aura von Wichtigkeit, wie ein Politiker oder ein Diplomat. »Sie müssen die Hochzeitsplanerin sein«, bemerkt er mit einem Lächeln. Doch seine Augen bleiben wachsam, prüfend.

»Die bin ich«, bestätige ich.

»Schön, schön«, sagt er. »Sie haben uns einen Platz in der ersten Reihe reserviert, hoffe ich?« Auf der Hochzeit seines Sohnes ist diese Frage naheliegend. Doch ich glaube, dieser Mann würde bei jedem Ereignis einen prominenten Platz erwarten.

»Selbstverständlich«, erwidere ich. »Ich bringe Sie gleich dorthin.«

»Wissen Sie«, sagt er, als wir auf die Kapelle zugehen, »es ist schon komisch. Ich bin Direktor eines Jungeninternats, und ein Viertel der Gäste ist dort zur Schule gegangen, an die Trevellyan's. Seltsam, sie alle als Erwachsene zu sehen.«

Ich lächle und gebe mich höflich-interessiert. »Erkennen Sie denn alle wieder?«

»Die meisten. Aber nicht alle, nicht alle. Vor allem natürlich die Charakterköpfe, wie man sie wohl nennen würde.« Er kichert. »Mir ist schon aufgefallen, wie manche von ihnen gestutzt haben, als sie mich entdeckten. Mir eilt ein bisschen der Ruf eines strengen Prinzipienreiters voraus, müssen Sie wissen.« Er scheint stolz darauf zu sein. »Es hat ihnen wohl einen Heidenschreck eingejagt, mich hier zu sehen.«

Das kann ich mir vorstellen. Ich habe das Gefühl, diesen Mann zu kennen, auch wenn ich ihn nie zuvor getroffen habe. Ich kann ihn instinktiv nicht leiden.

Danach kehre ich zu Mattie zurück, der das letzte der Boote zur Insel gesteuert hat.

»Gute Arbeit«, sage ich. »Alles ist glatt gelaufen. Das hast du zeitlich hervorragend hinbekommen.«

»Und du hast es hervorragend hinbekommen, dass jemand seine Hochzeit auf der Insel feiert. Der Bräutigam ist berühmt, nicht wahr?«

»Und sie ist auch keine Unbekannte.« Ich bezweifle jedoch, dass Mattie bei Online-Magazinen für Frauen auf dem Laufenden ist. »Schlussendlich haben wir ihnen einen großen Preisnachlass gewährt, aber allein zu Werbezwecken wird es sich lohnen.«

Er nickt. »Wenn du den Ort bekannt machst, ganz bestimmt.« Er blickt auf das Wasser hinaus und blinzelt in die Sonne. »Heute Vormittag war das ja eine leichte Überfahrt«, sagt er. »Aber heute Abend wird das anders aussehen, so viel ist sicher.«

»Ich habe die Wettervorhersage im Blick.« Bei dem gleißenden Sonnenschein kann man sich kaum vorstellen, dass das Wetter umschlagen soll.

»Aye«, meint Mattie. »Der Wind soll auffrischen. Für heute Abend sieht es ziemlich wüst aus. Da braut sich was zusammen.«

»Ein Sturm?«, sage ich überrascht. »Ich dachte, es gibt höchstens eine frische Brise.«

Er bedenkt mich mit einem Blick, der mir deutlich sagt, was er von so viel Dubliner Naivität hält – egal, wie lange wir hier auch wohnen, Freddy und ich werden immer die Zugezogenen bleiben. »Du brauchst keinen Wetterfrosch in einem Radiosender in Galway, der dir das sagt«, brummt er. »Benutz deine Augen.«

Er deutet mit dem Zeigefinger auf einen dunklen Fleck weit draußen am Horizont. Ich bin kein Seemann wie Mattie, aber selbst mir ist klar, dass das nicht gut ausschaut.

»Da ist er«, sagt Mattie triumphierend. »Da ist dein Sturm.«

JOHNNO

Der Trauzeuge

Will und ich machen uns im leeren Gästezimmer fertig. Die Jungs werden sich uns gleich anschließen, daher möchte ich das, was ich sagen will, davor loswerden. Ich bin schlecht darin, über Gefühle zu sprechen, aber ich ringe mich trotzdem durch und drehe mich zu Will. »Hör mal, ich wollte dir sagen … na ja, du weißt schon, ich fühle mich aufrichtig geehrt, dein Trauzeuge zu sein.«

»Ich habe nie jemand anders für diese Aufgabe in Betracht gezogen«, erwidert er. »Das weißt du doch.«

Nun, ich bin mir nicht ganz so sicher, ob das stimmt. Es war schon ein bisschen dramatisch, was ich getan habe. Vielleicht habe ich mich ja auch geirrt, aber eine Weile hatte ich den Eindruck, dass Will versucht, mich abzusägen. Seit der ganzen Fernsehsache habe ich ihn kaum noch zu Gesicht bekommen. Er hatte mir nicht mal persönlich von der Verlobung erzählt, sondern ich hab es aus der Zeitung erfahren. Und das hat echt geschmerzt. Also rief ich ihn an und sagte, ich wolle ihn auf ein Bier einladen, um darauf anzustoßen.

Und während wir tranken, sagte ich irgendwann: »Ich akzeptiere! Ich werde dein Trauzeuge sein.«

Hat er etwas betreten dreingeschaut? Schwer zu sagen bei Will, er wirkt nämlich immer so aalglatt. Nach einer kurzen Pause nickte er und sagte: »Du hast meine Gedanken gelesen.«

Das war nicht ganz aus der Luft gegriffen, denn er hatte es mir schon ganz früh versprochen. Als wir noch an der Trevellyan's waren. »Du bist mein bester Freund, Johnno«, sagte er mal zu mir. »Die Nummer eins. Ganz ehrlich, du wirst mal mein Trauzeuge.« Das habe ich nicht vergessen. Die Vergangenheit verbindet uns, ihn und mich. Ich glaube, uns beiden war klar, dass nur ich für diese Aufgabe infrage kam.

Ich blicke in den Spiegel, rücke meine Krawatte zurecht. Wills Ersatzanzug sieht echt scheiße aus an mir. Was wohl kaum verwunderlich ist, wenn man bedenkt, dass er drei Nummern zu klein ist. Und wenn man bedenkt, dass ich ausschaue, als ich ob ich die Nacht durchgemacht hätte, was ja auch stimmt. Ich schwitze jetzt schon in dem viel zu engen Wollstoff. Neben Will sehe ich gleich noch beschissener aus, denn sein Anzug macht den Eindruck, als hätte sie ihm eine verdammte Horde von Engeln auf den Leib geschneidert. Was in gewisser Weise auch so war, denn er hat ihn sich in der Londoner Savile Row maßschneidern lassen.

»Ich bin echt nicht in Topform«, sage ich seufzend. Die Untertreibung des Jahrhunderts.

»Das ist deine wohlverdiente Strafe dafür, dass du deinen Anzug vergessen hast.« Er lacht mich aus.

»Ich bin wirklich ein Trottel.« Ich lache ebenfalls über mich selbst.

Ich war erst vor paar Wochen mit Will unterwegs, um meinen Anzug zu kaufen. Er schlug Paul Smith vor. Natürlich schauten alle Verkäufer in dem Laden mich an, als wollte ich was stehlen. »Das ist ein guter Anzug«, meinte Will, »wahrscheinlich der beste, den du kriegen kannst, ohne in die Savile Row zu gehen.« Ich gefiel mir tatsächlich darin. Ich hatte davor nie einen guten Anzug besessen. Seit der Schule hatte ich nicht so etwas Feines getragen. Außerdem gefiel mir, wie er meinen Bauch kaschierte. Ich habe mich die letzten zwei Jahre etwas gehen lassen. »Das gute Leben!«, sage ich gerne und tätschele meine Plauze. Aber ich bin eigentlich nicht stolz drauf. Der Anzug hat das alles verschwinden lassen. Ich sah darin wie ein verdammter Boss aus. Wie jemand, der ich definitiv nicht bin.

Jetzt drehe ich mich seitlich zum Spiegel. Die Knöpfe sehen aus, als würden sie gleich abspringen. Oh ja, ich vermisse den bauchkaschierenden Paul-Smith-Wollstoff. Aber egal. Bringt jetzt auch nichts mehr, deswegen rumzuheulen, wie meine Mutter sagen würde. Und eitel zu sein, nützt auch nichts. Ich war sowieso noch nie ein Hingucker.

»Ha … Johnno!«, ruft Duncan, der gerade ins Zimmer kommt und in seinem perfekt sitzenden Anzug aalglatt aussieht. »Was zum Henker ist *das* denn? Ist das Ding beim Waschen eingelaufen oder so?«

Pete, Femi und Angus folgen ihm auf dem Fuß. »Morgen, Jungs«, grüßt Femi. »Die anderen Gäste trudeln gerade ein. War eben unten am Steg und hab mit einem Haufen alter Kameraden von der Trevs gequatscht.«

»Johnno, Alter«, johlt Pete. »Die Hose ist so eng, dass ich sehen kann, was du zum Frühstück hattest.«

Ich strecke meine Arme zur Seite und tänzele albern herum, spiele den Kasper für sie, wie immer.

»Meine Güte, schau ihn dir an!« Femi wendet sich an Will. »Als könnt er kein Wässerchen trüben.«

»Tja, er war immer schon ein Bengel, der aussah wie ein Engel«, sagt Duncan und beugt sich vor, um Wills Haar zu verwuscheln, woraufhin Will schnell nach einem Kamm greift, um es wieder zu glätten. »Oder etwa nicht? Mit dieser hübschen Visage hast du ja auch nie Ärger mit den Lehrern bekommen, oder?«

Will grinst und zuckt unschuldig die Achseln. »Hab ja auch nie was verkehrt gemacht.«

»So ein Schwachsinn!«, ruft Femi. »Du bist nur mit allem durchgekommen. Wurdest halt nie erwischt. Oder sie haben ein Auge zugedrückt, weil dein Herr Papa Direktor war.«

»Nein, nein«, sagt Will. »Ich war einfach nur ein Musterknabe.«

»Tja«, sagt Angus, »ich werde trotzdem nie kapieren, wie du deinen Einserabschluss geschafft hast, wo du doch nie einen Finger krumm gemacht hast.«

Ich werfe einen Blick zu Will, versuche, seinen Blick aufzufangen – kann es sein, dass Angus dahintergekommen ist? »Du bist ja so ein Glückspilz«, sagt er jetzt und beugt sich rüber, um Will in den Arm zu kneifen.

Wenn ich es mir recht überlege, klingt er kein bisschen misstrauisch, sondern nur bewundernd.

»Er hatte keine Wahl, oder?«, sagt Femi. »Dein Alter hätte dich enterbt, Will.« Femi war schon immer scharfsinnig und hat ein gutes Gespür für andere Menschen.

»Ja.« Will zuckt die Achseln. »Das stimmt wohl.«

Es hätte das soziale Aus bedeuten können, der Sohn des Rektors zu sein. Aber Will hat es überlebt. Er hatte seine Strategien. So wie das Mädchen aus der örtlichen Highschool, mit der er schlief und deren Oben-ohne-Polaroids er in unserer Klassenstufe rumgehen ließ. Danach war er praktisch unantastbar. Und tatsächlich war es immer Will, der mich dazu trieb, solche Dinge zu tun – wahrscheinlich, weil er wusste, dass er damit durchkommen würde. Wohingegen ich, zumindest anfangs, Schiss hatte, mein Stipendium zu verlieren. Das hätte meine Eltern fertiggemacht.

»Erinnert ihr euch noch an den Streich mit dem Seetang, den wir den Kleinen gespielt haben?«, sagt Duncan. »Das war ganz allein deine Idee, Kumpel.« Er zeigt auf Will.

»Nein«, erwidert Will. »Ganz sicher nicht.« *Ganz sicher doch.*

Die Schüler, denen es noch nie passiert war, machten sich in die Hose, während wir anderen lauschend dalagen und uns totlachten. Aber so war es eben für die Jüngeren. Wir hatten das schließlich alle durchgemacht. Man musste sich durch den Mist durchbeißen, den man serviert bekam. Man wusste ja, dass man irgendwann selbst an die Reihe käme, ihn jemand anderem vorzusetzen.

Ein Knirps an der Trevellyan's nahm es ziemlich cool auf, als wir ihm den Seetang ins Bett legten. Ein Erstklässler. Er hatte einen seltsamen Namen, der eher nach Mädchen klang. Jedenfalls nannten wir ihn Loner, weil der Spitzname besser zu ihm passte. Er war total besessen von Will, der sein Hausältester war, vielleicht war er sogar ein bisschen verliebt in ihn. Nicht in sexueller Hinsicht, zumindest glaube ich das nicht. Mehr auf die Art, wie kleine Kinder manchmal Ältere vergöttern. Er fing damit an, sein Haar wie Will zu tragen. Er trottete uns ständig hinterher. Manchmal erwischten wir ihn dabei, wie er hinter einem Busch kauerte und uns beobachtete. Er kam auch zu allen unseren Rugbyspielen, um zuzuschauen. Er war der Kleinste in der Schule, sprach mit einem komischen Akzent und trug eine riesige Brille, daher war er geradezu prädestiniert dafür, gemobbt zu werden. Dabei gab er sich ziemlich Mühe, gemocht zu werden. Tatsächlich weiß ich noch, wie beeindruckt ich war, dass er das erste Schuljahr ohne einen Zusammenbruch überlebte, wie ihn manche der anderen Jungs erlitten. Selbst als wir ihm den Seetangstreich spielten, zickte und jammerte er nicht rum, während sein pummeliger kleiner Kumpel, den wir nur Fettarsch nannten, gleich losrannte, um es der Hausmutter zu petzen. Ich erinnere mich, dass ich ziemlich beeindruckt war.

Ich klinke mich wieder bei den anderen ein. Es fühlt sich an, als würde ich wieder an die Wasseroberfläche tauchen.

»Wir anderen mussten immer dafür herhalten«, sagt Duncan. »Am Ende mussten wir die Strafarbeiten machen.«

»Vor allem ich«, murrt Femi.

»Apropos Seetang«, sagt Will, »das war übrigens nicht witzig. Gestern Nacht.«

»Was war nicht witzig?« Ich schaue zu den anderen, die ebenfalls verwirrt aussehen.

Will hebt eine Augenbraue. »Ich glaube, ihr wisst Bescheid. Der Seetang im Bett. Jules ist komplett ausgerastet. Sie war ziemlich angepisst deswegen.«

»Also, ich war's nicht, Alter«, sage ich. »Ganz ehrlich.«

Ich habe wirklich keine Lust, irgendwas zu machen, was Erinnerungen an unsere Schulzeit heraufbeschwören könnte.

»Ich auch nicht«, meint Femi.

»Bestimmt nicht«, wehrt Duncan ab. »Hatte gar nicht die Gelegenheit. Georgina und ich waren vor dem Dinner anderweitig beschäftigt, falls ihr versteht, was ich meine… Ich hatte definitiv Besseres zu tun, als rumzurennen und Seetang zu sammeln.«

Will runzelt die Stirn. »Ich weiß, dass es einer von euch war.« Er bedenkt mich mit einem langen Blick.

Da klopft jemand an die Tür.

»Grad noch mal Glück gehabt!«, meint Femi.

Es ist Charlie. »Anscheinend sollen die Ansteckblumen hier sein«, sagt er, ohne einen von uns richtig anzuschauen. Armer Kerl.

»Die sind da drüben«, sagt Will. »Wärst du so gut und wirfst Charlie eine rüber, Johnno?«

Ich greife nach einem kleinen Sträußchen aus Grünzeug und weißen Blumen und werfe es Charlie zu, wenn auch nicht ganz so weit, dass es ihn erreicht. Charlie macht einen halbherzigen Satz, schafft es jedoch nicht, den Strauß aufzufangen, und hebt ihn umständlich vom Boden auf.

Dann geht er wortlos und so schnell wie möglich wieder aus dem Zimmer. Ich fange die Blicke der anderen auf, und wir alle müssen ein Lachen unterdrücken. Für einen Moment ist es wieder, als wären wir Kinder, als könnten wir einfach nicht anders.

»Meine Herren?«, ruft Aoife von draußen. »Johnno? Die Gäste sind da. Sie warten alle in der Kapelle.«

»Also gut«, sagt Will. »Wie sehe ich aus?«

»Du bist ein hässlicher Bastard«, erwidere ich.

»Danke.« Er zupft vor dem Spiegel sein Jackett zurecht. Dann, als die anderen vorgehen, dreht er sich zu mir um. »Eine andre Sache, Alter«, sagt er halblaut. »Bevor wir runtergehen und weil ich später keine Gelegenheit mehr haben werde, mit dir darüber zu sprechen. Deine Rede. Du wirst mich doch nicht komplett blamieren, oder?« Er sagt es mit einem Grinsen, aber ich spüre, dass er es ernst meint. Ich weiß, dass es Dinge gibt, von denen er nicht will, dass ich sie anspreche. Aber da muss er sich keine Sorgen machen – ich will selbst nicht daran rühren. Es würde auf uns beide kein gutes Licht werfen.

»Nee, Alter«, erwidere ich. »Keine Sorge. Ich werde dich stolz machen.«

JULES

Die Braut

Ich hebe die Goldkrone hoch und setze sie mir mit verräterisch zitternden Händen auf den Kopf. Ich drehe ihn zu einer Seite, dann zur anderen. Es ist das einzige kapriziöse Element meines Outfits. Das eine Zugeständnis an eine romantische Fantasie. Ich habe die Krone eigens von einem Hutmacher in London anfertigen lassen. Ein Blumenkranz wäre zu hippiemädchenmäßig gewesen, aber das hier fand ich eine stilvolle Lösung. Eine vage Anspielung an eine Braut aus irischen Volkssagen etwa.

Die Krone glänzt schön auf meinem dunklen Haar. Ich nehme meinen Brautstrauß aus der Glasvase, eine Mischung ursprünglicher Wildblumen aus der Gegend: Ehrenpreis, Geflecktes Knabenkraut und Grasschwertel.

Dann gehe ich die Treppe hinunter.

»Du siehst umwerfend aus, mein Schatz.«

Dad steht im Salon und wirkt sehr elegant. Ja, mein Vater wird mich zum Altar führen. Ich hatte andere Optionen in Erwägung gezogen, denn ganz offenbar ist mein Vater nicht die beispielhafte Verkörperung ehelichen Glücks. Aber am Ende gewann doch das kleine Mädchen in mir, das sich

Ordnung wünscht und will, dass die Dinge auf die richtige Art getan werden. Abgesehen davon – wer sonst sollte es tun? Etwa meine Mutter?

»Die Gäste sitzen schon in der Kapelle«, sagt er. »Jetzt warten alle nur noch auf uns.«

In wenigen Minuten werden wir die kurze Strecke über den Kiesweg zurücklegen, der die Kapelle vom Folly trennt. Bei dem Gedanken macht mein Magen einen kleinen aufgeregten Satz, was albern ist. Ich kann mich nicht entsinnen, wann ich mich das letzte Mal so gefühlt habe. Ich habe erst letztes Jahr vor achthundert Menschen einen TED Talk zum Thema Digital Publishing gehalten und war nicht halb so aufgeregt.

Ich schaue zu Dad. »Nun«, sage ich, mehr um mich von dem Rumoren in meinem Bauch abzulenken, »jetzt hast du also endlich Will kennengelernt.« Meine Stimme klingt seltsam, etwas erstickt. Ich räuspere mich. »Besser spät als nie.«

»Ja«, sagt Dad. »Das habe ich.«

Ich versuche, unbeschwert zu klingen. »Was soll das denn heißen?«

»Nichts, Juju. Nur: Ja, ich habe ihn kennengelernt.«

Ich weiß, noch bevor sie mir über die Lippen kommt, dass ich die nächste Frage nicht stellen sollte. Aber ich kann sie nicht *nicht* stellen. Ich muss seine Meinung erfahren, ob sie mir nun gefällt oder nicht. Ich habe stets die Zustimmung, die Anerkennung meines Vaters gesucht, mehr als von irgendwem sonst. Als ich mein Einser-Abiturzeugnis auf dem Schulparkplatz öffnete, habe ich mir nicht die Miene von Mum vorgestellt, sondern seine freudige Miene und sein: »Gut gemacht, Kleines«. Daher frage ich: »Und?« Ich halte kurz inne. »Mochtest du ihn denn?«

Dad hebt eine Augenbraue. »Du willst dieses Gespräch also wirklich jetzt führen, Jules? Eine halbe Stunde, bevor du den Burschen heiratest?«

Er hat recht. Es ist ein denkbar ungünstiger Zeitpunkt. Aber nun, da ich den Weg beschritten habe, gibt es kein Zurück. Außerdem überkommt mich langsam die Vermutung, dass das Ausbleiben seiner Antwort schon eine Antwort für sich sein könnte.

»Ja, ich will es wissen. Magst du ihn?«

Dad verzieht das Gesicht zu einer Art Grimasse. »Er scheint ein sehr charmanter Mann zu sein, Juju. Und sehr attraktiv. Selbst ich kann das sehen. Ein guter Fang, so viel ist sicher.«

Dieses Gespräch kann zu nichts Gutem führen. Und doch kann ich nicht aufhören. »Aber du musst doch einen konkreteren ersten Eindruck gehabt haben«, beharre ich. »Du hast mir immer gesagt, dass du gut darin bist, Menschen zu durchschauen. Was für eine wichtige Fähigkeit das in der Geschäftswelt sei und dass man in der Lage sein müsse, sehr schnell seine Schlüsse zu ziehen … und so weiter und so fort.«

Er stößt eine Art Ächzen aus und legt seine Hände auf die Knie, als würde er sich innerlich wappnen. Ich verspüre den kleinen, harten Kern von Furcht in meinem Bauch aufkeimen, der sich dort eingenistet hat, seit ich heute früh die Nachricht auf dem Zettel noch einmal gelesen habe.

»Sag es mir«, fordere ich. Ich kann das Blut in meinen Ohren rauschen hören. »Sag mir, was dein erster Eindruck von ihm war.«

»Hör zu, ich glaube nicht, dass meine Meinung wichtig ist«, weicht Dad aus. »Ich bin doch nur dein alter Paps. Was weiß ich schon? Und du bist jetzt wie lange mit ihm zusammen … zwei Jahre? Ich würde behaupten, das ist lange genug, um zu wissen, ob es der Richtige ist.«

Es sind keine zwei Jahre. Nicht annähernd. »Ja«, erwidere ich. »Das ist lange genug, um zu wissen, ob es der Richtige ist.« Genau das habe ich schon so oft zu Freunden und Kollegen gesagt. Es ist im Grunde auch das, was ich gestern Abend bei meinem Toast gesagt habe. Und zuvor habe ich es auch jedes Mal so gemeint … zumindest glaube ich das. Warum also klingen meine Worte dieses Mal so hohl? Ich habe das unschöne Gefühl, dass ich damit weniger meinen Dad überzeugen will als mich selbst. Seit ich den Zettel mit der Nachricht wiedergefunden habe, regen sich die alten Zweifel und Befürchtungen. Ich will nicht darüber nachdenken, also ändere ich meine Taktik. »Wie auch immer«, füge ich hinzu. »Um ehrlich zu sein, Dad, kenne ich ihn wahrscheinlich besser, als ich dich kenne … in Anbetracht der Tatsache, dass ich in meinem ganzen Leben kaum mehr als sechs Wochen mit dir verbracht habe.«

Die Worte sollen ihn verletzen, und ich kann förmlich zusehen, wie sie landen: Er zuckt zurück, als hätte er einen Schlag abbekommen. »Nun«, sagt er, »da hast du's. Mehr musst du nicht sagen. Du brauchst meine Meinung doch gar nicht.«

»Na schön«, erwidere ich. »Schön, Dad. Aber weißt du was? Nur dieses eine Mal hättest du mir entgegenkommen und mir sagen können, dass du ihn für einen tollen Kerl hältst. Auch wenn du dir die Lüge hättest abringen müssen.

Du weißt, welche Antwort ich von dir gebraucht hätte. Es ist … einfach nur egoistisch.«

»Hör mal«, sagt Dad, »es tut mir leid. Aber … ich kann dich nicht anlügen, Kleines. Und ich kann durchaus verstehen, wenn du nicht willst, dass ich dich zum Altar führe.« Er sagt es großmütig, als hätte er mir ein Wahnsinnsgeschenk überreicht. Ich spüre den Schmerz, der mein Inneres durchzuckt.

»Und ob du mich vor den verdammten Altar führen wirst«, fauche ich. »Du warst kaum je für mich da, du konntest dich ja kaum für diese Hochzeit freimachen. Ja, ja, ich weiß … die Zwillinge kriegen ihre Zähne oder was auch immer. Aber ich bin seit vierunddreißig Jahren deine Tochter. Du weißt, wie wichtig du für mich bist, auch wenn ich wünschte, es wäre nicht so. Du bist einer der Gründe, warum ich beschlossen habe, meine Hochzeit hier zu feiern, in Irland. Weil ich weiß, wie wichtig dir dieses Erbe ist. Auch mir ist es wichtig. Ich wünschte, es wäre mir egal, was du denkst. Aber das ist es nicht. Also wirst du mich zum Altar führen. Das ist das Mindeste, was du tun kannst. Du darfst mich also zum Altar führen und bei jedem Schritt deines Weges so aussehen, als würdest du dich unsäglich für mich freuen.«

Ein Klopfen an der Tür. Aoife streckt ihren Kopf herein. »Sind Sie bereit?«

»Nein«, presse ich hervor. »Ich brauche noch eine Minute.«

Ich gehe die Treppe zum Schlafzimmer hoch. Ich schaue mich um nach etwas in der richtigen Form und mit dem richtigen Gewicht. Ich werde es erkennen, wenn ich es sehe. Da ist die Duftkerze… oder nein, die Vase, in der mein Brautstrauß steckte. Ich packe sie und wiege sie in meiner Hand, während ich mich innerlich sammle. Dann schleudere ich sie mit voller Wucht gegen die Wand und beobachte zufrieden, wie die obere Hälfte in einem Scherbenregen explodiert.

Als Nächstes wickle ich meine Hand in ein T-Shirt – ich habe schon immer darauf geachtet, Schnitte zu vermeiden, hier geht es schließlich nicht um Selbstverletzung –, hebe die noch heile untere Hälfte auf und schmettere sie gegen die Wand, wieder und wieder, bis nur noch kleine Splitter übrig sind. Ich stehe mit zusammengebissenen Zähnen da und keuche vor Anstrengung. Ich habe das eine ganze Weile nicht mehr getan, viel zu lange. Ich wollte nicht, dass Will diese Seite von mir sieht. Ich hatte schon vergessen, wie gut es sich anfühlt, es rauszulassen. Ich lockere meine Kiefer. Ich atme ein, atme aus.

Zudem fühlt sich alles etwas klarer, etwas ruhiger an.

Ich räume die Sauerei auf, so wie ich es immer getan habe. Ich lasse mir Zeit dabei. Das hier ist mein verdammter Tag. Die anderen können ruhig warten.

Vor dem Spiegel hebe ich die Hände und rücke meine Krone zurecht, die etwas verrutscht ist. Ich bemerke, dass mein Teint durch die körperliche Anstrengung einen schmeichelhaften rosigen Farbton bekommen hat. Ziemlich passend für eine scheu errötende Braut. Ich lege mir die Hände an die Wangen, massiere sie sanft und verwandle meine Miene in einen Ausdruck glückseliger, erwartungsvoller Freude.

Falls Aoife und Dad irgendwas gehört haben, verraten

ihre Gesichter es nicht, als ich wieder unten stehe. Ich nicke den beiden zu. »Los geht's.«

Dann rufe ich laut nach Olivia. Sie tritt aus dem kleinen Zimmer neben dem Speiseraum. Falls das überhaupt möglich ist, sieht sie noch blasser aus als sonst. Doch wunderbarerweise hat sie sich zurechtgemacht und steckt in ihrem Kleid und den Pumps und hält den Blumenstrauß in der Hand. Ich schnappe mir von Aoife mein eigenes Bouquet. Dann rausche ich durch die Tür nach draußen und überlasse es Olivia und Dad, mir zu folgen. Ich fühle mich wie eine Kriegerin, die in die Schlacht zieht.

Als ich den Mittelgang der Kapelle entlangschreite, ändert sich meine Stimmung, und meine Entschlossenheit flaut ab. Ich kann sehen, wie sie sich alle umdrehen, um mich anzuschauen. Sie kommen mir vor wie ein verschwommenes Meer von Köpfen, allesamt seltsam gesichtslos. Die Stimme der irischen Folk-Sängerin umgibt mich, und für einen Moment bin ich bestürzt, wie traurig die Melodie klingt, obwohl es ein Liebeslied sein soll. Die Wolken am Himmel jagen über den zerfallenen Kirchturm hinweg – viel zu schnell, wie in einem Albtraum. Der Wind hat aufgefrischt, und man kann ihn zwischen den steinernen Mauern pfeifen hören. Einen seltsamen Moment lang habe ich das Gefühl, dass all unsere Gäste Unbekannte sind, dass ich von einer stummen Menge beobachtet werde, die ich noch nie getroffen habe. Ich spüre Furcht in mir aufsteigen, als wäre ich in ein Becken mit eiskaltem Wasser getreten. Sie alle sind mir fremd, einschließlich des Mannes, der am anderen Ende des Ganges steht und seinen Kopf dreht, als ich näher komme.

Das grässliche Gespräch mit meinem Vater schwirrt in meinem Kopf umher, doch am lautesten sind die Worte, die er nicht gesagt hat. Ich lockere meinen Griff um seinen Arm, versuche, etwas Abstand zwischen uns beide zu bringen, ganz so, als könnten seine Gedanken mich weiter infizieren.

Dann plötzlich ist es, als würde ein Nebel sich lichten, und ich kann sie wieder richtig sehen: Freunde und Familie, lächelnd und winkend. Glücklicherweise hat keiner von ihnen sein Handy auf uns gerichtet. Wir haben mit klaren Worten auf der Einladung darauf hingewiesen, von Aufnahmen während der Trauzeremonie abzusehen. Es gelingt mir, meine starre Miene zu lösen, das Lächeln zu erwidern.

Und dann sehe ich ihn, meinen zukünftigen Ehemann. Er steht vor dem Altar und ist buchstäblich von einem Heiligenschein umgeben, den das Licht erzeugt, das eben durch die Wolken bricht. Tadellos sieht er aus in seinem Anzug, er strahlt förmlich und ist noch attraktiver, als ich ihn je zuvor gesehen habe. Er lächelt mich an, und sein Lächeln ist wie die Sonne selbst, die nun warm auf meinen Wangen ruht. Um ihn herum erhebt sich die Ruine in ihrer kargen Schönheit, zum Himmel offen.

Es ist perfekt. Es ist ganz genau so, wie ich es geplant hatte, besser noch, als ich es geplant hatte. Und das Beste von allem ist mein wunderschöner, strahlender Bräutigam, der vor dem Altar auf mich wartet. Wie ich ihn so anschaue, auf ihn zuschreite, kann ich nicht glauben, dass dieser Mann irgendwer anders sein könnte als derjenige, als den ich ihn kenne.

Ich lächle.

HANNAH

Die Begleitung

Während der Zeremonie saß ich allein auf einer Bank, eingeklemmt zwischen irgendwelchen Cousins und Cousinen von Jules. Für Charlie als Teil der Hochzeitsgesellschaft war ein Platz ganz vorn reserviert worden. Es gab da diesen schrägen Moment, als Jules den Mittelgang entlangschritt. Sie hatte einen Gesichtsausdruck, den ich noch nie bei ihr gesehen hatte. Sie wirkte beinahe verängstigt, die Augen waren geweitet, der Mund zu einer grimmigen Linie verzogen. Ich fragte mich, ob es irgendwem sonst auffiel oder ob ich es mir vielleicht nur eingebildet hatte, denn als sie sich vorne neben Will stellte, lächelte sie erwartungsgemäß wie die strahlende Braut, die ihren Bräutigam begrüßte. Überall um mich herum ertönten Seufzer und Gemurmel, wie wunderschön die beiden doch zusammen aussähen.

Seitdem ist alles ohne Störungen verlaufen: kein Herumgestotter beim Ehegelübde wie bei einigen anderen Hochzeiten, auf denen ich war. Die zwei sprechen die Worte laut und klar, während wir alle schweigend zuschauen. Ansonsten ist nur das Wispern des Windes in dem Gemäuer zu hören. Allerdings schaue ich gar nicht Jules und Will an, sondern versuche stattdessen, einen Blick auf Charlie zu erhaschen. Ich möchte sehen, welchen Ausdruck sein Gesicht hat, wenn Jules »Ja, ich will« sagt. Aber es gelingt mir nicht, ich kann nur seinen Hinterkopf sehen, seine angespannten Schultern. Im Geiste schüttle ich mich selbst durch. Was habe ich überhaupt geglaubt, was ich sehen würde? Nach was für einem Beweis suche ich?

Und da ist auch schon alles vorbei. Die Leute erheben sich in einem plötzlichen Ausbruch von Lärm, Gelächter und Geschnatter. Dieselbe Frau, die gesungen hat, als Jules in die Kapelle kam, begleitet uns singend hinaus, untermalt von einer Geige. Die Worte sind gälisch, und die ätherisch hohe und klare Stimme der Sängerin hallt etwas unheimlich zwischen den Mauern nach.

Ich folge den Gästen nach draußen, wobei ich den riesigen Blumenarrangements ausweichen muss: üppige Sträuße aus Blattwerk und bunten Wildblumen, die natürlich äußerst stilvoll und der dramatischen Kulisse angemessen sind. Ich denke an unsere Hochzeit, bei der die Mutter meiner guten Freundin Karen uns einen Freundschaftsrabatt auf den Blumenschmuck gab. Es war alles in eher altmodischen Pastellfarben gehalten. Aber ich wollte mich gewiss nicht beschweren – wir hätten uns einen Floristen unserer Wahl niemals leisten können. Ich frage mich, wie es wohl ist, das Geld zu haben, um exakt das zu tun, was man will.

Die anderen Gäste sind alle sehr chic gekleidet und sichtlich gut betucht. Als ich mich in dem Gedränge in der Kirche umschaue, wird mir bewusst, dass außer mir niemand sonst einen Fascinator trägt. Vielleicht sind die in Kreisen wie diesen nicht angesagt? Jede zweite Frau scheint unter einem teuer aussehenden Hut zu stecken – diese Dinger, die wahrscheinlich in eigens angefertigten Hutschachteln angeliefert werden. Ich fühle mich wie damals in der Schule, als Alice und ich nicht mitgekriegt hatten, dass Jogginghosen-Tag war, weshalb wir in unseren üblichen Uniformen kamen. Ich erinnere mich, wie ich in der Schülerversammlung saß und mir wünschte, mich spontan in Luft aufzulösen, damit ich nicht den ganzen Tag die Blicke auf mir spüren müsste.

Getrocknete Rosenblüten werden verteilt, die wir werfen sollen, wenn Will und Jules aus der Kapelle treten. Doch der Wind ist so heftig, dass sie sofort weggeweht werden. Ich sehe kein einziges Blütenblatt auf dem frisch vermählten Paar landen. Stattdessen werden sie in einer großen Wolke hochgewirbelt und Richtung Meer davongetragen. Charlie meint immer, ich wäre zu abergläubisch, aber an Jules' Stelle würde mir das nicht gefallen.

Die engere Hochzeitsgesellschaft wird für die Fotos weggeführt, während alle anderen zum Außenbereich des Partyzelts strömen, wo eine Bar aufgebaut ist. Ich muss mir etwas Mut antrinken, beschließe ich. Also steuere ich quer über die Wiese darauf zu, wobei meine Absätze bei jedem zweiten Schritt in der Erde versinken. Zwei Barmänner nehmen Bestellungen entgegen und schütteln ihre Cocktailshaker. Ich bitte um einen Gin Tonic, der mir mit einem großen Zweig Rosmarin im Glas serviert wird.

Ich plaudere ein bisschen mit den Barkeepern, weil sie mir von allen am freundlichsten vorkommen. Eoin und Seàn sind zwei Jungs aus der Gegend, die ihre Semesterferien zu Hause verbringen.

»Normalerweise arbeiten wir in dem großen Hotel auf dem Festland«, erzählt mir Seàn. »Hat mal der Guinness-Familie gehört. Ein Riesenschloss an einem See. Dort wollen die Leute normalerweise heiraten. Bis auf ganz früher habe ich noch nie von einer Hochzeit hier gehört. Sie wissen schon, dass es hier spuken soll, oder?«

Eoin beugt sich vor und dämpft die Stimme. »Meine Oma erzählt ziemlich finstere Geschichten über diesen Ort.«

»Die Leichen im Moor …«, fährt Seàn fort. »Niemand weiß mit Sicherheit, wie diese Menschen gestorben sind, aber man glaubt, dass sie von den Wikingern in Stücke gehackt wurden. Da sie nicht in geweihter Erde begraben wurden, heißt es, dass ihre ruhelosen Seelen ihr Unwesen treiben.«

Mir ist klar, dass sie mich wahrscheinlich nur auf den Arm nehmen, trotzdem verspüre ich ein kleines ängstliches Kribbeln.

»Außerdem wird gemunkelt, dass dies auch der Grund war, warum die letzten Bewohner die Insel verlassen haben«, sagt Eoin. »Weil die Stimmen aus dem Moor ihnen zu laut wurden.« Er grinst Seàn an, dann mich. »Also, ich freue mich ja nicht unbedingt darauf, heute Abend nach Einbruch der Dunkelheit hier sein zu müssen, das sage ich Ihnen. Es ist die Insel der Geister …«

»Entschuldigung«, meldet sich ein Typ mit Pilotensonnenbrille und Tweedjackett, der hinter mir steht und ein wenig ungehalten wirkt. »Das alles klingt ja überaus interessant, aber falls es Ihnen nichts ausmacht, würden Sie mir wohl einen Old Fashioned machen?«

Ich nehme das als Hinweis, die beiden Jungs ihre Arbeit

machen zu lassen, und beschließe, durch den von brennenden Fackeln flankierten Eingang einen heimlichen Blick in das Partyzelt zu werfen. Das Innere ist erfüllt vom herrlichen Duft der zahlreichen teuer aussehenden Kerzen. Und doch (ich bin nicht stolz auf meine Schadenfreude) ist da definitiv noch eine muffige Note nach feuchtem Segeltuch. Am Ende ist es eben doch nur ein Zelt. Aber *was* für eins. Zelte im Plural eigentlich: In dem kleineren Pavillon auf der einen Seite befindet sich die Tanzfläche mit dem Bühnenaufbau für die Band, auf der anderen Seite gibt es noch einen Pavillon, der eine weitere Bar beherbergt. Tja, warum sich mit nur einer Bar begnügen, wenn man auch zwei haben kann? Im Hauptzelt in der Mitte schweben Kellner und Kellnerinnen in weißen Hemden mit der Eleganz von Balletttänzern umher, rücken Gabeln zurecht und polieren Gläser.

Auf einem silbernen Ständer thront eine riesige Torte. Sie ist so schön, dass der Gedanke, dass Jules und Will ihr später mit dem Messer zu Leibe rücken werden, mich traurig stimmt. Ich kann mir nicht mal vorstellen, was eine solche Torte kostet. Wahrscheinlich so viel wie unsere gesamte Hochzeit.

Ich trete wieder aus dem Zelt hinaus und fröstle, als eine steife Brise mir entgegenschlägt. Der Wind hat definitiv aufgefrischt. Draußen auf dem Meer bedecken Schaumkronen die Wellenkämme.

Ich betrachte die Menge. Sämtliche Leute, die ich auf dieser Feier kenne, sind Teil der engeren Hochzeitsgesellschaft und damit beim Fototermin. Wenn ich nicht meinen Mut zusammennehme, werde ich bis zu Charlies Rückkehr allein hier rumstehen – und sobald er mit den Fotos fertig ist, wird er sicher gleich für seine Pflichten als Zeremonienmeister eingespannt sein. Also nehme ich einen großen Schluck von meinem Gin Tonic und klinke mich bei der nächstbesten Gruppe ein.

An der Oberfläche sind sie durchaus freundlich, aber ich merke, dass es Freunde sind, die sich lange nicht gesehen haben und sich einiges zu erzählen haben – ich gehöre nicht dazu. Ich stehe da und nippe an meinem Drink, wobei ich mir Mühe gebe, mir das Auge nicht mit dem Rosmarinzweig auszustechen. Ich frage mich, wie all die anderen mit ihren Gin Tonics es schaffen, ohne sich zu verletzen. Vielleicht lernt man so etwas ja an der Privatschule: wie man Cocktails mit sperriger Deko schlürft. Denn hier hat zweifellos jeder eine Privatschule besucht.

»Wisst ihr vielleicht, wie der Hashtag lautet?«, fragt eine Frau. »Für die Hochzeit, meine ich? Ich habe auf der Einladung nachgesehen, aber ich konnte ihn nicht finden.«

»Ich bin mir nicht sicher, dass es einen gibt«, erwidert ihre Freundin. »Wie auch immer, der Empfang hier ist so miserabel, dass du ohnehin nichts hochladen kannst, solange wir auf der Insel sind.«

»Vielleicht haben sie ja deshalb diesen Ort für die Hochzeit gewählt«, sinniert die erste. »Wegen Wills Bekanntheitsgrad, meine ich.«

»Er ist wirklich sehr ungewöhnlich«, sagt die andere Frau. »Ich muss zugeben, dass ich eher Italien erwartet hätte … einen der Seen vielleicht. Das scheint doch gerade ein Trend zu sein, oder nicht?«

»Andererseits ist Jules ja eine Trend*setterin*«, schaltet

eine dritte Frau sich ein. »Vielleicht ist das ja ein ganz neues Ding …« Eine Windböe reißt beinahe ihren Hut mit sich, und sie presst ihn mit festem Griff auf den Kopf. »… Hochzeiten auf gottverlassenen Inseln im Nirgendwo.«

»Eigentlich ist es doch ziemlich romantisch hier, findet ihr nicht? Diese Wildnis und die herrlichen Ruinen. Man muss gleich an diesen irischen Dichter denken … Keats.«

»Yeats, Süße.«

Die Frauen haben diese tiefe natürliche Bräune, die von Sommerurlauben auf griechischen Inseln herstammt. Ich weiß das, weil sie sich als Nächstes über die Vorzüge von Hydra gegenüber Kreta auslassen. »Mein Gott«, sagt die eine, »warum bitte sollte jemand sich das antun und mit Kindern Economy fliegen? Ich meine, schlimmer kann man doch nicht in den Urlaub starten.« Ich frage mich, was sie sagen würden, wenn ich mich einschalten und die Vorzüge des einen New-Forest-Campingplatzes gegenüber einem anderen diskutieren würde. *Also ich persönlich finde ja, es geht ausschließlich darum, welcher über die besten Chemietoiletten verfügt*, könnte ich in demselben Tonfall sagen, in dem sie darüber debattieren, welches Strandrestaurant die beste Aussicht hat. Den werde ich mir für Charlie später aufheben müssen. Doch wie sich gestern Abend wieder mal herausstellte, wird Charlie in Gesellschaft vornehmer Leute immer ein bisschen komisch … unsicher und defensiv.

Jetzt wendet sich der Kerl zu meiner Rechten an mich: ein zu groß geratener Schuljunge, eines dieser sehr runden, rosa-weißen Gesichter, die im krassen Gegensatz zu dem fliehenden Haaransatz stehen. »Nun«, sagt er, »Hannah, nicht wahr? Braut oder Bräutigam?«

Ich bin so erleichtert, dass jemand sich dazu herablässt, mit mir zu reden, dass ich ihn abknutschen könnte.

»Äh … Braut.«

»Ich gehöre zum Bräutigam. Bin mit dem Mistkerl zur Schule gegangen.« Er streckt seine Hand aus, und ich schüttle sie. Mir kommt es so vor, als wäre ich zu einem Bewerbungsgespräch in sein Büro spaziert. »Und du kennst Julia über …?«

»Ich bin mit Charlie verheiratet … er ist ein guter Freund von Jules und gehört zur Brautgesellschaft.«

»Und woher stammt dieser charmante Akzent?«

»Ähm, aus Manchester. Na ja … etwas außerhalb.« Obwohl ich immer das Gefühl habe, ihn praktisch verloren zu haben, wo ich doch schon so lange im Süden lebe.

»Dann bist du sicher für United, oder? Ich bin vor ein paar Jahren mal geschäftlich dort gewesen. Passables Spiel. Gegen Southampton, glaube ich. Zwei eins, eins null … jedenfalls kein Unentschieden, was scheißlangweilig gewesen wäre. Aber fürchterliches Essen. Ungenießbar.«

»Oh«, sage ich. »Mein Vater ist Fan …«

Aber da hat er sich bereits gelangweilt abgewendet und vertieft sich in ein Gespräch mit dem Kerl neben sich.

Also stelle ich mich einem älteren Pärchen vor, hauptsächlich, weil die beiden ebenfalls mit niemandem zu sprechen scheinen.

»Ich bin der Vater des Bräutigams«, sagt der Mann. Die Formulierung kommt mir reichlich seltsam vor. Warum sagt er nicht einfach: Ich bin Wills Dad? Er deutet mit seiner schmalen Hand auf die Frau neben sich: »Und das ist meine Frau.«

»Hallo«, grüßt sie und schaut gleich wieder auf ihre Füße.

»Sie müssen sehr stolz sein«, sage ich.

»Stolz?« Wills Vater mustert mich stirnrunzelnd. Er ist groß, hält sich aufrecht, daher muss ich den Kopf leicht in den Nacken legen, um zu ihm aufzuschauen. Vielleicht liegt es an der langen Hakennase, aber ich habe den Eindruck, dass er mich von oben herab betrachtet. Ich bin mir der leichten Anspannung in meinem Bauch bewusst, die mich daran erinnert, wie es war, in der Schule von einem Lehrer getadelt zu werden.

»Nun, ja«, erwidere ich verlegen. Ich dachte nicht, dass ich mich weiter erklären müsste. »Vor allem wegen der Hochzeit, meine ich, aber auch wegen *Survive the Night*.«

»Mhm.« Er scheint darüber nachzudenken. »Aber das ist doch kein Beruf, oder?«

»Nun, ähm … wohl nicht im traditionellen Sinn …«

»Er war nicht immer der beste Schüler, wissen Sie. Hat sich mehr als einmal in die Bredouille gebracht … aber alles in allem ist er schon ein cleverer Junge. Er hat es an eine passable Universität geschafft. Hätte sich auf die Politik oder Juristerei verlegen können. Vielleicht nicht in der Spitzenriege, aber durchaus respektabel.«

Meine Güte. Gerade ist mir eingefallen, dass Wills Vater ja Rektor am Internat ist. Im Moment hört er sich an, als würde er über einen x-beliebigen Schüler reden, nicht seinen eigenen Sohn. Ich hätte nie gedacht, dass ich Mitleid für Will empfinden könnte, dem doch alles so zuzufliegen scheint … aber ich glaube, in diesem Moment bemitleide ich ihn.

»Haben Sie Kinder?«, erkundigt er sich. »Auch Söhne?«

»Ja, Ben, er ist…«

»Es gibt deutlich schlechtere Schulen, die Sie in Erwägung ziehen könnten, als die Trevellyan's. Ich weiß, dass unsere Methoden von einigen Zeitgenossen als etwas… streng angesehen werden, aber unser Internat hat bereits große Männer aus nicht gerade vielversprechendem Rohmaterial hervorgebracht.«

Die Vorstellung, Ben in die Klauen dieses zutiefst unterkühlten Mannes zu geben, erfüllt mich mit Grauen. Am liebsten würde ich ihm sagen, dass ich meinen Sohn auf keinen Fall an eine Erziehungsanstalt schicken würde, die von ihm geleitet wird, selbst wenn ich es mir leisten könnte und selbst wenn Ben annähernd im Alter für eine weiterführende Schule wäre. Doch ich lächle nur höflich und entschuldige mich. Wenn Wills Eltern hier sind, muss auch der Rest vom Fototermin zurück sein. Doch warum ist Charlie noch nicht gekommen? Ich lasse den Blick über die Menge schweifen und entdecke ihn schließlich in einer großen Gruppe zusammen mit Wills Freunden und einigen anderen Männern. Ich verspüre einen Anflug von Ärger und gehe so schnell auf ihn zu, wie meine Absätze es mir erlauben.

»Charlie«, sage ich und versuche, nicht allzu tadelnd zu klingen. »Es fühlt sich an, als wärt ihr Stunden weg gewesen. Ich hatte gerade ein unfassbar schräges Gespräch…«

»Hey, Hannah«, antwortet er etwas zerstreut. Doch der leichte Silberblick, mit dem er mich bedenkt, und womöglich auch eine andere subtile Änderung in seinen Zügen verrät mir, dass er getrunken hat. Er hat ein volles Glas

Champagner in seiner Hand, aber ich denke nicht, dass es sein erstes ist. Ich rufe mir in Erinnerung, dass er immer die Kontrolle behält, dass er seine Grenzen kennt. Er ist ein erwachsener Mann. »Oh«, sagt er. »Übrigens kannst du jetzt wahrscheinlich das Ding von deinem Kopf runternehmen.«

Er meint den Fascinator. Ich spüre, wie mir die Hitze in die Wangen schießt, während ich ihn rasch abnehme. Schämt er sich etwa für mich?

Einer der Männer, mit dem Charlie sich unterhalten hat, kommt rüber und klopft ihm auf die Schulter. »Ist das deine bessere Hälfte, Charlie?«

»Ja«, sagt Charlie. »Rory, das ist meine Frau, Hannah. Hannah, das ist Rory. Er war auch auf dem Junggesellenabschied.«

»Ist mir eine Freude, dich kennenzulernen, Hannah«, sagt Rory mit einem Zahnpastalächeln. So unfassbar *charmant*, diese Privatschulknaben. Ich denke an Wills Kumpel, die vorhin als Platzanweiser vor der Kapelle herumstanden: *Dürfte ich Ihnen ein Programm anbieten? Hätten Sie gerne ein paar getrocknete Rosenblüten?* Als könnten sie kein Wässerchen trüben. Aber ich habe gesehen, wie sie gestern Abend drauf waren. Ich würde keinem von ihnen über den Weg trauen.

»Hannah«, sagt Rory, »ich glaube, ich sollte mich entschuldigen für den Zustand, in dem wir dir deinen Mann nach dem Junggesellenabschied zurückgeschickt haben. Aber es war alles nur Spiel und Spaß, stimmt's, Charlie? Den Letzten beißen die Hunde oder so.«

Keine Ahnung, was das bedeuten soll. Ich betrachte Charlie. Und ich sehe es, als es passiert – die Veränderung im Gesicht meines Mannes. Wie sich seine Züge anspannen, wie die Lippen zu einem schmalen Strich werden, bis er exakt dieselbe Miene zur Schau trägt, die er hatte, als ich ihn nach dem Wochenende vom Flughafen abholte.

»Was um alles in der Welt habt ihr bloß getrieben?«, frage ich Rory in spielerischem Tonfall. »Charlie will es mir einfach nicht erzählen.«

Rory wirkt erleichtert. »Sehr brav«, sagt er und klopft Charlie abermals auf die Schulter. »Was auf dem Junggesellenabschied passiert ist, bleibt auch dort und so.« Er zwinkert mir zu. »War jedenfalls ein Riesenspaß. Jungs unter sich eben.«

»Charlie?«, frage ich, als Rory abgezogen ist und wir einen Moment allein sind. »Hast du getrunken?«

»Nur einen Schluck«, sagt er. »Du weißt schon, sozialer Schmierstoff.« Zumindest scheint er nicht zu lallen.

»Charlie …«

»Hannah«, unterbricht er mich. »Zwei Gläser werden mich schon nicht aus der Spur bringen.«

»Und was ist eigentlich auf dem Junggesellenabschied passiert? Wovon hat er da geredet?« Ich muss daran denken, wie er am Flughafen auftauchte, mit leerem Blick und völlig verstört.

»Ach, herrje.« Charlie fährt sich mit der Hand durchs Haar, verzieht das Gesicht. »Ich weiß nicht, warum es mir so zugesetzt hat. Es … na ja, ich schätze, es liegt daran, dass ich keiner von ihnen bin. Außerdem war es ziemlich schlimm.«

»Charlie«, sage ich und spüre ein mulmiges Gefühl in meinem Bauch aufsteigen. »Was haben sie getan?«

Da hebt mein Ehemann den Kopf und zischt mich zwischen zusammengebissenen Zähnen an, wobei sich diese hässliche Spur von etwas oder besser gesagt von jemand anderem in seine Worte stiehlt: »Ich will nicht drüber reden, verdammte Scheiße noch mal.«

Mein Gott. Charlie hat tatsächlich getrunken.

JOHNNO

Der Trauzeuge

Ich kippe den Champagner und nehme mir gleich das nächste Glas von einer vorbeikommenden Kellnerin. Auch das werde ich schnell trinken, danach fühle ich mich vielleicht etwas mehr wie… ich weiß auch nicht, etwas mehr wie ich selbst. Als ich heute Morgen das alles hier gesehen habe, alles, was Will hat… na ja, ich kam mir auf einmal ziemlich erbärmlich vor. Ich bin nicht stolz drauf. Klar fühle ich mich schlecht deswegen. Will ist mein bester Kumpel. Ich würde mich gerne einfach nur für ihn freuen. Aber die Begegnung mit den Jungs hat alles wieder aufgewühlt. Es kommt mir so vor, als hätte nichts von alldem ihn berührt oder aufgehalten. Wohingegen ich immer das Gefühl hatte, dass ich… weiß auch nicht, dass ich es nicht verdiene, glücklich zu sein.

Im Gedränge vor der Kapelle sehe ich so viele bekannte Gesichter: Typen vom Junggesellenabschied und andere, die zwar nicht dabei waren, aber mit uns zur Schule gingen. »Na, ohne Damenbegleitung gekommen, Johnno?«, fragen sie mich. Und: »Dann hast du wohl vor, heute Abend eins von den Mädels anzugraben?«

»Vielleicht«, antworte ich. »Vielleicht auch nicht.«

Es wird noch ein bisschen gewettet, bei welcher ich wohl versuchen werde zu landen. Dann wenden sie sich ab, um über ihre Jobs und ihre Häuser zu reden. Sich über Optionen und Depots auszutauschen. Dann die neueste Story über irgendeinen Politiker, der sich zum Affen gemacht hat. Gibt nicht viel, was ich zu dem Gespräch beitragen könnte, da ich den Namen nicht mitgekriegt habe, und selbst wenn, würde ich ihn wahrscheinlich nicht kennen. Ich stehe hier und fühle mich dämlich, fühle mich, als würde ich nicht dazugehören. Das habe ich im Grunde ja auch noch nie.

Sie alle haben heute Spitzenjobs. Selbst die, die ich als nicht ganz so clever in Erinnerung habe. Und sie sehen allesamt ganz anders aus als in der Schulzeit. Kein Wunder, zumal fast zwanzig Jahre dazwischenliegen. Doch so fühlt es sich nicht an. Nicht für mich. Und nicht heute, da ich an diesem Ort stehe. Wenn ich in die Gesichter der anderen schaue, ist es egal, wie viel Zeit vergangen ist oder dass da kahle Stellen sind, wo einst ein voller Schopf war, dass das ehemals braune Haar jetzt blond ist oder dass jemand Kontaktlinsen statt Brille trägt. Ich weiß ganz genau, wer wer ist.

Es ist nämlich so: Selbst heute – obwohl ich so eine elende Enttäuschung für sie war – halten meine Alten immer noch das Schulfoto auf dem Wohnzimmerkamin in Ehren. Ich habe nie auch nur ein Fitzelchen Staub darauf gesehen. Sie sind so stolz auf das Foto. *Schaut euch nur unseren Jungen an seiner piekfeinen Schule an. Einer von ihnen.* Die gesamte Schülerschaft draußen auf dem Spielfeld vor dem Hauptgebäude versammelt, gegenüber von den Klippen. Alle drängen sich auf einem der Metallränge zusammen, die Haare von der Hausmutter brav zum Seitenscheitel gekämmt, mit einem breiten, dummen Grinsen im Gesicht: *Lächelt für die Kamera, Jungs!*

Auch jetzt grinse ich sie an wie auf dem Foto. Ich frage mich, ob sie mich anschauen und insgeheim dasselbe denken wie damals: Johnno, der Loser. Der Versager. Immer gut für einen Lacher, aber auch nicht viel mehr. Aus ihm ist genau das geworden, was sie sich alle gedacht haben. Tja, und das ist der Punkt, an dem ich ihnen beweisen werde, dass sie falschliegen. Denn ich habe ein Whiskeygeschäft, über das ich reden kann, oder etwa nicht?

»Johnno, Alter. Kann nicht glauben, dass es schon so lange her ist.« Greg Hastings – dritte Reihe, Zweiter von links. Seine Mum sah echt gut aus, aber das hat er definitiv nicht von ihr geerbt.

»Ha, war ja klar, Johnno, dass du deinen Anzug vergisst!« Miles Locke – fünfte Reihe, Mitte. Fast schon ein kleines Genie, aber kein zu krasser Streber, also ist er ganz gut durchgekommen.

»Wenigstens hast du nicht die Ringe vergessen! Stell dir vor, du hättest es getan, das wäre der *Ober*kracher gewesen.« Jeremy Swift – oben, rechts außen. Hat mal wegen einer Wette ein Fünfzig-Pence-Stück verschluckt und musste deswegen in die Notaufnahme.

»Johnno, altes Haus! Ich erhol mich immer noch vom Junggesellenabschied. Da hast du echt was mit mir angestellt. Gott, und erst dieser arme Kerl! Dem haben wir richtig zugesetzt. Er ist auch hier, oder?« Curtis Lowe – vierte Reihe, Fünfter von rechts. Hätte beinahe mal Profitennis gespielt, und ist als Steuerberater geendet.

Nicht übel, was? Sie halten mich für beschränkt. Aber wenn es darauf ankommt, habe ich ein ziemlich gutes Gedächtnis.

Es gibt jedoch ein Gesicht auf dem Foto, bei dem ich mich nicht überwinden kann, es anzuschauen. Unterste Reihe, bei den Kleinen, rechts außen. Loner, der Knirps, der Will so vergöttert hat und der alles getan hätte, um ihm zu gefallen. Alles, was wir verlangten. Er klaute für uns Extrabrötchen und Butter aus der Küche, bürstete den Schlamm von unseren Rugbyschuhen, putzte unseren Schlafsaal. Alles Dinge, die wir problemlos selber hätten machen können. Aber wir fanden es irgendwie witzig, uns Aufgaben für ihn auszudenken.

Wir gingen dazu über, immer beklopptere Dinge zu verlangen. Einmal sagten wir ihm, er solle aufs Schuldach klettern und wie eine Eule rufen, und er tat es. Ein anderes Mal brachten wir ihn dazu, alle Brandmelder auszulösen. Es war einfach zu verlockend, um es nicht weiter auszureizen und zu sehen, wie weit er gehen würde. Manchmal durchwühlten wir sein Zeug, aßen die Süßigkeiten, die seine Mum ihm geschickt hatte, oder taten so, als würden wir uns zum Bikini-Strandfoto seiner scharfen großen Schwester einen runterholen. Oder wir entdeckten die Briefe, die er geschrieben hatte, um sie nach Hause zu schicken, und lasen sie mit weinerlicher Stimme vor: *Ich vermisse euch alle so sehr.* Und manchmal verprügelten wir ihn auch ein bisschen. Beispielsweise wenn er unsere Rugbyschuhe nicht ordentlich geputzt hatte – oder zumindest behaupteten wir das, denn er machte seinen Job immer sehr ordentlich. Ich nötigte ihn stillzustehen, während ich ihm als »Ansporn«

den Arsch mit dem Stollenschuh versohlte. Einfach so, um zu sehen, was er sich gefallen lassen würde. Er ließ uns alles durchgehen.

Ich nehme mir ein weiteres Glas Champagner und leere es. Dieses haut endlich rein – ich spüre, wie ich gefühlt etwas abhebe. Ich geselle mich zu der großen Gruppe von ehemaligen Trevellyanern. Ich will ihnen alles von meinem Whiskeygeschäft erzählen. Nur die nächste halbe Stunde oder so. Nur damit sie endlich kapieren, dass ich genauso gut bin wie sie. Aber das Gespräch ist mittlerweile woanders angelangt, und mir fällt nicht ein, wie ich es in eine andere Richtung lenken könnte.

Jemand tippt mir unsanft auf die Schulter. Ich drehe mich um und stehe ihm gegenüber: Mr. Slater – Wills Dad. Aber in erster Linie der Rektor der Trevellyan's School.

»Jonathan Briggs«, sagt er. »Du hast dich kein bisschen verändert.« Und das meint er nicht als Kompliment.

Scheiße, ich hatte gehofft, einen weiten Bogen um ihn machen zu können. Sein Anblick hat den gleichen Effekt auf mich wie früher. Hätte gedacht, dass es jetzt, da ich erwachsen bin, anders sein könnte. Aber ich habe noch immer einen Riesenschiss vor ihm. Witzig, wenn man bedenkt, dass er es war, der mir damals den Arsch gerettet hat.

»Hallo, Sir«, sage ich. Meine Zunge fühlt sich an, als würde sie in der Kehle feststecken. »Ich meine, Mr. Slater.« Ich bin sicher, er hätte es lieber, wenn ich ihn »Sir« nennen würde. Ich blicke über meine Schulter. Der Kreis, in dem ich zuvor stand, hat sich geschlossen, und so bleiben wir gezwungenermaßen außen vor: nur er und ich. Kein Entkommen.

Er taxiert mich von oben bis unten. »Ich sehe schon, du kleidest dich nach wie vor etwas ausgefallen. Ich erinnere mich noch an das Jackett, das du an der Trevellyan's hattest – am Anfang zu weit, am Ende zu klein.«

Ja, weil meine Familie sich nur eines leisten konnte.

»Und ich sehe, du verkehrst immer noch mit meinem Sohn«, fährt er fort. Er hat mich noch nie gemocht. Doch andererseits kann ich mir nicht vorstellen, dass er überhaupt jemanden mag, nicht einmal sein eigenes Kind.

»Ja«, erwidere ich. »Wir sind beste Freunde.«

»Tatsächlich? Ich hatte ja eher den Eindruck, du würdest die Drecksarbeit für ihn erledigen. So wie damals, als du in mein Büro eingebrochen bist, um die Prüfungsunterlagen zu stehlen.«

Für einen Moment erstarrt alles um mich herum. Ich bin so überrascht, dass ich kein einziges Wort rausbekomme.

»Oh ja«, sagt Mr. Slater, ungerührt von meinem Schweigen. »Ich weiß schon. Du denkst, nur weil es nie zur Anzeige gebracht wurde, bist du nicht aufgeflogen? Tja, es wäre nur eine Schande für die Schule und für meinen Namen gewesen, wenn es rausgekommen wäre.«

»Ich habe keine Ahnung, wovon Sie reden«, sage ich, aber ich denke: Sie wissen ja nicht mal die Hälfte. Oder vielleicht wissen Sie es ja, und Sie haben einfach das perfekte Pokerface.

Danach gelingt es mir, mich zu verdrücken. Ich ziehe los, weil ich mir noch was zu trinken besorgen will. Was Stärkeres. Neben dem Partyzelt ist eine Theke aufgebaut. Die Barkeeper können gar nicht schnell genug nachschenken. Die Leute bestellen zwei, drei Drinks gleichzeitig und tun so, als wären sie für irgendwelche Freunde oder ihre Begleitung gedacht, obwohl ich sie beim Weggehen selbst daran nippen sehe. Heute Abend wird es abgehen – vor allem mit dem Zeug, das Peter Ramsay mitgebracht hat. Als ich nach meinem Whiskey greife – das Zeug, das ich mitgebracht habe –, bemerke ich, wie meine Hand zittert.

Dann entdecke ich plötzlich diesen Typen, der mir bekannt vorkommt. Er schaut zu mir rüber, runzelt die Stirn. Aber er ist definitiv nicht von der Trevellyan's. Mit seinen fünfzig Jahren ist er zu alt, um auf dem Schulfoto zu sein. Erst bin ich genervt, weil ich nicht dahinterkomme, woher ich ihn kenne.

Seine Hipsterfrisur ist etwas zu trendy, zumal er graues Haar und eine leichte Stirnglatze hat, und er trägt einen Anzug zu Sneakern. Er sieht aus, als wäre er geradewegs aus einem dieser beschissenen Soho-Büros spaziert und hätte keine Ahnung, wie er hier gelandet ist, mitten im Nirgendwo auf einer unbekannten Insel.

Ein paar Minuten lang habe ich keinen blassen Schimmer, wo ich jemanden wie ihn getroffen haben könnte. Dann fällt es uns beiden wieder ein. Scheiße. Das ist der Produzent von *Survive the Night*. Irgendein schnöseliger, französisch klingender Name. Piers. So hieß er.

Er kommt auf mich zu. »Johnno, wie schön, Sie zu sehen.«

Ich bin irgendwie geschmeichelt, dass er sich an meinen Namen erinnert und mein Gesicht wiedererkennt. Dann fällt mir wieder ein, dass ihm mein Gesicht nicht gut genug gefallen hat, um es in der Fernsehshow zu präsentieren, also schraube ich meine Begeisterung etwas runter. »Piers«, sage ich, strecke meine Hand aus. Ich habe keinen Schimmer, warum er mit mir reden will. Wir haben uns nur das eine Mal getroffen, als ich ins Studio kam, um die Probeaufnahme mit Will zu machen. Es wäre doch weitaus weniger unangenehm gewesen, wenn wir von ferne die Gläser erhoben und es dabei belassen hätten?

»Lang nicht mehr gesehen, Johnno«, sagt er und wippt auf seinen Fersen vor und zurück. »Ich hätte dich kaum wiedererkannt mit dem langen Haar.« Er versucht, höflich zu sein. Mein Haar ist gar nicht so viel gewachsen. Aber ich sehe wahrscheinlich gute fünfzehn Jahre älter aus als bei unserer letzten Begegnung. Schätze mal, das kommt von der ganzen Sauferei. »Und was haben Sie seitdem so getrieben?«, fragt er. »Muss ja eine höchst lukrative Sache gewesen sein.«

Die Formulierung kommt mir etwas merkwürdig vor, aber ich sehe darüber hinweg. »Ich war damit beschäftigt, Whiskey herzustellen«, erkläre ich und gebe mir große Mühe, bei dieser Farce mitzuspielen, aber um ehrlich zu sein, muss ich die ganze Zeit daran denken, wie dieser Kerl mich damals mit einer knappen E-Mail abserviert hat.

Nicht ganz das richtige Profil für diese Sendung.

Die wenigsten würden denken, dass mir das so viel ausgemacht hat. Sie sehen in mir den alten Johnno, den Wilden, den Verrückten… ohne hinter die Fassade zu blicken. Im Prinzip habe ich auch gar nichts dagegen, sondern bestärke sie mit meinem Verhalten sogar in ihrer Einschätzung. Aber auch ich habe Gefühle, und dieses Gespräch ist mir peinlich, so wie es mir peinlich war, als die Produktionsfirma mich in den Wind schoss. Wenigstens bekam ich ein paar Tausender für das Konzept gezahlt.

Man muss dazu wissen, dass die Idee für die Show von mir stammt. Ich behaupte nicht, dass ich mir die komplette Sache ausgedacht hätte. Aber ich habe den Samen gelegt. Vor etwa einem Jahr saßen Will und ich in einem Pub und tranken ein Bier. Wie immer hatte ich das Treffen vorgeschlagen, denn Will hatte zu viel um die Ohren, um an so etwas zu denken, obwohl er damals keine nennenswerte Fernsehkarriere hatte, sondern nur einen Agenten. Aber auch wenn er mich hier und da vertröstete, so sagte er doch nie ab. Uns verbindet zu viel, als dass er diese Freundschaft sterben lassen würde. Das weiß er auch.

Ich muss ziemlich betrunken gewesen sein, denn ich erwähnte das Spiel, das wir früher an der Schule gespielt hatten, Survival. Ich weiß noch, wie Will mich mit diesem Blick bedachte. Ich glaube, er hatte Angst vor dem, was ich als Nächstes sagen könnte. Dabei wollte ich gar nicht näher auf die Sache eingehen. Das tun wir nie. Ich hatte mir nur am Abend davor eine Sendung mit einem dieser Abenteurertypen angeschaut, und sie war mir so läppisch vorgekommen. Also sagte ich: »Unser Spiel damals wäre doch ein viel besseres Konzept für eine Fernsehshow als der sogenannte Survivalkram, den man normalerweise zu sehen bekommt, oder nicht?«

Plötzlich schaute er mich mit einem ganz neuen Blick an.

»Was ist?«, fragte ich.

»Johnno«, sagte er, »das ist womöglich die beste Idee, die du je hattest.«

»Ja, aber das kannst du doch nicht ernsthaft machen. Du weißt schon… wegen dem, was damals passiert ist.«

»Das ist eine Ewigkeit her«, erwiderte er. »Außerdem

war es ein Unfall, das weiß du doch?« Und als ich nicht antwortete, wiederholte er: »Das weißt du doch?«

Ich sah ihn an. Glaubte er das wirklich? Er wartete auf eine Antwort.

»Ja«, sagte ich. »Ja, natürlich.«

Als Nächstes organisierte er uns die Probeaufnahme. Und der Rest, so kann man wohl sagen, ist Geschichte. Für ihn jedenfalls. Ganz offenbar wollten sie meine hässliche Visage nicht dabeihaben.

Mir wird bewusst, dass Piers mich etwas seltsam anschaut. Ich glaube, er hat mich eben was gefragt. »Entschuldigung. Was haben Sie gesagt?«

»Ich sagte, das klingt ja ganz so, als hätte sich Ihre Arbeit für Sie ausgezahlt. Unser Verlust ist wohl zumindest ein Gewinn für die Whiskeywelt.«

Unser Verlust? Es war doch gar nicht ihr Verlust ... Sie wollten mich nicht, Punkt. Ich nehme einen großen Schluck von meinem Drink, bevor ich sage: »*Sie* wollten mich doch nicht in der Show dabeihaben. Bei allem Respekt, aber wovon reden Sie eigentlich?«

AOIFE

Die Hochzeitsplanerin

Am Horizont verdüstert sich der Himmel bereits, und die Brise hat aufgefrischt. Seidenkleider flattern im Wind, ein paar Hüte rollen davon, Cocktailgarnituren werden in die Luft gewirbelt.

Doch über das anschwellende Geräusch des Windes erhebt sich die Stimme der Sängerin:

»'is tusa ceol mo chroí,
Mo mhuirnín
is tusa ceol mo chroí.«

Du bist die Musik meines Herzens,
mein Schatz,
du bist die Musik meines Herzens.

Für einen Moment ist mir, als hätte ich vergessen, wie man atmet. Dieses Lied. Meine Mutter sang es uns vor, als wir klein waren. Ich zwinge mich, einzuatmen und wieder auszuatmen. Konzentriere dich, Aoife. Du hast noch viel zu erledigen.

Die Gäste belagern mich bereits mit Fragen und Forderungen:

»Gibt es auch glutenfreie Kanapees?«

»Wo hat man hier den besten Empfang?«

»Würden Sie den Fotografen bitten, ein paar Fotos von uns zu machen?«

»Könnte ich vielleicht einen anderen Platz bekommen?«

Ich schlängle mich zwischen ihnen hindurch, beruhige sie, beantworte ihre Fragen, zeige ihnen den Weg zu den Toiletten, der Garderobe, der Bar. Es scheinen viel mehr zu sein als nur hundertfünfzig, sie sind überall, strömen durch die flatternden Türen des Partyzelts herein und hinaus, drängeln sich vor der Bar, schwärmen über die Wiese, posieren für Smartphone-Bilder, küssen sich, lachen und nehmen sich Kanapees, die das Heer von Servicekräften ihnen anbietet. Ich habe bereits mehrere Gäste davon abhalten müssen, ins Moor zu spazieren, bevor sie sich in Gefahr bringen.

»Bitte nicht«, sage ich und fange eine andere Gruppe ab, die versucht, mit Drinks in den Händen den Friedhof zu betreten, als würden sie sich auf einer Jahrmarktattraktion umschauen. »Einige dieser Grabmäler sind sehr alt und brüchig.«

»Sieht nicht so aus, als hätte sie in letzter Zeit jemand besucht«, kommentiert einer der Männer im Krieg-dich-wieder-ein-Ton, während sie sich etwas widerwillig zum Gehen wenden. »Die Insel ist verlassen, oder etwa nicht? Ich denke ja nicht, dass es irgendwen stören wird.« Offenbar hat er die kleine Grabstätte meiner Familie nicht entdeckt, und darüber bin ich froh. Ich will nicht, dass sie zwischen den Gräbern herumlungern, ihre Getränke verschütten und mit ihren spitzen Absätzen und polierten Schnürschuhen auf dem geweihten Boden herumstapfen und die Inschriften laut vorlesen. Um sich über meine eigene in Stein gemeißelte Tragödie auszulassen.

Natürlich hatte ich mich innerlich darauf vorbereitet, die ganzen Leute hier zu haben. Es ist ein notwendiges Übel – und immerhin habe ich erreicht, was ich wollte: dass wieder Menschen auf dieser Insel sind. Und doch war mir nicht klar gewesen, als wie übergriffig ich ihre Anwesenheit empfinden würde.

OLIVIA

Die Brautjungfer

Die Trauzeremonie hat ewig gedauert – oder zumindest kam es mir so vor. In meinem dünnen Kleid hörte ich gar nicht mehr auf zu zittern. Ich hielt meinen kleinen Strauß so fest, dass die Dornen der Rosenstängel sich durch das weiße Seidenband in meine Handflächen bohrten. Ich musste die kleinen Blutströpfchen schnell von meiner Haut saugen, wenn gerade niemand hinschaute.

Dann, endlich, war es vorbei.

Doch nach der Trauung kamen die Fotos. Mein Gesicht tut immer noch weh von den krampfhaften Versuchen zu lächeln. Meine Wangen schmerzen. Der Fotograf hörte gar nicht mehr auf damit, mich vorzuführen und zu ermahnen: »Die Mundwinkel müssen nach oben zeigen, nicht nach unten, Schätzchen!« Ich hab es zwar versucht, aber es muss wie ein Zähnefletschen ausgeschaut haben, zumindest hat es sich so angefühlt. Ich merkte, wie genervt Jules allmählich war, aber ich hatte keine Ahnung, was ich dagegen unternehmen sollte. Ich konnte mich nicht mehr daran erinnern, wie man richtig lächelte. Mum legte eine Hand auf meine Schulter. »Alles in Ordnung, Livvy?« Offenbar konnte sie mir ansehen, dass etwas im Argen war. Dass es mir nicht gut ging, kein bisschen.

Die Leute drängen sich um mich: Tanten und Onkel, Cousins und Cousinen, die ich seit Ewigkeiten nicht mehr gesehen habe.

»Sag mal, Livvy, bist du immer noch mit deinem Freund zusammen?«, fragt meine Cousine Beth. »Wie hieß er noch mal?« Sie ist ein paar Jahre jünger als ich, fünfzehn. Ich hatte immer das Gefühl, dass sie zu mir aufschaute. Ich erinnere mich noch, wie ich ihr letztes Jahr, auf dem fünfzigsten Geburtstag meiner Tante, alles über Callum erzählte, und wie stolz ich war, während sie an meinen Lippen hing.

»Callum«, sage ich. »Nein … nicht mehr.«

»Und du hast jetzt dein erstes Jahr an der Exeter beendet?«, erkundigt sich meine Tante Meg. Also hat ihr Mum nicht erzählt, dass ich das Studium geschmissen habe. Als ich versuche zu nicken, scheint mein Kopf zu schwer für meinen Hals. »Ja«, erwidere ich, weil es einfacher ist zu lügen. »Ja, es läuft gut.«

Ich gebe mir Mühe, alle ihre Fragen zu beantworten, aber es ist noch anstrengender als das Lächeln. Ich möchte schreien … und innerlich schreie ich auch. Einige von ihnen sehen mich befremdet an und tauschen besorgte Blicke, die zu sagen scheinen: Was ist denn mit der los? Ich vermute, dass ich nicht mehr so wirke wie die Olivia, die sie von früher kennen. Diese andere Olivia war gesprächig und aufgeschlossen, und sie lachte viel. Kein Wunder, ich bin ja auch nicht mehr die Olivia, an die *ich* mich erinnere. Und ich bin mir nicht sicher, ob oder wie ich je zu ihr zurückkehren kann. Aber ich kann ihnen auch kein Theater vorspielen. Ich bin nicht wie Mum.

Plötzlich habe ich wieder das Gefühl, als würde ich keine Luft mehr kriegen. Ich will weg. Weg von ihren Fragen und ihren freundlich besorgten Gesichtern. Ich entschuldige mich, behaupte, ich müsse aufs Klo. Es scheint sie nicht zu stören. Vielleicht sind sie ja auch erleichtert. Während ich davongehe, meine ich zu hören, wie Mum mich ruft, doch ich gehe weiter, und sie ruft kein zweites Mal – wahrscheinlich ist sie abgelenkt durch ein Gespräch. Mum liebt es, wenn sie Publikum hat. Ich gehe etwas schneller und ziehe die dämlichen Pumps aus, die schon voller Schlamm und Erde sind. Ich weiß nicht so genau, wohin ich gehe, nur dass mich der Weg von allen anderen wegführt.

Zu meiner Linken befinden sich von der nassen Gischt glänzende Klippen aus schwarzem Gestein. An einigen Stellen bricht der Boden einfach ab, als wären riesige Brocken plötzlich ins Meer gestürzt und hätten eine zerklüftete Kante hinterlassen. Ich frage mich, wie es sich wohl anfühlen würde, wenn die Erde unter mir einfach nachgeben, einfach verschwinden würde, sodass ich nicht anders könnte, als mit ihr unterzugehen. Mir wird bewusst, dass ich hier stehe und beinahe darauf hoffe.

Unterhalb des Pfades, dem ich folge, sind zwischen den Klippen kleine Buchten mit weißen Sandstränden zu erahnen. Die Wellen weiter draußen sind groß und schaumbedeckt. Ich lasse den Wind über mich hinwegfegen, bis mein Haar sich anfühlt, als würde es mir vom Kopf gerissen werden, bis meine Augenlider sich anfühlen, als müssten sie sich umstülpen. Der Wind drückt gegen mich, als wollte er mich umwerfen. Auf meinem Gesicht brennt das Salz.

Das Wasser draußen ist so hell und blau wie das Meer auf dem Foto von einer karibischen Insel – wie die, auf der meine Freundin Jess letztes Jahr mit ihrer Familie war, als sie auf Instagram ungefähr fünfzigtausend Fotos von sich im Bikini postete (natürlich allesamt nachbearbeitet, sodass ihre Beine länger, ihre Taille schmaler und ihre Brüste größer aussahen). Ich schätze mal, dass der Anblick, der sich mir bietet, ganz schön ist, aber ich *fühle* nicht, dass es schön ist. Eigentlich kann ich gar nichts Gutes mehr spüren: weder den Geschmack von Essen noch die Sonne in meinem Gesicht oder ein Lied im Radio, das ich mag. Während ich auf das Meer hinausschaue, spüre ich lediglich einen dumpfen Schmerz irgendwo unter meinen Rippen wie von einer alten Wunde.

Ich finde einen Weg, der nicht ganz so steil hinunterführt, wo die Erde in einer Schräge auf den Strand trifft und nicht in einer Klippe abfällt. Ich muss mich durch das Gestrüpp kämpfen, das klein, störrisch und dornig am Abhang wächst und sich in meinem Kleid verhakt. Plötzlich stolpere ich über eine Wurzel und stürze die Böschung hinunter. Ich spüre, wie die Seide reißt – Jules wird ausrasten –, dann lande ich auf allen vieren. Meine Knie brennen, doch alles, woran ich denken kann, ist, dass ich das letzte Mal als Kind so hingefallen bin, vor neun Jahren vielleicht. Auch jetzt möchte ich wie ein Kind heulen, denn es sollte wehtun, mein gesamter Körper sollte wehtun, aber die Tränen wollen einfach nicht kommen. Es ist mir schon eine ganze Weile nicht gelungen, sie kommen zu lassen.

Wenn ich weinen könnte, würde womöglich alles besser werden, aber ich kann nicht. Als hätte ich es verlernt oder vergessen.

Ich sitze auf dem nassen Sand und spüre die Feuchtigkeit durch mein Kleid dringen. Meine Knie sind mit richtigen Spielplatzschrammen bedeckt: rosa, wund und voller Sandkörnchen. Ich öffne meine kleine perlenbesetzte Handtasche und hole vorsichtig die Rasierklinge hervor. Ich ziehe den Stoff meines Kleides hoch und drücke die Klinge an meine Haut. Beobachte die hellen roten Blutperlen, die hervorquellen – erst langsam, dann schneller. Obwohl ich den Schmerz spüre, fühlt es sich nicht wie mein Blut oder mein Bein an. Also presse ich noch mehr Blut hervor und warte, bis ich spüre, dass es zu mir gehört.

Das Blut ist knallrot, leuchtend, irgendwie schön. Ich lege einen Finger drauf, dann koste ich es, koste den metallischen Geschmack. Ich denke an das Blut nach dem »Eingriff«, wie sie es nannten. Sie meinten, eine »leichte Schmierblutung« danach wäre total normal. Aber es dauerte gefühlt mehrere Wochen … die dunkelbraunen Flecken, die in meiner Unterhose auftauchten, als würde etwas in meinem Inneren vor sich hinrosten.

Ich weiß noch ganz genau, wo ich war, als mir klar wurde, dass ich meine Periode nicht bekommen hatte. Ich war mit meiner Freundin Jess auf der WG-Party von ein paar höheren Semestern, und sie hatte mir gerade erzählt, dass sie die Badezimmerschränke nach Tampons durchwühlen musste, weil sie ihre Tage zu früh bekommen hatte. Ich weiß noch, dass mich bei ihren Worten ein mulmiges Gefühl überkam, eine Beklemmung in der Brust, als könnte ich nicht richtig Luft holen … ein bisschen wie jetzt. Ich konnte mich beim besten Willen nicht mehr erinnern, wann ich zuletzt einen Tampon oder etwas in der Art benutzt hatte. Außerdem fühlte ich mich seltsam, irgendwie müde und aufgebläht, mir war übel, aber ich dachte, das käme von dem miesen Essen, das ich in mich reinstopfte, und weil es mir seit der Sache mit Steven generell beschissen ging. Es war jedenfalls schon eine ganze Weile her. Meine Periode ist manchmal zwar so schwach, dass sie mir nicht weiter auffällt, aber sie kommt regelmäßig.

Es war mitten im neuen Semester. Ich ging zur Ärztin und machte dort einen Schwangerschaftstest, weil ich Angst hatte, es allein nicht richtig hinzubekommen. Als sie mir das positive Testergebnis mitteilte, starrte ich sie ungläubig an, als wartete ich nur darauf, dass sie mir sagte, es sei nur ein Scherz gewesen. Ich glaubte ihr einfach nicht, dass es wahr sein könnte. Doch dann fing sie an, mir meine Optionen aufzuzählen, und fragte, ob ich jemanden hätte, mit dem ich darüber reden könnte. Ich konnte nichts dazu sagen. Ich weiß noch, wie ich ein paarmal den Mund öffnete und nichts rauskam – nicht einmal Luft, weil ich kaum atmen konnte. Ich hatte das Gefühl, ersticken zu müssen. Sie saß da und blickte mitfühlend drein, aber natürlich konnte sie mich nicht in den Arm nehmen – wegen der professionellen Distanz und so. Dabei hätte ich in diesem Moment dringend eine Umarmung gebraucht.

Zitternd und völlig verstört verließ ich den Raum. Ich konnte nicht mal richtig gehen. Mein Körper fühlte sich fremd an. Die ganze Zeit über hatte er diese geheime, seltsame Sache vorangetrieben … ohne dass ich etwas davon ahnte.

Ich schaffte es kaum, meine Finger dazu zu bringen, dass sie mein Handy bedienten. Doch schließlich gelang es mir, es zu entsperren. Ich schrieb ihm eine WhatsApp, die er kurz darauf las. Dann sah ich, wie er eine Antwort tippte. Pause. Dann tippte er erneut, etwa eine Minute lang. Aber es kam keine Nachricht.

Ich rief ihn an, denn ganz offenbar hatte er sein Smartphone bei sich. Er ging nicht ran. Ich rief ihn erneut an, doch er ließ es klingeln. Beim dritten Mal landete ich auf der Mailbox. Er hatte mich weggedrückt. Also hinterließ ich eine Sprachnachricht – obwohl ich mir nicht sicher war, ob er verstehen konnte, was ich sagte, da meine Stimme so zitterte.

Mum brachte mich in die Klinik, wo der Eingriff gemacht werden sollte. Sie fuhr den gesamten Weg von London nach Exeter, vier Stunden von Tür zu Tür, wartete draußen und fuhr mich anschließend heim.

»Es ist am besten so«, erklärte sie mir. »Es ist die beste Lösung, Livvy, mein Schatz. Ich habe ein Baby bekommen, als ich in deinem Alter war. Ich dachte, ich hätte keine andere Wahl. Ich stand am Anfang meines Lebens, meiner Karriere. Es hat mir alles ruiniert.«

Jules hätte das bestimmt gerne gehört. Ich habe mal einen Streit zwischen den beiden belauscht, als Jules Mum anbrüllte: »Du hast mich nie gewollt! Ich weiß, dass ich der größte Fehler deines Lebens war!«

Ich hatte keine Alternative, aber es wäre so viel einfacher gewesen, wenn er geantwortet hätte, wenn er mir zu verstehen gegeben hätte, dass er mit mir fühlte, meine Entscheidung nachvollziehen konnte. Nur eine Zeile … mehr hätte es nicht gebraucht.

»Was für ein dreckiger Mistkerl«, sagte Mum zu mir. »Nicht zu fassen, dass er dich damit alleinlässt.«

»Mum, er weiß nichts davon«, beschwichtigte ich sie. Nicht dass sie durch einen verrückten Zufall Callum über den Weg lief und ihn zur Schnecke machte. »Und ich will auch nicht, dass er es erfährt.«

Ich weiß nicht, warum ich ihr nicht sagte, dass es gar nicht von Callum gewesen war. Mum ist schließlich nicht prüde oder spießig und hätte mich wegen der Sache mit Steven sicher nicht verurteilt. Aber ich glaube, ich ahnte, wie viel schlimmer ich mich fühlen würde, wenn ich das alles noch mal durchleben, die Zurückweisung noch mal spüren müsste.

Ich erinnere mich an die gesamte Rückfahrt von der Klinik. Wie anders Mum wirkte und dass ich sie nie zuvor so gesehen hatte. Ich bemerkte, wie ihre Hände das Lenkrad umklammerten, so fest, dass ihre Haut weiß anlief. Sie fluchte leise vor sich hin, und ihre Fahrkünste waren schlimmer als je zuvor.

Als wir heimkamen, wies sie mich an, mich aufs Sofa zu legen. Sie brachte mir Kekse, machte mir Tee und deckte mich zu, obwohl es ziemlich warm war. Dann setzte sie sich mit ihrer eigenen Tasse Tee neben mich, obwohl ich sie nie zuvor hatte Tee trinken sehen. Tatsächlich trank sie ihn auch gar nicht, sondern saß nur da, die Hände so fest um den Becher geklammert wie zuvor um das Lenkrad.

»Ich könnte ihn umbringen«, sagte sie. Ihre Stimme klang

ganz anders als sonst, leise und heiser. »Er hätte heute mit dir dort sein sollen«, fuhr sie mit derselben merkwürdigen Stimme fort. »Wahrscheinlich ist es nur gut, dass ich seinen vollen Namen nicht kenne. Wer weiß, was ich sonst mit ihm anstellen würde.«

Ich starre auf die Wellen hinaus. Ich glaube, ich werde mich besser fühlen, wenn ich erst im Meer bin. Auf einmal glaube ich, es ist das Einzige, was funktionieren wird. Es sieht so sauber, so schön, so makellos aus – als müsste man sich darin wie im Inneren eines Edelsteins fühlen. Ich stehe auf, klopfe den Sand von meinem Kleid. Scheiße … es ist eiskalt im Wind. Aber eigentlich ist es eine gute Kälte – nicht wie vorhin in der Kapelle. Sie scheint jeden anderen Gedanken aus meinem Kopf zu verdrängen.

Meine Schuhe lasse ich im feuchten Sand zurück. Ich mache mir nicht die Mühe, aus meinem Kleid zu schlüpfen. Ich gehe ins Wasser. Es ist mindestens zehn Grad kälter als die Luft – unfassbar kalt, eisig kalt. Mein Atem geht rasend schnell, und ich kann nur kleine schnappende Atemzüge nehmen. Ich spüre, wie der Schnitt an meinem Schenkel brennt, als das Salz eindringt. Doch ich zwinge mich weiter hinein, bis das Wasser mir zur Brust reicht, dann bis zu meinen Schultern … Und jetzt kann ich wirklich kaum noch atmen, es fühlt sich an, als würde ich ein Korsett tragen. Ich spüre kleine Feuerwerksexplosionen in meinem Kopf und auf meiner Haut, und all die schlechten Gedanken lösen sich von mir, sodass ich sie von außen betrachten kann.

Ich tauche meinen Kopf unter, schüttle ihn, um die schlechten Gedanken zum Davonschwimmen zu ermuntern. Eine Welle kommt, und Wasser füllt meinen Mund. Es ist so salzig, dass ich würgen muss, und als ich würge, schlucke ich noch mehr Wasser. Ich kann nicht atmen, und noch mehr Wasser schwappt herein. Es ist jetzt auch in meiner Nase, und jedes Mal, wenn mein Mund nach Luft schnappt, dringt stattdessen Wasser ein, in großen salzigen Schlucken. Ich kann die Bewegung des Wassers unter meinen Füßen spüren, als wollte es mich irgendwo hinziehen und mit sich nehmen. Es ist, als wüsste mein Körper etwas, was ich nicht weiß, denn er kämpft für mich, schlägt mit Armen und Beinen um sich. Ich frage mich, ob sich Ertrinken vielleicht so ähnlich anfühlt. Und dann frage ich mich, ob ich womöglich gerade ertrinke.

JULES

Die Braut

Will und ich haben uns von dem ganzen Rummel abgesetzt, um unsere Fotos an den Klippen machen zu lassen. Der Wind hat merklich aufgefrischt. Eigentlich schon vorhin, als wir aus dem schützenden Gemäuer der Kapelle traten und die getrockneten Rosenblüten fortgerissen und aufs Meer hinausgetragen wurden, bevor sie uns überhaupt berühren konnten. Gott sei Dank habe ich beschlossen, mein Haar offen zu tragen, sodass der Wind keinen allzu großen Schaden anrichten kann. Ich spüre, wie es hinter mir herflattert, und die Schleppe meines Kleides erhebt sich in einem Seidenwirbel. Der Fotograf findet es großartig. »Sie sehen aus wie eine gälische Königin aus vergangenen Zeiten, mit dieser Krone, diesem Teint und dem dunklen Haar!«, ruft er. Will grinst. »Meine gälische Königin«, formt er mit den Lippen. Ich lächle zurück. Mein Ehemann.

Als der Fotograf vorschlägt, dass wir uns küssen, lasse ich meine Zunge in Wills Mund gleiten, und er geht darauf ein, bis der Fotograf etwas verlegen meint, dass diese Fotos für das offizielle Album wohl doch etwas zu »gewagt« seien.

Nun kehren wir zu unseren Gästen zurück. Die Gesichter, die sich uns zuwenden, als wir zwischen ihnen hindurchspazieren, sind bereits von Wärme und Alkohol gerötet. Vor ihren Augen fühle ich mich seltsam entblößt, als könne man mir den Stress von vorhin ansehen. Ich rufe mir in Erinnerung, was für eine Freude es ist, alle meine Liebsten, die sich augenscheinlich amüsieren, an diesem Ort versammelt zu haben. Und dass mein Vorhaben aufgegangen ist: Ich habe ein Ereignis kreiert, an das die Leute sich erinnern werden, über das sie reden werden, das sie versuchen werden nachzuahmen… wenn auch vergeblich.

Am Horizont türmen sich dunkle Wolken auf. Die Frauen pressen mit ausgelassenem Quietschen ihre Hüte auf die Köpfe und ihre Röcke gegen die Beine. Auch ich spüre, wie der Wind an meiner Kleidung zerrt, den schweren Seidenrock meines Braukleids hochwirft, als wäre es ein Taschentuch, durch die goldenen Streben meiner Krone pfeift, als würde er sie nur allzu gern von meinem Kopf reißen und ins Meer schleudern.

Ich blicke zu Will, um herauszufinden, ob er es auch bemerkt hat. Er ist von einer Schar Gratulanten umringt und zeigt sich wie üblich von seiner charmantesten Seite. Aber ich spüre, dass er nicht ganz bei der Sache ist. Er sieht immer wieder zerstreut über die Schultern der Freunde und Verwandten hinweg, die kommen, um uns zu begrüßen, als hielte er nach jemandem Ausschau.

»Was ist los?«, frage ich und nehme seine Hand. Sie erscheint mir jetzt ganz anders, irgendwie fremd, mit dem schlichten Goldring daran.

»Ist das da drüben etwa Piers?«, sagt er. »Der mit Johnno redet?«

Ich folge seinem Blick. Tatsächlich steht da Piers Whiteley, Produzent von *Survive the Night*, den Kopf mit dem schütteren Haar aufmerksam geneigt, während er dem lauscht, was Johnno ihm offenbar zu sagen hat.

»Ja«, bestätige ich, »das ist er. Gibt es ein Problem?« Denn irgendwas stimmt nicht, da bin ich mir sicher – ich erkenne es an Wills Stirnrunzeln. Es ist ein Zug, den ich selten an ihm sehe, dieser Ausdruck leicht nervöser Zerstreutheit.

»Nichts … nichts Besonderes«, sagt er. »Ich … na ja, es ist nur etwas peinlich, du weißt schon. Weil Johnno damals abgelehnt wurde. Um ehrlich zu sein, weiß ich nicht, für wen von beiden es unangenehmer ist.«

»Es sind erwachsene Männer«, erwidere ich. »Ich bin sicher, dass sie das allein geregelt bekommen.«

Will scheint mich kaum gehört zu haben. Inzwischen hat er meine Hand losgelassen und bahnt sich seinen Weg über die Wiese zu den beiden, wobei er sich höflich, aber bestimmt an den Gästen vorbeischiebt, die sich umdrehen, um ihn zu begrüßen.

Das sieht ihm gar nicht ähnlich. Ich schaue ihm verwundert nach. Ich hatte geglaubt, das Gefühl von Unbehagen würde mich nach der Trauung verlassen, nach dem wichtigen Gelübde. Aber es ist immer noch da und hockt in meiner Magengrube, wie eine leichte Übelkeit. Ich habe dieses ungute Gefühl, als würde etwas Böses mich verfolgen, und zwar am äußersten Rand meines Sichtfelds, wo ich es kaum sehen kann. Aber das ist verrückt. Ich brauche einfach nur einen Moment für mich, beschließe ich, abseits des Getümmels.

Rasch gehe ich an den Gästen vorbei, für den Fall, dass einer von ihnen mich aufhalten will. Ich betrete das Folly über die Küche. Es ist wohltuend still hier drin. Ich schließe vor Erleichterung kurz die Augen. Auf dem hölzernen Hackblock in der Mitte des Raumes, abgedeckt mit einem weißen Tuch, liegt irgendwas, ganz sicher eine Zutat für das Menü. Ich suche mir ein Trinkglas, fülle es mit kaltem Leitungswasser, lausche dem beruhigenden Ticken der Wanduhr. Ich stehe an der Spüle, und während ich von meinem Wasser trinke, zähle ich bis zehn, dann wieder rückwärts. Du bist wirklich albern, sage ich mir. Das ist alles nur in deinem Kopf, Jules.

Ich weiß nicht, was mich auf die Idee bringt, dass ich nicht allein bin. Eine Art Instinkt vielleicht. Ich drehe mich um und sehe in der Tür …

Ich schnappe nach Luft, mein Herz hämmert wie wild. Da steht ein Mann mit einem riesigen Messer in der Hand, Brust und Bauch blutverschmiert.

»Oh Gott«, keuche ich, weiche zurück und schaffe es gerade noch, mein Glas nicht fallen zu lassen. Ein kurzer Moment von Angst und rauschendem Adrenalin … dann setzt die Vernunft wieder ein. Es ist Freddy, Aoifes Ehemann. Er hält ein Ausbeinmesser in der Hand, und die Blutschlieren befinden sich auf der Metzgerschürze, die er umgebunden hat.

»Entschuldigung«, sagt er in dieser für ihn so typischen verlegenen Art. »Ich wollte Sie nicht erschrecken. Möchte hier nur das Lamm auslösen … die Arbeitsfläche ist praktischer als die im Cateringzelt.«

Er hebt das Tuch vom Hackblock, und die aufgehäuften Lammrücken kommen zum Vorschein, mit tiefrot glänzendem Fleisch und aufragenden weißen Knochen.

Als mein Herzschlag sich wieder normalisiert hat, ist es mir peinlich, dass mir eben anscheinend die blanke Angst ins Gesicht geschrieben war. »Nun, ich bin mir sicher, es wird ganz köstlich«, sage ich, wobei ich versuche, einen Unterton von Autorität einfließen zu lassen. »Vielen Dank.« Dann spaziere ich aus der Küche – rasch, dabei aber bemüht, nicht gehetzt zu wirken.

Als ich mich draußen zu meinen Gästen geselle, wird mir bewusst, dass die Stimmung in der Menge sich verändert hat. Etwas Neues erregt ihre Aufmerksamkeit. Scheint, als gäbe es auf dem Meer etwas zu sehen. Alle drehen sich raunend um, gefesselt von dem, was sich ihnen darbietet.

»Was ist denn da?«, frage ich und recke vergeblich den Hals über ihre Köpfe. Die Menge um mich herum zerstreut sich, die Leute strömen wortlos Richtung Meer, um einen besseren Blick auf das zu erhaschen, was gerade vor sich geht.

Vielleicht ein Meerestier. Hier kann man regelmäßig Delfine sichten, hat Aoife mir erzählt. Ganz selten auch einen Wal. Das wäre natürlich ein tolles Spektakel, ein nettes zusätzliches Detail fürs Ambiente. Aber die Geräusche, die aus den vorderen Reihen der Gäste zu mir dringen, haben nicht die richtige Tonlage dafür. Ich würde entzücktes Quietschen und Rufe erwarten, aufgeregtes Gestikulieren, doch die Menschen stehen aufmerksam da und wechseln nur leise Worte. Das erfüllt mich mit Unbehagen, denn es lässt etwas Schlimmes vermuten.

Ich schiebe mich nach vorne. Die Leute sind ungeduldig geworden, drängeln, als würden sie um die besten Plätze auf einem Konzert wetteifern. Vorhin noch, als Braut, war ich wie eine Königin in ihrer Mitte, die sich eine Schneise durch die Menge bahnte. Jetzt haben sie sich vergessen, zu begierig sind sie auf das Schauspiel, das sich da unten bietet.

»Lasst mich durch!«, rufe ich. »Ich will es sehen.«

Endlich machen sie mir Platz, und ich gehe weiter nach vorn.

Da draußen ist etwas. Blinzelnd nehme ich die dunkle Silhouette eines Kopfes wahr. Es könnte eine Robbe oder ein anderes Meerestier sein... wenn da nicht die weiße Hand wäre, die hin und wieder auftaucht.

Da ist jemand im Wasser. Es ist schwierig, sie oder ihn von hier aus zu erkennen. Es muss jemand von den Gästen sein, man kann ja schließlich nicht vom Festland herschwimmen. Es würde mich nicht wundern, wenn es Johnno wäre... obwohl, er kann es nicht sein, da er sich gerade eben noch mit Piers unterhalten hat. Wenn es also nicht er ist, dann vielleicht einer der anderen Exhibitionisten in unserer Mitte, einer von Wills Kumpeln, der den Macker markieren will. Doch als ich genauer hinschaue, wird mir klar, dass der Schwimmer nicht Richtung Ufer blickt, sondern auf das offene Meer hinaus. Und jetzt sehe ich auch, dass er gar nicht schwimmt, sondern...

»Da ertrinkt jemand!«, schreit eine Frau – Hannah, glaube ich. »Da ist jemand in die Strömung geraten... schaut nur!«

Ich schiebe mich weiter vor, um besser sehen zu können, dränge mich durch die gaffende Menge. Und dann, endlich, bin ich ganz vorne und kann klarer sehen. Vielleicht ist es jenes seltsam tiefe Wissen in uns – die Fähigkeit, unsere

Liebsten selbst aus weiter Ferne zu erkennen, selbst wenn wir nur ihren Hinterkopf sehen.

»Olivia!«, schreie ich. »Es ist Olivia! Oh mein Gott, es ist Olivia!« Ich versuche zu rennen, doch mein Rocksaum bleibt unter meinen Absätzen hängen und hält mich auf. Ich höre das Geräusch reißender Seide und ignoriere es, schleudere meine Pumps von den Füßen, renne weiter, verliere beinahe das Gleichgewicht, da meine Füße in der nassen, morastigen Erde versinken. Ich war noch nie eine gute Läuferin, und mit einem Brautkleid ist das noch mal eine ganz andere Sache. Es kommt mir vor, als würde ich mich unfassbar langsam bewegen. Will scheint dieses Problem glücklicherweise nicht zu haben – er stürmt an mir vorbei, gefolgt von Charlie und ein paar anderen.

Als ich endlich den Strand erreiche, brauche ich ein paar Sekunden, um zu begreifen, was los ist, um die Szene, die sich vor mir abspielt, zu erfassen. Hannah, die ebenfalls gerannt sein muss, hält schwer keuchend neben mir inne. Charlie und Johnno stehen bis zu den Oberschenkeln im Wasser, ein paar andere Männer sind hinter ihnen am Ufer, darunter Femi und Duncan. Im selben Moment taucht Will aus den Tiefen des Meeres auf, mit Olivia in seinen Armen. Sie scheint sich zu winden und gegen ihn anzukämpfen, ihre Arme schlagen um sich, ihre Beine treten verzweifelt in die Luft. Er hält sie fest. Ihr schwarzes Haar hängt glänzend herab. Ihr Kleid ist vollkommen durchsichtig, die Haut bläulich verfärbt. Sie sieht schrecklich bleich aus.

»Sie hätte ertrinken können«, sagt Johnno, als er zum Strand zurückkehrt. Er sieht zutiefst erschüttert aus. Zum ersten Mal verspüre ich eine Anwandlung von Sympathie für ihn. »Ein Glück, dass wir sie gesehen haben. Verrücktes Kind, das sieht doch jeder, dass es hier gefährlich ist. Sie hätte auf die offene See hinausgetrieben werden können.«

Will erreicht das Ufer und lässt Olivia los. Sie stößt sich von ihm weg, bleibt stehen und starrt uns an. Ihre Augen sind schwarz und undurchdringlich. Man kann ihren beinahe nackten Körper durch das durchnässte Kleid sehen, die dunklen Punkte ihrer Nippel, die kleine Mulde ihres Bauchnabels. Sie sieht urzeitlich aus. Wie ein wildes Tier.

Ich bemerke, dass Wills Gesicht und Hals zerkratzt sind, rote wütende Striemen prangen auf seiner Haut. Und bei diesem Anblick legt sich bei mir ein Schalter um. Wo ich eben noch voller Angst um sie war, verspüre ich nun ein heftiges Aufflammen von Zorn.

»Die verrückte kleine Schlampe«, entfährt es mir.

»Jules«, sagt Hannah behutsam – aber nicht so behutsam, dass ich nicht den tadelnden Unterton heraushören könnte. »Ich denke, es geht Olivia nicht gut. Ich … ich glaube, dass sie vielleicht Hilfe braucht …«

»Herrgott noch mal, Hannah.« Ich wirble zu ihr herum. »Mir ist klar, dass du wahnsinnig nett und mütterlich bist. Aber Olivia braucht keine gottverdammte Mutter. Sie hat schon eine. Und zwar eine, die ihr weitaus mehr Aufmerksamkeit schenkt, als ich je bekommen habe. Olivia braucht keine Hilfe. Sie muss sich einfach nur zusammenreißen, verdammt. Ich werde mir nicht die Hochzeit von ihr ruinieren lassen. Halt du dich einfach da raus, okay?«

Ich sehe, wie sie einen Schritt nach hinten macht und beinahe stolpert. Ich sehe einen Ausdruck von Kränkung, von Entsetzen in ihrem Gesicht. Ich habe die Grenze des Akzeptablen überschritten, aber im Moment kümmert mich das nicht. Ich drehe mich wieder zu Olivia um. »Was zur Hölle sollte das?«, schreie ich sie an.

Olivia blickt mich nur benommen und stumm an. Sie sieht aus, als wäre sie betrunken. Ich packe ihre Schultern. Ihre Haut ist eiskalt. Ich will sie schütteln, sie schlagen, an ihren Haaren ziehen, Antworten verlangen. Da öffnet sich ihr Mund und schließt sich, öffnet sich und schließt sich … Ich starre sie an, versuche zu begreifen. Es ist, als wollte sie Worte bilden, ohne dass ihre Stimme mitmacht. Der Ausdruck in ihren Augen ist verzweifelt, flehend. Er lässt mich am gesamten Körper frösteln. Einen Moment lang habe ich den Eindruck, sie wolle mir eine Botschaft übermitteln, die ich nicht entziffern kann. Ist es eine Entschuldigung? Eine Erklärung?

Bevor ich sie bitten kann, es noch einmal zu versuchen, ist Mutter bei uns. »Ach, meine Mädchen, meine Mädchen!« Sie schließt uns beide in ihre knochige Umarmung. Unter der wogenden Shalimar-Duftwolke rieche ich den beißenden, säuerlichen Geruch ihres Schweißes, ihrer Angst. Natürlich greift sie in erster Linie nach Olivia, doch für einen Moment erlaube ich es mir, mich in ihre Umarmung sinken zu lassen.

Dann blicke ich hinter mich. Die anderen Gäste schließen zu uns auf. Ich kann das Murmeln ihrer Stimmen hören, die Aufregung spüren, die sie verströmen. Ich muss diese Situation auflösen.

»Noch jemand Lust auf eine Runde Schwimmen?«, rufe ich. Keiner lacht. Die Stille dehnt sich aus. Nun, da die Show vorbei ist, scheinen sie alle auf irgendeinen Hinweis zu warten, wo sie hinsollen. Wie es weitergeht. Ich weiß nicht, was ich tun soll. Das hier steht nicht in meinem Skript. Und so stehe ich da und blicke ihnen entgegen, während ich die Feuchtigkeit des Sandes spüre, die sich in den Saum meines Kleides saugt.

Gott sei Dank taucht Aoife auf, korrekt wie immer in ihrem marineblauen Kleid und den Keilabsatzschuhen und die Ruhe selbst. Die Gäste drehen sich zu ihr um, als würden sie ihre Autorität spüren.

»Meine Damen und Herren«, ruft sie. »Bitte alle mal herhören!« Für eine so kleine, stille Frau hat sie eine beeindruckend volltönende Stimme. »Wenn Sie mir jetzt hier entlang folgen würden? Das Hochzeitsmahl wird demnächst serviert. Das Partyzelt erwartet Sie!«

JOHNNO

Der Trauzeuge

Nicht zu fassen. Da spielt er hier den Helden und schleift Jules' Schwester aus dem Wasser. Das muss man sich mal reinziehen, verdammt noch mal. Er war schon immer gut darin, den Leuten das zu zeigen, was sie sehen sollten.

Ich kenne Will besser als andere Leute, womöglich besser als irgendwer sonst auf der Welt. Ich möchte sogar wetten, um einiges besser, als Jules ihn kennt oder je kennen wird. Bei ihr hat er seine Maske aufgesetzt und eine Fassade aufgebaut, während ich seine Geheimnisse gehütet habe, weil es an uns beiden ist, sie nicht preiszugeben.

Ich wusste schon immer, dass er ein skrupelloses Arschloch ist. Ich wusste es, seit er damals in der Schule die Prüfungsunterlagen gestohlen hat. Aber ich wähnte mich sicher vor dieser Seite seiner Persönlichkeit. Schließlich bin ich sein bester Freund.

Zumindest habe ich das bis vor einer halben Stunde geglaubt.

»Es ist wirklich schade, dass Sie nicht mitmachen wollten«, sagte Piers vorhin. »Ich meine, Will kommt bei der

Damenwelt natürlich extrem gut an. Er ist fürs Fernsehen gemacht. Aber er kann auch etwas zu … glatt sein. Und jetzt mal unter uns, ich glaube nicht, dass die männlichen Zuschauer ihn ganz so gerne mögen. Unsere Zielgruppenbefragung deutet darauf hin, dass sie ihn für einen … nun ja … Ich glaube, die Formulierung, die einer der Teilnehmer gebraucht hat, war Lackaffe. Einige Zuschauer, vor allem Männer, fühlen sich nicht angesprochen von einem Showmaster, der zu gut aussehend ist. Sie, Johnno, hätten das Ganze ausgeglichen …«

»Moment mal«, warf ich ein. »Wie kommen Sie denn darauf, dass ich nicht mitmachen wollte?«

Piers wirkte erst ein bisschen pikiert – ich glaube, er schätzt es nicht, mitten im Satz unterbrochen zu werden. Doch als zu ihm durchdrang, was ich gerade gesagt hatte, runzelte er die Stirn.

»Wie wir darauf gekommen sind?« Er hielt inne, schüttelte den Kopf. »Na ja, Sie sind doch beim Meeting nicht aufgetaucht, deswegen.«

Ich hatte keine Ahnung, wovon er da sprach. »Welches Meeting?«

»Das Meeting, bei dem wir das weitere Vorgehen besprechen wollten. Will ist mit seinem Agenten hingekommen und hat uns leider mitgeteilt, Sie beide hätten lange darüber diskutiert, aber letztlich hätten Sie, Jonathan, beschlossen, dass das doch nichts für Sie wäre. Dass Sie kein ›Typ fürs Fernsehen‹ seien.«

Genau das, was ich allen erzählt hatte. Nur zu Will hatte ich das nicht gesagt. Zumindest damals nicht. »Ich habe nie was von einem Meeting gehört«, sagte ich zu Piers. »Ich habe nur eine E-Mail bekommen, in der es hieß, dass Sie mich nicht wollen.«

Er schien eine Weile zu brauchen, bis der Groschen gefallen war. Dann öffnete sich sein Mund und schloss sich wieder, dümmlich und stumm wie bei einem Fisch: blubb, blubb, blubb. Schließlich sagte er: »Das ist unmöglich.«

»Nein«, erwiderte ich. »Denn ich kann Ihnen versichern, dass ich nie was von einem Treffen gehört habe.«

»Aber wir haben doch eine E-Mail geschrieben ...«

»Mag sein. Nur, dass Sie *meine* Mailadresse gar nicht hatten, oder? Das lief alles über Will und seinen Agenten. Offenbar haben die das alles so hingedeichselt.«

Ich glaube, Piers war erst in diesem Moment klar geworden, in was für ein Wespennest er da gestochen hatte. »Na ja«, fuhr er fort, »er hat uns ganz klar gesagt, dass Sie kein Interesse hätten. Dass Sie sich gerade in einer Selbstfindungsphase befänden und sich dagegen entschieden hätten. Ein Jammer war das, denn wir hatten Sie und Will als zwei gegensätzliche Typen konzipiert ... den Rauen und den Glatten. Das hätte im Fernsehen sicher eingeschlagen wie eine Bombe.«

Es hatte keinen Sinn, mit Piers noch weiter über dieses Thema zu sprechen. Er sah jetzt schon aus, als würde er sich am liebsten sonst wohin beamen. *Wir sind hier auf einer winzigen Insel,* hätte ich beinahe gesagt. *Sie kommen hier nicht weg.* Es wunderte mich gar nicht, dass es ihm so ging. Er blickte über die Schulter, auf der Suche nach jemandem, der ihn retten könnte.

Aber mein Ärger galt nicht ihm. Er galt jenem Typen, von dem ich geglaubt hatte, er wäre mein bester Freund.

Wenn man vom Teufel spricht. Will kam gerade auf uns zu und strahlte uns an. Er sah verdammt gut aus, jedes Härchen war an seinem Platz, trotz des Windes. »Na, worüber unterhaltet ihr beiden Hübschen euch denn so angeregt?«, erkundigte er sich. Er stand so dicht vor mir, dass ich die Schweißperlen auf seiner Stirn sehen konnte. Dabei muss man wissen, dass Will kein Mann ist, der schnell ins Schwitzen gerät. Selbst auf dem Rugbyfeld habe ich kaum je erlebt, dass er in Schweiß ausgebrochen wäre. Aber jetzt schwitzte er.

Zu spät, Kumpel, dachte ich. Du kommst zu spät.

Ich glaube, jetzt hab ich es begriffen. Er war zu clever, mich gleich am Anfang abzusägen. Die Idee zu *Survive the Night* stammte schließlich von mir, das wussten wir beide. Hätte er das getan, hätte ich mit der Sprache rausrücken können, hätte allen erzählen können, was damals in unserer Jugend passiert war. Ich hätte nicht annähernd so viel zu verlieren gehabt wie er. Also schleifte er mich mit, gab mir das Gefühl, an der ganzen Sache beteiligt zu sein, und dann ließ er es so aussehen, als läge es an jemand anders, dass ich rausgekickt wurde. Als wäre das nicht seine Schuld. *Tut mir total leid, Kumpel. Echt schade. Hätte gerne mit dir zusammengearbeitet.*

Ich weiß noch genau, wie viel Spaß mir die Probeaufnahmen machten. Es fühlte sich ganz natürlich an, über den ganzen Kram zu reden – schließlich war es Kram, über den ich Bescheid wusste. Ich hatte das Gefühl, etwas zu sagen zu haben – etwas, wo die Leute zuhören würden. Wenn sie mich gebeten hätten, meinen Lebenslauf aufzusagen oder über Politik zu reden, wäre ich am Arsch gewesen. Aber

Klettern, Abseilen und das alles unterrichtete ich schließlich in dem Sport- und Erlebniszentrum. Nach den ersten Sekunden vergaß ich die Kamera komplett.

Die größte Kränkung ist, dass die ganze Sache für Will so simpel gewesen sein muss. Der dumme Johnno – ein Kinderspiel, ihn hinters Licht zu führen! Jetzt verstehe ich auch, warum es in letzter Zeit so schwierig war, ihn zu fassen zu bekommen. Warum ich das Gefühl hatte, von ihm abgewiesen zu werden. Warum ich ihn mehr oder weniger anbetteln musste, sein Trauzeuge sein zu dürfen. Als er zusagte, muss er sich gedacht haben, das könnte eine Art Trostpreis sein. Doch Trauzeuge zu sein, zahlt nicht meine Rechnungen. Das Trostpflaster ist nicht groß genug. Er hat mich die ganze Zeit benutzt, seit wir an der Trevs waren. Ich war immer da, um für ihn die Drecksarbeit zu erledigen. Das Rampenlicht jedoch wollte er nicht mit mir teilen, oh nein. Als es drauf ankam, hat er mich abgesägt.

Ich kippe meinen Whiskey in einem langen Zug. Dieser hinterfotzige Scheißkerl. Ich werde einen Weg finden müssen, mich zu revanchieren.

HANNAH

Die Begleitung

Olivia ist die Schwester, die Tochter von jemandem. Vielleicht sollte ich mich raushalten, wie Jules mir gesagt hat. Und doch kann ich es nicht. Während die anderen ins Partyzelt strömen, ertappe ich mich dabei, wie ich in die entgegengesetzte Richtung gehe, zum Folly.

»Olivia?«, rufe ich, als ich im Gebäude stehe. Es kommt keine Antwort. Meine Stimme hallt von den steinernen Wänden wider. Das Schlösschen wirkt auf einmal so still, so dunkel und leer. Schwer vorstellbar, dass noch jemand da sein sollte. Ich weiß, wo Olivias Zimmer sich befindet – hinter der Tür, die vom Speisezimmer abgeht. Dort werde ich es zuerst versuchen. Ich klopfe.

»Olivia?«

»Ja?«, meine ich eine leise Stimme zu hören, was ich zum Anlass nehme, die Tür aufzuschieben. Olivia sitzt mit einem Handtuch um die Schultern auf dem Bett.

»Mir geht's gut«, sagt sie, ohne aufzuschauen. »Ich komme gleich zur Feier zurück. Ich muss mich nur erst umziehen. Mir geht's gut.« Die Wiederholung lässt es kein bisschen überzeugender klingen.

»So siehst du aber nicht aus«, erwidere ich.

Sie zuckt die Achseln, schweigt.

»Hör zu«, beginne ich, »es geht mich nichts an, und wir kennen uns kaum. Aber als wir uns gestern unterhielten, hatte ich den Eindruck, dass du in letzter Zeit etwas ziemlich Heftiges durchgemacht hast... Ich kann mir vorstellen, dass es schwer sein muss, jetzt einen auf gute Laune zu machen.«

Olivia schweigt weiterhin, sieht nicht zu mir.

»Und deshalb wollte ich fragen, was du eigentlich im Wasser gemacht hast«, schließe ich.

Olivia hebt abermals die Schultern. »Keine Ahnung«, sagt sie. Pause. »Ich... Es ist mir einfach alles zu viel geworden. Die Hochzeit... die ganzen Leute, die meinten, ich müsse mich ja so für Jules freuen. Sie haben gefragt, wie es mir geht... wie es an der Uni läuft...« Sie verstummt, schaut auf ihre Hände. Ich sehe die Nägel, angeknabbert wie die eines Kindes, die Haut drumherum rot und wund. »Ich wollte einfach nur weg.«

Bei Jules klang es so, als ob das Ganze nur Theater gewesen wäre, als ob Olivia auf Dramaqueen gemacht hätte. Ich vermute, es war das genaue Gegenteil. Ich glaube, sie hat versucht zu verschwinden.

»Darf ich dir etwas erzählen?«, frage ich. Sie sagt nicht Nein, also fahre ich fort. »Du erinnerst dich doch noch, als ich gestern Nacht von meiner Schwester gesprochen habe?«

»Ja.«

»Na ja, ich... ich glaube, du erinnerst mich ein bisschen an sie. Ich hoffe, es stört dich nicht, dass ich das sage. Es ist auch als Kompliment gemeint. Sie hat als Erste in unserer

Familie studiert. Sie hatte das beste Abi der Schule, alles glatte Einser.«

»Ich bin aber nicht so klug«, murmelt Olivia.

»Ach ja? Ich glaube, du bist klüger, als du zugeben möchtest. Du hast Englische Literatur in Exeter belegt. Das ist doch ein renommierter Studiengang, oder nicht?«

Sie zuckt die Achseln.

»Alice wollte später in die Politik gehen«, fahre ich fort. »Sie wusste, dass man einen tadellosen Lebenslauf und die richtigen Noten braucht. Die hatte sie natürlich und bekam damit einen Studienplatz an einer der Spitzenunis Großbritanniens. In ihrem ersten Semester merkte sie, dass sie locker Einser für ihre Hausarbeiten einheimste, und entspannte sich. Zu dieser Zeit kam sie mit ihrem ersten Freund zusammen. Meine Eltern und ich fanden es ziemlich witzig, dass sie plötzlich so dermaßen verliebt war.«

Als sie über Weihnachten heimkam, erzählte Alice mir alles über diesen neuen Jungen. Sie hatte ihn in der Reeling Society kennengelernt, einem noblen Studentenklub, dem sie sich angeschlossen hatte, weil sie am Ende des Semesters immer so einen coolen Maskenball veranstalteten. Ich weiß noch, wie ich dachte, dass sie mit derselben Intensität eine Beziehung führt, mit der sie auch studiert. »Er sieht unfassbar gut aus, Hannah«, erzählte sie mir. »Und alle stehen auf ihn. Ich kann kaum glauben, dass er mich überhaupt angeschaut hat.« Sie erzählte mir, ganz im Vertrauen, dass sie miteinander geschlafen hatten. Er war der erste Junge überhaupt, mit dem sie im Bett gewesen war. Sie erzählte mir, dass sie sich ihm so nah fühlte, wie sie es sich nie hatte vorstellen können. Aber ich weiß auch, dass sie sich irgendwie dafür rechtfertigte – sie meinte, das seien wahrscheinlich die Hormone und die ganze soziokulturelle Verherrlichung der ersten Liebe. Meine wunderschöne, intelligente Schwester, die versuchte, ihre Gefühle wegzurationalisieren … typisch Alice.

»Doch dann hat sie angefangen, sich von ihm zu distanzieren«, erzähle ich Olivia.

Olivia hebt eine Augenbraue. »Sie hatte die Nase voll von ihm?« Ich scheine ihre Neugier geweckt zu haben.

»Ich glaube schon. In den Osterferien hat sie gar nichts mehr von ihm erzählt. Als ich sie fragte, meinte sie nur, ihr sei klar geworden, dass er nicht ganz der Typ war, für den sie ihn gehalten hatte. Und dass sie viel zu viel Zeit verplempert habe und sich jetzt lieber auf ihr Studium konzentrieren wolle. Sie hatte eine Zwei minus für eine Hausarbeit bekommen, und das war wohl ein Weckruf für sie gewesen.«

»Wow«, sagt Olivia und verdreht die Augen. »Klingt ja echt nach Oberstreberin.« Dann fängt sie sich. »Sorry.«

Ich lächle. »Genau das habe ich ihr auch gesagt. Aber so war Alice nun mal. Jedenfalls wollte sie sich korrekt verhalten und das Ganze persönlich mit ihm klären.« Auch das war typisch Alice.

»Wie hat er reagiert?«, will Olivia wissen.

»Es lief gar nicht gut. Er hat sich ziemlich mies aufgeführt und gemeint, er wolle sich nicht von ihr demütigen lassen. Und sie werde dafür büßen.« Ich weiß noch genau, wie ich mich fragte, was er denn schon machen könnte. Wie lässt man jemanden für eine Trennung »büßen«?

»Sie verriet mir nicht, was er getan hat, um sie zurückzubekommen«, erzähle ich weiter. »Sie hat es weder mir noch Mum oder Dad gesagt. Sie schämte sich zu sehr.«

»Aber du hast es herausgefunden?«

»Erst später«, sage ich. »Er hatte nämlich ein Video von ihr gemacht…«

Eines Tages war im Intranet der Uni ein Video von Alice aufgetaucht, das nach dem Kostümball der Reeling Society mit ihrem Einverständnis entstanden war. Sobald die Uni davon erfuhr, wurde es vom Server genommen. Aber da hatte der Skandal schon die Runde gemacht, der Schaden war bereits geschehen. Das Video war auf diversen Computern runtergeladen und gespeichert worden. Es wurde auf Facebook gepostet und wieder runtergenommen. Und erneut gepostet.

»Du meinst eine Art… Revenge-Porn?«, fragt Olivia.

Ich nicke. »So nennt man es heutzutage. Aber damals waren die Leute naiver. Heute wird einem doch eingeschärft, dass man vorsichtig sein soll, oder? Jeder weiß, dass Fotos oder Videos, die jemand anders von einem macht, im Internet landen könnten.«

»Schon«, sagt Olivia. »Aber manche Leute vergessen das im entscheidenden Moment. Oder man ist so richtig in jemanden verknallt, und derjenige bittet einen darum. Aber ich schätze mal, dass es jeder an der Uni gesehen hat, oder?«

»Ja«, sage ich. »Aber das Schlimmste daran ist, dass wir damals nichts davon wussten, dass sie uns nichts erzählt hat. Sie schämte sich zu sehr. Ich glaube, sie dachte, es würde unser Bild von ihr zerstören. Sie war immer so perfekt gewesen. Auch wenn das natürlich nicht der Grund war, warum wir sie liebten.«

Die Tatsache, dass sie es nicht einmal mir erzählt hat, schmerzt mich bis heute.

»Manchmal«, fahre ich fort, »ist es offenbar am schwierigsten, mit den Menschen zu reden, die einem am nächsten stehen. Den Menschen, die man liebt. Kommt dir das bekannt vor?«

Olivia nickt.

»Mir kannst du es ruhig erzählen. Denn es ist immer besser, etwas offen auszusprechen... auch wenn es schambesetzt ist, auch wenn du das Gefühl hast, dass die Leute es nicht verstehen werden. Ich wünschte, Alice wäre in der Lage gewesen, mit mir darüber zu sprechen. Ich glaube, sie hätte eine Perspektive finden können, die sie allein nicht mehr sehen konnte.«

Olivia blickt zu mir hoch, dann zur Seite. Ein leises Wispern: »Ja.«

In dem Moment ertönt eine blecherne Durchsage aus der Richtung des Partyzelts. »Meine Damen und Herren« – es ist Charlies Stimme, er muss wohl seine Aufgabe als Zeremonienmeister erfüllen –, »wenn ich Sie bitten dürfte, sich zum Hochzeitsmahl an Ihre Plätze zu begeben.«

Ich habe keine Zeit, Olivia den Rest der Geschichte zu erzählen – und vielleicht ist das auch besser so. Also erzähle ich ihr nicht, dass Alice die ganze Sache als einen riesigen Schandfleck empfunden hat, einen Makel ihrer Person... als wäre er dort eintätowiert worden. Niemandem von uns war gänzlich klar gewesen, wie zerbrechlich Alice im Grunde war. Sie hatte immer so kompetent, so beherrscht gewirkt – hatte all diese tollen Noten eingeheimst und in diversen Sportmannschaften mitgespielt, sie hatte einen Studienplatz an einer tollen Uni bekommen und jede Chance genutzt. Doch in ihrem Inneren befand sich ein wirrer Haufen von Ängsten, die keiner von uns sah, bis es zu spät war. Sie kam mit dieser Schande nicht zurecht. Sie begriff, dass sie niemals in der Politik würde arbeiten können, so wie sie es sich immer erträumt hatte. Es lag nicht nur daran, dass sie keinen Bachelor hatte, weil sie vorzeitig von der Uni abgegangen war. Da war auch dieses Video, in dem sie einem Typen einen Blowjob gab, und – noch schlimmer – es befand sich im Internet. Es war untilgbar.

Und so erzählte ich Olivia nicht, wie Alice eines Junitages – zwei Monate, nachdem sie von der Uni nach Hause gekommen war – einen Cocktail aus Schmerzmitteln und so ziemlich allem anderen nahm, was sie im Badezimmerschrank finden konnte, während meine Mutter mich gerade vom Sporttraining abholte. Wie meine wunderschöne, kluge Schwester sich in diesem Monat vor siebzehn Jahren umbrachte.

AOIFE

Die Hochzeitsplanerin

Ich bin schuld an dem, was gerade mit der Brautjungfer passiert ist. Ich hätte es kommen sehen müssen. Ich habe es sogar kommen sehen. Ich ahnte, dass sich etwas Ungutes in diesem Mädchen zusammenbraute. Ich wusste es, als ich ihr heute das Frühstück gab. Während der Trauung riss sie sich zusammen, auch wenn sie aussah, als wolle sie am liebsten kehrtmachen und hinausstürmen. Danach versuchte ich natürlich, ein Auge auf sie zu haben. Aber ich hatte viele andere Dinge um die Ohren: Die Gäste waren so aufdringlich und rabiat, dass die Servicekräfte – hauptsächlich ältere Schüler und Studenten – kaum zurecht kamen.

Und ehe ich mich versah, entstand da dieser Aufruhr, und das Mädchen war im Wasser. Wie ich sie dort sah, wurde ich zu einem anderen Tag zurückkatapultiert. Als ich machtlos war, unfähig zu helfen. Ich hatte die Zeichen gesehen, sie jedoch ignoriert, bis es zu spät war. Diese hartnäckigen Bilder in meinen Träumen: das ansteigende Wasser, meine Hände, die sich ausstreckten, als könnte ich irgendetwas tun …

Doch dieses Mal war eine Rettung möglich. Ich denke an den Bräutigam, der mit ihr aus dem Wasser geschritten kam – als Held des Tages. Womöglich hätte ich verhindern können, dass es überhaupt so weit kam, wenn ich besser achtgegeben hätte. Ich bin wütend auf mich selbst, weil ich so nachlässig war. Es gelang mir dennoch, den Anschein kühler Professionalität vor den Gästen zu wahren, zumindest während ich sie alle ins Zelt beorderte. Selbst wenn ich mich nicht mit aller Macht zusammengerissen hätte, bezweifle ich, dass irgendwer gemerkt hätte, dass etwas nicht stimmte. Immerhin ist es mein Job, unsichtbar zu sein.

Ich brauche Freddy. Er bringt mich dazu, dass ich mich besser fühle.

Ich finde ihn abseits der Gäste im Cateringbereich hinter dem Zelt, wo er mit einer kleinen Truppe von Helfern das Essen auf den Tellern anrichtet. Ich bedeute ihm, mit mir nach draußen zu kommen, außer Sichtweite der neugierigen Küchenhelfer.

»Das Mädchen hätte da draußen ertrinken können«, platzt es aus mir heraus. Wenn ich nur daran denke, bekomme ich kaum noch Luft. Ich sehe alles vor meinem inneren Auge geschehen … so, wie es hätte passieren können. »Oh Gott, Freddy, sie hätte ertrinken können. Ich habe nicht gut genug aufgepasst.« Es ist ganz genau wie damals. Alles ist meine Schuld.

»Aoife«, sagt Freddy und packt fest meine Schultern. »Sie ist nicht ertrunken. Es ist alles gut.«

»Nein«, erwidere ich. »Er hat sie gerettet. Aber was wäre, wenn …?«

»Kein ›Was wäre, wenn‹. Die Gäste sitzen jetzt brav im

Zelt. Alles wird perfekt laufen, vertrau mir. Geh wieder raus und tu das, was du am besten kannst.« Freddy war schon immer gut darin, mich zu beruhigen. »Es war ein unerwarteter Zwischenfall. Alles andere läuft doch wunderbar.«

»Aber es ist ganz anders, als ich es mir vorgestellt hatte«, sage ich. »Es ist schwer für mich mit anzusehen, wie sie alle hier herumspazieren. Erst diese Männer mit ihren grässlichen Spielen gestern Abend. Und jetzt das hier ... Alles kommt wieder zurück ...«

»Die Feier ist beinahe vorbei«, sagt Freddy bestimmt. »Alles, was du tun musst, ist die nächsten paar Stunden durchzustehen.«

Ich nicke. Er hat recht. Auch mir ist klar, dass ich mich am Riemen reißen muss. Ich kann mir keinen Zusammenbruch leisten, nicht heute.

Jetzt

Die Hochzeitsnacht

Jetzt erkennen sie ihn. Der Mann, der auf sie zugeeilt kommt, ist Freddy. In seiner Hand hält er eine Fackel – nichts Bedrohliches. Während er näher kommt, fällt der Schein ihrer eigenen Fackeln auf seine blasse Stirn, die vor Schweiß glänzt. »Sie sollten ins Zelt zurückkommen«, ruft er, nach Luft schnappend. »Wir haben die Gardaí angerufen.«

»Was? Warum?«

»Die Kellnerin ist wieder zu sich gekommen. Sie glaubt, sie hätte noch jemand anders hier draußen im Dunkeln gesehen.«

»Wir sollten auf ihn hören und auf die Polizei warten!«, ruft Angus den anderen zu, sobald Freddy fort ist. »Hier sind wir nicht sicher.«

»Nein!«, schreit Femi. »Jetzt sind wir schon so weit gekommen.«

»Du glaubst also ernsthaft, dass die Polizei bald hier sein wird, Angus, ja?«, meint Duncan. »Bei diesem Wetter? Vergiss es, Kumpel. Wir sind hier draußen ganz allein.«

»Ein Grund mehr, zum Zelt zurückzugehen. Es ist wirklich nicht vernünftig …«

»Sind wir nicht etwas vorschnell?«, ruft Femi.

»Wie meinst du das?«

»Er hat doch nur gesagt, dass sie jemanden gesehen haben *könnte.*«

»Aber wenn ja«, ruft Angus, »dann bedeutet das doch …«

»Was?«

»Na ja, wenn jemand anders involviert war, dann heißt es, dass … dass es womöglich kein Unfall war.«

Er geht nicht so weit, es auszusprechen, aber sie hören es dennoch zwischen den Zeilen: Mord.

Sie packen ihre Fackeln etwas fester. »Die Dinger hier geben gute Waffen ab«, brüllt Duncan. »Falls es so weit kommen sollte.«

»Ja«, schreit Femi und strafft seine Schultern. »Das heißt, wir gegen ihn. Wir vier gegen einen.«

»Moment mal, hat jemand Pete gesehen?«, fragt Angus plötzlich.

»Was? Scheiße … nein.«

»Vielleicht ist er mit diesem Freddy zurückgegangen?«

»Ist er nicht, Femi«, erwidert Angus. »Außerdem war er echt hackezu. Scheiße …«

Sie rufen nach ihm: »Pete!«

»Hey, Pete, bist du hier draußen?« Es kommt keine Antwort.

»Also, ich werde ganz bestimmt nicht hier rumspazieren und auch noch nach ihm suchen«, ruft Duncan mit einem schwachen, aber verräterischen Zittern in der Stimme. »Wäre ja nicht das erste Mal, dass er in diesem Zustand ist, oder? Er kann auf sich selbst aufpassen. Er kommt schon klar.« Vermutlich gibt er sich Mühe, zuversichtlicher zu klingen, als er tatsächlich ist. Aber sie werden es bestimmt nicht infrage stellen. Denn sie wollen es ebenfalls glauben.

Früher am Tag

JULES

Die Braut

Im Inneren des Zeltes hat Aoife wirklich etwas Magisches erschaffen. Es ist warm hier drin, eine Erholung von dem immer kälteren Wind dort draußen. Vor dem Eingang kann ich die Fackeln flackern und zucken sehen. Immer wieder bläht sich das Dach des Partyzelts sanft auf und sinkt wieder in sich zusammen, stemmt sich gegen den Wind. In gewisser Weise verstärkt das die gemütliche Atmosphäre. Im gesamten Zelt hängt der exklusive Duft von den Kerzen, und die Gesichter über den Flammen wirken rosig, frisch und gesund – auch wenn der wahre Grund dafür wohl eher ein feuchtfröhlicher Nachmittag und der beißende irische Wind sind. Alles ist so, wie ich es mir gewünscht habe. Ich blicke mich zwischen den Gästen um und kann in ihren Gesichtern pure Bewunderung angesichts dieser Location erkennen. Doch warum fühle ich mich so hohl, so leer?

Alle scheinen Olivias verrückte Einlage bereits vergessen zu haben – es hätte genauso gut an einem anderen Tag passiert sein können. Sie trinken Wein, lassen sich volllaufen, reden immer lauter, immer angeregter. Die blendende Stimmung des Tages wurde nahtlos wieder aufgegriffen, und alles folgt dem vorgesehenen Lauf. Aber ich kriege es nicht aus meinem Kopf. Wenn ich an Olivias Gesicht denke – ihren flehenden Blick, als sie versuchte zu sprechen –, stellen sich mir alle Nackenhaare auf.

Die Teller werden abgeräumt, sie sind praktisch saubergeleckt. Der Alkohol hat den Gästen ordentlichen Hunger beschert, und Freddy ist ein echter Meisterkoch. Ich war auf so vielen Hochzeiten, bei denen ich mich förmlich zwingen musste, die trockene, gummmiartige Hühnerbrust und das verkochte Gemüse runterzuwürgen. Der heutige Lammbraten war unfassbar zart, wie Samt auf der Zunge, dazu gab es mit Rosmarin verfeinerten Kartoffelstampf. Es war perfekt.

Nun ist es Zeit für die Reden. Die Servicekräfte schwärmen mit Tabletts voller Champagnergläser aus, mit denen gleich angestoßen werden soll. Ich habe ein säuerliches Gefühl im Magen, und bei dem Gedanken an noch mehr Bollinger wird mir etwas flau. Ich habe schon einiges getrunken, um bei der ausgelassenen Stimmung meiner Gäste mitzuhalten, und fühle mich seltsam fahrig. Das Bild von der dunklen Wolkenfront am Horizont vorhin kommt mir immer wieder in den Sinn.

Eine Gabel wird gegen ein Glas geschlagen.

Das Geschnatter im Zelt verebbt und weicht einer folgsamen Stille. Ich spüre, wie die Aufmerksamkeit im Raum sich verschiebt. Gesichter wenden sich nach vorn zum Brauttisch. Die Show kann beginnen. Ich bemühe mich um einen Ausdruck freudiger Erwartung.

In dem Moment erzittert die Beleuchtung im Zelt und erlöscht. Der Raum ist in ein dämmriges Zwielicht getaucht, das zum verblassenden Tageslicht draußen passt.

»Verzeihung!«, ruft Aoife von der Rückseite des Zelts. »Das ist nur der Wind. Die Elektrizität ist hier etwas eigenwillig.«

Irgendwer, einer von Wills Freunden, glaube ich, stößt ein wölfisches Heulen aus. Und die anderen stimmen mit ein, bis es klingt, als befände sich ein ganzes Rudel Wölfe unter uns. Sie sind mittlerweile sichtlich betrunken, werden immer ungezügelter und wilder. Ich möchte sie anschreien, dass sie die Klappe halten sollen.

»Will«, zische ich, »könntest du sie bitten, damit aufzuhören?«

»Das würde sie nur noch mehr anstacheln«, sagt er beschwichtigend. Seine Hand schließt sich über meiner. »Ich bin sicher, dass die Lichter gleich wieder angehen.«

Gerade als ich denke, dass ich es nicht länger aushalte, dass ich wirklich gleich losschreie, leuchten die Glühbirnen wieder auf. Die Gäste jubeln.

Dad steht als Erster auf, um seine Rede zu halten. Vielleicht hätte ich es ihm in letzter Minute verbieten sollen, als Strafe für sein Benehmen von heute früh. Aber das käme etwas seltsam rüber, oder nicht? Bei Hochzeiten geht es letztlich oft nur darum, wie die Dinge nach außen hin scheinen. Solange wir das hier durchziehen und alle froh und glücklich wirken… nun ja, vielleicht können wir so die dunklen Kräfte unterdrücken, die unter der Oberfläche brodeln. Ich wette, die meisten Leute würden darauf tippen, dass diese Hochzeitsfeier ganz der Großzügigkeit meines Vaters geschuldet ist. Tja, nicht wirklich.

Alle haben mich gefragt, wie ich darauf gekommen bin, die Hochzeit hier abzuhalten. Tatsache ist, dass ich einen Aufruf in den sozialen Netzwerken gestartet habe: »Stellt mir eure ganz besondere Hochzeits-Location vor.« Das Ganze war Teil eines Beitrags für *The Download*. Aoife meldete sich mit einem großartigen Pitch. Ich bewunderte die ausgefeilte Planung und ihre Überlegungen zur praktischen Umsetzung. Sie wirkte engagierter als der Rest und stellte sämtliche Konkurrenten in den Schatten. Aber das ist nicht der Grund für unsere Entscheidung. Die Wahrheit lautet: weil es hübsch *und* billig war.

Weil mein geliebter Herr Papa, der mit stolzgeschwellter Brust dasteht, mir den Geldhahn zugedreht hat. Beziehungsweise Séverine hat es für ihn getan.

Darauf würde niemand kommen, oder? Nicht, wo ich eine Hochzeitstorte habe, die mich dreitausend Kröten gekostet hat, gravierte Serviettenringe aus massivem Silber und einen Jahresvorrat an Cloon-Keen-Duftkerzen. Doch das sind exakt die Dinge, die meine Gäste von mir erwarten. Und ich konnte sie mir – genau wie eine Hochzeitsfeier in dem Stil, der mir vorschwebte – nur leisten, weil Aoife mir einen Nachlass von fünfzig Prozent anbot, falls ich meine Hochzeit hier abhielte. Sie mag nach außen brav und bieder aussehen, aber sie ist eine gerissene Geschäftsfrau. Sie weiß, dass ich ihre Location in meinem Magazin vorstellen werde und dass sie wegen Wills Promistatus Publicity bekommen wird. Am Ende wird es sich um ein Vielfaches auszahlen.

»Ich fühle mich geehrt, hier zu sein«, sagt Dad nun. »Auf der Hochzeit meines kleinen Mädchens.«

Sein kleines Mädchen. So, so. Ich spüre, wie mein Lächeln gefriert.

Dad hebt sein Glas. Er trinkt Guinness – schon immer hat er darauf geachtet, keinen Champagner zu trinken, um seinen Wurzeln treu zu bleiben. Ich weiß, dass ich seinen Blick voller Liebe erwidern sollte, aber ich bin immer noch wütend wegen dem, was er vorhin gesagt hat, und kann mich kaum überwinden, ihn anzuschauen.

»Dabei war Julia eigentlich nie mein kleines Mädchen«, fährt Dad fort. Wenn er emotional aufgewühlt ist, wird sein Dialekt stärker… oder wenn er genug getrunken hat. »Sie hatte stets ihren eigenen Kopf. Schon mit neun wusste sie ganz genau, was sie wollte. Selbst wenn ich…«, er räuspert sich vielsagend, »…versuchte, sie vom Gegenteil zu überzeugen.« Ein amüsiertes Raunen geht durch die Menge. »Sie verfolgte das, was sie wollte, mit zielstrebigem Eifer.« Er lächelt wehmütig. »Um mir selbst zu schmeicheln, könnte ich behaupten, dass sie in dieser Hinsicht ganz nach mir kommt. Aber ich bin nicht annähernd so stark wie sie. Ich gebe vor zu wissen, was ich will, aber eigentlich ist es nur immer das, worauf ich gerade Lust habe. Jules ist ganz und gar sie selbst, steht ihre Frau, und wehe dem, der sich ihr in den Weg stellt. Ich bin sicher, dass ihre Angestellten mir beipflichten werden.« Vom Tisch mit den *Download*-Leuten ist nervöses Lachen zu hören. Ich lächle milde in ihre Richtung: Keiner von ihnen hat Ärger zu befürchten. Nicht heute.

»Was Hochzeiten betrifft, bin ich sicher nicht das beste Vorbild, da will ich ganz ehrlich sein«, sagt Dad. »Ich glaube, heute Abend sitzen meine erste und meine fünfte Ehefrau hier. Man könnte sagen, dass ich ein eingetragenes Mitglied dieses Klubs bin … wenn auch kein besonders gutes.« Nicht sehr witzig, obwohl vereinzelt pflichtbewusstes Gekicher ertönt. »Jules hat … ähm … nicht gezögert, mir das heute Morgen klarzumachen, als ich versuchte, einen väterlichen Ratschlag anzubringen.«

Väterlicher Ratschlag. Von wegen.

»Aber ich würde behaupten, dass ich mit den Jahren doch ein, zwei Dinge darüber gelernt habe, wie man es gut hinkriegt. Bei der Ehe geht es darum, den Menschen zu finden, den man am besten kennt. Und damit meine ich nicht, wie diese Person ihren Kaffee trinkt oder welcher ihr Lieblingsfilm ist oder wie der Name ihrer ersten Katze lautete. Es geht um ein Kennen auf tieferer Ebene. Es geht darum, ihre Seele zu kennen.« Er grinst Séverine zu, die sich förmlich aufplustert. »Abgesehen davon fühlte ich mich nicht wirklich qualifiziert, diesen Ratschlag zu erteilen. Denn ich weiß, dass ich nicht immer da war. Nein, streicht das. Ich war praktisch nie da. Keiner von uns Eltern war für sie da. Ich denke, Araminta wird mir beipflichten.«

Wow. Ich schaue zu Mum. Sie trägt ein steifes Grinsen zur Schau, das womöglich genauso angespannt ist wie meines. Ihr wird die Stelle mit der ersten Ehefrau nicht gefallen haben, weil sie dadurch alt erscheinen könnte, und bei der Unterstellung elterlicher Vernachlässigung wird sie innerlich köcheln, gerade in Anbetracht dessen, wie sehr sie es heute genossen hat, die liebenswürdige Brautmutter zu spielen.

»Und so musste Julia in unserer Abwesenheit immer

ihren eigenen Weg gehen. Und was für einen. Ich weiß, dass ich nicht immer gut darin war, es zu zeigen, aber ich bin so stolz auf dich, Juju, auf alles, was du erreicht hast.«

Ich denke an die Preisverleihung an der Schule. Meinen Uni-Abschluss. Den offiziellen Start von *The Download*... Nie war mein Vater zugegen. Ich denke daran, wie oft ich mir gewünscht habe, diese Worte zu hören. Jetzt sind sie da – in dem Moment, in dem ich so wütend auf ihn bin wie noch nie. Ich spüre, wie meine Augen sich mit Tränen füllen. Scheiße. Das hat mich wirklich total unvorbereitet erwischt. Ich weine nie.

Dad wendet sich mir zu. »Ich liebe dich so sehr ... meine kluge, komplizierte, kämpferische Tochter.«

Oh Gott. Es sind auch keine schönen Tränen, kein dezentes Schimmern in den Augen. Sie kullern auf meine Wangen, und ich muss erst die Handkante, dann meine Serviette hernehmen, um sie einzudämmen. Was ist bloß mit mir los?

Nun wendet sich Dad an die Menge. »Die Sache ist doch die: Obwohl Jules diese unglaubliche, unabhängige Frau ist, brüste ich mich gern damit, dass sie mein kleines Mädchen ist. Denn als Eltern ist man mit Gefühlen konfrontiert, denen man nie entkommen kann ... ganz egal, was für ein miserabler Vater man gewesen ist, und auch wenn man kaum ein Anrecht auf sie hat. Und eines davon ist der Instinkt, sie zu beschützen.«

Er dreht sich wieder zu mir. Jetzt muss ich ihn ansehen. Sein Gesicht zeigt einen Ausdruck aufrichtiger Zärtlichkeit. Meine Brust schmerzt.

Und dann wendet er sich an Will. »William, du scheinst mir ... ein toller Kerl zu sein.«

Ist es nur mir aufgefallen, oder lag da eine gefährliche Betonung auf *scheinst*?

Jetzt grinst Dad – und ich kenne dieses Grinsen. Es ist kein Lächeln, sondern vielmehr ein Zähnefletschen. »Aber du solltest besser auf meine Tochter aufpassen. Vermassel es nicht. Und falls du doch etwas tun solltest, was meine Tochter verletzt… nun ja, es ist ganz einfach…« Er hebt sein Glas zu einem stummen Toast. »Dann komme ich dich holen.«

Es folgt eine angespannte Stille. Ich presse ein Lachen hervor, auch wenn es sich in meinen Ohren mehr wie ein Schluchzer anhört. Ein Kichern und Murmeln erhebt sich, dann fallen die Gäste in mein Gelächter ein. Wahrscheinlich sind sie erleichtert, weil sie jetzt wissen, wie sie es auffassen sollen. *Ach, das war ein Witz.*

Nur dass es kein Witz war. Ich weiß es, Dad weiß es, und wenn ich mir Wills Gesichtsausdruck ansehe, gehe ich davon aus, dass auch er es weiß.

OLIVIA

Die Brautjungfer

Der Brautvater setzt sich wieder. Jules sieht fertig aus, ihr Gesicht ist fleckig und rot. Ich habe gesehen, wie sie die Augen mit ihrer Serviette abgetupft hat. Sie fühlt also doch was, meine Halbschwester, auch wenn sie immer den Eindruck vermittelt, so tough zu sein. Ich habe ein schlechtes Gewissen wegen vorhin, ehrlich. Ich weiß, Jules würde es mir nicht glauben, aber es tut mir wirklich leid. Ich fröstle immer noch, als sei die Kälte des Meeres unter meine Haut gedrungen. Ich habe mich umgezogen und trage jetzt das graue Kleid von gestern Abend, weil ich dachte, dass es Jules am wenigsten ärgern würde, aber ich wünschte, ich hätte in meine normalen Klamotten schlüpfen können. Ich habe die Arme um mich geschlungen, um mich warm zu halten, doch es verhindert nicht, dass meine Zähne klappern.

Will erhebt sich, es wird gejohlt und gepfiffen, und ein paar anzügliche Rufe sind auch dabei. Dann verstummen die Gäste. Er hat ihre volle Aufmerksamkeit. Ich schätze mal, das liegt an seinem Aussehen, an seiner ganzen Art, seinem Selbstbewusstsein. Er hat immer alles im Griff.

»Im Namen von meiner frisch angetrauten Frau und mir…«, beginnt er, und der Satz geht beinahe im überschwänglichen Gebrüll, im Gehämmer auf den Tischen und im Stampfen der Füße unter. Er lächelt in die Menge, bis alle sich beruhigt haben. »Im Namen von meiner frisch angetrauten Frau und mir möchte ich mich bei euch allen bedanken, dass ihr heute gekommen seid«, sagt er. »Ich weiß, dass Jules mir beipflichten wird, wenn ich sage, dass es wunderbar ist, diesen Tag mit den Menschen feiern zu dürfen, die wir am meisten lieben und schätzen.« Er dreht sich zu Jules. »Ich fühle mich wie der glücklichste Mann der Welt.«

Jules' Augen sind jetzt trocken. Und als sie zu Will aufblickt, ist ihre Miene ganz anders, wie ausgewechselt. Sie wirkt mit einem Mal so glücklich, dass man sie kaum ansehen kann – als würde man in eine Glühbirne schauen. Will strahlt zurück.

»Oh mein Gott«, höre ich eine Frau am Nebentisch flüstern. »Die beiden sind einfach so perfekt.«

Will grinst in die Runde. »Unser erstes Treffen war tatsächlich ein Glücksfall. Man stelle sich nur vor, ich wäre nicht zur rechten Zeit am rechten Ort gewesen. Oder wie Jules gerne sagt: Es war unsere persönliche Sternstunde.« Er hebt sein Glas. »Auf das Glück! Und darauf, dass man sich sein eigenes Glück schaffen muss… und ihm, wenn nötig, ein klein wenig nachhelfen.«

Er zwinkert. Die Gäste lachen.

»Es ist Brauch, die Schönheit der Brautjungfern zu loben, nicht wahr?«, fährt er fort. »Wir haben zwar nur eine einzige Brautjungfer, aber ich denke, ihr alle werdet mir beipflichten, wenn ich sage, dass ihre Schönheit für sieben reicht. Also ein Hoch auf Olivia! Meine neue Schwester!«

Alle Gäste drehen sich zu mir um und heben die Gläser. Ich ertrage es kaum und starre auf die Tischplatte, bis der Jubel verebbt ist und Will weiterspricht.

»Und nun zu meiner Frau. Meiner wunderschönen, klugen Jules ...« Die Anwesenden flippen erneut aus. »Ohne dich wäre das Leben eine einzige Ödnis. Ohne dich gäbe es keine Freude, keine Liebe. Du bist meine ebenbürtige Gefährtin, meine Partnerin. Also steht bitte alle auf, um mit mir auf Jules zu trinken!«

Die Gäste um mich herum erheben sich. »Auf Jules!«, wiederholen sie breit grinsend. Sie strahlen allesamt Will an – vor allem die Frauen, die ihn nicht aus den Augen lassen. Ich weiß, was sie sehen. Will Slater, den Fernsehstar. Nunmehr der Ehemann meiner Halbschwester. Und ein Held – schaut nur, wie er mich vorhin aus dem Wasser gerettet hat. Ein rundum feiner Kerl.

»Wisst ihr, wie Jules und ich uns kennengelernt haben?«, fragt Will, als alle sich wieder gesetzt haben. »Es war eine Fügung des Schicksals. Sie hat im Londoner Victoria and Albert-Museum eine Party für *The Download* geschmissen. Ich war nur zufällig da, zusammen mit einem Freund. Jedenfalls musste mein Freund die Party frühzeitig verlassen, und ich blieb allein zurück. Ich überlegte, ob ich auch schon gehen sollte. Mein Entschluss, länger zu bleiben, war eher spontan. Wer weiß, was passiert wäre, wenn ich mich anders entschieden hätte? Wären wir uns je begegnet? Und auch wenn Jules so viel und hart dafür arbeitet, dass ich manchmal das Gefühl habe, als gäbe es eine dritte Person in unserer Beziehung, möchte ich ihm dennoch danken, dass es uns zusammengebracht hat. Auf *The Download*!«

Die Gäste erheben sich: »Auf *The Download*!«, wiederholen sie.

Ich lernte Jules' neuen Freund erst nach ihrer Verlobung kennen. Sie war sehr zurückhaltend mit Informationen über ihn. Mir kam es so vor, als wollte sie ihn nicht mit nach Hause bringen, ehe sie den Verlobungsring am Finger hatte – für den Fall, dass wir ihn vergraulten. Womöglich klingt das ein bisschen fies, aber Jules war in manchen Dingen schon immer ziemlich schonungslos. Ich kann es ihr nicht wirklich verübeln. Mum ist manchmal eine echte Zumutung.

Und wie Jules nun mal ist, hatte sie die ganze Sache exakt durchgeplant: Sie wollte mit Will auf einen Kaffee bei Mum vorbeikommen und eine halbe Stunde bleiben, bevor wir alle gemeinsam zum Mittagessen ins River Café gehen würden (das Lieblingslokal von Will und ihr, erzählte Jules, wo sie auch schon einen Tisch reserviert hatte). Ihre Ansage an Mum und mich war ziemlich klar: Wehe, ihr versaut mir das.

Ich hatte ehrlich nicht vor, es zu versauen, dieses erste Treffen mit Jules' Verlobtem. Doch in dem Moment, als die beiden durch die Tür traten, musste ich ins Bad rennen und mich übergeben. Ich sank neben dem Klo zusammen und saß eine gefühlte Ewigkeit auf dem Boden. Ich war völlig fertig, als hätte mir jemand in den Bauch geboxt.

Ich konnte förmlich vor mir sehen, wie es passiert war: Er war ins Museum zurückgekehrt, nachdem er mich ins

Taxi verfrachtet hatte, und war meiner Schwester begegnet, der strahlenden Ballkönigin, die so viel passender war für ihn. Schicksal eben. Ich weiß auch noch, was er bei unserer ersten Begegnung gesagt hatte: »Zehn Jahre älter und du wärst die ideale Frau für mich.« Ja, ich sah es alles vor mir.

Nach einer Weile klopfte Jules an die Badtür – ich schätze, weil sie ihren extrem wichtigen Terminplan durchziehen wollte. »Olivia, wir müssen jetzt los. Ich hätte dich natürlich gern dabei, aber wenn du dich nicht gut fühlst, dann, na ja, ist das auch okay.« Ich konnte ihr anhören, dass es nicht okay war, kein bisschen, aber das war meine kleinste Sorge.

Irgendwie schaffte ich es, meine Stimme wiederzufinden. »Ich … ich kann nicht mit«, antwortete ich durch die Tür. »Ich … hab mir was eingefangen.« Mir kam es als die einfachste Lösung vor, sie in dem Glauben zu lassen, ich sei krank. Außerdem ging es mir wirklich nicht gut – mir war speiübel, als hätte ich etwas Giftiges verschluckt.

Ich habe seitdem natürlich oft darüber nachgedacht. Was, wenn ich damals den Mumm gehabt hätte, die Tür zu öffnen und ihr die Wahrheit zu sagen, von Angesicht zu Angesicht? Statt mich zu verkriechen und abzuwarten, bis es viel zu spät war?

»Okay«, sagte sie. »Na schön. Ich finde es sehr schade, dass du nicht mitkommen kannst.« Sie klang nicht im Mindesten so, als würde es ihr leidtun. »Ich werde keine große Sache daraus machen, Olivia. Vielleicht bist du ja wirklich krank. Geschenkt. Aber ich würde mir wirklich deine Unterstützung wünschen. Mum meinte, du hättest kürzlich eine schwere Zeit durchgemacht, und das tut mir leid. Aber ich wünschte, dass du dir nur einmal Mühe geben und dich für mich freuen würdest.«

Ich sank gegen die Badtür und versuchte einfach nur weiterzuatmen.

Er kaschierte seine Reaktion blitzschnell. Als er durch Mums Tür spaziert kam und wir uns »zum ersten Mal begegneten«, war vielleicht für einen Bruchteil einer Sekunde der Schreck zu sehen. Einer, den nur ich bemerkte. Das Zucken eines Augenlids, eine leichte Verkrampfung des Kiefers. Nichts weiter. Er überspielte es so gut, er war so aalglatt.

Deshalb kann ich ihn in meinen Gedanken nicht Will nennen. Für mich wird er immer Steven bleiben. Als ich mir für die Dating-App einen neuen Namen zulegte, hatte ich nicht in Erwägung gezogen, dass auch er gelogen haben könnte.

Bei ihrer Verlobungsfeier, so beschloss ich, würde ich nicht wegrennen und mich verstecken. Ich hatte alle anderen potenziellen Reaktionen durchgespielt, die um einiges souveräner gewesen wären, als abzuhauen und mich zu übergeben. Immerhin hatte ich nichts Unrechtes getan. Und dieses Mal würde ich ihn zur Rede stellen. Er war derjenige, der sich erklären musste – mir gegenüber, Jules gegenüber. Er war es, der sich verdammt noch mal erbärmlich fühlen sollte. Ich hatte zugelassen, dass er bei diesem ersten Zusammentreffen als Sieger hervorging. Dieses Mal würde ich es ihm zeigen.

Er brachte mich gleich zu Anfang aus dem Konzept. Als

ich eintraf, schenkte er mir ein breites Grinsen. »Olivia!«, begrüßte er mich herzlich. »Ich hoffe, du fühlst dich besser. Es war ja so schade, dass wir uns voriges Mal nicht richtig kennenlernen konnten.«

Ich war so geschockt, dass ich nichts herausbrachte. Er tat allen Ernstes so, als wären wir uns nie begegnet, ohne auch nur die Miene zu verziehen. Ich begann, an mir selbst zu zweifeln. War er es wirklich? Dabei wusste ich, dass er es war. Es gab keinen Zweifel daran. Aus der Nähe konnte ich sehen, dass die Haut um seine Augen sich auf dieselbe Art kräuselte wie bei Steven, dass er dieselben zwei Muttermale am Hals unterhalb des Kiefers hatte. Außerdem erinnerte ich mich noch ganz klar an die kurze Schrecksekunde, als er mich das erste Mal wiedersah.

Er wusste ganz genau, was er tat, als er es mir schwerer machte, meine Version der Wahrheit offenzulegen. Er vertraute darauf, dass ich zu feige sein würde, etwas zu Jules zu sagen, aus Angst, dass sie mir nicht glauben würde.

Und er lag richtig.

HANNAH

Die Begleitung

Irgendwas an Wills Rede gerade eben hat mich stutzig gemacht. Irgendwas hat sich seltsam bekannt angefühlt, wie ein Déjà-vu. Ich kann es nicht ganz greifen, aber während alle anderen um mich herum jubeln und klatschen, ist bei mir ein Gefühl des Unbehagens zurückgeblieben.

»Jetzt geht's los«, höre ich jemanden am Tisch flüstern. »Alle bereit für den Hauptevent?«

Charlie sitzt nicht bei mir, sondern hat einen Platz am Brauttisch, direkt zu Jules' Linken. Schließlich gehöre ich nicht zur engeren Hochzeitsgesellschaft, während Charlie Trauzeuge ist. Doch überall sonst scheinen Ehemänner und Ehefrauen nebeneinanderzusitzen. Mir wird bewusst, dass ich Charlie seit heute früh praktisch nicht zu Gesicht bekommen habe, und dann auch nur kurz draußen beim Sektempfang – was ihn mir noch fremder gemacht hat, als wenn wir uns überhaupt nicht gesehen hätten. Im Zeitraum von nur vierundzwanzig Stunden scheint sich ein Abgrund zwischen uns aufgetan zu haben.

Die Gäste um mich herum haben schon Wetten abgeschlossen, wie lang Johnnos Trauzeugenrede wohl dauern wird. Bei fünfzig Pfund als Wetteinsatz habe ich dankend abgelehnt. Sie haben unseren Tisch auch in »Böse-Buben-Tisch« umbenannt. Es herrscht eine überspannte, geradezu fieberhafte Stimmung. Diese Männer sind wie Kinder, die zu lange eingesperrt waren. In den letzten anderthalb Stunden hat jeder von ihnen mindestens anderthalb Flaschen Wein gekippt. Peter Ramsay, der neben mir sitzt, spricht so schnell, dass mir allmählich der Kopf schwirrt. Das mag etwas mit den eingetrockneten weißen Pulverkrusten an seinen Nasenlöchern zu tun haben. Ich muss es mir fast schon verkneifen, mich vorzubeugen, um ihm das Zeug mit der Serviette wegzuwischen.

Charlie erhebt sich, um seine Rolle des Zeremonienmeisters wieder einzunehmen, und greift nach dem Mikrofon. Ich erwische mich dabei, wie ich in seinem Gesicht nach Anzeichen suche, dass er zu viel getrunken haben könnte. Sind seine Züge verräterisch schlaff? Ist er unsicher auf den Beinen?

»Und nun…«, beginnt er, doch da ertönt ein schrilles Rückkopplungspfeifen, woraufhin die Gäste – vor allem Wills Kumpel – aufstöhnen und sich johlend die Ohren zuhalten. Charlie wird rot, und seltsamerweise schäme ich mich für ihn. Er setzt erneut an. »Und nun ist es Zeit für den Trauzeugen des Bräutigams. Bitte einen Applaus für Jonathan Briggs.«

»Sei gnädig, Johnno!«, brüllt Will. Er schenkt ihm ein schiefes Lächeln und tut, als würde er zusammenzucken. Allgemeines Gelächter.

Die Rede des Trauzeugen finde ich immer besonders anstrengend. Die Erwartungen sind hoch, und außerdem gibt es diese hauchdünne Grenze zwischen zu brav und zu anstößig. Es ist definitiv besser, auf der korrekten Seite zu bleiben, doch ich habe den Eindruck, dass Johnno nicht zu den Leuten gehört, die sich darum scheren, ob sie jemanden vor den Kopf stoßen.

Vielleicht bilde ich es mir nur ein, aber er scheint zu schwanken, während er das Mikrofon von Charlie in Empfang nimmt. Neben ihm sieht mein Mann nüchtern aus wie ein neugeborenes Kalb. Als Johnno um den Tisch herum nach vorne geht, stolpert er über seine Füße und fällt beinahe hin. Von meinen Tischnachbarn regnet es Spott und Hohn. Peter Ramsay schiebt sich die Finger in den Mund und stößt ein Pfeifen aus, bei dem mir die Ohren schrillen.

Als Johnno es schließlich nach vorne geschafft hat, ist nicht mehr zu übersehen, dass er sternhagelvoll ist. Einige Sekunden steht er schweigend da, bevor ihm einzufallen scheint, wo er ist und was er tun soll. Er tippt ein paarmal ans Mikro, und das Geräusch dröhnt durch das Zelt.

»Komm schon, Johnno!«, brüllt jemand. »Leg los, bevor wir alt und grau werden!« Die Gäste an meinem Tisch fangen an, mit den Fäusten zu trommeln, mit den Füßen zu stampfen. »Und los! Und los! Und los! Und los!« Die Härchen auf meinen Armen stellen sich auf. Das erinnert mich an den gestrigen Abend … an den schrecklichen Rhythmus, das Gefühl von Bedrohung.

Johnno macht eine »Immer mit der Ruhe«-Geste mit den Händen und grinst uns an. Dann dreht er sich um und schaut zu Will. Er räuspert sich, holt tief Luft.

»Wir kennen uns schon seit einer ganzen Weile, dieser Bursche und ich. Ein Hoch auf meine alten Trevellyaner!«

Jubel erhebt sich, vor allem bei den Kerlen an meinem Tisch.

»Ist ja gut«, sagt Johnno, als der Lärm abebbt, und vollführt eine ausladende Handbewegung, um schließlich auf Will zu zeigen. »Schaut euch diesen Typen nur an. Es wäre so einfach, ihn zu hassen, oder?« Er legt eine Pause ein, einen Tick zu lang womöglich, bevor er fortfährt. »Er hat alles: das perfekte Aussehen, Charme, beruflichen Erfolg, Geld …« War das eine Spitze? Er deutet auf Jules. »… und eine Frau. Also, wenn ich es mir recht überlege … ich glaube, ich hasse ihn wirklich. Geht's noch irgendwem wie mir?«

Ein leises Lachen geht durch den Raum. Jemand brüllt: »Ja Mann, genau so ist es!«

Johnno grinst. Ein wildes, gefährliches Glitzern liegt in seinen Augen. »Für diejenigen unter euch, die es nicht wissen: Will und ich waren gemeinsam auf der Schule. Aber es war keine normale Schule. Es war mehr so eine Mischung aus Gefangenenlager und *Herr der Fliegen*. Danke für die Literaturnachhilfe gestern Abend, Charlie-Boy! Dabei ging es gar nicht darum, die bestmöglichen Noten zu kriegen. Es ging allein ums Überleben, ihr wisst schon – Survival of the fittest und so.«

Unwillkürlich muss ich an das Spiel denken, von dem sie uns gestern beim Abendessen erzählt haben. Hieß es nicht Survival?

»Ich kann euch sagen«, fährt Johnno fort, »wir haben in all den Jahren ziemlich viel Scheiß durchgemacht, insbesondere an der Trevellyan's. Es gab finstere Zeiten. Es gab irre Zeiten. Und manchmal kam es uns so vor, als würden wir gegen den Rest der Welt kämpfen.« Er schaut zu Will rüber. »War's nicht so?«

Will nickt, lächelt.

Irgendwas ist schräg an Johnnos Tonfall. Da ist eine gefährliche Schärfe, eine Ahnung, dass er etwas tun, etwas sagen könnte, das alles umwirft und mit sich reißt. Ich schaue mich um und frage mich, ob die anderen Gäste es auch bemerken. Im Zelt ist es definitiv etwas stiller geworden, als würden alle den Atem anhalten.

»Das ist es doch, was einen richtig guten Kumpel ausmacht, oder nicht?«, sagt Johnno. »Dass er immer hinter einem steht.«

Ich komme mir vor, als würde ich ein kippelndes Glas auf einer Tischkante beobachten, ohne etwas unternehmen zu können, als wäre ich dazu verurteilt zu warten, bis es zerschellt. Ich blicke zu Jules und zucke innerlich zusammen. Sie hat ihre Lippen zu einem grimmigen Strich zusammengepresst und sieht aus, als würde sie nur darauf warten, dass das Theater endlich vorbei ist.

»Und jetzt schaut euch das hier an«, sagt Johnno und deutet auf sich selbst. »Ein dicker, dämlicher Trottel in einem zu engen Anzug. Ach ja …«, jetzt dreht er sich zu Will um, »… du weißt doch, wie ich meinte, ich hätte meinen Anzug vergessen? Tja, es gibt noch eine kleine, nette Story dahinter.« Er richtet seinen Blick wieder auf uns, die Zuschauerschaft.

»Okay. Hier kommt die Wahrheit – die echte, ungeschönte Wahrheit. Es gab nie einen Anzug. Oder besser gesagt, es gab einen Anzug, und dann eben nicht mehr. Zuerst dachte ich, Will würde ihn für mich besorgen. Ich weiß ja nicht viel darüber, aber ich bin mir ziemlich sicher, dass es mit den Kleidern für die Brautjungfern so läuft, oder?«

Er sieht uns fragend an. Niemand antwortet. Im Zelt herrscht regloses Schweigen – selbst Peter Ramsay neben mir hat aufgehört, mit dem Bein auf und ab zu wippen.

»Kauft nicht die Braut die Kleider für ihre Brautjungfern?«, fragt Johnno uns. »So ist doch die Regel, oder? Immerhin nötigt man sie, so ein Teil zu tragen. Ist ja nicht so, als hätten sie eine Wahl. Und der gute alte Will hier wollte unbedingt, dass ich einen Anzug von Paul Smith trage, nichts Geringeres.«

Jetzt kommt er richtig in Schwung. Er schreitet vor uns auf und ab wie ein Comedian bei einer Open-Mic-Night.

»Wie auch immer … jedenfalls stehen wir in dem Laden, und ich sehe das Etikett und denke mir: Meine Fresse, Will ist aber großzügig. Achthundert Kröten! Das ist die Sorte Anzug, bei der die Weiber schwach werden, stimmt's? Aber für achthundert Kröten? Dann investiere ich das Geld doch besser gleich in Sex. Ich meine, welche weitere Verwendung habe ich für einen Achthundert-Pfund-Anzug? Ist ja nicht so, als wäre ich alle zwei Wochen zu einem noblen Anlass geladen. Aber gut, dachte ich, wenn er unbedingt will, dass ich ihn trage, warum sollte ich lange diskutieren?«

Ich schaue zu Will. Er lächelt, aber da ist ein angespannter Zug um seine Mundwinkel.

»Aber dann«, fährt Johnno fort, »kam dieser peinliche Moment an der Kasse, wo er sich dezent verdrückt und mir den Vortritt gelassen hat. Die ganze Zeit habe ich gebetet, dass meine Kreditkarte diese Summe hergibt. Ein Wunder, dass es geklappt hat, um ehrlich zu sein! Und der gute Will steht die ganze Zeit nur da und grinst. Als hätte er mir den Anzug gekauft. Als sollte ich ihm um den Hals fallen und mich bei ihm bedanken.«

»Scheiße, jetzt geht's ans Eingemachte«, flüstert Peter Ramsay.

»Also habe ich den Anzug am nächsten Tag zurückgegeben. Natürlich hatte ich nicht vor, Will davon zu erzählen. Ihr seht, ich hatte den ganzen Plan ausgetüftelt, bevor ich herkam: Ich wollte einfach so tun, als ob ich ihn zu Hause vergessen hätte. Sie konnten mich schließlich nicht nach Blighty zurückschicken, um ihn zu holen, oder? Und Gott sei Dank lebe ich mitten in der Pampa, sodass mir keiner von euch ›freundlicherweise anbieten‹ konnte, ihn für mich zu holen … was mich ziemlich in die Bredouille gebracht hätte, ha, ha!«

»Soll das etwa witzig sein?«, fragt eine Frau, die mir gegenübersitzt.

»Achthundert Kröten für einen Anzug«, wiederholt Johnno. »Achthundert. Weil der Name von irgendeinem Typen aufs Etikett gestickt ist? Um den zu zahlen, hätte ich eine gottverdammte Niere verkaufen müssen! Ich hätte meinen Körper auf der Straße anbieten müssen …« Er macht eine laszive Handbewegung und erntet ein paar halbherzige anzügliche Pfiffe. »Und ihr wisst doch, dass es nur ein beschränktes Interesse an dicken, haarigen Trotteln Mitte dreißig gibt.« Er stößt ein wildes, röhrendes Lachen aus.

Wie auf ein Stichwort fallen ein paar der Zuschauer in sein Lachen mit ein. Es ist das erleichterte Lachen von Menschen, die zu lange den Atem angehalten haben.

Doch Johnno ist noch nicht fertig. »Ich meine, er hätte mir den Anzug doch kaufen können? Schließlich ist er stinkreich, oder? Was er hauptsächlich dir zu verdanken hat, Jules. Aber er ist und bleibt ein Geizhals. Ich sage das natürlich *in aller Liebe*.« Er klimpert übertrieben tuntig mit den Wimpern.

Will lächelt nicht mehr. Ich wage es gar nicht erst, Jules anzusehen. Ich habe das Gefühl, ich sollte besser nicht hinsehen. Es erinnert mich stark an diesen dunklen Drang, am Schauplatz eines Autounfalls anzuhalten und zu gaffen.

»Wie auch immer«, sagt Johnno. »Ist ja auch egal. Er hat mir anstandslos seinen Ersatzanzug geliehen. So verhält sich ein echter Kumpel, oder? Auch wenn ich dich warnen muss, Will«, er streckt sich, und das Jackett spannt an den Knöpfen, »dein Anzug wird wohl nie mehr so aussehen wie vorher.« Er dreht sich wieder zu uns um. »Aber das ist es doch, was einen richtig guten Kumpel ausmacht, oder nicht? Er hält immer zu dir. Er mag zwar ein alter Geizkragen sein, aber ich weiß, dass er immer für mich da war.«

Er legt seine große Pranke auf Wills Schulter. Der sieht aus, als würde er unter dem Gewicht leicht einknicken, ja, als würde Johnno zusätzlich Druck nach unten ausüben.

»Außerdem weiß ich ganz sicher, dass er mich nie bescheißen würde.« Er dreht sich zu Will, beugt sich ganz nah runter, als würde er Wills Gesicht mustern. »Das würdest du doch nie tun, oder?«

Will hebt eine Hand und wischt sich das Gesicht ab, wo offenbar Johnnos Speichel gelandet ist.

Es entsteht eine Pause – eine unangenehme, lange Pause,

in der klar wird, dass Johnno wirklich auf eine Antwort wartet.

Schließlich sagt Will: »Nein, das würde ich nicht. Natürlich nicht.«

»Das ist auch gut so«, entgegnet Johnno. »Das ist super! Bei dem Zeug, das wir zusammen durchgemacht haben. Bei den Dingen, die ich über dich weiß, Mann. Da wäre das nicht klug, stimmt's? Bei der ganzen Vergangenheit, die wir teilen? Du erinnerst dich doch daran, oder? Damals?«

Er dreht sich wieder zu Will, dessen Gesicht weiß geworden ist.

»Was zur Hölle zieht Johnno da eigentlich gerade ab?«, flüstert jemand am Tisch. »Hat er was eingeworfen?«

»Stimmt, das ist echt *gestört*«, antwortet ein anderer.

»Und weißt du was?«, sagt Johnno zu Will. »Ich hab vorhin mit den Jungs geplaudert. Wir dachten, es könnte nett sein, uns auf die gute alte Tradition zu besinnen. Um der guten alten Zeiten willen.« Er deutet in den Raum. »Jungs?«

Wie aufs Stichwort erheben sich Wills Freunde um mich herum und setzen sich in Bewegung, um Will an seinem Platz zu umzingeln.

Der zuckt gutmütig die Achseln. »Was kann man da schon tun?«

Alle lachen. Doch ich merke, dass Will nicht lacht.

»Ist nur fair«, sagt Johnno. »Wegen der Tradition und so. Komm schon, Kumpel, das wird witzig!«

Sie packen Will und halten ihn zwischen sich fest. Sie lachen und johlen dabei – sonst würde das Ganze viel bedrohlicher erscheinen. Johnno hat seine Krawatte abgenommen und schlingt sie um Wills Kopf, knotet sie zu einer Augenbinde zusammen. Dann hieven sie ihn auf ihre Schultern und marschieren mit ihm davon. Raus aus dem Zelt, hinaus in die zunehmende Finsternis.

JOHNNO

Der Trauzeuge

Wir lassen Will auf den Boden der Flüsternden Höhle fallen. Ich schätze mal, er wird nicht erfreut sein, dass sein kostbarer Anzug mit dem nassen Sand in Berührung kommt, und auch nicht, dass ihm ein Gestank von verrottendem Seetang und Schwefel entgegenschlägt. Es dämmert schon, und man muss sich anstrengen, um richtig zu sehen. Die See ist ebenfalls rauer geworden – man kann sie von allen Seiten gegen die Felsen krachen hören. Die ganze Zeit über, während wir ihn hertrugen, hat Will gelacht und mit uns gescherzt. »Jungs, ich hoffe doch, ihr bringt mich an keinen schmutzigen Ort. Wenn ich den Anzug einsaue, wird Jules mich umbringen …« Und: »Kann ich denn keinen von euch mit einer Extrakiste Bollinger bestechen, um mich zurückzubringen?«

Die Jungs lachen ausgelassen. Für sie ist das alles ein Riesenspaß, ein lustiger Ausflug in die Vergangenheit. Sie haben die letzten Stunden im Zelt herumgesessen und sind immer besoffener und unruhiger geworden, vor allem diejenigen, die sich wie Peter Ramsay die Nase gepudert hatten. Vor meiner Rede hatte ich mir mit ein paar von den anderen Jungs eine Line auf dem Klo gegönnt, was vielleicht keine gute Idee war. Es hat mich nur noch fahriger werden lassen. Aber es hat auch alles seltsam klar gemacht.

Die anderen sind einfach nur begeistert, draußen zu sein. Es ist ein bisschen wie beim Junggesellenabschied. Die Jungs unter sich, so wie früher. Der Wind ist mittlerweile ziemlich stürmisch und macht die Sache nur noch aufregender. Wir mussten unsere Köpfe einziehen, um dagegen anzukommen, und es fiel uns noch schwerer, Will zu tragen.

Die Flüsternde Höhle ist ein guter Platz. Sie liegt ziemlich abseits. Wenn es eine solche Höhle an der Trevellyan's gegeben hätte, wäre sie bei Survival garantiert genutzt worden.

Will liegt auf dem kiesigen Sand, nicht *zu* nah am Wasser – keine Ahnung, wie die Gezeiten hier in der Gegend so sind. Wir haben seine Handgelenke und Knöchel mit unseren Krawatten gefesselt, ganz nach alter Schultradition.

»Also gut, Jungs«, sage ich. »Lassen wir ihn hier ein bisschen liegen. Mal schauen, ob er es allein zurück schafft.«

»Wir lassen ihn jetzt aber nicht ernsthaft hier, oder?«, flüstert Duncan mir zu, als wir aus der Höhle klettern. »Bis er es schafft, sich zu befreien?«

»Nee, ach was«, erwidere ich, »wenn er in einer halben Stunde nicht zurück ist, kommen wir ihn holen.«

»Das will ich euch auch raten!«, ruft Will. Er benimmt sich immer noch, als wäre das alles ein Riesenspaß. »Ich hab da noch eine Hochzeitsfeier, zu der ich heute muss!«

Ich schlendere mit den anderen Richtung Zelt. »Wisst ihr was«, sage ich, als wir am Folly vorbeikommen. »Ich komme nach. Muss mal pissen.«

Ich sehe ihnen nach, wie sie zur Feier zurückkehren, lachend und einander schubsend. Ich wünschte, ich könnte wie einer von ihnen sein. Ich wünschte, für mich wäre die Sache auch nur eine harmlose Erinnerung an die Schulzeit, ein bisschen Spaß. Ich wünschte, es könnte nur ein Spiel sein.

Sobald sie außer Sicht sind, mache ich kehrt und marschiere zur Höhle zurück.

»Wer ist da?«, ruft Will, als ich näher komme. Seine Worte hallen in der Grotte wider, sodass es klingt, als wären fünf von ihm da.

»Ich bin's«, sage ich. »Hallo, Kumpel.«

»Johnno?«, zischt Will. Es ist ihm gelungen, sich aufzusetzen, und er lehnt an der Höhlenwand. Nun, da die Jungs fort sind, hat er die Fassade fallen lassen. Trotz seiner verbundenen Augen kann ich an seinem angespannten Kiefer erkennen, dass er richtig angepisst ist. »Bind mich los und nimm die Augenbinde ab! Ich sollte gerade auf der Feier sein! Jules wird ausrasten. Du hattest deinen Spaß. Aber das ist jetzt nicht mehr witzig.«

»Nein«, sage ich. »Nein, ich weiß, dass es nicht witzig ist. Und ich lache auch gar nicht. Macht keinen Spaß, wenn man auf der falschen Seite ist, was? Aber das konntest du bis jetzt ja gar nicht wissen, stimmt's? Du hast nie das Survival-Ritual an der Trevs durchgemacht. Irgendwie bist du auch darum herumgekommen.«

Ich sehe, wie er über der Augenbinde die Stirn runzelt. »Weißt du, Johnno«, sagt er in heiterem, freundlicherem Tonfall, »erst diese Rede und jetzt das hier. Ich glaube, du hast dir womöglich etwas zu viel von dem guten Zeug reingepfiffen. Im Ernst, Kumpel…«

»Ich bin nicht dein Kumpel«, falle ich ihm ins Wort. »Und ich glaube, du kommst auch selbst drauf, warum nicht.«

Ich habe bei der Rede betrunkener getan, als ich eigentlich bin. Außerdem hat das Koks meine Sinne geschärft. Mein Hirn fühlt sich gerade sehr klar an, als hätte jemand einen hellen Scheinwerfer in meinem Kopf eingeschaltet. Ein Haufen Zeug liegt auf einmal offen im Licht, fügt sich plötzlich zu einem Ganzen.

Dies ist das letzte Mal, dass mich jemand zum Narren hält.

»Bis heute Nachmittag gegen vierzehn Uhr war ich dein Kumpel«, erwidere ich. »Aber jetzt nicht mehr.«

»Was redest du da?« Er klingt allmählich etwas unsicher.

Du tust gut daran, Angst zu haben, denke ich. Er hat mich die ganze Rede über beobachtet und sich wahrscheinlich gefragt, was zur Hölle ich da tue. Was ich als Nächstes sagen würde. Was ich den Gästen über ihn erzählen würde. Ich hoffe, er hat sich vor Angst in die Hose gemacht. Ich wünschte, ich hätte es in meiner Rede durchgezogen, hätte ihnen alles erzählt. Aber ich habe gekniffen. Genauso wie ich damals gekniffen hatte, als ich zu den Lehrern hätte gehen sollen, als ich die Aussage des Jungen hätte bestätigen sollen, der uns gesehen hatte. Ich hätte ihnen detailliert erzählen sollen, was wir getan hatten. Zwei Aussagen hätten sie nicht ignorieren können, oder?

Aber ich konnte es damals nicht, und ich konnte es heute bei der Rede nicht. Weil ich ein beschissener Feigling bin.

Was ich jetzt tue, ist die zweitbeste Variante.

»Ich hatte heute eine äußerst interessante Unterhaltung mit Piers«, sage ich. »Wirklich sehr erhellend.«

Ich sehe Will schlucken. »Hör zu«, sagt er vorsichtig, mit ruhiger, vernünftiger Stimme, von Mann zu Mann, was mich nur noch wütender macht. »Ich weiß nicht, was Piers dir gesagt hat, aber …«

»Du hast mich nach Strich und Faden verarscht«, unterbreche ich ihn. »Piers musste nicht viel sagen. Ich habe meine Schlüsse gezogen. Ja, ich, der dumme Johnno. Du konntest mich dort nicht gebrauchen, was? Ich war ein Klotz am Bein. Und eine unangenehme Erinnerung an den, der du mal warst. Und an das, was du getan hast.«

Will verzieht das Gesicht. »Johnno, Kumpel, ich …«

»Du und ich«, fahre ich fort. »Eigentlich wollten wir füreinander einstehen, und zwar für immer und ewig. Wir gegen den Rest der Welt, das hast du selbst gesagt. Insbesondere nach allem, was wir getan hatten, was wir übereinander wussten. Ich habe dich gedeckt, und du mich. So war es, zumindest habe ich das geglaubt.«

»So ist es auch, Johnno. Du bist mein bester Freund, mein Trauzeuge …«

»Darf ich dir was erzählen?«, unterbreche ich ihn. »Über diese Whiskeysache?«

»Oh ja«, sagt Will eilfertig. »Hellraiser!« Diesmal hat er sich an den Namen erinnert. »Siehst du, da hast du den Beweis. Du ziehst dein Ding durch. Du hast doch gar keinen Grund für diese Verbitterung …«

Ich falle ihm abermals ins Wort. »Weißt du, der Whiskey existiert gar nicht.«

»Was redest du da? Diese Flaschen, die du uns geschenkt hast …«

»Alles Fake.« Ich zucke die Achseln, auch wenn er mich

nicht sehen kann. »Ist ein Single Malt aus dem Supermarkt, den ich in einfache Flaschen umgefüllt habe. Meinen Kumpel Alan hab ich überredet, Etiketten für mich zu designen.«

»Johnno, was …?«

»Anfangs hab ich tatsächlich gedacht, dass ich es hinkriegen könnte mit einer eigenen Whiskeymarke. Das macht es ja so traurig. Das war überhaupt erst der Grund, warum ich Alan beauftragte, einen Entwurf anzufertigen – um zu sehen, wie es ausschauen könntc. Aber weißt du, wie schwer es ist, heutzutage einen neuen Whiskey am Markt zu platzieren? Wenn man nicht gerade David Beckham ist oder reiche Eltern hat, die einen finanzieren, oder Connections zu wichtigen Leuten. Ich habe nichts davon. Und hab auch noch nie so was gehabt. Alle anderen Jungs an der Trevs wussten das. Ich weiß, dass ein paar von ihnen mich hinter meinem Rücken als Prolo bezeichnet haben. Aber ich dachte, das, was wir beide hatten, wäre was Solides.«

Will rutscht herum, um sich besser aufzurichten. Ich habe nicht vor, ihm zu helfen. »Johnno, Kumpel, herrje …«

»Ach ja, und den Job im Sport- und Erlebniszentrum habe ich auch nicht an den Nagel gehängt, um die Whiskeymarke zu lancieren. Ich wurde gefeuert, weil ich bei der Arbeit bekifft war. Wie ein Teenie. Da war so ein fetter Kerl bei einem Teambuilding-Kurs … ich habe ihn zu schnell abseilen lassen, und er hat sich den Knöchel gebrochen. Und weißt du auch, warum ich dicht war?«

»Warum?«, fragt er zögernd.

»Weil ich das Zeug rauchen muss, um irgendwie durch den Tag zu kommen. Weil es das Einzige ist, was mir hilft zu vergessen. Weißt du, für mich fühlt es sich an, als wäre damals mein gesamtes Leben zum Stillstand gekommen. Es kommt mir so vor, als wäre seitdem nichts Gutes mehr passiert. Das einzig Gute, was mir in den Jahren nach der Trevs widerfahren ist, war die Probeaufnahme für die Fernsehshow – und du, du hast es mir genommen.« Ich halte inne, hole einen tiefen Atemzug, bereite mich vor, das zu sagen, was mir nach beinahe zwanzig Jahren endlich klar geworden ist. »Aber für dich ist es nicht so, oder? Die Vergangenheit scheint dich null zu tangieren. Du nimmst dir weiter, was du brauchst. Und du kommst immer damit durch.«

HANNAH

Die Begleitung

Die vier Freunde kehren mit einem explosiven Auftritt ins Zelt zurück. Peter Ramsay schlittert auf Knien über das Laminat und kracht beinahe in den Tisch, auf dem die herrliche Hochzeitstorte steht. Mit einem Sprung landet Duncan auf Angus' Rücken und nimmt ihn in den Schwitzkasten, bis sein Gesicht lila anläuft. Angus schwankt hin und her, halb lachend, halb nach Luft schnappend. Schließlich hüpft Femi auf beide drauf, und das Ganze endet in einem Gewirr aus Armen und Beinen. Sie sind völlig aufgekratzt und wie berauscht von ihrer gelungenen Showeinlage, bei der sie Will aus dem Zelt geschleppt haben.

»An die Bar, Jungs!«, grölt Duncan und springt auf die Füße. »Zeit, die Hölle zu entfesseln!«

Die restlichen Gäste folgen ihnen und nehmen seine Aufforderung lachend und plappernd zum Anlass, endlich aufzustehen. Ich bleibe auf meinem Platz sitzen. Die meisten wirken aufgedreht, befeuert von der schrägen Rede und dem darauffolgenden Spektakel. Das kann ich von mir nicht behaupten – denn obwohl Will lächelte, hatte die ganze Aktion durch die Augenbinde und die gefesselten

Hände und Füße einen verstörenden Beiklang. Ich schaue zum Brauttisch und sehe, dass er beinahe komplett verwaist ist, bis auf Jules, die reglos und gedankenverloren dasitzt.

Plötzlich ist Tumult aus dem Barzelt zu hören, aufgebrachte Stimmen.

»Immer mit der Ruhe!«

»Was zur Hölle ist dein Problem, Kumpel?«

»Hey, reg dich ab!«

Und dann, unverwechselbar, die Stimme meines Ehemannes. Oh Gott! Ich springe auf und eile zur Theke. Es herrscht ein ziemliches Gedränge, die Leute stehen da und gaffen so neugierig wie Kinder auf einem Spielplatz. Ich quetsche mich, so schnell ich kann, nach vorne durch.

Charlie kauert auf dem Boden. Dann erst sehe ich, dass er seine Faust erhoben hat und einen anderen Mann bedroht, der unter ihm liegt: Duncan.

»Sag das noch mal«, knurrt Charlie.

Einen Moment kann ich ihn nur stumm anstarren. Mein Ehemann – Erdkundelehrer, zweifacher Vater, normalerweise ein harmloser und sanftmütiger Mensch. Diese Seite von ihm habe ich schon sehr lange nicht mehr gesehen. Dann wird mir bewusst, dass ich handeln muss. »Charlie!«, rufe ich und stürze nach vorne. Er dreht sich um, und einen Moment lang blinzelt er mich bloß an, als würde er mich nur mit Mühe wiedererkennen. Er ist rot angelaufen und bebt vor Adrenalin. Ich kann den Alkohol in seinem Atem riechen. »Charlie, was tust du da?«

Bei diesen Worten scheint er etwas zu sich zu kommen und steht Gott sei Dank auf. Duncan glättet sein Hemd und flucht leise vor sich hin. Als Charlie mir folgt, teilt sich die Menge, um uns durchzulassen. Ich kann die stummen Blicke der anderen Gäste spüren. Nun, da das Entsetzen ein wenig abflaut, spüre ich nichts als Scham.

»Was um alles auf der Welt sollte das?«, frage ich, als wir in das Hauptzelt zurückgekehrt sind und uns an den nächstbesten Tisch gesetzt haben. »Was ist nur in dich gefahren, Charlie?«

»Ich hatte es satt.« Er lallt, und an dem grimmigen Zug um den Mund merke ich, wie betrunken er bereits ist. »Er hat sich das Maul zerrissen über den Junggesellenabschied, und da hat's mir gereicht.«

»Charlie«, sage ich. »Was um Himmels willen ist auf diesem Junggesellenabschied passiert?«

Er stößt ein langes Stöhnen aus, bedeckt sein Gesicht mit den Händen.

»Sag es mir«, beschwöre ich ihn. »So schlimm kann es doch nicht gewesen sein?«

Charlies Schultern sacken zusammen. Mit einem Mal scheint er bereit, es mir zu erzählen. Er holt tief Luft. Es folgt eine längere Pause. Und dann, endlich, fängt er an zu reden.

»Wir sind von Stockholm aus etwa zwei Stunden mit einer Fähre zu einer kleinen Insel gefahren, wo wir ein Lager errichtet haben. Es war ziemlich ... du weißt schon ... Jungs unter sich eben: Zelte aufbauen, Lagerfeuer machen. Jemand hatte Steaks dabei, die wir über der Glut gegrillt haben. Ich kannte keinen der Typen bis auf Will, aber sie wirkten ganz in Ordnung.«

Plötzlich sprudelt alles aus ihm heraus, der Alkohol hat seine Zunge gelockert. Die anderen Jungs seien alle auf der

Trevellyan's School gewesen, erzählt er mir, also wurde lang und breit in Erinnerungen geschwelgt. Er selbst habe einfach nur dagesessen, freundlich gelächelt und sich Mühe gegeben, interessiert zu wirken. Er habe nicht zu viel trinken wollen, und die anderen hätten sich deswegen über ihn lustig gemacht. Dann habe einer von ihnen – Charlie meint, es sei Pete gewesen – Pilze hervorgezaubert.

»Du hast Pilze genommen, Charlie? Halluzinogene Pilze?« Fast muss ich lachen. Das klingt so gar nicht nach meinem vernünftigen, sicherheitsbewussten Ehemann. Ich bin es doch, die gerne mal was ausprobiert und als Jugendliche in der Clubszene von Manchester manchmal über die Stränge geschlagen hat.

Charlie verzieht das Gesicht. »Na ja, wir haben alle welche genommen. In so einer Gruppe von Typen sagt man doch nicht Nein, oder? Außerdem war ich nicht auf ihrem schicken Internat gewesen, da war ich doch sowieso schon der Außenseiter.«

Aber du bist vierunddreißig, würde ich gern einwenden. Was würdest du denn zu Ben sagen, wenn seine Freunde ihn drängen, etwas zu tun, was er nicht will? Dann fällt mir der gestrige Abend ein und wie ich das Champagnerglas geext habe, während sie mich anfeuerten – obwohl ich wusste, dass ich es nicht wollte und dass ich es nicht hätte tun müssen.

»Du hast also wirklich diese Pilze genommen?« Mein Mann, der Konrektor, der an seiner Schule eine strikte Null-Toleranz-Politik fährt. »Oh mein Gott.« Jetzt muss ich doch lachen … ich kann nicht anders. »Stell dir nur vor, was der Schulausschuss dazu sagen würde!«

Als Nächstes, so erzählt Charlie mir, seien sie alle in die Kanus gestiegen und zu einer anderen Insel gepaddelt. Sie seien nackt ins Wasser gehüpft und hätten ihn herausgefordert, zu einer dritten winzigen Insel hinauszuschwimmen – es hatte offenbar viele solche Challenges gegeben –, doch dann, als er zur anderen Insel zurückkam, seien sie alle fort gewesen. Sie hatten ihn ohne sein Kanu dort zurückgelassen.

»Ich hatte keine Klamotten an. Klar, es war Frühling, aber Stockholm liegt ja schon halbwegs am Polarkreis, Hannah, und nachts ist es saukalt. Stundenlang hab ich dort gesessen, bevor sie mich endlich holten. Ich kam gerade erst von den Pilzen runter, und mir war so elend kalt. Ich hab gedacht, ich würde erfrieren… ich dachte, ich müsste sterben. Und als sie mich holen kamen, da…«

»Was?«

»Da habe ich geweint. Ich lag auf dem Boden und heulte wie ein Kleinkind.«

Er sieht so beschämt drein, als würde er auch jetzt am liebsten weinen, und mir wird ganz schwer ums Herz. Am liebsten würde ich ihn in meine Arme nehmen, so wie ich es bei Ben tun würde… aber ich weiß nicht, wie er das aufnehmen würde. Mir ist klar, dass Männer auf Junggesellenabschieden dummes Zeug anstellen, aber das hier klingt so, als hätten sie sich Charlie gezielt herausgegriffen. Und das ist doch nicht in Ordnung, oder?

»Das ist… schrecklich«, bringe ich hervor. »Das ist ja wie Mobbing, Charlie. Oder besser gesagt, es *ist* Mobbing.«

Charlies Miene ist starr, abwesend. Ich kann sie nicht deuten. Wie arrogant von mir, immer angenommen zu haben, ich würde meinen Mann in- und auswendig kennen. Wir sind seit Jahren zusammen. Doch es hat keine vierundzwanzig Stunden an diesem merkwürdigen Ort gebraucht, um diese Annahme als Illusion zu entlarven. Ich spüre es schon seit unserer Überfahrt: Charlie ist mir immer fremder geworden. Seine Erzählung vom Junggesellenabschied bestätigt das, denn ich vermute, diese schreckliche Erfahrung, die er vor mir verheimlichte, hat ihn auf eine komplexe, unsichtbare Art verändert. Die Wahrheit ist: Ich glaube nicht, dass Charlie im Moment ganz er selbst ist … oder zumindest nicht der Charlie, den ich kenne. Dieser Ort hier hat etwas mit ihm gemacht … mit uns.

»Das war alles seine Idee«, sagt Charlie. »Da bin ich mir sicher.«

»Wessen Idee? Duncans?«

»Nein. Der ist ein Trottel. Ein Mitläufer. Will und Johnno waren es. Die anderen haben nur auf Anweisung gehandelt.«

Ich kann mir nicht so recht vorstellen, wie Will die anderen zwingt, so etwas zu tun. Überhaupt bestimmen doch meist die Freunde, was auf so einem Abschied passiert, nicht der Bräutigam. Ich kann mir durchaus vorstellen, dass Johnno hinter der Sache steckt, vor allem nach dem Streich gerade eben. Er hat diese wilde, ungehobelte Seite an sich. Nicht bösartig, aber so, als würde er die Dinge manchmal zu weit treiben, ohne es zu wollen. Auch Duncan würde ich es zutrauen. Aber nicht Will. Ich glaube, Charlie möchte einfach Will die Schuld in die Schuhe schieben, weil er ihn nicht leiden kann.

»Du glaubst mir nicht, oder?«, sagt Charlie, und seine Miene verfinstert sich. »Du glaubst nicht, dass es Will war.«

»Na ja«, meine ich, »wenn ich ehrlich bin, nicht wirklich. Einfach weil…«

»Weil du ihn vögeln willst?«, knurrt er. »Oder glaubst du etwa, ich hätte es nicht bemerkt? Ich hab doch gesehen, wie du ihn gestern Abend angeschaut hast, Hannah. Allein die Art, wie du seinen Namen sagst.« Mit grässlicher Fistelstimme imitiert er mich: »Oh, Will, erzähl doch von dem einen Mal, als du fast erfroren bist, oh, du bist ja so maskulin…«

Die Heftigkeit seines Tonfalls kommt so unerwartet, dass ich zusammenzucke. Es ist schon so lange her, dass Charlie betrunken war, dass ich das Ausmaß seiner Verwandlung vergessen habe. Aber ich reagiere auch auf das winzige Körnchen Wahrheit, das in seinem Vorwurf steckt. Bei der Erinnerung daran, welche Wirkung Will auf mich hatte, habe ich einen Anflug von schlechtem Gewissen. Doch schon im nächsten Moment verwandelt es sich in Wut.

»Charlie«, zische ich, »wie… wie kannst du es wagen, so mit mir zu sprechen? Ist dir eigentlich klar, wie unverschämt du gerade bist? Dabei wollte er mir nur das Gefühl geben, willkommen zu sein… was um einiges mehr ist, als *du* getan hast.«

Und dann fällt mir der gestrige Abend wieder ein, sein Geflirte mit Jules. Dass er sich erst in den frühen Morgenstunden in unser Zimmer geschlichen hat, wo er doch nach eigener Aussage nicht mit den anderen Kerlen saufen war.

»Und überhaupt, du musst gerade reden«, sage ich und werde immer lauter. »Bei der schrecklichen Farce, die du und Jules gestern abgezogen habt. Ständig tut sie so, als hätte sie dich um ihren kleinen Finger gewickelt… und du spielst auch noch mit. Weißt du eigentlich, wie ich mich dabei fühle?« Meine Stimme bricht. »Weißt du das?« Ich schwanke zwischen Wut und Tränen, während der Druck und das Gefühl der Einsamkeit an diesem Tag mich einholen.

Charlie blickt etwas geknickt drein. Er öffnet den Mund, um etwas zu sagen, doch ich schüttle den Kopf.

»Du hattest Sex mit ihr, nicht wahr?« Bisher wollte ich es nicht wissen. Aber im Moment fühle ich mich mutig genug, um danach zu fragen.

Es folgt eine lange Pause. Charlie legt den Kopf in seine Hände. »Ein einziges Mal«, sagt er mit gedämpfter Stimme durch die Finger hindurch. »Aber … das ist ewig her, im Ernst …«

»Wann? Wann war das? Als ihr Teenies wart?«

Er hebt den Kopf. Öffnet den Mund, wie um zu sprechen, dann schließt er ihn wieder. Sein Gesichtsausdruck. Es war also nicht in ihrer Teeniezeit gewesen. Ich habe das Gefühl, als hätte mir jemand mit der Faust in den Bauch geschlagen. Aber ich muss es wissen. »Später?«, frage ich.

Er seufzt, dann nickt er.

Meine Kehle schnürt sich zusammen, sodass ich die nächsten Worte nur mit Mühe rausbekomme. »War es … war das, als wir beide schon zusammen waren?«

Charlie klappt vornüber, legt das Gesicht erneut in seine Hände. Er stößt ein leises Stöhnen aus. »Hannah … es tut mir so leid. Es hat nichts bedeutet, wirklich. Es war so dumm. Du warst … Es war … na ja, das war, als wir ewig keinen Sex gehabt hatten. Es war …«

»… nachdem ich Ben zur Welt gebracht hatte.« Mir ist

speiübel. Dass er meine Vermutung nicht zurückweist, ist die Bestätigung, die ich brauche.

Schließlich spricht er doch. »Du weißt doch … wir machten gerade eine schwere Zeit durch. Du warst, na ja … du warst immer so niedergeschlagen, und ich wusste nicht, was ich tun, wie ich dir helfen sollte …«

»Du meinst, als ich meine postpartale Depression hatte? Als ich darauf gewartet habe, dass die Nähte verheilten? Hör mal zu, Charlie …«

»Es tut mir so leid.« Jegliche Wut ist aus ihm gewichen, und beinahe könnte ich glauben, dass er vollkommen nüchtern ist. »Es tut mir so leid, Hannah. Jules hatte zu dem Zeitpunkt mit ihrem Freund Schluss gemacht … wir haben uns nach der Arbeit auf ein paar Drinks getroffen … und ich habe zu viel getrunken. Hinterher haben wir uns beide darauf geeinigt, dass es eine schreckliche Idee war und dass es nie wieder passieren würde. *Es hat nichts bedeutet.* Ich meine, ich kann mich kaum daran erinnern. Hannah … sieh mich an.«

Ich kann ihn nicht ansehen. Ich werde ihn nicht ansehen.

Das ist so grauenhaft, dass ich kaum einen klaren Gedanken fassen kann. Ich fühle mich wie in einer Art Schockzustand, bevor der Schmerz in vollem Umfang durchsickert. Doch diese Sache rückt all die Flirtereien, all die Zutraulichkeiten zwischen den beiden in ein neues, furchtbares Licht. Ich denke an all die Male zurück, als ich das Gefühl hatte, dass Jules mich bewusst ausschloss … um Charlie ganz für sich zu haben.

Die Schlampe.

»Die ganze Zeit«, sage ich, »hast du mir erzählt, dass

ihr immer nur Freunde wart, dass ein bisschen harmloses Geflirte nichts zu bedeuten hat, dass sie wie eine Schwester für dich ist… Aber das hat gar nicht gestimmt, oder? Ich habe keine Ahnung, was ihr beide gestern Nacht getrieben habt. Ich will es auch gar nicht wissen. Aber wie *kannst* du es wagen?«

»Hannah…« Er streckt eine Hand aus, berührt zögerlich mein Handgelenk.

»Fass mich nicht an!« Ich reiße meinen Arm weg und stehe auf. »Abgesehen davon bist du erbärmlich. Absolut peinlich. Was auch immer sie an dem Junggesellenabschied mit dir angestellt haben, gibt es trotzdem keine Entschuldigung für dein Verhalten gerade eben. Ja, dann war es eben schlimm, was sie getan haben. Aber du hast keinen langfristigen Schaden davongetragen, oder? Herrgott noch mal, du bist ein erwachsener Mann… ein Vater…« Beinahe füge ich »ein Ehemann« hinzu, aber ich bringe es nicht über die Lippen. »Du trägst Verantwortung«, sage ich stattdessen. »Und weißt du was? Ich bin es leid, auf dich aufzupassen. Es ist mir egal. Du kannst deinen verdammten Scheiß alleine regeln.«

Ich drehe mich um und gehe davon.

JOHNNO

Der Trauzeuge

»Johnno«, sagt Will mit einem leisen Lachen, das die Wände der Höhle zu uns zurückwerfen. »Ich weiß wirklich nicht, wovon du sprichst. All das ist doch Vergangenheit. Das Gerede tut dir nicht gut. Du musst es hinter dir lassen und weitermachen.«

Ja, denke ich, aber ich kann nicht. Es ist, als würde ein Teil von mir dort festhängen. So sehr ich auch versucht habe, es zu vergessen, ist dieser giftige Stachel doch tief in meinem Inneren geblieben. Es kommt mir so vor, als sei seitdem in meinem Leben nichts passiert, jedenfalls nichts, was wichtig wäre. Und ich frage mich, wie Will sein Leben weiterleben konnte, ohne auch nur zurückzublicken.

»Sie haben es einen tragischen Unfall genannt«, sage ich. »Aber das war es nicht. Wir waren es, Will. Es war ganz allein unsere Schuld.«

»Ich habe den Schlafsaal aufgeräumt«, sagte Loner, als wir vom Rugbytraining zurückkamen. Ich hatte es ihm aufgetragen, da mir die Aufgaben für ihn ausgegangen waren. »Und dabei habe ich das hier gefunden.« Er hielt ihn in der Hand, als könnte er sich daran verbrennen: einen Stapel Blätter mit Aufgaben für die Abschlussprüfungen.

Er sah zu Will. Bei Loners Gesichtsausdruck hätte man meinen können, jemand wäre gestorben. Und ich schätze mal, für ihn war auch jemand gestorben: sein Held.

»Leg das zurück«, sagte Will sehr leise.

»Du hättest die nicht nehmen dürfen«, erwiderte Loner, was meiner Meinung nach von Mumm zeugte, da wir ungefähr doppelt so groß waren wie er. Er war ein ziemlich mutiges Kind und sehr anständig, wenn ich darüber nachdenke. Was ich tunlichst vermeide. »Das ... das ist Betrug.«

Nachdem er den Raum verlassen hatte, drehte Will sich zu mir um. »Du bist ein verdammter Idiot«, zischte er. »Warum hast du ihm gesagt, er solle aufräumen, wo du doch wusstest, dass sie da lagen?« Er war derjenige gewesen, der sie geklaut hatte, nicht ich. Obwohl ich mittlerweile sicher bin, dass er mir die Schuld in die Schuhe geschoben hätte, wenn es rausgekommen wäre.

Ich weiß noch, wie er den Mund zu einem Grinsen verzog, das nicht wirklich ein Grinsen war. »Weißt du was?«, sagte er. »Ich glaube, heute Nacht spielen wir Survival.«

»Du konntest es einfach nicht ertragen«, sage ich zu Will. »Weil du wusstest, dass du von der Schule geflogen wärst, wenn es rausgekommen wäre. Es ging dir nur um deinen verdammten Ruf. Das war immer schon so. Du nimmst dir, was du willst. Und du fickst jeden, der dir in die Quere kommen könnte. Selbst mich.«

»Johnno«, sagt Will, seine Stimme ruhig, sachlich. »Du hast zu viel getrunken. Du weißt nicht, was du redest. Wenn es unsere Schuld gewesen wäre, dann wären wir nicht damit durchgekommen. Oder?«

In Loners Schlafsaal lagen an jenem Abend nur vier Jungs – zwei waren krank geworden und schliefen daher auf der Krankenstation. Das war von Vorteil. Mir kam es zwar vor, als hätte sich einer von den anderen gerührt, als wir reinkamen, aber wir machten schnell. Ich fühlte mich wie ein Attentäter – es war der absolute Hammer. Es war witzig. Ich dachte nicht wirklich nach. Da war nur das Adrenalin, das durch mich hindurchrauschte. Ich stopfte eine Rugbysocke in seinen Mund, während Will ihm die Augen verband, sodass alle Laute, die er von sich gab, ziemlich gedämpft und leise rauskamen. Es war auch kein Problem, ihn zu tragen, er wog ja praktisch nichts.

Er wehrte sich ein bisschen. Aber er nässte sich nicht ein wie ein paar der anderen Jungs. Wie gesagt, er war ein ziemlich mutiges Kerlchen.

Ich dachte, wir würden in den Wald gehen. Doch Will deutete zu den Klippen. Ich sah ihn an und verstand nicht ganz. Einen schrecklichen Moment dachte ich, er könnte vorschlagen, den Kleinen da runterzuwerfen. »Der Klippenpfad«, formte er stumm mit den Lippen. »Ja, okay.« Ich war erleichtert.

Wir brauchten ewig da runter, da das rutschige Kalkgestein bei jedem Schritt unter unseren Sohlen zerbröselte. Wir konnten nicht einmal das in die Felswand geschlagene Geländer nutzen, weil wir beide Hände voll hatten. Der

Junge hatte aufgehört, sich zu wehren. Er war ganz reglos. Ich erinnere mich, dass ich Sorgen hatte, dass er keine Luft bekam, also machte ich mich daran, den Knebel zu entfernen, doch Will schüttelte den Kopf. »Er kann durch die Nase atmen«, sagte er. Vielleicht war dies der Moment, in dem ich anfing, mich bei der ganzen Sache unwohl zu fühlen. Ich machte mir klar, dass das albern wäre: Immerhin hatten wir das alle schon durchgestanden, oder etwa nicht? Wir gingen weiter.

Endlich standen wir am Strand, unten auf dem nassen Sand. Ich kapierte nicht ganz, was daran die Herausforderung sein sollte. Der Kleine würde doch sofort merken, wo er sich befand, sobald er die Augenbinde runterbekam, selbst ohne seine Brille. Die Stelle war nicht sonderlich weit weg von der Schule, und den Klippenpfad konnte jeder hochklettern. Die Jungs gingen hier ständig zum Strand runter. Aber ich dachte: Vielleicht möchte Will es ihm ja einfacher machen, wegen allem, was er für uns getan hat, unsere Sportschuhe reinigen, unseren Schlafsaal aufräumen und den ganzen Kram. Das schien mir nur fair.

»Du weißt es ganz genau, Will«, sage ich jetzt. Ein Geräusch steigt irgendwo aus den Tiefen meiner Brust auf, ein Schmerzenslaut. Ich glaube, ich muss gleich weinen. »Wir hätten für unsere Tat büßen müssen.«

Ich erinnere mich, wie Will zum unteren Ende des Klippenpfads deutete. Da zog er auch die Schnüre raus. Nichts Besonderes, einfach nur die Schnürsenkel von einem Paar Rugbyschuhe.

»Wir werden ihn da festbinden«, sagte er.

Am Ende war es ganz einfach. Will wies mich an, den Jungen am Metallgeländer unten am Klippenpfad festzubinden – ich war nämlich recht gut im Knotenmachen. Da endlich kapierte ich es auch. Das würde die ganze Sache schon etwas kniffliger machen. Er würde einen Zaubertrick hinlegen müssen, um da rauszukommen – das war der Teil, der dauern würde.

Dann ließen wir ihn dort zurück.

»Herrgott noch mal, Johnno«, sagt Will. »Du hast doch gehört, was sie damals gesagt haben. Es war ein schrecklicher Unfall.«

»Du weißt, dass das nicht stimmt …«

»Nein. Das ist die Wahrheit. Mehr ist da nicht.«

Ich erinnere mich, wie ich am nächsten Morgen aufwachte, durch das Fenster unseres Schlafsaals schaute und das Meer sah. Und da wurde es mir schlagartig klar. Ich konnte nicht glauben, wie dumm wir gewesen waren. Die Flut war gekommen.

»Will!«, keuchte ich. »Will, ich glaube nicht, dass er sich hat losbinden können. Die Flut … ich habe nicht nachgedacht. Oh Gott, ich glaube, er ist vielleicht …« Ich dachte, ich müsste mich an Ort und Stelle übergeben.

»Halt die Klappe, Johnno«, raunte Will. »Nichts ist passiert, okay? Als Erstes müssen wir die Sache zwischen uns beiden regeln, Johnno. Sonst haben wir ein Riesenproblem, das kapierst du doch, oder?«

Ich konnte nicht glauben, was da gerade geschah. Ich

wollte schlafen gehen und wieder aufwachen und dass nichts davon passiert wäre. Es war so unfassbar schrecklich, und es kam mir so verdammt unwirklich vor. Und das alles wegen ein paar gestohlener Prüfungsunterlagen.

»Okay«, sagte Will. »Wir waren im Bett. Wir wissen rein gar nichts. Sind wir uns einig?«

Er war so schnell vorangeprescht. Ich hatte noch gar nicht darüber nachgedacht, dass wir es jemandem erzählen müssten. Aber ich schätze mal, ich wäre davon ausgegangen, dass wir genau das tun müssten. So etwas kann man doch unmöglich verheimlichen.

Aber ich wollte Will nicht widersprechen. Sein Gesicht machte mir irgendwie Angst. Seine Augen hatten sich verändert – als wäre kein Licht mehr hinter ihnen. Ich nickte langsam. Zu dem Zeitpunkt dachte ich vermutlich nicht darüber nach, was das bedeutete und wie es mich später zerstören würde.

»Sag es laut«, forderte Will mich auf.

»Ja«, sagte ich, und meine Stimme war ein heiseres Krächzen.

Er war tot. Er hatte es nicht geschafft, sich zu befreien. Ein »tragischer Unfall«, hieß es eine Woche später in der Schülerversammlung, nachdem der Hausmeister den Jungen gefunden hatte. Er war ein Stück weiter oben an den Strand gespült worden. Die Fesseln müssen sich irgendwann doch noch gelöst haben, nur nicht rechtzeitig, um ihn zu retten. Man hätte meinen können, dass es trotzdem Fesselmale auf der Haut gegeben haben müsste, doch der örtliche Polizeidirektor war ein Kumpel von Wills Dad. Die beiden saßen gern mal in dessen Arbeitszimmer und tranken ein Glas. Ich schätze, das war von Vorteil.

»Ich erinnere mich an seine Eltern«, sage ich zu Will. »Ich weiß noch, wie sie danach zur Schule kamen. Seine Mutter erweckte den Eindruck, als wollte sie ebenfalls sterben.« Ich sah sie vom Schlafsaal aus, als sie unten aus dem Auto stieg. Sie schaute nach oben, und ich musste schnell zurückweichen, um nicht entdeckt zu werden. Ich zitterte.

Ich gehe in die Hocke, bis ich auf gleicher Höhe mit Will bin, und packe ihn an den Schultern. »Wir haben ihn getötet, Will. Wir haben diesen Jungen getötet.«

Er schüttelt mich ab, stößt blind mit den Armen in die Luft. Seine Fingernägel erwischen meinen Hals, kratzen die Haut über meinem Kragen auf. Es brennt. Ich stoße ihn gegen den Felsen.

»Johnno«, sagt Will heftig atmend. »Du musst dich in den Griff bekommen. Du musst die Klappe halten, *verdammte Scheiße.*«

Und da weiß ich, dass ich zu ihm durchgedrungen bin. Will flucht fast nie. Es passt nicht zu seinem Goldjungen-Image, schätze ich.

»Wusstest du es?«, frage ich ihn. »Du wusstest es, nicht wahr?«

»Was wusste ich? Ich habe keine Ahnung, wovon du redest. Herrgott noch mal, Johnno – bind mich los. Das geht jetzt lange genug.«

»Wusstest du, dass die Flut kommen würde?«

»Ich weiß nicht, wovon du sprichst. Johnno, du redest Unsinn. Ist mir schon gestern Abend aufgefallen, Kumpel, und vorhin bei deiner Rede. Du hast zu viel getrunken. Hast du ein Problem? Hör zu, ich bin dein Freund. Du kannst dir Hilfe holen. Ich kann dir dabei helfen. Aber hör auf mit diesen Spinnereien.«

Ich schiebe mir das Haar aus den Augen. Obwohl es kalt ist, spüre ich Schweiß an meinen Fingerspitzen. »Ich war ein verdammter Idiot. Ich war noch nie besonders schnell im Kopf, das ist mir klar. Und das meine ich nicht als Entschuldigung. Ja, ich war es, der ihn festgebunden hat, als du es mir gesagt hast. Aber ich habe nicht an die Flut gedacht. Ich habe bis zum nächsten Morgen nicht daran gedacht, als es schon zu spät war.«

»Johnno«, zischt Will, als habe er Angst, dass jemand uns hören könnte.

Doch das führt nur dazu, dass ich noch lauter werde. »Die ganze Zeit hab ich mich das gefragt«, sage ich. »Und ich wollte an dich glauben. Ich dachte mir: Ja, klar, Will konnte an der Schule manchmal ein Arschloch sein, aber das waren wir alle. Das musste man sogar sein, um an diesem Ort zu überleben.«

Dieser Ort hat uns zu Tieren gemacht.

Ich denke an den kleinen Jungen, der ein Beispiel dafür war, was passierte, wenn man zu gut war, zu ehrlich, wenn man die Regeln nicht verstand.

»Aber«, fahre ich fort, »ich dachte mir: Will ist nicht *böse*. Er würde doch kein Kind töten. Nicht wegen ein paar gestohlenen Prüfungsblättern. Auch wenn das bedeuten würde, dass er von der Schule fliegt.«

»Ich habe ihn nicht getötet«, wirft Will ein. »Keiner hat ihn getötet. Das Wasser hat ihn umgebracht. Womöglich hat das Spiel ihn umgebracht. Aber nicht wir. Es ist nicht unsere Schuld, dass er es nicht geschafft hat, rechtzeitig wegzulaufen.«

»Ja«, sage ich. »Ja, das habe ich mir auch die ganzen Jahre gesagt. Ich habe die Geschichte wiederholt, die du dir ausgedacht hast. Es war das Spiel. Aber wir *waren* das Spiel, Will. Er dachte, wir wären seine Freunde. Er hat uns vertraut.«

»Johnno.« Jetzt ist er wütend. Er beugt sich nach vorne. »Reiß dich *verfickt noch mal* am Riemen. Ich werde nicht zulassen, dass du mir alles ruinierst. Nur weil du irgendwelche Schuldgefühle wegen der Vergangenheit hast, nur weil dein Leben scheiße ist und du nichts zu verlieren hast. Ein Knirps wie der hätte doch in der Welt außerhalb der Schule nie überlebt, dazu war er viel zu verweichlicht. Wenn wir es nicht gewesen wären, dann eben etwas anderes.«

Das Schuljahr endete aufgrund des Todesfalls früher. Alle richteten ihre Aufmerksamkeit auf die anstehenden Sommerferien, und es war fast so, als hätte der kleine Junge nie existiert. Ich schätze mal, für den Rest der Schule hat er das im Grunde auch nicht: Er war ein Erstklässler, ein Nichts.

Nur dass es eine Petze unter ihnen gab. Einen Schüler, der uns heimlich beobachtet hatte. Ich mutmaßte immer, dass es Loners dicker kleiner Freund war. Er behauptete, er hätte uns gesehen, wie wir in den Schlafsaal kamen und Loner fesselten. Doch er kam damit nicht sehr weit. Wills Dad war immerhin der Rektor. Meistens war er ein Arschloch – Will gegenüber noch mehr als zu irgendwem sonst. Aber was das anging, deckte er Will und auch mich.

Und wir deckten einander.

All die Jahre haben wir zusammengehalten – verbunden durch unsere Erinnerungen, durch die harte Zeit, die wir durchgemacht hatten, diese schreckliche Sache, die wir getan hatten. Ich dachte, er würde dieses Gefühl teilen, dass wir einander brauchten. Doch was mir diese Sache mit der Fernsehshow gezeigt hat, ist, dass er mich die ganze Zeit loswerden wollte. Ich bin eine zu große Belastung und eine Gefahr für ihn. Kein Wunder, dass er so betreten dreingeschaut hat, als ich verkündete, dass ich sein Trauzeuge sein würde.

»Johnno«, sagt Will. »Denk an meinen Vater. Du weißt doch selbst, wie er ist. Seinetwegen wollte ich unbedingt diese guten Noten bekommen. Ich musste es tun. Und wenn er die Wahrheit herausgefunden hätte – dass ich die Blätter versteckt hatte ... er hätte mich umgebracht. Also wollte ich dem Knirps einen Schreck einjagen ...«

»Wage es ja nicht, dich jetzt in Selbstmitleid zu suhlen«, unterbreche ich ihn. »Weißt du eigentlich, wie viele Freifahrtscheine du im Leben bekommen hast? Wegen deiner hübschen Visage und weil du es immer wieder schaffst, den Leuten weiszumachen, was für ein toller Typ du doch bist?« Sein Selbstmitleid macht mich nur noch wütender. »Ich werde es ihnen erzählen. Ich kann nicht länger damit leben. Ich werde es allen sagen ...«

»Das würdest du nicht wagen«, sagt Will. Seine Stimme hat sich verändert, sie ist jetzt leise und bedrohlich. »Du würdest unser beider Leben ruinieren. Dein Leben auch.«

»Ha! Die Sache hat mein Leben doch schon ruiniert – seit jenem Tag, als du mir gesagt hast, ich solle die Klappe halten. Wenn du nicht gewesen wärst, hätte ich nie geschwiegen. Seit der Junge tot ist, gab es keinen Tag, an dem ich nicht daran gedacht habe, an dem ich nicht das Gefühl hatte, ich hätte es jemandem erzählen sollen. Aber was ist mit dir? Nein, dich hat es kein bisschen tangiert, stimmt's? Du hast einfach weitergemacht, wie du es immer getan hast. Ganz ohne Konsequenzen. Und weißt du was? Ich glaube, es ist an der Zeit, dass welche folgen. Was mich betrifft, wäre es eine Erleichterung. Ich würde nur das tun, was wir schon vor Jahren hätten tun sollen.«

Da ertönt ein Laut in der Höhle, die Stimme einer Frau: »Hallo?«

Wir beide erstarren.

»Will?« Es ist die Hochzeitsplanerin. »Sind Sie hier drin?« Sie kommt um die Felswand gebogen. »Oh … hallo, Johnno. Will, man hat mich geschickt, Sie zu suchen – Ihre Freunde meinten, sie hätten Sie hierhergebracht.« Sie klingt vollkommen ruhig und professionell, obwohl wir alle in einer verdammt dunklen Höhle stehen und einer von uns gefesselt und mit verbundenen Augen auf dem Boden kauert. »Inzwischen ist schon fast eine halbe Stunde rum, also hat Julia mich gebeten herzukommen und … nun ja … Sie zu retten. Ich wollte Ihnen vorsichtshalber mitteilen, dass sie nicht so besonders …« Sie sieht aus, als überlege sie, wie sie es möglichst taktvoll ausdrücken könnte. »Nun, Julia ist nicht so erfreut über diese Sache, wie man meinen könnte … Und die Band beginnt gleich zu spielen.«

Sie wartet, während ich Will losbinde und ihm auf die Füße helfe, wobei sie uns stumm beaufsichtigt wie eine Schullehrerin. Ich komme nicht umhin, mich zu fragen, ob sie etwas gehört oder gesehen hat. Und was ich getan hätte, wenn sie uns nicht unterbrochen hätte.

AOIFE

Die Hochzeitsplanerin

Im Zelt hat die Feier ihre nächste Stufe erreicht. Die Gäste haben den Champagner leer getrunken und gehen zu stärkeren Geschützen über: Cocktails und Schnäpse an der Bar. Sie sind berauscht von den Freiheiten der Nacht.

Auf den Toiletten des Folly, beim Nachlegen frischer Handtücher, entdecke ich verräterische Häufchen von weißem Pulver auf dem Fußboden neben dem Schieferwaschbecken. Ich bin nicht weiter überrascht. Mir ist schon aufgefallen, dass manche Gäste hektisch ihre Nasen reiben, wenn sie ins Zelt zurückkehren. Die ganzen letzten Stunden haben sie sich tadellos benommen. Sie haben eine lange Fahrt auf sich genommen, um heute hier zu sein. Sie haben Geschenke mitgebracht. Sie haben sich angemessen in Schale geworfen, die Trauung abgesessen, den Reden gelauscht und jeweils die passende Miene aufgesetzt und die richtigen Dinge gesagt. Doch es sind auch Erwachsene, die für eine kurze Zeit ihre Verpflichtungen hinter sich gelassen haben, sie sind wie Kinder ohne elterliche Aufsicht. Dieser Teil des Tages ist für sie da. Noch während das Brautpaar auf seinen ersten Tanz wartet, drängen sie sich nach vorne, um anschließend gleich die Tanzfläche zu kapern.

Vor etwa einer Stunde, bei einem Abstecher zum Folly, hörte ich im Obergeschoss ein seltsames Geräusch. Natürlich ist der Rest des Gebäudes für Besucher gesperrt, aber man kann nur ein begrenztes Maß an Vorkehrungen treffen, um den Zutritt von Betrunkenen zu verhindern. Ich stieg also die Treppe hoch, um nachzusehen, schob die Tür zum Zimmer des Brautpaars auf und fand dort natürlich nicht die glücklichen Jungvermählten vor, sondern zwei Gäste, eine Frau und einen Mann in einer eindeutigen Stellung. Sofort rappelten sie sich auf, um ihre Blöße zu bedecken – sie, indem sie mit gerötetem Gesicht ihren Rock hinunterschob, er, indem er seine wippende Erektion mit dem Zylinder verdeckte. Nur wenig später sah ich die beiden unschuldig in verschiedene Ecken des Zeltes zurückkehren. Besonders interessant fand ich die Tatsache, dass beide einen Ehering zu tragen schienen. Und das, obwohl ich weiß – und ich habe mir den Tischplan mindestens genauso gut eingeprägt wie Julia selbst –, dass alle Ehepartner einander gegenübersitzen.

Trotzdem machten sie sich meinetwegen keine Sorgen, nicht wirklich. Ihre anfängliche Panik bei meinem Auftauchen wich einer Art kichernder Erleichterung. Sie wissen, dass ich ihr Geheimnis nicht preisgeben werde. Abgesehen davon hat es mich nicht sonderlich überrascht. Solche Eskapaden sind zu erwarten. Am Rande einer Hochzeit kursieren schließlich immer irgendwelche Heimlichkeiten. Ich höre die Dinge, die im Vertrauen geäußert werden, die zickigen Kommentare, den Tratsch. Und ich habe auch einiges von dem gehört, was der Trauzeuge in der Höhle gesagt hat.

Genau das ist das Problem bei der Organisation einer Hochzeit. Ich kann einen perfekten Tag arrangieren, solange die Gäste mitspielen und gewisse Grenzen nicht überschreiten. Wenn sie es doch tun, dauern die Nachwehen häufig länger an als nur vierundzwanzig Stunden. Und solche Folgen lassen sich nicht mehr kontrollieren.

JULES

Die Braut

Die Band hat angefangen zu spielen. Will, der etwas derangiert ins Zelt zurückgekehrt ist, nimmt meine Hand, und wir betreten die Tanzfläche. Mir wird bewusst, dass ich seine Hand so fest umklammere, dass es wehtun muss, und ich ermahne mich, meinen Griff zu lockern. Aber ich ärgere mich noch immer über die Unterbrechung des Abends durch den dämlichen Streich der Jungs. Die Gäste umringen uns jubelnd und jauchzend. Ihre Gesichter sind gerötet und verschwitzt, die Zähne entblößt, die Augen aufgerissen. Sie sind nicht nur betrunken, einige haben sicher auch was anderes eingeworfen. Sie drängen sich um die Tanzfläche, beugen sich vor, und auf einmal fühlt sich der Raum beengt an. Sie sind mir so nahe, dass ich sie riechen kann: Parfüm und Rasierwasser, Körperausdünstungen, säuerliche Alkoholfahnen von schalem Champagner und Guinness. Ich lächle sie an, weil das von mir erwartet wird. Ich lächle so sehr, dass sich ein dumpfer Schmerz unterhalb meiner Ohren breitmacht und mein gesamter Kiefer sich wie ein überdehntes Gummiband anfühlt.

Ich hoffe nur, ich vermittle den Eindruck, mich zu amüsieren. Ich habe einiges getrunken, aber es hat keine spürbare Wirkung auf mich, außer dass ich noch wachsamer, noch aufgekratzter bin. Seit der Rede verspüre ich ein zunehmendes Unbehagen. Ich blicke mich um. Alle anderen scheinen den Abend zu genießen, nun, da sie ihre Hemmungen gänzlich abgeworfen haben. Für sie ist eine danebengegangenen Trauzeugenrede nicht mehr als eine Randnotiz, eine amüsante Anekdote.

Will und ich drehen uns erst in die eine Richtung, dann in die andere. Er wirbelt mich von sich fort und wieder zurück. Die Gäste belohnen unsere unspektakulären Einlagen mit begeisterten Rufen. Wir haben im Vorfeld keine Tanzstunden genommen, denn Will ist von Natur aus ein guter Tänzer. Er tritt nur ein paarmal auf meine Schleppe, und ich muss sie rasch unter seinen Füßen wegziehen, bevor ich noch stolpere. Es sieht ihm nicht ähnlich, so ungelenk zu sein. Er wirkt zerstreut.

»Was um alles in der Welt sollte das vorhin?«, frage ich, als er mich an sich zieht. Ich flüstere es, als würde ich ihm Liebesworte ins Ohr raunen.

»Ach, das war bescheuert«, sagt Will. »Jungs eben. Blödsinn, du weißt schon. Ein kleiner Nachhall vom Junggesellenabschied vielleicht.« Er lächelt, aber er ist nicht ganz er selbst. Als er eben zurückkam, hat er erst mal zwei große Gläser Wein gekippt, direkt hintereinander. Er zuckt die Achseln. »Was Johnno sich eben unter einem Scherz vorstellt.«

»Der Seetang gestern Abend war angeblich auch nur ein kleiner Scherz«, sage ich. »Und schon der war nicht besonders witzig. Und die Rede – was hat er mit seinen

Anspielungen gemeint? Was sollte das Gerede über eure gemeinsame Vergangenheit? Dass ihr Dinge übereinander wisst, die ihr lieber für euch behaltet – was für Geheimnisse meint er?«

»Ach«, sagt Will, »ich weiß es auch nicht, Jules. Johnno hat einfach mal wieder rumgesponnen. Es ist nichts.«

Wir drehen uns auf der Tanzfläche langsam im Kreis. Der Anblick von strahlenden Gesichtern, klatschenden Händen zieht an mir vorbei.

»Es klang aber nicht so«, erwidere ich. »Es klang sogar nach etwas sehr Wichtigem. Will, was weiß er über dich?«

»Herrgott noch mal, Jules«, erwidert er scharf. »Ich sagte doch: Es ist nichts. Lass es gut sein. Bitte.«

Ich starre ihn an. Es liegt nicht an den Worten selbst, sondern am Ton, in dem er sie äußert … und an der Kraft, mit der er jetzt meinen Arm hält. Was mich wiederum darin bestätigt, dass es sich definitiv nicht um *nichts* handelt.

»Du tust mir weh«, protestiere ich und ziehe meinen Arm aus seinem Griff.

Sofort knickt er reumütig ein. »Jules, hör zu, es tut mir leid.« Seine Stimme ist nun wie ausgewechselt, jegliche Spur von Feindseligkeit verflogen. »Ich wollte dich nicht so anfahren. Schau, es war ein langer Tag. Ein wundervoller Tag natürlich, aber lang. Vergibst du mir?« Und er schenkt mir ein Lächeln, jenes Lächeln, dem ich nicht widerstehen konnte, seit ich es in jener Nacht im Victoria and Albert-Museum gesehen habe. Und doch hat es nicht den gleichen Effekt wie sonst. Jetzt verstärkt sein plötzlicher Stimmungswechsel mein Unbehagen. Es ist, als hätte er eine Maske übergezogen.

»Wir sind jetzt verheiratet«, sage ich. »Ein Ehepaar. Wir sollten Dinge miteinander teilen können und einander vertrauen.«

Will wirbelt mich unter seinem Arm hindurch und wieder zu sich heran. Die Menge bejubelt diese schwungvolle Einlage.

Dann, als wir einander wieder gegenüberstehen, nimmt er einen tiefen Atemzug. »Hör zu. Johnno hat eine fixe Idee. Es geht um eine Sache, von der er meint, dass sie damals in unserer Jugend passiert wäre. Er ist davon besessen. Aber er ist ein Spinner. Ich hatte die ganzen Jahre über Mitleid mit ihm. Und das war der Punkt, in dem ich falsch gelegen habe. Ich war nachsichtig mit ihm, weil aus meinem Leben was geworden ist und aus seinem nicht. Jetzt ist er eifersüchtig auf alles, was ich habe … was wir haben. Er denkt, ich wäre ihm was schuldig.«

»Ach, du liebe Güte«, sage ich. »Was könntest du ihm bitteschön schuldig sein? Ganz offenbar ist er derjenige, der viel zu lange an deinem Rockzipfel gehangen hat.«

Er erwidert nichts darauf. Stattdessen zieht er mich an sich, während der Song sein Finale erreicht. Die Menge jubelt. Doch plötzlich scheinen die Stimmen weit weg zu sein.

»Nach heute Abend war's das«, raunt Will entschlossen in mein Haar. »Ich werde ihn aus meinem Leben tilgen … aus unserem Leben. Versprochen. Ich bin fertig mit ihm. Vertrau mir. Ich werde das regeln.«

HANNAH

Die Begleitung

Ich bin ins Tanzzelt rüberspaziert. Der Tanz des Brautpaars ist glücklicherweise vorbei, und die Gäste, die zugeschaut haben, sind nun ausgeschwärmt, um die Fläche zu füllen. Ich weiß nicht, was genau ich hier suche. Irgendeine Ablenkung, nehme ich an, von dem Gedankenwirrwarr in meinem Kopf. Charlie und Jules … es ist zu schmerzhaft, um darüber nachzudenken.

Ich habe den Eindruck, als würden sich sämtliche Gäste hier zusammendrängen, zu einem aufgeheizten Gemenge von Körpern. Die Sängerin neigt sich zum Mikrofon: »Na, bereit zum Tanz, Mädels und Jungs?«

Die Band setzt zu einem überschwänglichen Rhythmus an – vier Geigen und eine wilde und schmissige Melodie. Körper wirbeln umher und kollidieren, da alle betrunken sind und erfolglos versuchen, ihre Version eines irischen Jigs zum Besten zu geben. Ich sehe, wie Will sich Olivia aus der Menge schnappt: »Jetzt ist es so weit: Der Bräutigam fordert seinen Tanz mit der Brautjungfer ein!« Doch sie sind eindeutig aus dem Takt, als würde einer von ihnen versuchen, sich dem anderen zu widersetzen. Olivias Gesicht lässt mich stutzen. Sie sieht aus, als säße sie hilflos in der Falle. Da war doch diese eine Stelle in seiner Rede … Was war es nur? Irgendwas war mir seltsam bekannt vorgekommen. Ich grabe angestrengt in meiner Erinnerung, versuche, mich zu konzentrieren.

Das Victoria and Albert-Museum … das war's! Mir fällt ein, dass Olivia mir letzte Nacht erzählt hat, dass sie Steven dorthin mitgenommen hatte, auf eine Party von Jules. Plötzlich kommt mir ein Gedanke, und alles um mich herum bleibt stehen …

Aber das ist vollkommen verrückt. Das *kann* nicht sein. Das wäre doch absurd. Es muss ein schräger Zufall sein.

»Hey«, sagt ein Kerl, als ich mich unsanft an ihm vorbeidränge. »Wohin so eilig?«

»Oh«, sage ich und blicke vage in seine Richtung. »Tut mir leid, ich war … etwas in Gedanken.«

»Tja, vielleicht würde ja ein Tänzchen Abhilfe schaffen.« Er grinst. Ich besehe ihn mir genauer. Er ist ziemlich attraktiv – groß, schwarzhaarig, mit einem Grübchen, das sich auf der Wange abzeichnet, wenn er lächelt. Bevor ich etwas erwidern kann, nimmt er meine Hand und zieht mich sanft zu sich auf die Tanzfläche. Ich widersetze mich nicht.

»Du bist mir vorhin schon aufgefallen!«, ruft er über die Musik hinweg. »In der Kirche, du hast allein dagesessen. Und ich habe mir gedacht, es würde sich lohnen, dich näher kennenzulernen.« Wieder dieses Lächeln.

Oh. Er denkt, ich wäre Single und allein hier. Also kann er die peinliche Szene mit Charlie an der Bar nicht mitbekommen haben.

»Luis!«, ruft er nun und deutet auf seine Brust.

»Hannah.«

Vielleicht sollte ich erklären, dass ich mit meinem Mann hier bin. Aber ich will gerade nicht an Charlie denken. Stattdessen sonne ich mich in dem schmeichelhaften Bild, das Luis von mir malt. Er sieht in mir keine billig gekleidete Frau mit Selbstzweifeln, sondern eine attraktive Person, die ihn neugierig macht. Und so beschließe ich, seinen Irrtum nicht aufzuklären. Ich gestatte mir, mich mit ihm zu bewegen, im Takt der Musik. Ich erlaube ihm, mir etwas näher zu kommen, während er mich nicht aus den Augen lässt. Vielleicht rücke auch ich etwas näher. So nah, dass ich seinen Schweiß riechen kann – es ist sauberer Schweiß, ein guter Geruch. Da regt sich etwas in meiner Bauchgegend. Eine kleine Flamme des Begehrens.

Jetzt

Die Hochzeitsnacht

Noch jemand da draußen… Diese Vorstellung sorgt dafür, dass sie bei jedem Schatten erschrecken und vor Gestalten zusammenzucken, die in der Finsternis vor ihnen aufzutauchen scheinen, um sich sogleich als optische Täuschungen zu entpuppen. Sie bewegen sich in einem engen, geschlossenen Verbund vorwärts, voller Angst, noch einen von ihnen zu verlieren. Von Pete fehlt immer noch jede Spur.

Sie spüren das Kribbeln unbekannter Augen auf sich. Plötzlich fühlen sie sich unbeholfener, ungeschützter. Sie straucheln und stolpern über den unebenen Grund, über verborgene Büschel von Heidekraut. Sie versuchen, nicht an Pete zu denken. Sie können es sich nicht leisten – sie müssen sich jetzt um sich selbst kümmern. Immer wieder rufen sie sich etwas zu, um sich zu vergewissern, dass die anderen noch da sind. Ihre Stimmen, die sich wie zusätzliche Lichter gegen die Dunkelheit erheben, sind ungewöhnlich besorgt, geradezu fürsorglich.

»Alles in Ordnung da drüben, Angus?«

»Ja, und bei dir alles okay, Femi?«

Es hilft ihnen beim Weitergehen. Und es hilft ihnen, ihre zunehmende Angst zu vergessen.

»Oh Gott, was ist das?« Femi schwenkt seine Fackel in einem großen Bogen. Die Flamme erleuchtet ein Gebilde, das blass und beinahe mannsgroß vor ihnen aufragt. Dann fällt der Lichtschein auf weitere solche Formen, von denen manche etwas kleiner sind.

»Das ist der Friedhof«, ruft Angus leise. Sie betrachten die steinernen keltischen Kreuze – eine gespenstische, stumme Armee.

»Krass!«, ruft Duncan. »Ich dachte schon, das wäre ein Mensch.« Einen Moment lang hatten sie das alle gedacht: Die runde Form am oberen Ende und der schlanke aufrechte Sockel hatten sich kurz verschworen, um menschlich zu erscheinen. Selbst jetzt, während sie zögerlich zurückweichen, bleibt das Gefühl, von den wachenden Grabmälern vorwurfsvoll beobachtet zu werden.

Eine Weile gehen sie in eine andere Richtung weiter.

»Hört ihr das auch?«, ruft Angus. »Ich glaube, wir sind gleich am Meer.«

Sie bleiben stehen. Irgendwo ganz in der Nähe hören sie das dumpfe Krachen von Wasser gegen Granit. Sie spüren, wie der Boden unter ihren Füßen durch die Wucht erschüttert wird.

»Okay, Leute.« Femi denkt nach. »Der Friedhof liegt hinter uns, das Meer ist ganz in der Nähe. Also müssen wir, glaube ich … da lang.«

Sie entfernen sich langsam vom Lärm der Brandung.

»Hey! Da drüben ist etwas …«

Augenblicklich bleiben sie stehen.

»Was hast du gesagt, Angus?«

»Ich sagte, da drüben ist was. Schaut doch.«

Sie heben ihre Fackeln, die ihr flackerndes Licht auf den Boden werfen. Innerlich wappnen sie sich für einen grausigen Anblick. Sie sind überrascht und ziemlich erleichtert, als das Licht der Flammen sich im harten Glanz von Metall fängt.

»Das ist … Was ist das?«

Femi, der Mutigste von ihnen, tritt vor und hebt es auf. Dann dreht er sich um und hält es hoch, damit alle es sehen können. Sie erkennen den Gegenstand sofort – obwohl er zerbeult und verformt ist, das Metall verdreht und zerbrochen. Es ist eine goldene Krone.

Früher am Abend

OLIVIA

Die Brautjungfer

Ich drücke mich in den Ecken des Zelts herum. Ich spaziere zwischen den Tischen umher. Ich greife nach halb vollen Gläsern, den Überresten von den Getränken anderer Leute, und kippe sie runter. Ich will so betrunken werden wie möglich.

Ich machte mich so schnell wie möglich von Will los, nachdem er mich für den Tanz mit der Brautjungfer an sich gerissen hatte. Mir wurde ganz schlecht, als ich ihm so nah war und seinen Körper spürte, den er an meinen presste, als ich an die Dinge denken musste, die ich mit ihm getan hatte... die Dinge, zu denen er mich überredet hatte... das schreckliche Geheimnis zwischen uns. Ich hatte den Eindruck, dass er sich daran aufgeilte. Ganz am Ende raunte er mir ins Ohr: »Diese abgefuckte Aktion, die du vorhin abgezogen hast – damit ist jetzt Schluss, okay? Es reicht. Hörst du mich? Schluss damit.«

Niemand scheint mitzukriegen, wie ich herumlaufe und die Tische nach abgestellten Gläsern absuche. Sie sind mittlerweile alle ziemlich besoffen, und abgesehen davon haben sie die Sitzplätze zugunsten der Tanzfläche verlassen, wo inzwischen ein Wahnsinnsgedränge herrscht. Überall diese Mittdreißigerinnen mit ihren nuttigen Moves, die sich an den Typen reiben, als wären sie in einem billigen Nullerjahre-Club und nicht in einem Hochzeitszelt auf einer verlassenen Insel mit einer paar Iren, die auf ihren Geigen herumsägen.

Mein früheres Ich hätte das Ganze womöglich witzig gefunden. Ich kann mir vorstellen, wie ich meinen Freunden geschrieben und ihnen einen Live-Kommentarbericht zu dieser Fremdschäm-Orgie gegeben hätte.

Ein paar von den Kellnern und Kellnerinnen drücken sich ebenfalls in den Ecken des Zeltes herum und beobachten das Geschehen. Einige von ihnen sind ungefähr in meinem Alter oder jünger. Sie hassen uns, so viel ist klar. Und das wundert mich nicht. Ich glaube, ich hasse sie auch. Vor allem die Männer. Ich bin heute Abend schon von irgendwelchen dahergelaufenen Säcken an der Schulter, an der Hüfte und am Hintern betatscht worden – von Wills und Jules' sogenannten Freunden. Natürlich außer Sichtweite von Ehefrauen und Freundinnen, als wäre ich ein Stück Fleisch. Ich bin es so was von leid.

Beim letzten Mal bin ich herumgewirbelt und habe den Typen mit so einem giftigen Blick bedacht, dass er tatsächlich vor mir zurückwich, die Augen aufsperrte und die Hände in die Luft hob – total unschuldig. Wenn das noch mal passiert, raste ich wirklich aus.

Ich trinke weiter. Der Geschmack in meinem Mund ist widerlich, so säuerlich und schal. Ich muss weitertrinken, bis mir auch das egal ist. Bis ich weder schmecken noch fühlen kann.

Doch da werde ich von meiner Cousine Beth abgefangen und Richtung Tanzzelt geschleift. Abgesehen von der Trauzeremonie vorhin, habe ich Beth zuletzt auf dem Geburtstag meiner Tante letztes Jahr gesehen. Sie trägt eine dicke Schicht Make-up, doch darunter kann man immer noch das runde, weiche Kindergesicht mit den großen Augen sehen. Am liebsten würde ich ihr sagen, sie solle den Lippenstift und Eyeliner wegwischen, um noch ein wenig länger im Schutzraum der Kindheit zu bleiben.

Auf der Tanzfläche, umzingelt von all diesen sich windenden, sich drängenden Körpern, beginnt sich der Raum plötzlich zu drehen. Als hätte das ganze Zeug, das ich in mich reingekippt habe, mich eingeholt. Dann stolpere ich … vielleicht über einen fremden Schuh, vielleicht waren es auch nur meine eigenen dämlichen, viel zu hohen Pumps. Ich stürze und falle mit einem heftigen Knall auf den Boden, den ich eine ganze Weile nur höre, bevor ich ihn spüre. Ich glaube, ich bin mit dem Kopf aufgeschlagen.

Durch den stickigen Dunst höre ich Beth mit jemandem sprechen. »Ich glaub, sie ist ziemlich betrunken. Oh mein Gott.«

»Geh Jules holen«, sagt jemand. »Oder ihre Mum.«

»Ich kann Jules aber nirgends sehen.«

»Oh, schau mal, da ist Will …«

»Will, sie ist ein bisschen betrunken. Kannst du ihr helfen? Ich weiß nicht, was wir tun sollen …«

Sein Gesicht kommt lächelnd auf mich zu. »Was ist denn

passiert, Olivia?« Er streckt eine Hand aus. »Komm, ich helf dir, damit du wieder auf die Beine kommst.«

»Nein!« Ich schlage seine Hand weg. »Verpiss dich.«

»Komm schon«, wiederholt Will, seine Stimme ach so freundlich und sanft. Ich spüre, wie er mich hochhebt und aufrichtet. Es hat offenbar keinen Sinn, sich zu wehren. »Wir bringen dich an die frische Luft.« Er legt seine Hände auf meine Schultern.

»Nimm deine Finger von mir!« Ich versuche, mich aus seinem Griff zu befreien.

Ich höre das Gemurmel der Leute um uns herum. Ja, ich weiß, ich bin echt schwierig. Wetten, das sagen sie zueinander. Ich bin die Verrückte. Einfach nur peinlich.

Draußen vor dem Zelt trifft uns der Wind mit voller Wucht, und zwar so heftig, dass er mich beinahe umwirft. »Da lang«, sagt Will. »Dort drüben ist es geschützter.«

Auf einmal bin ich zu müde und zu betrunken, um mich zu widersetzen. Ich lasse mich von ihm zur Rückseite des Zeltes führen. In der Ferne sehe ich die Lichter vom Festland wie eine Spur von verschüttetem Glitter in der Finsternis. Sie schieben sich in mein Blickfeld und weichen wieder zurück – erst gestochen scharf, dann verschwommen, als würde ich sie durch Wasser sehen.

Das erste Mal seit Langem sind da nur wir beide.

Ich und er.

JULES

Die Braut

Mein frisch angetrauter Ehemann scheint spurlos verschwunden zu sein. »Hat irgendwer von euch Will gesehen?«, frage ich meine Gäste. Sie zucken mit den Schultern, schütteln die Köpfe. Ich habe das Gefühl, das bisschen Kontrolle, das ich womöglich über sie hatte, vollkommen verloren zu haben. Anscheinend haben sie vergessen, dass sie anlässlich meines großen Tages hier sind. Vorhin noch sind sie um mich herumscharwenzelt, bis es geradezu unerträglich wurde, haben mich mit ihren Komplimenten und Glückwünschen überschüttet wie Höflinge ihre Königin. Nun scheine ich ihnen gleichgültig zu sein. Ich nehme an, das hier ist ihre Chance auf ein bisschen Hedonismus, eine Rückkehr zu der Freiheit, die sie an der Uni beziehungsweise mit Anfang zwanzig genossen haben, bevor sie unter der Last ihrer Kinder und ihrer fordernden Jobs erdrückt wurden. Die heutige Nacht gehört ihnen – und sie quasseln nach langer Zeit mal wieder mit Freunden und flirten mit jenen, die davongekommen sind. Ich könnte mich ärgern, aber das wäre sinnlos. Ich muss mich mit Wichtigerem befassen: Will.

Je länger ich nach ihm suche, desto mehr nimmt mein Unbehagen zu.

»Ich hab ihn gesehen«, meldet sich jemand. Es ist meine kleine Cousine Beth. »Er ist mit Olivia weg… sie war ein bisschen betrunken.«

»Stimmt, Olivia!«, pflichtet eine andere Cousine ihr bei. »Sie sind Richtung Ausgang. Er meinte, sie bräuchte etwas frische Luft.«

Schon wieder hat sich Olivia unmöglich aufgeführt. Aber als ich ins Freie trete, sind sie nirgends zu sehen. Die Einzigen, die am Zelteingang abhängen, sind ein paar Raucher, Freunde von der Uni. Sie drehen sich zu mir um und sagen all die Dinge, die man sagen soll: wie wunderschön ich aussehe, was für eine traumhafte Trauung es war…

Ich falle ihnen ins Wort. »Hat einer von euch Olivia gesehen? Oder Will?«

Sie deuten vage zur anderen Seite des Zeltes, Richtung Meer. Aber warum um alles in der Welt sollten Will und Olivia dort rausgegangen sein? Das Wetter schlägt gerade um, es ist dunkel und der Mondschein zu trübe, um was zu sehen.

Der Wind trifft mich mit ungebremster Wucht, als ich das Partyzelt hinter mir lasse. Kreischend fegt er über das Zeltdach hinweg und jagt um mich herum. Mir fällt ein, wie Olivia vorhin beinahe ertrunken wäre, und unwillkürlich krampft sich mein Magen vor Angst zusammen. Sie wird doch keine Dummheit begangen haben, oder?

Endlich erkenne ich ihre schwachen Silhouetten außerhalb des Lichtscheins, der vom Zelt ausgeht. Doch irgendetwas hält mich davon ab, nach ihnen zu rufen. Mir ist auf einmal bewusst geworden, dass sie sehr nah beieinanderstehen. Im Beinahedunkel scheinen ihre beiden Gestalten förmlich miteinander zu verschmelzen. Einen schrecklichen Moment lang denke ich … aber nein, sie unterhalten sich bestimmt nur. Und doch ist es seltsam. Ich bin mir nicht sicher, ob ich meine Schwester und Will je mehr als ein paar höfliche Floskeln habe wechseln sehen. Ich meine, sie kennen sich kaum. Sie sind sich zuvor ein einziges Mal begegnet. Und doch haben sie einander offenbar eine Menge zu sagen. Worüber um alles in der Welt mögen sie sprechen? Und warum unterhalten sie sich hier draußen, außer Sichtweite der anderen Gäste?

Lautlos wie eine Diebin setze ich mich in Bewegung, dringe Schritt für Schritt in die zunehmende Finsternis vor.

OLIVIA

Die Brautjungfer

»Ich werde es ihr erzählen«, sage ich. Es kostet mich unsägliche Anstrengung, die Worte über die Lippen zu bekommen, aber ich bin fest entschlossen, es zu tun. »Ich … ich werde ihr das von uns erzählen!« Ich denke an das, was Hannah vorhin zur mir gesagt hat: *Denn es ist immer besser, etwas offen auszusprechen … auch wenn es schambesetzt ist, auch wenn du das Gefühl hast, dass die Leute es nicht verstehen werden.*

Er presst mir die Hand auf den Mund, umklammert mein Gesicht. Es ist ein Schock … so unvermittelt. Ich kann sein Rasierwasser riechen. Ich erinnere mich, wie ich dieses Rasierwasser auf meiner Haut gerochen habe … danach. Und gedacht habe, wie herrlich es duftete, wie erwachsen und reif. Jetzt wird mir davon speiübel.

»Oh nein, Olivia«, sagt Will. Seine Stimme ist *beinahe* freundlich und sanft, was es nur noch bedrohlicher macht. »Ich glaube nicht, dass du das tun wirst. Und weißt du auch, warum? Du wirst es nicht tun, weil du das Glück deiner Schwester zerstören würdest. Das ist ihr Hochzeitstag, du dummes kleines Mädchen. Jules ist dir viel zu wichtig, als dass du ihr das antun würdest. Und zu welchem Zweck auch? Ist ja nicht so, als ob jetzt noch was zwischen uns laufen wird.«

Von der anderen Seite des Zelts ertönen lautes Gelächter und Stimmen, und vielleicht hat er ja Angst, dass uns jemand so sehen könnte, denn er nimmt die Hand von meinem Mund.

»Das weiß ich!«, sage ich. »Das meine ich auch nicht. Darum geht es mir überhaupt nicht.«

Er hebt eine Augenbraue, als sei er unschlüssig, ob er mir glauben soll. »Um was geht es dir denn dann, Olivia?«

Darum, dass ich mich nicht länger so schrecklich fühlen will, denke ich. Darum, dass ich dieses fürchterliche Geheimnis loswerden will, das ich mit mir herumschleppe. Aber ich antworte nicht. Daher fährt er fort:

»Schon kapiert. Du willst mir eins auswischen. Ich bin der Erste, der zugeben wird, dass ich mich bei der ganzen Sache nicht korrekt verhalten habe. Ich hätte richtig mit dir Schluss machen sollen. Ich hätte vielleicht transparenter sein sollen, was meine Absichten betraf. Ich hatte nie vor, irgendwen zu verletzen. Und darf ich sagen, was ich ehrlich denke, Olivia?«

Er scheint auf eine Antwort zu warten, also nicke ich.

»Ich denke, wenn du es hättest tun wollen, hättest du es längst getan.«

Ich schüttle den Kopf. Aber er hat recht. Ich habe so viel Zeit gehabt, Jules die Wahrheit zu sagen. So oft habe ich in den frühen Morgenstunden im Bett gelegen und darüber nachgedacht, wie ich Jules mal allein sprechen könnte – sie auf ein Mittagessen oder einen Kaffee einladen. Aber ich habe es nicht getan. Ich war zu feige. Stattdessen bin ich ihr aus dem Weg gegangen, genauso wie ich es vermieden habe, in die Boutique zu gehen, um mein Brautjungfernkleid anzuprobieren. Es war einfacher, sich zu verstecken und so zu tun, als würde das alles nicht passieren.

Ich habe überlegt, was ich getan hätte, wenn ich Jules wäre oder Mum. Wahrscheinlich hätte ich dann gleich beim ersten Zusammentreffen ein Riesendrama abgezogen oder ihn bei der Verlobungsfeier vor aller Augen bloßgestellt. Aber ich bin nicht so stark wie sie, nicht souverän und selbstsicher.

Also versuchte ich es mit einer anonymen Nachricht. Ich druckte sie aus und warf sie in Jules' Briefkasten:

> *Will Slater ist nicht der Mann, für den du ihn hältst.*
> *Er ist ein Betrüger und ein Lügner. Heirate ihn nicht.*

Ich dachte, diese Zeilen würden sie zum Nachdenken bringen und dazu, dass sie ihn wenigstens infrage stellte. Ich wollte einen winzigen Keim des Zweifels in ihrem Kopf säen. Die Idee war bescheuert, das ist mir heute klar. Vielleicht hat Jules den Zettel auch nie bekommen. Vielleicht hat Will ihn zuerst gesehen, oder er ist zusammen mit einem Haufen Werbung ungesehen im Müll gelandet. Und selbst wenn Jules den Zettel gelesen haben sollte, hätte mir klar sein müssen, dass sie niemand ist, der sich wegen einer anonymen Nachricht ins Bockshorn jagen lässt. Jules ist keine Zweiflerin, die sich irgendwelchen Sorgen hingibt.

»Du willst doch nicht das Leben deiner Schwester zerstören, oder?«, sagt Will. »Das könntest du ihr nicht antun.«

Das stimmt. Auch wenn ich manchmal das Gefühl habe, sie zu hassen, so überwiegt doch die Liebe. Sie wird immer meine große Schwester bleiben, und das hier würde alles zwischen uns kaputt machen – für alle Zukunft.

Er hat solches Selbstvertrauen in seine Version der Geschichte, während meine hilflos in sich zusammenfällt. Und ich schätze mal, er hat recht, wenn er sagt, dass er nicht gelogen hat, nicht wirklich. Er hat nur nicht die Wahrheit gesagt. Offenbar bin ich nicht mehr in der Lage, an meinem Zorn festzuhalten, an seiner hell lodernden Energie. Ich spüre, wie er mir entgleitet und an seiner Stelle etwas Schlimmeres zurückbleibt. Eine Art Nichts.

Doch dann, plötzlich, muss ich an Jules denken, an das Lächeln in ihrem Gesicht, als sie neben ihm in der Kapelle stand, nichts ahnend, wer oder was er wirklich ist. Jules lässt sich nie von irgendwem verarschen … aber er hat es getan, er hat sie nach Strich und Faden verarscht. Ich bin um ihretwillen wütend, und zwar auf eine Art, wie ich es nie sein konnte, als es um mich selbst ging.

»Ich habe alle deine Textnachrichten aufbewahrt«, sage ich. »Die kann ich ihr zeigen.« Es ist das Letzte, was ich gegen ihn in der Hand habe, das letzte Fitzelchen Macht. Ich halte mein Handy hoch, um meinen Worten Nachdruck zu verleihen.

Ich hätte es kommen sehen müssen. Aber er hat so leise, so sanft gesprochen, dass ich nicht daran gedacht habe. Sein Arm schnellt nach vorne, er packt mein erhobenes Handgelenk. Dann packt er auch mein anderes Handgelenk. Und mit einer blitzschnellen Bewegung hat er mir mein Handy abgenommen. Bevor ich auch nur begreifen kann, was er tut, hat er es weit weggeschleudert, in das dunkle Meer. Es gibt ein kurzes »Plopp!« von sich, als es versinkt.

»Ich habe Back-ups davon«, sage ich, auch wenn ich nicht genau weiß, wie ich die finden soll.

»Ach ja?«, höhnt er. »Du willst wirklich das Leben anderer Leute ruinieren, Olivia? Vergiss nicht, dass ich noch ein paar Fotos auf meinem Handy habe…«

»Hör auf!«, unterbreche ich ihn. Der Gedanke, dass Jules, dass irgendwer mich so sehen könnte…

Es war mir so unangenehm, als er damals diese Fotos von mir machte. Aber er hatte es geschickt angestellt, indem er mir sagte, wie sexy ich aussähe, während ich für ihn posierte, wie scharf es ihn machen würde. Außerdem hatte ich Angst, ich könnte verklemmt und kindisch wirken, wenn ich nicht mitmachte. Von ihm war auf den Fotos natürlich nichts zu sehen – weder sein Gesicht noch seine Stimme. Er könnte jederzeit behaupten, dass ich sie ihm selbst geschickt hätte. Dass ich sie selbst geschossen hätte. Er könnte alles abstreiten.

Sein Gesicht ist nun ganz dicht vor meinem. Einen verrückten Moment lang denke ich, dass er vorhat, mich zu küssen. Und auch wenn ich mich dafür hasse, will ein winzig kleiner Teil von mir, dass er genau das tut. Ein Teil von mir will *ihn*. Und das macht mich fertig.

Er hält immer noch mein anderes Handgelenk fest. Es tut weh. Ich versuche, mich loszureißen, doch er packt mich nur noch fester, und seine Finger graben sich in meine Haut. Er ist stark, viel stärker als ich. Das ist mir vorhin erst wieder bewusst geworden, als er mich aus dem Wasser trug und für die Menge den großen Helden mimte. Ich denke an meine kleine Rasierklinge, aber die steckt in meinem perlenbesetzten Handtäschchen irgendwo im Zelt.

Will reißt mich abrupt nach vorne, und ich stolpere über meine Füße. Dabei verliere ich den einen Schuh. Erst jetzt wird mir klar, dass wir gar nicht so weit vom Rand der Klippe entfernt sind. Und genau in diese Richtung zerrt er mich. Ich sehe das Wasser da draußen, schwarz glänzend im Mondschein. Aber, er würde doch nicht etwa …? Oder doch …?

Jetzt

Die Hochzeitsnacht

Die Männer betrachten die verbogene Goldkrone in Femis Hand. Die Stelle, wo sie sie mitten im Sturm gefunden haben, war so unpassend, dass sie eine Weile brauchen, um zu begreifen, wo sie das Ding schon mal gesehen haben.

»Das ist doch Jules' Krone«, sagt Angus.

»Scheiße«, keucht Femi. »Ja, klar, das ist sie.«

Alle fragen sich im Stillen, was für eine Gewalt erforderlich war, um das Metall so brutal zu verformen.

»Habt ihr Jules' Gesicht gesehen?«, fragt Angus. »Bevor sie die Torte angeschnitten hat? Sie sah total wütend aus. Oder … oder vielleicht auch total verängstigt.«

»Hat eigentlich irgendwer von euch sie im Zelt gesehen?«, erkundigt sich Femi. »Nachdem das Licht wieder angegangen war, meine ich?«

Angus schaudert. »Du denkst doch nicht etwa … du meinst doch nicht, dass ihr was Schlimmes widerfahren sein könnte?«

»Fuck.« Duncan lässt einen Atemstoß entweichen.

»Nein«, erwidert Femi. »Ich habe nur gefragt: Erinnert sich jemand daran, sie gesehen zu haben?«

Es folgt ein langes Schweigen.

»Ich nicht…«

»Nein, Femi. Ich auch nicht.«

Sie blicken sich in der Dunkelheit um, halten angestrengt Ausschau nach einer Bewegung, spitzen die Ohren, um irgendeinen Laut zu vernehmen, während ihnen der Atem in der Kehle stockt.

»Oh Gott. Da liegt noch etwas.« Angus beugt sich runter, um das Objekt aufzuheben. Sie alle sehen, wie seine Hand zittert, als er es ins Licht hält, doch dieses Mal verspottet ihn keiner. Jetzt haben sie alle Angst.

Es ist ein Schuh. Ein einzelner Stöckelschuh aus blassgrauer Seide mit einer kristallbesetzten Schnalle an der Spitze.

Einige Stunden zuvor

HANNAH

Die Begleitung

Dieser Luis ist ein fantastischer Tänzer. Die Band treibt die Gäste in einen ekstatischen Taumel, zwingt uns näher zueinander, während die anderen Körper um uns herumwirbeln. Mir kommt der Gedanke, wie verdammt stressig und einsam mein bisheriger Tag war. Und dass das hauptsächlich an Charlie lag. Ich möchte aber gerade nicht an ihn denken. Ich bin zu wütend auf ihn, zu traurig. Abgesehen davon – wann bitte habe ich mich zuletzt dem Rausch der Musik so hingegeben? Wann habe ich zuletzt so richtig abgetanzt? Und wann habe ich mich zuletzt derart begehrt gefühlt, so verdammt sexy? Es ist, als hätte ich diesen Teil von mir irgendwo unterwegs verloren. Doch diese wenigen Stunden hier werde ich es genießen, ihn wiederzuhaben. Ich strecke die Hände über den Kopf. Ich schwinge mein Haar, spüre, wie es über die nackte Haut meiner Schultern fegt. Ich spüre, wie Luis mich beobachtet. Ich bewege meine Hüften im Rhythmus der Musik. Schon immer war ich eine gute Tänzerin – kein Wunder, bei all den durchtanzten Nächten in den Clubs von Manchester, wo ich als Teenie zu den neuesten Elektrohymnen von Ibiza abging. Ich hatte ganz vergessen, wie sehr ich mich beim Tanzen im Einklang mit meinem Körper fühle, wie heiß es mich macht. Und wie gut ich dabei ausschaue, entnehme ich der anerkennenden Miene von Luis, der nur dann unseren Blickkontakt löst, wenn er seine Augen über meinen Körper wandern lässt.

Die Musik wird langsamer. Luis zieht mich näher an sich. Seine Hände liegen auf meiner Taille, und ich kann seinen Herzschlag spüren, die Hitze seiner Brust unter dem Baumwollstoff. Ich kann seine Haut riechen. Seine Lippen sind nur Zentimeter von meinen entfernt. Und nun, da unsere Körper sich berühren, wird mir bewusst, dass er ganz hart ist, während er sich gegen mich drückt.

Ich weiche ein wenig zurück, versuche, ein paar Fingerbreit Raum zwischen uns zu bringen. Ich muss meinen Kopf klar bekommen. »Weißt du was«, sage ich mit einem Beben in der Stimme. »Ich glaube, ich hole mir was zu trinken.«

»Klar«, sagt er. »Super Idee!«

Ich hatte nicht gemeint, dass er mitkommen soll. Ich brauche einfach nur kurz etwas Raum für mich, doch gleichzeitig habe ich nicht die Energie, mich zu erklären. Daher steuern wir gemeinsam das Barzelt an.

»Woher kennst du Will?«, frage ich laut über die Musik hinweg.

»Was?« Er beugt sich näher, um mich besser zu hören. Dabei streift sein Ohr meine Lippen.

»Woher kennst du Will?«, wiederhole ich. »Warst du auch auf der Trevellyan's?«

»Du meinst das Internat? Nee, wir waren an derselben Uni in Edinburgh. Wir haben zusammen im Rugbyteam gespielt.«

»Hey, Luis.« Ein Typ an der Theke winkt Luis zu und zieht ihn in eine kurze Umarmung, als wir näher treten. »Komm, trink was mit einem einsamen Burschen! Ich habe Ioana an die Tanzfläche verloren. Jetzt werd ich sie wohl bis zum bitteren Ende nicht mehr sehen.« Sein Blick fällt auf mich. »Oh, hallo. Schön, dich zu sehen. Du hast also meinem Kumpel hier Gesellschaft geleistet, ja? Er hat schon in der Kapelle ein Auge auf dich geworfen, weißt du …«

»Halt die Klappe«, unterbricht ihn Luis errötend. »Aber stimmt, wir haben miteinander getanzt.«

»Ich bin Hannah«, sage ich leicht gepresst. Ich frage mich, was ich hier gerade tue.

»Jethro«, erwidert Luis' Freund. »Also, Hannah, was möchtest du trinken?«

»Ähm …«, sage ich zögernd. Ich sollte vernünftig sein. Ich habe heute schon so viel getrunken. Dann denke ich an Charlie und das, was er mir über sich und Jules erzählt hat. Ich will dieses Gefühl von Freiheit wiederhaben, das ich kurz auf der Tanzfläche gespürt habe. Ich will nicht nüchtern sein. »Einen Shot«, sage ich und wende mich an den Barkeeper – es ist Eoin von heute Mittag. »Einen … ähm … Tequila.« Ich will keine halben Sachen.

Jethro hebt eine Augenbraue. »Okaaay. Ich bin dabei. Luis?«

Eoin gießt uns drei Tequila ein, die wir gleich runterkippen. »Meine Fresse!«, keucht Luis und knallt sein Glas runter, als ihm die Tränen in die Augen schießen. Doch mir kommt es vor, als hätte meiner gar nichts gebracht. Es hätte genauso gut Wasser sein können.

»Noch einen«, ordere ich.

»Ich mag sie«, sagt Jethro zu Luis. »Aber ich bin nicht sicher, ob meine Leber sie mag.«

»Ich find's verdammt sexy«, sagt Luis und strahlt mich an.

Wir kippen noch einen.

»Du warst aber nicht an der Uni in Edinburgh, oder?«, meint Jethro und blinzelt mich an. »An ein Partygirl wie dich würde ich mich doch erinnern.«

»Nein«, sage ich. Schon wieder dieser Ort. Allein bei der Erwähnung werde ich schlagartig nüchtern. »Ich …«

»Wir schon«, übergeht mich Jethro und legt einen Arm um Luis' Hals. »Die beste Zeit unseres Lebens, stimmt's, Lu? Ich vermiss es immer noch. Genau wie das Rugbyspielen. Obwohl es für meine Gesundheit bestimmt besser ist, dass ich es nicht mehr tue.« Er deutet auf seinen Nasenrücken, der etwas abgeflacht ist – ganz klar ein alter Bruch.

»Und ich habe einen Zahn verloren«, meint Luis.

»Ja, ich erinnere mich noch!« Jethro lacht. Er dreht sich zu mir. »Will hat natürlich nie auch nur einen Kratzer abbekommen. Er hat als Außendreiviertel gespielt, der Bastard. Die Hübsche-Knaben-Position. Das ist auch der Grund, warum er immer noch so widerlich gut aussieht.«

»Außerdem war er der totale Spielverderber, wenn wir nach einem Spiel ausgegangen sind«, beschwert sich Luis. »Gerade wenn man versucht hat, ein Mädchen anzuquatschen, ist Will rübergekommen, um zu fragen, ob man noch ein Bier wolle, und schon hatten alle nur noch Augen für ihn.«

»Seine Erfolgsquote war irre«, meint Jethro nickend. »Ich meine, der einzige Grund, warum er sich der Reeling Society anschloss, waren die Weiber. Aber wir wollen nicht vergessen, dass er nicht immer so ein Player war. Weißt du noch die eine, die ihm abgehauen ist?«

»Oh, ja«, sagt Luis. »Hatte ich beinahe vergessen. Die eine aus Nordengland, meinst du? Die so intelligent war?«

Oh Gott. Es fühlt sich so an, als würde etwas Schreckliches in Sicht kommen. Und ich kann nur dastehen und zuschauen.

»Ja«, sagt Jethro. »Wie du.« Er zwinkert mir zu. »Er bekam trotzdem seine Revanche, als sie ihn sitzen ließ. Weißt du noch?«

Luis blinzelt. »Nicht wirklich. Ich meine ... ich erinnere mich, dass sie die Uni verlassen hat. Oder? Ich weiß noch, dass er ziemlich angefressen war, als sie Schluss machte. Ich fand ja immer, dass sie zu intelligent für ihn war.«

Mein Gefühl von Übelkeit nimmt zu.

»Das Video, das die Runde gemacht hat, du weißt schon?«, fragt Jethro.

»Scheiße, ja«, sagt Luis und reißt die Augen auf. »Ja, natürlich. Das war ... krass.«

»Es ist mittlerweile wohl auf PornHub gelandet«, meint Jethro. »In der Retro-Kategorie natürlich. Ich frag mich, wie es der Frau inzwischen geht. Mit dem Wissen, dass das Video da draußen irgendwo ist.«

»Hey«, sagt Luis plötzlich und schaut mich an. »Bist du okay? Oje ...« Er legt eine Hand auf meinen Arm. »Du bist ja ganz blass.« Mitfühlend verzieht er das Gesicht. »Der letzte Tequila ist dir wohl nicht bekommen?«

Ich stoße ihn von mir und entferne mich stolpernd. Ich muss hier raus. Ich schaffe es gerade noch aus dem Zelt, bevor ich auf alle viere falle und mich ins Gras übergebe. Mein gesamter Körper zittert, als würde ich von einem Fieber geschüttelt. Ich bin mir dumpf einiger Gäste bewusst, die am Eingang stehen und murmelnd ihr Entsetzen und ihren Ekel kundtun, gespickt mit einem klirrenden Lachen. Ich registriere vage, dass es hier draußen um einiges stürmischer geworden ist. Der Wind reißt mir das Haar fast vom Kopf, treibt brennend die Tränen aus meinen Augen.

Ich übergebe mich erneut. Doch anders als bei meiner Seekrankheit auf dem Boot fühle ich mich kein bisschen besser. Diese Krankheit kann nicht gelindert werden. Dazu ist es zu tief in mich eingesickert, das Gift dieser neuen Erkenntnis. Es ist bis in meinen innersten Kern vorgedrungen.

Jetzt

Die Hochzeitsnacht

»Wer hatte den an?« Angus hält den Schuh hoch. Seine Hand zittert.

»Ich weiß, dass ich ihn schon mal gesehen habe«, überlegt Femi laut. »Aber mir fällt nicht ein, wo… Das alles scheint so ewig her.« Mittlerweile ist es der Tag, der sich unwirklich anfühlt. Das hier – die Nacht, der Sturm, ihre Angst – ist nun alles geworden, was für sie existiert.

»Sollen wir ihn mitnehmen?«, fragt Angus. »Er… er könnte doch so was wie ein Hinweis sein.«

»Nein. Wir sollten ihn lassen, wo er ist«, sagt Femi. »Wir hätte ihn nicht mal anfassen sollen. Und die Krone auch nicht, um ehrlich zu sein.«

»Warum?«, fragt Angus.

»Weil«, fährt Duncan ihn an, »es Beweise sein könnten, du Idiot.«

»Hey«, sagt Angus, als sie den Schuh zurücklegen und weitergehen. »Der Wind… er hat aufgehört.«

In der Tat ist der Sturm inzwischen abgeflaut. Er hinterlässt eine gespenstische Stille, bei der sie sich nach seiner Wiederkehr sehnen. Die reglose Ruhe erscheint ihnen wie ein angehaltener Atem, ein trügerisches Innehalten. Jetzt können sie auch ihren eigenen verängstigten Atem hören, heiser und flach.

Es war schwierig voranzukommen, während sie sich nach allen Richtungen umsahen und nervös die dichte Finsternis nach Spuren von Gefahr, nach Anzeichen von Bewegungen absuchten, aber jetzt, endlich, kommt das Folly in Sicht, dessen Fenster ein schwarzes Glitzern reflektieren.

»Da.« Femi bleibt wie angewurzelt stehen. Die anderen hinter ihm erstarren. »Ich glaube … ich glaube, da hinten liegt was.«

»Hoffentlich nicht noch so ein beschissener Schuh«, ruft Duncan. »Was soll das sein? Aschenputtel? Hänsel und Gretel?«

Sein Versuch, einen Witz zu reißen, ist wenig überzeugend. Sie alle hören das Beben der Angst in seiner Stimme.

»Nein«, sagt Femi. »Es ist kein Schuh.«

Sie haben den gepressten Tonfall in seiner Stimme registriert. Er weckt in ihnen den Wunsch, auf keinen Fall hinzusehen und sich von dem zurückzuziehen, was immer es sein mag. Stattdessen zwingen sie sich stehen zu bleiben, während Femi mit seiner Fackel einen langsamen Bogen vollführt und der schwache Lichtschein über die Erde wandert.

Ja, dort ist etwas. Nur, dass es diesmal kein Etwas ist. Es ist jemand. Sie schauen mit wachsendem Grauen hin, während im Lichtschein eine Gestalt erscheint, die auf der Erde ausgestreckt daliegt, grauenhaft, definitiv menschlich. Der leblose Körper liegt am Rande des Moors, wo der Untergrund schon sumpfiger wird. Die Kleidung der Leiche flattert im Wind, was dem Ganzen in Kombination mit dem flackernden Licht der Fackel den beängstigenden Eindruck von Bewegung verleiht. Ein makabrer Streich, ein Taschenspielertrick.

Den Männern ist es unbegreiflich, dass in dieser Kleidung ernsthaft ein Mensch stecken soll. Ein Mensch, der bis vor Kurzem noch gesprochen und gelacht hat. Der zusammen mit ihnen eine Hochzeit gefeiert hat.

Davor

AOIFE

Die Hochzeitsplanerin

Mit enormer Vorsicht und der Hilfe von mehreren Kellnern haben wir die prachtvolle Torte in die Mitte des Hauptzelts geschoben. In Kürze werden die Gäste hereingerufen werden, um sich drumherum zu versammeln und dem Anschneiden des ersten Stücks beizuwohnen. Es fühlt sich ebenso feierlich an wie die Trauzeremonie in der Kapelle heute Mittag.

Freddy kommt aus dem Cateringbereich, um das Messer zu bringen. Er sieht mich stirnrunzelnd an. »Alles in Ordnung?«, fragt er und betrachtet mich prüfend.

»Mir geht's gut«, erwidere ich. Die Anspannung des Tages ist mir offenbar anzusehen. »Bin nur etwas überwältigt.«

Freddy nickt. Er versteht. »Nun«, sagt er. »Bald wird alles vorüber sein.« Er reicht mir das Messer, damit ich es neben die Torte legen kann. Es ist ein wunderschönes, fein gearbeitetes Exemplar mit einer langen Klinge und einem eleganten Perlmuttgriff. »Sag ihnen, sie müssen wirklich vorsichtig damit sein. Die kleinste Berührung kann einen Schnitt geben. Die Braut hat extra noch darum gebeten, es schärfen zu lassen … verrückt, wo doch ein Messer wie dieses dazu gedacht ist, Fleisch zu zerteilen. Es wird durch den Biskuitboden flutschen wie durch Butter.«

JULES

Die Braut

Olivia und Will an der Klippe … ich habe alles gehört. Oder zumindest genug, um das Wichtigste zu verstehen. Manches wurde vom Wind davongetragen, und ich musste mich so nah an sie heranpirschen, dass ich befürchtete, sie würden in meine Richtung blicken und mich entdecken. Doch offenbar waren beide zu sehr aufeinander fokussiert – auf ihre Auseinandersetzung –, um etwas anderes zu bemerken. Zuerst begriff ich rein gar nichts.

»Ich werde ihr das von uns erzählen!«, rief Olivia. Zuerst wollte ich es gar nicht verstehen. Es konnte nicht sein, es war zu schrecklich, um es überhaupt in Betracht zu ziehen …

Ich musste an Olivia denken, als sie vorhin aus dem Wasser gekommen war. Dass es einen Moment lang schien, als wollte sie mir etwas sagen.

Dann hörte ich, wie seine Stimme sich änderte. Sah, wie er seine Hand über ihren Mund legte, wie er ihren Arm packte. Das schockierte mich noch mehr als der eigentliche Kern dessen, was er sagte. Er war mein Ehmann. Und gleichzeitig ein Mann, den ich kaum kannte.

Während ich sie im Schutz der Dunkelheit beobachtete, registrierte ich eine körperliche Vertrautheit zwischen ihnen, die mehr sagte als alle Worte.

Wie ich sie da am Rand der Klippe sah, begann alles sich zu fügen, und das gesamte grässliche Ausmaß nahm vor mir Gestalt an.

Zuerst war da keine Wut. Nur ein gewaltiger, alles durchdringender Schock, während der Boden unter mir wegbrach. Jetzt erst nimmt ein anderes Gefühl von mir Besitz.

Er hat mich gedemütigt. Er hat mich betrogen. Ich spüre, wie der Zorn – beinahe tröstlich in seiner Vertrautheit – in mir aufblüht und alles andere auslöscht.

Ich reiße mir die Goldkrone vom Kopf, schleudere sie auf den Boden. Ich trample auf sie ein, bis sie nicht mehr ist als ein deformiertes Stück Metall. Es reicht nicht.

OLIVIA

Die Brautjungfer

»Will!« Es ist Jules' Stimme. Und dann ein grelles bläuliches Licht – die Taschenlampe an ihrem Handy. Als wären wir im Strahl eines Scheinwerfers gefangen, erstarren wir beide in der Bewegung. Will lässt meinen Arm fallen, als hätte er sich an meiner Haut verbrannt, und rückt von mir ab.

Der Tonfall, in dem sie seinen Namen sagte, ließ keinerlei Rückschlüsse zu. Er war völlig neutral – höchstens etwas ungeduldig. Ich frage mich, wie viel sie gesehen oder, noch wichtiger, wie viel sie gehört hat. Aber sie kann nicht sonderlich viel mitgekriegt haben, denn ansonsten … Nun ja, ich kenne Jules. Wir würden jetzt wahrscheinlich beide schon unten am Fuß der Klippen liegen.

»Was um Himmels willen tut ihr beide da draußen?«, fragt Jules. »Alle wundern sich, wo du steckst, Will. Und Olivia … jemand meinte, du wärst hingefallen?« Sie kommt näher. Irgendwas an ihr ist anders. Ihre goldene Krone fehlt – das ist es. Aber vielleicht ist da noch eine andere Veränderung, etwas, das ich nicht ganz fassen kann.

»Ja«, erwidert Will, wieder charmant wie eh und je. »Ich

dachte, es wäre das Beste, sie ein bisschen an die frische Luft zu bringen.«

»Das war sehr nett von dir«, sagt Jules. »Aber du solltest jetzt reinkommen. Wir schneiden gleich die Torte an.«

Jetzt

Die Hochzeitsnacht

Die Männer nähern sich vorsichtig dem Leichnam. Er liegt an der Stelle, wo der trockene Boden ins Moor übergeht.

Der dunkle Morast hat bereits begonnen, sich um den leblosen Körper zu lagern, ihn sorgsam, beinahe liebevoll zu umfangen. Selbst wenn dic tote Person wunderbarerweise zum Leben erwachen würde, selbst wenn sie sich rühren und versuchen würde, sich aufzurichten, so würde es ihr etwas schwerer fallen als erwartet – sie hätte Mühe, eine Hand oder einen Fuß zu befreien, und würde womöglich spüren, wie nah, wie fest die nasse schwarze Erde sie an ihre Brust gedrückt hält.

Das Moor hat schon andere Leichen verschluckt, sie mit Haut und Haar verschlungen, sie tief in seinen Schlund herabgezogen. Doch das war vor langer Zeit. Es hungert schon eine ganze Weile.

Während sie sich langsam nähern, werden die Teile des Körpers nach und nach im Lichtschein enthüllt: die Beine ungelenk nach außen verdreht, der Kopf auf der Erde in den Nacken geworfen. Die leeren Augen glänzen im Fackellicht. Die Männer erhaschen einen Blick auf den halb geöffneten Mund, aus dem die Zunge ein Stück herauslugt, fast schon obszön … Und auf dem Brustbein ein Fleck von dunkelrotem Blut.

»Oh verdammt«, keucht Femi. »Verdammt … es ist Will.«

Zum ersten Mal an diesem Tag sieht der Bräutigam nicht schön aus. Seine Züge sind zu einer Maske des Grauens verzerrt. Die trüb starrenden Augen, die schlaff heraushängende Zunge …

»Oh Gott«, sagt jemand. Angus würgt. Duncan entfährt ein Schluchzer – dabei hat noch keiner von ihnen erlebt, dass Duncan je von irgendetwas berührt gewesen wäre.

Dann kauert er sich nieder und schüttelt den leblosen Körper: »Komm schon, Kumpel, steh auf! Steh auf!« Die Bewegung verursacht eine grausige Pantomime von Bewegung, als der Kopf schwer von einer Seite zur anderen kugelt.

»Hör auf!«, ruft Angus und packt Duncan. »Hör auf damit!«

Sie starren und starren. Femi hat recht. Er ist es. Aber es *kann* nicht sein. Nicht Will, der Anker ihrer Gruppe, der Unberührbare, der von allen Geliebte.

Sie sind so auf ihn fokussiert – ihren verstorbenen Freund –, so absorbiert von ihrem Schock und ihrer Trauer, dass ihre Wachsamkeit nachgelassen hat. Keiner von ihnen bemerkt die Bewegung ein paar Schritte entfernt – eine zweite Gestalt, die, äußerst lebendig, aus der Dunkelheit auf sie zutritt.

Davor

WILL

Der Bräutigam

Jules und ich spazieren gemeinsam zum Zelt zurück. Ich lasse Olivia ihrer Wege gehen. Einen verrückten Moment lang – als mir bewusst wurde, wie nah wir uns dem Rand der Klippen befanden – war ich versucht. Es hätte wohl kaum jemanden überrascht. Immerhin hat sie sich vorhin schon zu ertränken versucht … zumindest sah es so aus, bevor ich sie rettete. Und der Wind – mittlerweile stürmt es richtig – hätte für ausreichend Verwirrung gesorgt.

Aber so bin ich nicht. Ich bin kein Mörder. Ich bin ein guter Kerl.

Allerdings ist alles hier irgendwie außer Kontrolle geraten, es entgleitet mir. Ich werde mich um gewisse Angelegenheiten kümmern müssen.

Selbstverständlich hätte ich Jules niemals von Olivia erzählen können. Warum hätte ich sie auch unnötig verletzen sollen? Diese Sache mit Olivia war nichts als eine vorübergehende Faszination. Die ganze Sache mit ihr basierte auf

Lügen – sowohl von ihrer als auch von meiner Seite aus. Tatsächlich war es dieses Spiel der Täuschung, das mich reizte, als wir uns damals zu unserem ersten Date trafen, ihr Versuch, jemand zu sein, der sie nicht war. Wie sie vorgab, älter zu sein, kultiviert und weltgewandt. Diese Unsicherheit. All das weckte in mir den Wunsch, sie zu verderben. Ein bisschen wie diese Freundin, die ich mal an der Uni hatte, eine von den braven Studentinnen, intelligent und fleißig, die von irgendeiner schäbigen Staatsschule kam und meinte, nicht gut genug zu sein.

Doch als ich Jules auf jener Party kennenlernte, war es etwas anderes. Es kam mir vor wie Schicksal. Ich erkannte sofort, was für ein gutes Paar wir wären. Wie gut wir zusammenpassen würden – vom Aussehen her, aber auch in der Art, wie wir einander ergänzten: ich auf der Schwelle zu einer vielversprechenden Karriere, sie eine absolute Überfliegerin. Ich brauchte jemanden Ebenbürtiges, jemanden mit Selbstbewusstsein, Ehrgeiz … jemanden wie mich. Zusammen wären wir unbesiegbar, dachte ich. Und das sind wir ja auch.

Ich bin mir sicher, Olivia wird die Klappe halten. Sie geht bestimmt ohnehin davon aus, dass niemand ihr glauben würde. Sie zweifelt zu sehr an sich. Allerdings kommt es mir so vor – womöglich bin ich aber auch bloß paranoid –, als ob sie sich seit unserer Ankunft hier verändert hätte. Alles ist auf dieser Insel irgendwie anders als sonst, ganz so, als würde dieser Ort uns verändern, als wären wir aus einem bestimmten Grund hierhergeführt worden. Mir ist klar, dass das lächerlich klingt. Es liegt schlicht daran, dass so viele Menschen an einem Ort versammelt sind – aus der

Vergangenheit, der Gegenwart. Normalerweise bin ich in dieser Hinsicht sehr vorsichtig, aber ich gebe zu, dass ich nicht gründlich durchdacht hatte, was passieren könnte, wenn alle aufeinandertreffen. Die Folgen davon.

Nun gut. Was Olivia angeht, bin ich fein raus. Doch im Hinblick auf Johnno werde ich definitiv was unternehmen müssen, sobald wir zurück im Zelt sind. Ich kann nicht zulassen, dass er rumrennt und Gott und der Welt Mist erzählt. Vielleicht habe ich ihn unterschätzt. Ich dachte, es wäre sicherer, ihn einzuladen, um ihn in der Nähe zu haben. Nur hat Jules ohne mein Wissen auch Piers eingeladen. Ja, im Grunde ist das der Punkt, an dem alles aus dem Ruder gelaufen ist. Hätte sie das nicht getan, hätte Johnno nie von dieser Fernsehsache erfahren, und wir hätten weitermachen können wie gehabt. Das mit ihm und der Sendung hätte niemals funktioniert, das muss ihm doch klar sein. Tatsächlich ist es das. Er hat es doch selbst so schön ausgedrückt: Er ist ein Klotz am Bein und ein Risiko, insbesondere durch seine Kifferei, Sauferei und sein elend langes Gedächtnis. Er hätte jederzeit vor einem Journalisten einen Aussetzer haben können, und alles wäre aufgeflogen. Wenn ihm das aber klar ist – was für eine wandelnde Katastrophe er ist –, dann kapiere ich wirklich nicht, warum er deswegen so eingeschnappt ist. Wie auch immer, er stellt eine Gefahr dar. Allein, was er weiß, was er ausplaudern könnte … Ich bin zwar recht zuversichtlich, dass niemand ihm glauben würde, sondern das Ganze als eine abstruse Geschichte von vor zwanzig Jahren abtun würde, aber das Risiko will ich nicht eingehen. Er ist auch in anderer Hinsicht gefährlich. Ich habe keine Ahnung, was er in der Höhle vorhatte, da meine Augen verbunden waren, aber ich bin verdammt froh, dass Aoife in dem Moment gekommen ist. Wer weiß, was sonst hätte passieren können.

Nun. Dieses Mal wird er mich nicht unvorbereitet erwischen.

HANNAH

Die Begleitung

Ich bemühe mich, die Dinge, die ich von Jethro und Luis erfahren habe, mal ganz rational zu betrachten. Besteht der Hauch einer Chance, dass es sich um einen Zufall handelt? Ich versuche, auf die Stimme der Vernunft in mir zu hören, und stelle mir vor, was ich Charlie in einer ähnlichen Situation sagen würde: Du bist betrunken. Du denkst nicht stringent. Schlaf drüber und betrachte das Ganze morgen neu.

Aber im Grunde weiß ich es schon. Ich kann es fühlen. Es passt zu perfekt, um ein Zufall zu sein.

Das Video von Alice wurde anonym gepostet – natürlich. Wir waren nach ihrem Tod zu sehr in unserer Trauer gefangen, um nach Freunden von ihr zu suchen, die in der Lage gewesen wären, den Schuldigen ausfindig zu machen. Doch später habe ich mir geschworen, mich an dem Mann zu rächen, der das Leben meiner Schwester zerstört und beendet hat. Wenn ich nur daran denke, dass ich ihn tatsächlich attraktiv fand… Gestern Nacht habe ich von ihm geträumt – allein bei dem Gedanken steigt mir die Galle hoch. Es ist eine weitere Kränkung, dass ich dem Charme desselben Mannes verfallen bin, der Alice auf dem Gewissen hat.

Ich denke daran, was Will beim gestrigen Dinner zu mir gesagt hat: *Haben wir uns auf der Verlobungsfeier getroffen? Du kommst mir bekannt vor. Dann habe ich dich vielleicht auf einem von Jules' Fotos gesehen.* Als er meinte, er würde mich erkennen, hatte er nicht mich erkannt, sondern Alice.

Während ich das Zelt betrete, schwelt hinter meiner ruhigen Fassade eine Wut so mächtig, so stark, dass sie mir Angst macht. Aus dem Jungen, der den Tod meiner Schwester auf dem Gewissen hat, ist ein stattlicher Mann geworden, der sich mit seinem falschen Charme, seinem guten Aussehen und seinen besonderen Privilegien eine Karriere aufgebaut hat. Während meine Schwester Alice, die eine Million Mal intelligenter und besser war als er, diese Chance nie bekam.

Ich bin umringt von einem Meer aus Menschen. Sie sind so furchtbar betrunken und kommen mir so dumm vor, wie sie da herumtorkeln. Ich kann nicht durch sie hindurchsehen, nicht an ihnen vorbei. Ich drängle mich durch die Menge, manchmal so rabiat, dass ich empörte Rufe höre, und spüre dabei, wie Köpfe sich nach mir umdrehen.

Das Licht droht erneut auszufallen. Das muss der Wind sein. Während ich mir meinen Weg bahne, erlöschen die Glühbirnen flackernd, nur um gleich wieder anzugehen. Dann wieder aus. Vorhin, als draußen noch Dämmerlicht herrschte, konnte man noch recht gut sehen. Doch nun, ohne die elektrische Beleuchtung, ist es fast zappenduster.

Die kleinen Teelichter auf den Tischen nutzen nicht viel, sondern stiften eher noch mehr Verwirrung: Lediglich die vagen Umrisse der Anwesenden sind zu sehen, Schatten, die sich hierhin und dorthin bewegen. Die Gäste kreischen leise und kichern, rempeln mich an. Ich fühle mich wie in einem Geisterhaus. Am liebsten würde ich schreien.

Ich balle meine Fäuste immer wieder so fest, dass ich spüre, wie meine Fingernägel die Haut meiner Handflächen durchbohren.

Das bin nicht ich. Es ist ein Gefühl von Besessenheit.

Das Licht geht an. Alle jubeln.

Charlies Stimme, verstärkt durch das Mikrofon, hallt durch das Zelt. »Alle mal herhören: Es ist Zeit, die Torte anzuschneiden.« Über die Menge der Gäste hinweg starre ich meinen Mann an, wie er sein Mikrofon hält. Noch nie habe ich mich ihm so fern gefühlt.

Da ist sie, die Torte – weiß, seidig glänzend und perfekt mit ihren Zuckerblüten und -blättern. Jules und Will haben sich bereits daneben aufgebaut. Und tatsächlich sehen sie aus wie die perfekten Dekofigürchen auf der Spitze einer Hochzeitstorte: er schlank und blond in seinem eleganten Anzug, sie dunkelhaarig und mit Sanduhr-Silhouette in ihrem weißen Kleid. Bisher habe ich noch nie jemanden gehasst. Zumindest nicht richtig. Nicht einmal damals, als ich von Alice' Freund hörte und von dem, was er ihr angetan hatte – einfach, weil ich keine reale Person hatte, auf die ich meinen Hass hätte richten können. Doch jetzt hasse ich ihn, abgrundtief. Wie er dasteht und in das Blitzlicht von hundert Smartphones grinst. Ich komme näher.

Die gesamte Hochzeitsgesellschaft hat sich um die beiden versammelt. Die vier engsten Freunde des Bräutigams umringen Will und klopfen ihm auf den Rücken, und ich frage mich: Hat einer von ihnen je einen Blick auf seine wahre Natur erhascht? Kümmert es sie denn gar nicht? Dann ist da Charlie, der den Eindruck erweckt – und mehr als ein Eindruck ist es bestimmt nicht –, nüchtern und im Vollbesitz seiner Kräfte zu sein. Ganz in der Nähe stehen, stolz lächelnd, Jules' und Wills Eltern. Neben ihnen Olivia, die so elend dreinschaut wie schon den ganzen Tag.

Ich trete noch etwas näher. Ich weiß nicht, was ich mit diesem Gefühl anfangen soll, dieser Energie, die knisternd durch mich hindurchjagt, als würden meine Adern von einem elektrischen Strom genährt. Als ich eine Hand ausstrecke, sehe ich meine Finger vor Kraft erzittern. Es ängstigt und erregt mich gleichzeitig. Ich habe das Gefühl, wenn ich es genau jetzt ausprobieren würde, dann würde ich feststellen, dass ich über eine neue, übernatürliche Kraft verfüge.

Aoife tritt nach vorne. Sie reicht Jules und Will ein großes Messer. Es ist mit einer langen, scharfen Klinge versehen und hat einen hübschen Perlmuttgriff, wie um es sanfter erscheinen zu lassen, über seine Schärfe hinwegzutäuschen, wie um zu sagen: Dies ist lediglich ein Messer, um eine Hochzeitstorte anzuschneiden, nichts weiter.

Will legt seine Hand auf die seiner Braut. Jules schenkt uns allen ein Lächeln. Ihre Zähne blitzen.

Ich trete noch näher. Ich bin jetzt fast ganz vorne.

Gemeinsam drücken sie die Klinge nach unten, Jules hat die Knöchel weiß um den Griff geschlossen, Wills Hand ruht auf ihrer. Der gespaltene Kuchen klafft auf, entblößt sein rotes Inneres. Jules und Will lächeln, lächeln, lächeln in die Handykameras um sie herum. Das Messer wird auf den Tisch zurückgelegt. Die Klinge glänzt. Sie liegt direkt vor mir. In Griffweite.

Da beugt Jules sich vor, krallt sich mit der Hand einen großen Batzen Kuchen. Und während sie noch für die Kameras lächelt, knallt sie ihn blitzschnell Will ins Gesicht. Es wirkt so brutal wie eine Ohrfeige, ein Fausthieb. Will torkelt zurück, glotzt sie durch die Sauerei hindurch verdutzt an, während Brocken von Biskuit und Zuckerguss herabfallen und auf seinem makellosen Anzug landen. Jules' Miene ist undurchdringlich.

Ein Moment erschrockener Stille macht sich breit, während alle darauf waren, was nun passieren wird. Dann legt Will sich eine Hand an die Brust und macht grinsend eine »Ich wurde getroffen«-Geste. »Ich gehe das mal besser abwaschen«, erklärt er.

Alle brechen in Jubel aus, kreischen begeistert los und vergessen, wie befremdlich das gerade war. Es ist alles Teil des Rituals.

Doch Jules lächelt nicht.

Will spaziert aus dem Zelt in Richtung Folly. Die Gäste haben ihr Geplauder, ihr Gelächter wieder aufgenommen. Womöglich bin ich die Einzige, die sich umdreht, um ihm nachzuschauen.

Die Band spielt wieder. Alle strömen auf die Tanzfläche. Ich bleibe wie angewurzelt stehen.

Und dann gehen die Lichter aus.

OLIVIA

Die Brautjungfer

Er hatte recht. Nun werde ich es Jules niemals erzählen.

Ich muss daran denken, wie er alles verdreht und gegen mich verwendet hat. Wie er mir das Gefühl gab, dass alles, was passiert ist, irgendwie meine Schuld sei. Er setzte dabei auf die Scham, die er mir selbst eingeflößt hatte – die Scham, die ich spüre, seit ich ihn damals mit Jules durch die Tür habe treten sehen. Er gab mir das Gefühl, klein zu sein, ungeliebt, hässlich, dumm und wertlos. Er brachte mich dazu, mich selbst zu hassen, und er hat einen Keil zwischen mich und alle anderen Menschen getrieben, selbst meine Familie – ganz besonders meine Familie –, und alles wegen dieses schrecklichen Geheimnisses.

Ich muss daran denken, wie er gerade eben meinen Arm gepackt hat, dort auf der Klippe. Ich muss daran denken, was hätte passieren können, wenn Jules nicht vorbeigekommen wäre. Wenn sie es gesehen hätte, wäre jetzt alles anders. Aber sie hat es nicht gesehen, und ich habe meinen Moment verpasst. Niemand würde mir noch glauben, wenn ich es jetzt erzählen würde. Oder sie würden mir die

Schuld geben. Ich kann es nicht tun. Ich bin nicht mutig genug dafür.

Doch eine Sache könnte ich tun.

Und dann gehen die Lichter aus.

JULES

Die Braut

Die Aktion mit der Torte hat nicht gereicht. Es hat sich jämmerlich angefühlt, läppisch irgendwie. Er hat mich unwiderruflich enttäuscht. Wie jeder andere verfluchte Mensch in meiner Familie. Für ihn hatte ich all meine sorgfältig errichteten Vorsichtsmaßnahmen außer Kraft gesetzt. Für ihn hatte ich mich verletzlich gemacht.

Allein wie er mich angelächelt hat, als wir die Torte anschnitten, die Hände am Messergriff vereint. Seine Hände, die auf dem Körper meiner eigenen Schwester gewesen waren, die … Ach, das alles ist zu widerlich, um auch nur darüber nachzudenken. Hat er an sie gedacht, als wir miteinander schliefen? Hat er gedacht, ich wäre zu dumm, um je dahinterzukommen? Ich schätze schon. Und er hatte recht. Es ist ein weiteres kleines Detail, das mich kränkt.

Tja. Er hat mich unterschätzt.

Die Wut in meinem Inneren wächst und verdrängt den Schock und die Trauer. Es ist geradezu erleichternd, wie sie jegliches andere Gefühl zu tilgen scheint.

Und dann gehen die Lichter aus.

JOHNNO

Der Trauzeuge

Ich bin draußen im Dunkeln unterwegs. Es geht ein verdammt heftiger Wind. Mir kommt es so vor, als würden immer wieder Dinge aus den nächtlichen Schatten hervortreten. Ich hebe die Hände, um sie abzuwehren, vor allem aber erscheint mir jenes Gesicht, das ich letzte Nacht in meinem Zimmer gesehen habe. Die große Brille, den Ausdruck in seinem Gesicht an jenem letzten Tag im Schlafsaal, nur wenige Stunden, bevor wir ihn geholt haben. Den Jungen, den wir töteten. Wir beide haben ihn getötet. Aber nur eines unserer Leben wurde dadurch zerstört.

Ich bin ziemlich abgeschossen. Peter Ramsay hat den Stoff an uns verteilt wie Pfefferminzpastillen – und endlich setzt die Wirkung ein.

Will, dieser Wichser. Spaziert mit diesem fetten Grinsen im Gesicht ins Zelt zurück, als wäre nichts passiert, als hätte nichts von alldem ihn berührt. Ich hätte ihn dort in der Höhle erledigen sollen, als ich noch die Gelegenheit dazu hatte.

Ich versuche, zum Zelt zurückzufinden. Zwar sehe ich

die Lichter, aber sie scheinen an immer anderen Orten aufzutauchen … erst näher dran, dann weiter weg. Ich höre die Geräusche, die Planen im Wind, die Musik …

Und dann gehen die Lichter aus.

AOIFE

Die Hochzeitsplanerin

Die Lichter gehen aus. Die Gäste kreischen durcheinander.

»Machen Sie sich keine Sorgen!«, rufe ich laut. »Das ist nur der Generator, der mal wieder wegen des Windes ausgefallen ist. Die Beleuchtung dürfte in wenigen Minuten wieder angehen. Also bleiben Sie bitte alle so lange hier.«

WILL

Der Bräutigam

Ich wasche mir im Badezimmer des Folly die Torte aus dem Gesicht. Obwohl ich mich an der Beleuchtung des Gebäudes orientieren konnte, war der Weg hierher kein Kinderspiel, da die Sturmböen mich in einem fort vom Kurs abbringen wollten. Aber vielleicht ist es nur gut, etwas Abstand zu haben, um meine Gedanken zu sortieren. Herrje, ich habe Zuckerguss im Haar und sogar in der Nase. Jules ist wirklich in die Vollen gegangen. Es war demütigend. Gleich danach schaute ich auf und sah meinen Vater, der mich mit einer Miene betrachtete, die ich nur zu gut kenne. Der gleiche Blick wie damals, wenn die Aufstellung für ein großes Spiel angekündigt wurde und ich nicht im Team war. Oder als ich es nicht nach Oxford oder Cambridge schaffte. Oder als ich die Abiturnoten bekam und sie eine Spur zu perfekt waren. Mehr so eine Art grimmige Befriedigung, als wäre mein Vater darin bestätigt worden, was er die ganze Zeit schon von mir gedacht hatte. Ich habe kein einziges Mal erlebt, dass er stolz auf mich gewesen wäre. Und das, obwohl ich mich immer bemüht habe, besser zu werden und etwas zu erreichen, so wie er es mir immer eingebläut hatte. Trotz allem, was ich bereits erreicht habe.

Und dann Jules' Ausdruck, als sie nach diesem Stück Torte griff. Fuck. Hat sie irgendwas spitzgekriegt? Aber was? Vielleicht war sie einfach noch sauer wegen des Streiches vorhin, wegen der Unterbrechung unseres Abends. Ich bin mir sicher, das war's, nichts weiter. Und falls nötig, kann ich sie immer noch vom Gegenteil überzeugen.

So hätte das eigentlich nicht laufen sollen. Auf einmal fühlt sich alles so fragil an. Als könnte die ganze Sache jeden Moment zusammenbrechen. Ich muss zurück ins Zelt und die Dinge wieder in den Griff bekommen. Aber wo soll ich anfangen?

Ich schaue auf, mein Blick fällt auf mein Spiegelbild. Ich danke Gott für dieses Gesicht. Es verrät kein bisschen vom ganzen Stress der letzten Stunden. Es ist mein Passierschein. Es bringt mir Vertrauen und Zuneigung ein. Mein Aussehen ist der Grund, warum ich letzten Endes immer über einen Typen wie Johnno triumphieren werde. Ich wische einen letzten winzigen Krümel aus meinem Mundwinkel, streiche mein Haar glatt. Ich lächle.

Und dann gehen die Lichter aus.

Jetzt

Die Hochzeitsnacht

Sie verharren kauernd über dem Leichnam. Femi, der im normalen Leben, das sich gerade sehr weit weg anfühlt, ein Chirurg ist, beugt sich über den leblos dahingestreckten Körper, senkt sein Gesicht an den Mund und horcht nach etwaigen Atemgeräuschen. Es ist völlig sinnlos. Selbst wenn es über das Rauschen des Windes hinweg möglich wäre, etwas zu hören, sprechen die offen stehenden, trüben Augen, der klaffende Mund, der dunkle blutrote Fleck auf der Brust eine eindeutige Sprache.

Sie sind alle so konzentriert auf die reglose Gestalt vor ihnen, dass keiner von ihnen bemerkt hat, dass sie nicht allein sind. Keiner sieht die Gestalt, die im Schutz der Dunkelheit stehen geblieben ist. Jetzt tritt sie ins Licht ihrer Fackeln, erhebt sich aus der Finsternis wie eine fürchterliche urzeitliche Kreatur – biblisch, die Personifikation der Rache. Im ersten Moment erkennen sie ihn gar nicht. Das Erste, was sie sehen, ist das ganze Blut.

Er scheint förmlich darin gebadet zu haben. Es bedeckt seine gesamte Brust, der Stoff seines Hemdes ist mehr rot als weiß. Die Hände sind bis zu den Handgelenken darin getränkt. Da ist Blut an seinem Hals, und an seinem Kiefer befinden sich verkrustete Blutspuren, als hätte er davon getrunken.

Sprachlos vor Entsetzen starren sie ihn an.

Er schluchzt leise und hält ihnen seine Hände entgegen, da sehen sie das Metall aufblitzen. Wenn sie Zeit hätten, darüber nachzudenken, würden sie das Messer womöglich wiedererkennen. Es hat eine lange, elegante Klinge und einen Perlmuttgriff, die erst vorhin durch eine Hochzeitstorte geglitten ist.

Femi ist der Erste, der seine Stimme wiederfindet. »Johnno«, sagt er sehr langsam, sehr behutsam. »Johnno … es ist alles vorbei, Kumpel. Leg das Messer hin.«

Davor

WILL

Der Bräutigam

Fuck. Noch ein Stromausfall. Ich krame in meiner Brusttasche nach meinem Handy und schalte die Taschenlampen-App ein, bevor ich in die schwarze Nacht hinaustrete. Der Wind hier draußen ist wirklich heftig. Ich muss den Kopf einziehen und mich dagegenstemmen, um überhaupt voranzukommen. Ich hasse es, wenn der Wind mir mein Haar zerzaust. Nichts, was ich je laut zugeben würde – würde ja nicht unbedingt zum Image von *Survive the Night* passen.

Als ich aufschaue, um mich zu orientieren, bemerke ich, dass mir jemand entgegenkommt – erkennbar nur durch den grellen Lichtkreis der Taschenlampe, die er bei sich trägt. Ich muss für ihn komplett sichtbar sein, während er für mich im Dunkeln bleibt.

»Wer ist da?«, frage ich. Und dann, endlich, kann ich die Gestalt erkennen.

Sie erkennen.

»Oh«, sage ich erleichtert. »Sie sind es.«

»Hallo, Will«, grüßt Aoife. »Haben Sie die Torte wegbekommen?«

»Ja, denke schon. Was ist hier los?«

»Noch ein Stromausfall«, sagt sie. »Tut mir leid, aber das ist der Sturm. Die Wettervorhersage hat ihn nicht annähernd so schlimm angekündigt. Unser Generator kommt nicht ganz dagegen an. Mittlerweile sollte er eigentlich wieder angesprungen sein … Ich wollte nachsehen, was da los ist. Apropos … Sie wären nicht zufällig in der Lage, mir zu helfen, oder?«

Eigentlich nur ungern. Ich muss zurück ins Zelt. Dort warten Dinge, die es zu erledigen gilt – eine Ehefrau, die ich besänftigen muss, eine Brautjungfer und einen Trauzeugen, die ich … um die ich mich kümmern sollte. Aber ich schätze mal, dass ich im Dunkeln nichts davon werde tun können. Also kann ich Aoife genauso gut behilflich sein. »Aber natürlich«, erwidere ich galant. »Wie ich heute früh schon sagte, ich bin Ihnen jederzeit zu Diensten.«

»Danke schön. Das ist sehr freundlich. Der Generator befindet sich ein Stückchen weiter hier drüben.« Sie führt mich vom Pfad weg und um das Folly herum. Zumindest sind wir hier vom Wind geschützt. Und da dreht sie sich seltsamerweise zu mir um, obwohl nichts zu sehen ist, was einem Generator ähneln würde. Sie blendet mich mit dem Lichtstrahl.

Ich hebe eine Hand. »Das ist mir etwas zu grell«, sage ich und lache. »Das fühlt sich ja an wie bei einem Verhör.«

»Oh«, sagt sie. »Tatsächlich?«

Doch sie macht keine Anstalten, die Taschenlampe zu senken.

»Bitte.« Ich werde ärgerlich, bemühe mich aber, die höfliche Fassade zu wahren. »Aoife... das Licht blendet mich. Ich kann so nichts sehen.«

»Wir haben nicht viel Zeit«, sagt sie. »Also muss es schnell gehen.«

»Was?« Einen Moment lang habe ich den Eindruck, sie würde mir damit ein Angebot unterbreiten. Sie ist definitiv attraktiv. Das ist mir schon heute früh im Zelt aufgefallen. Erst recht, da sie versucht, ihre Vorzüge zu verbergen. Wie ich schon sagte, das hat mir schon immer bei Frauen gefallen, dieser gewisse Mangel an Selbstbewusstsein, diese Unsicherheit. Und überhaupt, weiß der Teufel, wie sie an diesen Fettsack von Ehemann geraten ist. Trotzdem habe ich gerade alle Hände voll mit anderen Dingen zu tun.

»Eigentlich wollte ich Ihnen nur etwas gestehen«, beginnt sie. »Vielleicht hätte ich es Ihnen gleich sagen sollen, als Sie es heute Vormittag ansprachen. Mir kam es zu dem Zeitpunkt allerdings nicht sonderlich klug vor. Der Seetang in dem Bett letzte Nacht... das war ich.«

»Der Seetang?« Ich starre in das Licht, versuche zu begreifen, was um Himmels willen sie da redet. »Nein, nein«, entgegne ich, »das muss einer meiner Freunde gewesen sein, denn das...«

»Denn das haben Sie früher an der Trevellyan's den kleineren Jungs angetan. Ja, ich weiß. Ich weiß alles über die Trevellyan's. Tatsächlich etwas mehr, als mir lieb wäre.«

»Aber... aber ich verstehe nicht...« Mein Herzschlag beschleunigt sich etwas, auch wenn mir nicht ganz klar ist, warum.

»Ich habe so lange im Internet nach dir gesucht«, fährt

sie nun in vertraulicherem Ton fort. »Aber William Slater ist so ein Allerweltsname. Doch dann wurde diese neue Show lanciert, *Survive the Night*. Und da warst du. Freddy hat dich sofort erkannt. Und du hast nicht mal das Konzept geändert, nicht wahr? Wir haben uns jede Folge angesehen.«

»Was …?«

»Nun, das ist der eigentliche Grund, warum ich mich so bemüht habe, euch herzubekommen«, sagt sie. »Warum ich deiner Frau diesen absurden Rabatt angeboten habe, um in ihr Online-Magazin zu kommen. Ich hätte ja erwartet, dass sie etwas skeptischer wäre. Aber ich schätze mal, deswegen passt sie auch so gut zu dir. Selbstgefällig genug, um zu glauben, dass die Welt ihr was schuldig ist. Ihr muss doch auch klar gewesen sein, dass wir unter diesen Umständen nicht ansatzweise unsere Kosten decken können. Doch rein zufällig ziehe ich trotzdem einen Gewinn daraus.«

»Und der wäre?« Ich weiche langsam vor ihr zurück. Die ganze Sache kommt mir auf einmal reichlich faul vor. Doch mein rechter Fuß landet auf einem Stück Erde, das nachgibt. Er beginnt einzusinken. Wir befinden uns unmittelbar am Rande des Moors. Es wirkt beinahe so, als hätte sie es so geplant.

»Ich wollte mit dir reden«, sagt sie. »Das ist alles. Und mir fiel keine bessere Möglichkeit dazu ein.«

»Was? Keine bessere als hier, mitten in einem Sturm, in stockfinsterer Nacht?«

»Tatsächlich fand ich es die perfekte Art und Weise. Erinnerst du dich noch an einen kleinen Jungen namens Darcey, Will? An der Trevellyan's?«

»Darcey?« Dieses verdammte Licht in meinem Gesicht

scheint so grell, dass ich keinen klaren Gedanken fassen kann. »Nicht, dass ich wüsste. Darcey. Ist das überhaupt ein Jungenname?«

»Mit Nachnamen Malone? Ich glaube, ihr habt eher die Nachnamen benutzt.«

Tatsächlich, jetzt, wo ich darüber nachdenke, klingelt da was. Aber das kann nicht sein. Auf keinen Fall …

»Natürlich wirst du ihn eher als Loner in Erinnerung haben«, fährt sie fort. »Malone … Loner. So habt ihr ihn gerufen, nicht wahr? Weißt du, ich besitze immer noch alle seine Briefe. Ich habe sie hier bei mir, auf der Insel. Erst heute früh habe ich sie mir wieder angeschaut. Er hat mir von dir geschrieben. Von dir und Jonathan Briggs. Von seinen ›Freunden‹. Ich ahnte, dass etwas an dieser Freundschaft nicht stimmte … und habe nichts unternommen. Das ist das Kreuz, das ich zu tragen habe … Sein Grab ist übrigens gleich hier. Wo wir alle am glücklichsten waren.«

»Ich … ich verstehe nicht.«

Und da fällt es mir ein – ein Foto von einem jungen Mädchen an einem weißen Sandstrand. Das Foto, mit dem Johnno und ich ihn aufgezogen hatten. Von seiner scharfen großen Schwester. Aber das kann doch nicht sein …

»Ich habe keine Zeit, alles zu erklären«, sagt sie. »Ich wünschte, ich hätte sie. Ich wünschte, wir hätten Zeit zu reden. Wirklich – alles, was ich wollte, war reden, um herauszufinden, warum du es damals getan hast. Deswegen war ich auch so begierig darauf, dass du herkommst und deine Hochzeitsfeier auf der Insel abhältst. Es gab so vieles, was ich dich fragen wollte: Hatte er Angst, ganz am Ende? Hast du versucht, ihn zu retten? Freddy meinte, als ihr in den Schlafsaal kamt, wirktet ihr aufgedreht, ihr beide. Als wäre das alles ein Riesenspaß.«

»Freddy?«

»Ja, Freddy. Oder Fettarsch, wie ihr ihn offenbar genannt habt. Er war in jener Nacht der einzige Junge im Schlafsaal, der wach war. Er dachte, ihr würdet ihn für sein Survival holen kommen. Also hat er sich versteckt und schlafend gestellt. Er hat kein Wort gesagt, als ihr Darcey weggetragen habt. Das hat er sich nie verziehen. Ich habe versucht, ihm zu erklären, dass ihn keine Schuld trifft. Ihr beide habt ihn entführt. Aber vor allem du, Will. Deinem Freund Johnno tut es wenigstens leid, was er getan hat.«

»Aoife«, sage ich so behutsam wie möglich. »Ich verstehe nicht… ich weiß nicht… wovon Sie da sprechen.«

»Vielleicht muss ich diese Fragen ja gar nicht mehr stellen. Ich kenne die Antworten schon. Als ich vorhin in der Höhle war, um dich zu suchen, da habe ich alle meine Antworten bekommen. Natürlich habe ich nun andere Fragen: Beispielsweise, ob der Diebstahl von Prüfungsblättern wirklich Motiv genug ist, um einem Jungen das Leben zu nehmen? Nur weil du aufgeflogen wärst?«

»Es tut mir leid, Aoife, aber ich muss jetzt wirklich zum Zelt zurück.«

»Nein«, sagt sie.

Ich lache. »Was meinen Sie damit?« Ich setze meine gewinnendste Stimme ein. »Hören Sie zu. Sie haben keinerlei Beweise für das, was Sie sagen. Weil es nämlich keine gibt. Ihr Verlust tut mir natürlich furchtbar leid. Ich weiß nicht, was Sie vorhaben. Aber was auch immer es ist, es würde doch zu nichts führen. Es stünde schlicht Ihr Wort gegen meines. Ich denke, wir wissen beide, wem man glauben würde. Sämtlichen Unterlagen zufolge war das Ganze ein tragischer Unfall.«

»Ich dachte mir schon, dass du das sagen wirst«, erwidert sie. »Ich weiß, dass du es nicht zugeben wirst. Ich weiß, dass du keine Reue verspürst. Schließlich habe ich gehört, was du in der Höhle gesagt hast. Du hast mir damals alles genommen. Auch meine Mutter ist in jener Nacht mehr oder weniger gestorben. Meinen Vater haben wir ein paar Jahre später wegen eines Herzinfarkts verloren, der definitiv stressbedingt war, eine Folge seiner tiefen Trauer.«

Ich habe keine Angst vor ihr, rufe ich mir in Erinnerung. Sie hat nichts gegen mich in der Hand. Außerdem habe ich etwas dringlichere Angelegenheiten, um die ich mich jetzt kümmern muss, Dinge mit echten Konsequenzen. Sie ist nur eine verbitterte, verwirrte Frau …

Doch dann erhasche ich einen Blick auf etwas. Ein Aufblitzen von Metall. In ihrer anderen Hand, derjenigen, die nicht die Taschenlampe hält.

Jetzt

JOHNNO

Der Trauzeuge

Ich konnte ihn nicht retten.

Ich hätte das Messer nicht rausziehen sollen, das weiß ich jetzt. Es hat wahrscheinlich nur die Blutung verstärkt.

Das wollte ich ihnen verständlich machen, als sie mich da draußen in der Dunkelheit vorfanden. Femi, Angus, Duncan. Aber sie wollten nicht zuhören. Sie hatten diese brennenden Fackeln in den Händen, die sie wie Waffen vor sich ausstreckten, als wäre ich ein wildes Tier. Sie brüllten mich an, ich solle das Messer fallen lassen, es *einfach hinlegen*, und da war so viel Lärm in meinem Kopf. Ich bekam die Worte nicht heraus. Also konnte ich ihnen nicht begreiflich machen, dass ich es nicht gewesen war. Ich konnte es ihnen nicht erklären.

Dass ich gerade erst dabei gewesen war, von dem Zeug runterzukommen, das Pete Ramsay mir gegeben hatte, da draußen im Sturm.

Wie die Lichter plötzlich ausgingen.

Wie ich Will dort im Dunkeln fand. Wie ich mich über

ihn beugte und das Messer sah, das aus seiner Brust ragte, als würde es aus ihm herauswachsen – so tief darin vergraben, dass kein Stück von der Klinge sichtbar war. Wie mir klar wurde, dass ich ihn trotz allem immer noch liebte. Wie ich ihn in einer Umarmung an mich zog und weinte.

Sie umzingelten mich, die anderen. Sie hielten mich in Schach wie ein wildes Tier, bis die Gardaí auf ihrem Boot eintrafen. Ich sah in ihren Augen, wie sehr sie sich vor mir fürchteten. Und wie sie erkannten, dass ich nie einer von ihnen gewesen war.

Die Gardaí sind jetzt hier. Sie haben mir Handschellen angelegt. Sie haben mich verhaftet. Sie wollen mich aufs Festland mitnehmen. Zu Hause werde ich für den Mord an meinem besten Freund vor Gericht gestellt werden.

Ja, ich habe daran gedacht, vorhin in der Höhle. Will umzubringen, meine ich. Mir einen Stein zu greifen. Es gab einen Augenblick, in dem ich wirklich daran dachte. Weil ich das Gefühl hatte, dass es das Einfachste wäre. Das Beste.

Aber ich habe ihn nicht umgebracht. Ich weiß das. Auch wenn alles etwas neblig wurde, nachdem ich diese Pille von Pete Ramsay eingeworfen hatte. Ich meine, ich war ja gar nicht im Zelt. Wie bitte hätte ich an das Messer kommen sollen? Aber die Polizei scheint das wenig problematisch zu finden.

Ich halte mich eigentlich nicht für einen Mörder.

Nur dass ich einer bin, nicht wahr? Dieser Junge vor all den Jahren. Letztendlich war ich derjenige, der ihn fesselte und festband. Will hatte zwar alles eingefädelt, aber trotzdem habe ich es getan. Und das ist nun mal keine Entschuldigung, die Bestand hätte, oder? Zu sagen, dass man zu dämlich war, um die Konsequenzen richtig zu überblicken?

Manchmal denke ich an das, was ich in der Nacht vor der Hochzeit gesehen habe. Dieses Ding … diese Gestalt, die in meinem Zimmer kauerte. Es hat natürlich keinen Sinn, irgendwem davon zu erzählen. Man stelle sich das nur vor: »Nein, ich war es nicht. Also, ich glaube ja, dass Will mit einem gigantischen Tortenmesser vom Geist eines Jungen abgestochen wurde, den wir mal umgebracht haben … Ja, ich glaube, ich hab ihn in der Nacht vor der Hochzeit in meinem Schlafzimmer gesehen.« Klingt nicht ganz so überzeugend, was? Wie auch immer, wahrscheinlicher ist, dass das, was ich gesehen habe, aus meinem Kopf kommt. Das wäre nur logisch, da der Junge gewissermaßen seit Jahren dort lebt.

Ich überlege, wie wohl die Gefängniszelle aussehen wird, die mich erwartet. Aber wenn ich es recht bedenke, befinde ich mich schon seit jenem Morgen, als die Flut kam, in einem Gefängnis. Und vielleicht holt mich jetzt gewissermaßen die Gerechtigkeit ein und straft mich für jene schreckliche Tat, die wir begangen haben.

Aber meinen besten Freund habe ich nicht getötet. Was bedeutet, dass es jemand anders getan haben muss.

AOIFE

Die Hochzeitsplanerin

Ich greife nach dem Messer. Ich hatte Freddy gesagt, ich wolle Will nur herbringen, um mit ihm zu reden. Was auch stimmte, zumindest am Anfang. Womöglich hat das, was ich in der Höhle gehört habe, meinen Entschluss geändert: der Mangel an Reue.

Vier Leben zerstört durch eine einzige Nacht. Ein schuldiges Leben als Entschädigung für ein unschuldiges – ein mehr als gerechter Handel, wie mir scheint.

Ich hoffe, er sieht die Klinge im Strahl der Taschenlampe aufblitzen. Ich will, dass er – der unberührbare Goldjunge – wenigstens einen Bruchteil dessen fühlt, was mein kleiner Bruder in jener Nacht durchlebt haben muss, während er dort am Strand lag und auf die Flut wartete. Seine Angst und sein Grauen. Ich will, dass dieser Mann mehr Angst verspürt als je zuvor in seinem Leben. Ich richte die Taschenlampe auf ihn, auf seine sich weitenden Augen.

Und dann, für meinen kleinen Bruder, steche ich zu. Mitten in sein Herz.

Ich habe die Hölle entfesselt.

EPILOG

Einige Stunden später

OLIVIA

Die Brautjungfer

Der Wind ist endlich abgeflaut. Die Polizei ist eingetroffen. Wir sind alle im Zelt, da sie uns an einem Ort versammelt haben wollen. Sie haben uns erklärt, was passiert ist, was sie gefunden haben. *Wen* sie gefunden haben. Wir wissen, dass jemand verhaftet wurde, aber noch nicht, wer.

Es ist unglaublich, wie leise hundertfünfzig Menschen sein können. Sie sitzen um die Tische herum, unterhalten sich im Flüsterton. Einige von ihnen haben Rettungsdecken um sich gewickelt, gegen die Kälte und den Schock, und selbst die sind mit ihrem Rascheln und Knistern lauter als der Klang der Stimmen.

Ich habe nichts gesagt, zu niemandem. Nicht seitdem er und ich auf der Klippe standen. Ich habe das Gefühl, als wäre ich all meiner Worte beraubt worden.

Seit Monaten denke ich nur noch an ihn. Und nun ist er tot, sagen sie. Es freut mich nicht. Zumindest glaube ich, dass es mich nicht freut. Im Moment bin ich vor allem immer noch geschockt.

Ich war es nicht. Aber ich hätte es sein können. Ich erinnere mich, was mir durch den Kopf ging, als ich ihn vorhin das letzte Mal sah, wie er mit Jules die Torte anschnitt. Als ich dieses Messer sah… Der Gedanke kam einfach so. Es waren nur ein, zwei Sekunden. Aber ich habe es gedacht, habe es gespürt – so stark, dass ein Teil von mir sich fragt, ob ich es doch getan und irgendwie ausgeblendet habe. Ich muss die Blicke der anderen meiden, für den Fall, dass man es mir ansehen kann.

Ich schrecke zusammen, als ich jemandes Hand auf meiner nackten Schulter spüre. Ich schaue auf. Es ist Jules. Sie hat sich eine Rettungsdecke über ihr Brautkleid gewickelt. An ihr sieht es wie ein Teil ihres Outfits aus, wie das Cape einer Kriegerkönigin. Ihre Lippen sind zu einem so dünnen Strich zusammengepresst, dass sie fast verschwunden sind, und ihre Augen glänzen. Ihre Hand liegt auf meiner Schulter, ihre Finger umklammern sie fest.

»Ich weiß Bescheid«, wispert sie. »Über ihn… dich.«

Oh Gott. Nach meinen inneren Qualen, ob ich es ihr sagen soll oder nicht, hat sie es also selbst irgendwie herausgefunden. Und sie hasst mich. Sie muss mich hassen. Ich kann es sehen. Ich weiß, wenn Jules sich eine Meinung gebildet hat, kann man nichts tun, nichts sagen, um sie umzustimmen.

Auf einmal ist da eine Veränderung in ihrem Gesicht.

»Wenn ich es gewusst hätte…« Ich sehe, wie sie die Worte formt, eher als dass ich sie höre. »Wenn ich…« Sie hält inne, schluckt. Dann schließt sie eine ganze Weile ihre Augen, und als sie sie wieder öffnet, sehe ich, dass sie voller Tränen sind. Da streckt sie die Arme nach mir aus, und ich stehe auf, und sie umarmt mich. Als ich spüre, wie ihr Körper zu beben anfängt, verkrampfe ich mich vor Schreck. Sie weint. Tiefe, laute, wütende Schluchzer. Ich kann mich nicht erinnern, wann Jules das letzte Mal geweint hat. Ich kann mich nicht daran erinnern, wann wir uns das letzte Mal so umarmt haben. Vielleicht nie. Es gab da immer diese Distanz zwischen uns. Doch für einen Augenblick ist sie fort. Und inmitten von allem anderen, dem Schock, dem Trauma dieser ganzen Nacht, gibt es nur noch uns beide. Meine Schwester und mich.

Am nächsten Tag

HANNAH

Die Begleitung

Charlie und ich befinden uns auf dem Boot zurück ans Festland. Die meisten Gäste sind vor uns abgereist, die Familie bleibt noch. Ich werfe einen Blick zurück zur Insel. Der Himmel hat aufgeklart, und Sonnenlicht glänzt auf dem Wasser, doch die Insel liegt im Schatten einer geballten Wolke. Sie scheint dort zu kauern wie eine große schwarze Bestie, die auf ihr nächstes Mahl wartet. Ich wende mich ab.

Dieses Mal machen mir die Bewegungen des Bootes kaum zu schaffen. Eine leichte Übelkeit ist nichts verglichen mit der tief empfundenen Abscheu in meiner Seele, die ich gestern Abend verspürte, als ich erfahren musste, dass es Will war, der meine Schwester auf dem Gewissen hatte.

Ich muss daran denken, wie ich mich weniger als achtundvierzig Stunden zuvor bei der Überfahrt an Charlie geklammert habe, wie wir gemeinsam lachten, obwohl es mir so schlecht ging. Die Erinnerung daran schmerzt.

Charlie und ich haben kaum ein Wort miteinander

gesprochen. Wir haben einander kaum angeschaut, denn vermutlich kreisten nicht nur meine Gedanken um unser letztes Gespräch, bevor alles passierte. Ich glaube auch nicht, dass ich im Moment die Energie hätte zu reden. Selbst wenn ich wollte. Ich fühle mich körperlich wie emotional zerrüttet und viel zu erschöpft, um mir darüber Gedanken zu machen, was ich gerade fühle. Natürlich hat letzte Nacht keiner von uns ein Auge zugetan, aber es ist mehr als das.

Zu Hause werden wir uns mit allem auseinandersetzen müssen. Wir werden herausfinden, ob wir flicken können, was durch dieses Wochenende zerbrochen ist. So viel wurde beschädigt.

Und doch ist in den Trümmern ein fehlendes Puzzleteil aufgetaucht. Einen Abschluss würde ich es nicht unbedingt nennen, denn jene Wunde wird niemals heilen. Ich bin wütend, dass ich keine Möglichkeit mehr hatte, ihn zur Rede zu stellen. Doch ich habe eine Antwort auf die Frage bekommen, die ich mir seit Alice' Tod unentwegt gestellt habe.

Durch seine Tat hat Wills Mörder in gewisser Weise auch meine Schwester gerächt. Es tut mir nur leid, dass ich nicht die Gelegenheit bekam, das Messer selbst in ihm zu versenken.

Danksagung

An meine Lektorin Kim Young und an Charlotte Brabbin: Da dieses Buch das Ergebnis unserer gemeinsamen Anstrengung ist, bin ich der Meinung, dass eure Namen eigentlich auch vornedrauf stehen sollten. Danke, dass ihr mich immer antreibt, das bestmögliche Buch abzuliefern, und danke für euer unerschütterliches Vertrauen in mich und meine Schreiberei, und zwar von Anfang an und über mehrere Bücher und Genres hinweg. Das ist etwas ganz Besonderes.

An Cath Summerhayes, meine Agentin der Extraklasse: Was für eine Reise wir schon hinter uns haben! Danke, dass du (zusammen mit den beiden oben genannten) zu den Menschen gehörst, die härter arbeiten als alle anderen, die ich kenne, und dass du mich und meine Bücher bei jeder Gelegenheit vertrittst. Ich danke dir auch für den Spaß, den unsere Zusammenarbeit macht.

An Kate Elton und Charlie Redmayne: Danke für eure unentwegte Unterstützung und für euren Glauben an mich und meine Schriftstellerei.

An Luke Speed, einen großartigen Filmagenten und einen entzückenden Menschen: Danke für deine Visionen und deine Weisheit.

An Jen Harlow, die reizendste, quirligste, leidenschaftlichste Pressesprecherin, die man sich als Autorin nur wünschen kann: Danke für deine harte Arbeit, deinen Einfallsreichtum und dafür, dass du eine so tolle Reisegefährtin bist!

An Abbie Salter: Danke für deine Zauberkünste in Sachen Marketing – ich bin immer wieder verblüfft über deine Kreativität und deine neuen Ideen und freue mich auf die Magie, die du auch weiterhin für *Sommernacht* einsetzt.

An Izzy Coburn: Ich genieße es so, dass wir zusammenarbeiten dürfen! Zwei Slindoner Mädels, die es gut erwischt haben. Danke, dass du so unfassbar genial bist.

An Patricia McVeigh: Danke, dass du meine Bücher so leidenschaftlich in Irland bejubelst – auf weitere gemeinsame Abenteuer auf der Grünen Insel!

An Claire Ward: Ich bewundere dich für deine Fähigkeit, die gesamte Essenz eines Buches mit solch verblüffender Einfachheit in deine Covergestaltung zu gießen. Du bist eine wahre Visionärin.

An Fionnuala Barrett: Danke dafür, dass du immer ganz genau weißt, wie die einzelnen Stimmen in *Sommernacht* klingen würden – und zwar besser als ich selbst! Und danke auch an dich und deine Familie für das Gegenchecken der irischen Textstellen!

Ein großes Dankeschön geht an das Dreamteam bei HarperCollins: Roger Cazalet, Grace Dent, Alice Gomer, Damon Greeney, Charlotte Cross, Laura Daley und Cliff Webb.

An Katie McGowan und Callum Mollison: Danke, dass ihr auf der ganzen Welt neue Heimaten für meine Bücher findet!

An Sheila Crowley: Vielen Dank für deine Unterstützung. Du bist großartig.

An Silé Edwards und Anna Weguelin: Danke für eure unermüdliche Arbeit und das Bändigen dieser manchmal nicht ganz so perfekt organisierten Autorin.

Ich danke Waterstones und seinen Buchhändlern für ihre Leidenschaft, das persönliche Engagement beim Verkauf und die wirklich unglaublichen Schaufenstergestaltungen. Besonders erwähnen möchte ich Angie Crawford, Einkaufsleiterin für Schottland: Ich könnte mir keine reizendere Begleitung für eine Lesereise durch Schottland vorstellen. Ich bin so dankbar für deine Großzügigkeit, sowohl was deine Zeit als auch deine kontinuierliche Unterstützung angeht.

Und ich danke allen unabhängigen Buchhandlungen, die Lesungen veranstaltet und meine Bücher verkauft haben, die solch eine Liebe für das geschriebene Wort pflegen und so aufregende, einladende Räume erschaffen, in denen man Literatur entdecken kann.

Danke, Ryan Tubridy, dass du die Zeit fandest, *Sommernacht* zu lesen und so nette Worte dazu zu sagen.

Ein Dankeschön an alle, die das Buch gelesen und mir erzählt haben, dass es ihnen gefallen hat. Ich finde es wunderbar, von euch zu hören, und kann euch gar nicht sagen, wie viel Freude mir eure Nachrichten bereiten.

An meine Eltern: Ich danke euch für euren Stolz und eure Liebe und dafür, dass ihr euch so gut um mich gekümmert habt, als ich es nötig hatte. Und dafür, dass ihr mich immer ermutigt habt, das zu tun, was ich am meisten liebe, und zwar von Anfang an.

An Kate und Max, Robbie und Charlotte: Danke, dass

ihr für den Spaß im Leben sorgt, und danke für all eure Ermunterungen.

An Liz, Pete, Dom, Jen, Anna, Eve, Seb und Dan: Danke für all eure Liebe und Unterstützung, fürs Weitersagen und Teilen eurer Begeisterung und für die handgemalten Karten!

Danke an die irischen und englischen Cousins und Cousinen, die Foleys und die Allens, insbesondere Wendy, Big O, Will, Oliver, Lizzy, Freddy, George, Martin, Jackie, Jess, Mike, Charlie, Tinky, Howard, Jane, Inez, Isabel, Paul, Ina, Liam, Phillip, Jennifer, Charles, Aileen und Eavan.

Und last but not least ein großes Dankeschön an Al, der stets mein erster Leser ist. Danke für alles, was du tust – deine beständige Unterstützung und Ermutigung, deine Bereitschaft, eine sechsstündige Autofahrt damit zu verbringen, eine neue Buchidee durchzudiskutieren, mich aus den verzweifelten Tiefen eines Plot-Durchhängers zu holen oder dein gesamtes Wochenende zu opfern, um meinen ersten Entwurf zu lesen. Dieses Buch hätte ich ohne dich nie fertig bekommen.